目 录

Contents

写实派小说作家方阵丛书

上海寻梦记

酋长有德/著

中国财富出版社

图书在版编目（CIP）数据

上海寻梦记/酋长有德著．—北京：中国财富出版社，2014.4
（写实派小说作家方阵丛书）
ISBN 978-7-5047-5137-9

Ⅰ．①上…　Ⅱ．①酋…　Ⅲ．①长篇小说-中国-当代　Ⅳ．①I247.5

中国版本图书馆 CIP 数据核字（2014）第 042173 号

策划编辑　张　静　　　**责任印制**　方朋远
责任编辑　张　静　　　**责任校对**　饶莉莉

出版发行　中国财富出版社
社　　址　北京市丰台区南四环西路 188 号 5 区 20 楼　　**邮政编码**　100070
电　　话　010-52227568（发行部）　　010-52227588 转 307（总编室）
　　　　　　010-68589540（读者服务部）　　010-52227588 转 305（质检部）
网　　址　http：//www.cfpress.com.cn
经　　销　新华书店
印　　刷　北京兴星伟业印刷有限公司
书　　号　ISBN 978-7-5047-5137-9/I·0134
开　　本　670mm×950mm　1/16　　**版　　次**　2014 年 4 月第 1 版
印　　张　19.5　　**印　　次**　2014 年 4 月第 1 次印刷
字　　数　350 千字　　**定　　价**　38.80 元

楔 子

1

法国巴黎，世界美容美发秀现场。初赛。

灯光闪烁。人影攒动。音乐声、广播声、尖叫声一片。

美容赛场，化妆师正在给模特化妆。

时装赛场，服装师正在给模特裁剪服装。

美发赛场，各种肤色的美发师正在给模特修剪头发、做造型。

乐小颖一边娴熟地为模特点剪、飞剪、盘绕、制型，一边温情含笑。观众们随着她的每一个动作，情不自禁地报以热情的尖叫。评委席上，来自不同国家的评委或颔首或耳语，面露赞许之色。而观众席上，观众们或伸长颈项目不转睛地盯着乐小颖，或交头接耳评论着乐小颖。一片嘈杂声中，只听清各种语言的“中国”两字。

“啊，她那梳、挑、剪、盘的手法多美呀。”一个年轻的法国男孩一边对着乐小颖打着飞吻，一边对他身边的女友说。

金发女郎也由衷地赞叹道：“是呀，你看，那造型，就像乐小颖名字一样，有着典型的东方美。”

乐小颖始终保持着她那“典型的东方美人”的笑，不急不慢，有章有法地剪梳着。

这是她第一次来巴黎参加这样的国际大赛，而且还是在与美国纽约、日本东京、英国伦敦齐名的法国巴黎。从世界各地汇集到巴黎的年轻人都有各种梦想和野心，在这里他们曾实现梦想，也曾有过失望，然而正如里尔克曾说过的，“巴黎是一座无与伦比的城市”。因此，她的心情格外激动，并且立誓一定要赛出自己最好的水平，让这“多情之城”因她而更“浪漫”……

2

乐小颖顺利地完成了自己的作品，可回到座位还没来得及坐下，一声

“小颖”从身后传来。

“黄柏燕!”乐小颖惊喜地转过身。

“乐小颖!”

两人他乡相遇，不由格外亲切。

“真没想到，在这里能碰见你。”黄柏燕拉着乐小颖亲热地说道。

“可不是吗!”乐小颖也亲热地望着黄柏燕，“不过，我今天能来这里，还得要多谢你呢!”

“哪里的话，那是你自己悟性好，心灵手巧。现在我们一样都是参赛选手呢。”

“你也参加比赛?”乐小颖有几分意外。

“不是，我是带我们那帮学员来的。”

乐小颖不由得脸红了一下，为自己刚才的唐突。“哦——我只是来学习的，可不敢与别人，尤其是与你的高徒们一争高下呀。”

“话可不能这么说，”黄柏燕望了一眼座椅，拉着乐小颖顺势坐了下来，“比赛就是比赛，不争出高下，那还叫比赛吗?!”

“我对进入决赛真的没抱多大希望呢，你看，那些老外大师，做得多好!”

黄柏燕笑了一下，说：“我可是冲着金奖来的。”

乐小颖刚想说什么，一位刚下场的美容小姐从她们面前往自己座位上边走边探身同与她一起来的姐妹们拥抱着说：“我对进入决赛充满信心。”

黄柏燕与乐小颖对视了一眼，然后两人不由一笑……

3

初赛结果很快公布了，乐小颖顺利进入了决赛。

在礼仪小姐的导引下，乐小颖按照组委会给定的编号，找到自己的座位。坐下后，便不由自主地用眼搜寻起身前身后，看看有没有中国选手。

可惜，她没有看到。

没来由地，乐小颖感到一阵忐忑、不安。

现场广播用法语与英语交替地说着什么，她一句也没听懂，只是根据一个个参赛选手在这听不懂的声音中走上赛台，猜出广播的是参赛选手。可是，尽管她侧耳全神贯注地听着她的名字（即使是外语，也会叫她“乐小颖”的)，可是，她似乎一直没听到。看着那些选手一一走上台，又一一各就各位，乐小颖的心提到了嗓子眼，一会看看台上，一会看看观众，不知如何是好。

“您是来自中国的乐小颖吗?”这时，一位法国老师一边艰难地挤过人群，一边焦急地向这边寻找着，见乐小颖也正焦急地在那坐立不安，便大声地向她招呼着。

“是，我是。”

“你怎么还在这坐着，广播你没有听见吗？比赛开始啦。”尽管他的汉语说得不太流畅，但乐小颖却完全听懂了。

“广播……开始？我……我听不懂外语。”

“别再解释了。快，快上去，再迟就要取消你的比赛资格了!”

乐小颖听他如此一说，顾不上向他表示感谢，忙向台上跑去……

虽然迟到了，但乐小颖上台后仍没忘记冲着评委与观众鞠躬。

也许是看到她那慌乱的样子吧，台下传来一小阵嘲笑声。

但乐小颖顾不得了，她走到自己的模特前（虽然听不懂法语、英语，但那阿拉伯数字编号，她还是认识的)，从容开始了自己的操作。

如所有的艺术家一样，一旦进入到自己的创作情境中，就置身到了世外；乐小颖的微笑如五月的石榴花一般，挂上了她的脸庞，点、挑、梳、剪、飞、盘、粘、插……

每一个动作手法，如同她的人一样，是那样的伶俐与优美。以致观众席上，有人情不自禁地站了起来，眼睛随着她的手而上下翩飞……

乐小颖顺利地将最后一个工序操作完毕，台下立即爆发出一片赞美、讶异的惊叹声。接着，不知是因为乐小颖向评委、观众的鞠躬谢场，还是因为乐小颖的一款“黄山迎宾”发型作品，掌声经久不息……

第一章　走出大山

中国南部某山区，只远远地看过火车的山村女孩乐小颖，在同村女孩贾晓菲的带动下，毅然决定去上海打工。

1

这是一个T、K开头车次的火车经过几乎不停靠的车站；即便是慢车，也不过只停三两分钟。

但它却是这里通往山外的一条天梯。

人们沿着这条天梯，就可以走入像天堂一样的城市。

车站售票厅前，如往日一样，没有像北京、上海那些大城市车站永远也载不完的乘客，而是如山乡一样，显得有些宁静、闲散、恬适。

贾晓菲将行李交给乐小颖和乐小颖的父亲，说："你们就在这等着，我进去打票。"

贾晓菲刚进售票厅，乐小颖还没来得及打量一下售票厅前张贴的全国行车图，突然两团黑影向她"扑"了过来，把她吓了一跳；待她也如那两个气喘吁吁的女孩一样捂着胸口也似喘不上来气时，两个女孩齐齐叫了一声："小颖——"

"啊，汪巧梅，你们还是来了！赵晓彤，你妈同意你跟我们一道走了？"

"我妈没呢。"赵晓彤喘着气，眼睛热热地望着乐小颖。

汪巧梅看了一眼赵晓彤，说："她妈那个死脑筋才不会同意呢，是我骗开她，让赵晓彤偷跑了出来的。"

这时，一边的父亲望着汪巧梅接上道："你妈昨天同我说，她也不让你去呢。"

"乐叔！"赵晓彤叫了一声乐小颖父亲。

汪巧梅一脸的不在乎："可我妈听我爸的，我爸说，丫头大了，让她出外闯闯吧。我妈就同意了。"

这时，贾晓菲风风火火地从售票厅出来了，一见多了两人，二话没说，道："得，我再去买两张票。"

"贾晓菲，给你钱。"赵晓彤一边掏钱一边说。

还没等她将钱掏出来，贾晓菲早已转身又进了售票厅。

"待会再给她吧。"汪巧梅像是安慰赵晓彤又像安慰着自己似的说，"反正我们一路要走好几天呢。"

2

小站，检票员见没几个乘客，也就收了剪钳，打开门，让乘客自由地从她面前走过，直接到了站台。

到站台，赵晓彤就向铁轨两头不停地张望——她也不知道她们要乘坐的火车会从哪边开来。

"晓菲姐，这车怎么还不进站呀，急死人了！待会要是我妈他们追上来，我可就走不了了——"

贾晓菲乜了一眼赵晓彤，有些不屑地道："急什么呀，火车又不是我开，想快就快；再说，他们怎么知道你上火车呀，说不定，现在他们正往汽车站追呢。"

"要是被追上了，回去要扒我的皮呢。"

"敢！"贾晓菲说，"当真没法律了，你是她女儿，又不是她私有财产。"

好在，这时车站广播响了，开始反复播着："开往上海市方向的列车马上就要进站，请各工作人员做好接车准备……"

赵晓彤一听，不由松了一口气。

而一边的乐小颖，既兴奋又有几分紧张地眺望着正缓缓驶来的火车。

"看什么呢，小颖？"贾晓菲见乐小颖那副神情，有些不解地问道。

乐小颖头也不回地盯着渐行渐近的火车说："看火车咧。"

"看火车？"贾晓菲一边仍不解地问着，一边弯身将乐小颖父亲正好压在黄色安全线上的塑料包往后移一点，"没见过呀。"

"我来，我来。"乐小颖父亲忙将包提起来，拎在了手上，往后退了退。

"见过，在山上望见过，可是没坐过。"乐小颖老实地答道。

赵晓彤则忐忑不安地一会提起包转转，一会又放下包转转，不断张望，焦急地不停冲着火车嘀咕着："快呀，快点呀。"

"看把你吓的——"贾晓菲不知是宽慰赵晓彤还是嘲笑赵晓彤地说。

汪巧梅拉了拉赵晓彤的手，安慰道："别怕，车不是来了嘛。"

赵晓彤透过贾晓菲的肩膀，望着驶来的火车，勉强笑了一下，说："我没怕，谁怕了?! 要怕我就不来了。"话音还没落，她突然就像被电了一下似的颤抖了起来，张皇失措地本能地往贾晓菲身后躲着："我妈来了!"

几个人遽然回头向入口处望去。

果然，入口处两名中年妇女急匆匆地赶来，正一边走着一边往人群中急切地搜索寻觅。

这时，列车进站了，轰隆隆巨响。

"她二婶，在这呢!"赵晓彤妈冲过来，一把抓住赵晓彤，一边对另一位仍在人群中寻找的妇女叫着，然后上气不接下气地擦着汗，数落道："你这死丫头，翅膀硬了是吧……非让人卖了你才老实是吧，你这是在找死呢你……"

乐小颖父亲见状，上前劝道："大姐，孩子大了，就让她们到外面见见世面吧。"

"大了？多大？才接受完义务教育，高中都没考上，多大？谁像你呀——"没想到，赵晓彤妈朝地上吐了一口唾沫一脸鄙夷地道："见世面？说得好听，想靠卖女儿发财!"

一句话，将乐小颖父亲噎在那半天喘不过来气。

"什么卖女儿!"好在贾晓菲及时插上，"到底谁想靠卖女儿发财谁心里有数!"

"你说什么?"赵晓彤妈两眼瞪圆地望着贾晓菲。

"我说什么？我是说你不让赵晓彤跟我们走，是想把她留在家里给卖了，拿钱盖房子，是不是？对不对？怎么了，没话啦？这可是你女儿自己说的；乐叔卖小颖？好，就算是卖吧，那也是卖到大城市，去挣钱，是她自己愿意。你卖赵晓彤，是卖到山沟沟，是去给人生孩子，是伺候人一家子，熬日子。你问问赵晓彤，她是不是愿意!"贾晓菲连珠炮似的一口气说道。

别说，被贾晓菲这一顿猛轰，赵晓彤妈一下哑了。

但哑是哑了，手，却仍抓着赵晓彤不放。

这时，火车缓缓进站，停住。

"叔，我们走了。"贾晓菲见赵晓彤妈那恨不能吃了她的眼睛，一边从乐小颖父亲手中接过包，一边转过身气鼓鼓地对乐小颖说，"小颖，走——"

赵晓彤眼看着乐小颖她们就要上车了，拼命地在她妈和婶手里挣着，可是，她哪是那两个中年妇女的对手啊……

乐小颖一边跟着贾晓菲上车，一边回头对父亲说："爸，你回吧。"

"哎，在外凡事要靠自己，要懂事，啊！"父亲叮嘱着。

"知道了，爸，回吧。"

但父亲仍站在上车人群的最外边，望着贾晓菲、汪巧梅和乐小颖一一上车。

走到车门口了，贾晓菲突然又转过身，快速追上正拖着赵晓彤离开的赵晓彤妈和婶。

"别走，车票钱是我掏的。"

赵晓彤妈愣了愣眼，一时反应不过来地望着贾晓菲。

"找钱！"赵晓彤婶一边接过车票，一边从怀里掏出三张百元大钞，扔给贾晓菲。

贾晓菲迅速地接过钱，将零钱也同样一扔，说："哼，后悔去吧你！"

"后悔？哼。谁知道你在外面干什么见不得人的事……"好在，赵晓彤妈这一句话声音不大，贾晓菲急着上车，没有听到。

乐小颖父亲望了一眼被拉走的赵晓彤，又回头表情复杂地继续看着汪巧梅、乐小颖跟着贾晓菲上车："晓菲，她们都是第一次出门，在外面你要多担待点啊。"

贾晓菲什么也没说，只是挥了挥手，那意思是"放心好了，我会的"。

乐小颖父亲不知怎么，眼里就雾上了一层泪花，学着贾晓菲的样儿，也挥了挥手……

第二章　车上奇遇

列车上，从未出过远门的乐小颖遇上了改变她一生的发型师黄柏燕，以及与她以后发生很多故事的江昊天、傅洋升、沈建荣等。

1

贾晓菲在前，汪巧梅帮她拎着包，乐小颖跟在最后，既好奇又紧张。毕竟她与汪巧梅都是第一次走出大山，走向都市；贾晓菲虽然年龄与她们一般大，但她去年就出来了，年底还带回了一笔在她们村上挣三年才能挣到的钱。尽管有人背后说她那钱挣得不干不净，但乐小颖想，那纯是“吃不到葡萄说葡萄酸”，再说，她就不相信，连陈胜、吴广在那个时候都高呼出了“王侯将相宁有种乎”，拿到今天，就是“城里人也宁有种乎”?

贾晓菲一边往车厢里面走，一边往两边看，寻找着座位。

走到一座位前，贾晓菲停下，看看手中的票，又看看行李架上的座位号，嘴里说了声“就这儿”，然后对汪巧梅指着行李架说：“放上去。”

乐小颖也将自己的行李往行李架上放，可由于够不着，加上架上也没有多少空位置，放了几次也没能放上去。

这时，正在另一边座上一边玩着扑克一边不时瞅着这边的、脑门上一片锃亮的中年男人抓着牌跑了过来，小心地从架上拿下一个包，说：“你们放，你们放，我的我拿着就行了。”

乐小颖轻声说了声“谢谢”，然后继续往上放，但仍够不着。

贾晓菲撇了下嘴：“站上去呀。”

乐小颖看了看座位，想想就站了上去，但她没有脱鞋。在汪巧梅的帮助下，等她放好下来，座位上印下了她的两个黑脚印。

看着座位上印下的两个黑脚印，乐小颖有些不知所措地红了脸……

“脑门锃亮”将包拿下后，因乐小颖正在放行李，他就站在那等乐小颖下来；乐小颖从座上下来，头一抬，正好与“脑门锃亮”打了个面对面。

而这一对，“脑门锃亮”仿佛一下被施了魔法，盯着乐小颖，微张着嘴，怔住了——痴痴地望着乐小颖。

乐小颖本来为座位上的两个黑脚印就脸红了，这下，脸更红了……

“喂，愣啥呢，还来不来呀!”那边几个打扑克的人开始催促“脑门锃亮”。

“脑门锃亮”被这一催，似乎突然一下被惊醒过来般，摇了摇头，迟疑着回到原来座上，继续打着牌，虽然打得有些心不在焉……

2

一声汽笛，火车缓缓开动，驶出了车站。

透过车窗，渐行渐远的站台上，乐小颖看见父亲仍站在那，举着手挥着，直到又一声汽笛响过，随着火车加速，父亲才淡出了她的视线。

乐小颖擦了擦眼睛。

她不知道自己算不算哭了，只是感到心底里有种东西一直往上漾，要从眼睛里溢出来。

与乐小颖一边座上的是两位男乘客，一位看上去已是人到中年，但却剃着一副板寸头，显得比实际年龄要年轻得多；另一位则与她年龄不相上下。中年乘客戴着耳机，正用手机收听着广播，见乐小颖看向他，没有什么表情地望了一眼她，然后眼睛从她的身上又转到了刚刚乐小颖放行李时留在座位上的两个黑脚印，接着，收回眼睛，一边将身子往里挪了挪，一边自顾地说着：“臭！真臭！”

乐小颖不安地往自己身上看了看。

中年乘客见状，忙扬了扬手中的手机：“足球，足球。”然后回过头，继续听着他的足球……

——这个乘客，名叫沈建荣，说来难以置信，这个戴着耳机、一见面乐小颖就以为说她“臭”的男人，几年后居然会与她结了婚，甚至还差点有了孩子。

乐小颖看着脚印，伸手去拍，另一名年轻乘客抢先伸出了手，边拍边对乐小颖说：“你——是不是叫乐小颖？我认识你——”

乐小颖惊奇地看着他，努力地想了想，但还是摇了摇头：“我不认识你。”

“我是左村的，你上学时常从我们村前过。”

乐小颖又认真地想了想，但仍是想不起来：“真的没见过你。”

“我都离开家好几年了，又不常回来，你当然不认识——我叫江昊天。”

——这个叫江昊天的男孩，后来一直真心地爱护着乐小颖，追求着乐小颖，并为了乐小颖，或者说是为了一份他根本就得不到的爱，竟犯了罪；那个时候的乐小颖还不懂什么叫爱情，伤害过别人，也被别人伤害过。

“你去哪？坐呀——”江昊天望着乐小颖说。

乐小颖望了一眼对面：“跟她一起去上海。”

江昊天就顺着乐小颖的眼睛望向对面已经坐下来的贾晓菲。

“你们一起的?”

“是的。”乐小颖伸手又拍了拍刚刚江昊天已经拍过了的座位，就要坐下去。

不想，贾晓菲却突然阻住了她：“坐里边。”

乐小颖不解地望向贾晓菲。

贾晓菲却望着沈建荣：“哎，说你呐，让开呀。”

沈建荣见贾晓菲望着自己动着嘴唇，伸手从耳朵上拿出一只耳塞，有些茫然地望着贾晓菲。

贾晓菲狠狠地瞪了他一眼，说：“看什么看，没见过女人哪!”然后对着车厢毫无顾忌地大声叫道：“列车员，列车员!”

大家的眼睛都被贾晓菲尖厉的叫声给吸引了过来。

“脑门锃亮”一见，再次抓着牌——不过，这次另一只手里多了个从行李架上拿下来的包——跑了过来：“怎么了怎么了？说给傅洋升听听……”

——这个自称叫傅洋升的，经常说着“人世间的一切谬误都是因为大家没有经验，等有经验时，一切又都晚了”的人；谁也想不到，他竟是一个充满传奇色彩的人，一个后来与乐小颖发生过很多故事的人……

“我的票在这，要他拿出票！对号入座。”贾晓菲对着傅洋升，将自己拿着票的手隔着食物架伸着，然后眼睛又转向沈建荣：“你的票呢，啊，你有没有票?”

沈建荣非常生气地再次拉下耳塞：“谁没有票！啊，你是乘警还是列车员呀？吵得让人连场足球都听不安稳!”

说完，沈建荣气呼呼地重新塞上耳机。

“嗨，哥们，别发火，有没有票拿出来看一下不就得了。”傅洋升对沈建荣笑着说。

沈建荣看着傅洋升那一脸的笑，一边站起来捂着耳机往外走，一边道：“得，哥们，你的座还是还给你吧，免得被这小女孩说我没票!”

“还打不打呀?”另一边打牌的冲着傅洋升叫道。

看着沈建荣走到了自己原来打牌的位置坐下，傅洋升将牌只好还回到食物架上，抱歉地边说着“呵呵，对不住，不打了，不打了”，边要坐到刚才沈建荣坐的座上。

“哎，你——那是我们的座!”贾晓菲见走了一个沈建荣这儿又来了一个傅洋升，不由又叫了起来。

这时，一直坐在贾晓菲一边也靠窗口的一位看上去与贾晓菲年龄差不多的女乘客侧过头，轻轻地说了声："你错了。"

"我错了？小姐，你说话可要负责任哦，我的票明明在这……"

女乘客不由皱了皱眉，说："我不是小姐，我叫黄柏燕。你错了。"

——这个不卑不亢、不愠不火的黄柏燕，便是乐小颖后来走上美发事业道路的启蒙老师；正是她将乐小颖推上了五彩缤纷的人生擂台。

"看清楚后再说话。"黄柏燕用手指了指货架上座位号的标志。

傅洋升从贾晓菲手里拿过票，看了看，笑着说："这个座位应该是在外面。我的才是在这里——"

贾晓菲疑惑地从傅洋升手里拿回票看了看，然后又仔细地看看货架上标的座位号，脸上掠过一丝尴尬；但只一瞬："哦，我看反了。但也差不多，不是里边就是外边。"

"乐小颖，你就坐这儿吧。"这时，坐在外面的江昊天拍了拍身边的座，对仍站着的乐小颖说道。

"谢谢。"乐小颖坐了下来。

一直站在背座上看着乐小颖的汪巧梅，见乐小颖终于坐了下来，才也坐了下去。

列车鸣了一声笛，飞驰在一段弯道上……

3

乐小颖将布包一直抱在胸前，不时地东张西望着，看新鲜。

傅洋升则也一直抱着他从货架上拿下来的那个小包，坐在那儿，除了眼睛不时地有意无意地并且有些恍惚地觑一下乐小颖，就是"岿然不动"地心事重重般凝视着窗外。

贾晓菲从随身的皮包中掏出一包零食，旁若无人地兀自吃着。

也许是吃得无聊了，也许是寂寥了，贾晓菲边吃边转向同一边座的黄柏燕："黄小——哦，黄柏燕，上哪啊？"

"上海。"

"哦，我也是去上海。你在上海哪发财呀？"

黄柏燕笑了笑，没有回答贾晓菲的那种不是"世故"却又要装着"老成”甚至有点“俗不可耐”的问话。

见黄柏燕没有谈兴，贾晓菲在大嚼一通零食后，又转向对面的傅洋升：“老板是去上海吗?”

“是的。”

“在那边工作还是打工?”

“打工就是工作，工作也是打工啊。”

“对，对，工作就是打工，打工也是工作。那你是做什么工作的呀?”

听到这里，黄柏燕冲傅洋升瞟了一眼。

傅洋升笑了一下，也不知是对贾晓菲还是对黄柏燕，没有做声。

贾晓菲自讨个没趣。

但她似乎一点也没感到尴尬。

这时，一个穿着牛仔裤的小伙子的声音突然响了起来：“各位旅客，各位朋友，大家好！今天有幸向大家推荐一位优秀的青年歌手——月下萧何——就是韩信月下追萧何的那个萧何。他毕业于音乐学院作曲专业，是一位自编、自创、自唱的天才歌手。为了给大家旅途添点乐趣，下面，就请他为大家演唱，大家欢迎……”

有人便喊：“不是萧何月下追韩信吗?”

“谁追谁都行，一样一样一样的!”“牛仔裤”幽默地说笑道。

不知谁又喊了一嗓子：“收钱不?”

“不收，坚决不收。”“牛仔裤”继续着幽默，“只是希望有韩信其人来追他。”

这时，月下萧何从车厢连接处那个“牛仔裤”身后走了出来。看上去，其貌不扬，站在那头也不抬地用力弹了几下吉他，只说了一句话：“歌是本人自己编的，希望大家喜欢。”声音不大，但也许是沾了韩信或是萧何的光吧，自他一出现，人们大多向他行起了注目礼，因此，他说的，近前的人还是听得十分清楚的。

前奏的吉他声很快让整个车厢都静了下来。

离开家乡，告别亲人，坐上火车去远方，啊——咿——哟，我们都一样。为了生活，为了梦想，奔波在人生的旅途上，啊——咿——哟，我们都一样。车轮滚滚，思绪飞扬，远方有我憧憬的姑娘，啊——咿——哟，我们都一样……

月下萧何前两句唱得很平，最后一句却很动情，当他“当胸一划”结束歌声时，得到一阵真情的叫好：“再来一个！”

“真不收钱？给钱！我给十块。”江昊天手里拿着张十元的人民币，举着向月下萧何身边的“牛仔裤”示意着。

“牛仔裤”幽默地说：“真不收，谢谢您啦——不过，不收十块，要收，就收一百。”说完一笑，朝大家拱了拱手，然后，领着月下萧何，从人们面前走过，去了下一节车厢。

乐小颖看着月下萧何离去的背影，不由有些出神……

“火车上这种事见得多了，真的不要钱，这还是头一回碰见。”江昊天几分尴尬几分自嘲地收回手中的十元钱，望着乐小颖解释说。

“唱得挺好的，”傅洋升评价道，“这要是在上海，备不准还真成歌星了。”

黄柏燕点了一下头，表示赞同。

这时，乘务员正好推着百货小车过来了：“新鲜水果新鲜方便面新鲜矿泉水新鲜酱牛肉新鲜……”

没人叫买。

小车就如那叫声一样“新鲜”地新鲜过去了。

“真是新鲜，那方便面还有新鲜旧鲜呀。”贾晓菲撇了下嘴道。

见没人答理贾晓菲，乐小颖想想答了一句：“才出厂的方便面就是新鲜呢。”

仿佛是应着这“方便面”，列车广播这时响了，说：“用餐时间到了，有旅客需要就餐的，请到五号餐车去。”

傅洋升犹豫地站了起来，看了看手中的包，又看了看同样抱着小布包的乐小颖，说：“帮我拿一下，我去吃点东西，好吗？”

乐小颖伸手接过包，点了点头。

“注意点，别碰了，我一会儿就回。”傅洋升看着乐小颖接过的包再一次地叮嘱。

乐小颖冲他笑了一下：“我会的。”

可傅洋升刚走出去几步，想想还是回过头来：“算了，不麻烦你了，我自己拿着吧。”然后小心翼翼地抱着包走了。

“神经。”

贾晓菲望着走去的傅洋升从牙缝里挤出了这两个字，然后从手上的小皮包里拿出一个水杯，站了起来，准备去开水间续水。

可是车正好到了一站，停了下来。

贾晓菲想想又重新坐了下来。

乐小颖有些不解地望了一眼贾晓菲："我替你去倒。"

"待一会，要不上车的会占了座。"

哦，原来贾晓菲的心思在这儿。

"不是有票吗？"乐小颖说。

可是，贾晓菲将手上的皮包放在身边的座上，然后扭过头，望向窗外，没理乐小颖……好在，乐小颖也不介意，见她看着窗外，眼睛也随着看了过去……

窗外，乘客蜂拥而至。列车员站在那一边连声叫着"排好队，请按顺序上车"，一边不时将一两个插队的乘客拉开来，让他们站到最后一个位置。

"提好各自行李，上车别落下了。"

在列车员的提醒声中，乘客排着队，依次上车……

4

乘客挤挤挨挨着往里走。

一位看上去头发有些花白的中年人走到贾晓菲身边，看了看她身旁的座，问道："有人吗？"

"有人。"贾晓菲望了一眼放在那的自己的小皮包道。

"花白头发"只好继续往前走去。

这时，又有一个女孩过来，问："请问，这里有人吗？"

"有人。"贾晓菲仍是面无表情的两个字。

女孩向前看了看，前面过道上几乎全站满了，又收回眼睛看了看那只小皮包，向前走了两步，然后就顺势站在了乐小颖这边的椅背旁；但想想，还是向前挪了去。

这时，一少妇身上背着一个包，手里抱着一个小孩挤了过来。

"这里有人吗？"

"有人。"这次，贾晓菲看都没看问的少妇一眼就答道。

少妇望向前面，看到的是满满的乘客，便轻叹一声，倚在了椅背上，提了提手上的包，同时，换个姿势抱着小孩。

车开动了。

贾晓菲拿着水杯再次站了起来，走向开水间——她着实是渴了。

少妇看了一眼座，犹豫了一下，但还是迟迟疑疑地试着坐了上去，然后解开怀，给孩子喂起了奶。

傅洋升回来了，手里捧着盒饭，从少妇面前径直走了过去；坐下后，谁也没看一眼地吃了起来。

“你包呢?”乐小颖因为他先让她看管那包后又拿走，所以记着。

傅洋升愣了，抬起头，咽了一口嘴里的饭，然后，猛将饭盒往杂物架上一放，转身就往回跑。

“真没记性。”乐小颖看着傅洋升跑出去，不由笑了一下。

“说谁呢。”这时贾晓菲拿着水杯从开水间那头走了回来，正好听到了乐小颖的“真没记性”，顺嘴问道。可没待乐小颖回答，突然又叫了起来：“起来起来，这里有人。”原来，她看到少妇坐在了她放包的位上。

少妇忙将孩子从怀中拉出来，想站起，不想，也许是孩子没吃好，“哇”一声哭了起来。

可贾晓菲充耳不闻，仍立在少妇侧面，让她站起来。

“大姐，你坐我这儿吧。”乐小颖实在看不下去了，站起来说。

少妇望了望乐小颖，一边哄着怀中的孩子，一边不好意思地说：“那——我奶好了孩子就让你啊。”

少妇坐到了乐小颖的座上；乐小颖顺势就坐到了少妇原来坐的座上，等于是与少妇换了个座。

贾晓菲非常不满乐小颖的举动，没好气地踢了一下她，说：“往里去。”

乐小颖没有言语，往里挨了挨，将贾晓菲的皮包递给她，靠近黄柏燕坐了下去……

5

列车呼啸着前行。

广播里传出有人丢包，让大家协助寻找的声音。

随着列车广播的反复播送，傅洋升极度烦躁、极度恼火地回到座位上坐了下来，望了眼饭盒，然后抬起头，紧着追问坐在对面的乐小颖：“我当时不是把包给你了吗?”

“你忘了——你不是又拿走了吗?”

傅洋升就又一边不断地回想，一边问着自己：“我又拿走了吗？我又拿走了吗?”

“你是又拿走了。”江昊天学着傅洋升当时的样子，“就这样抱着拿走了。”

乐小颖望着傅洋升，一脸认真地强调：“没错，你是拿走了。”

“你刚才去哪了?”见傅洋升那焦急的神情，黄柏燕轻声地问道。

傅洋升望了一眼黄柏燕，伸手拍了拍饭盒，说：“我就去餐厅买了一盒饭。就这工夫……”

“再去找找吧，想想你是不是放在哪了。”黄柏燕提醒着，“再去餐厅看看吧。”

傅洋升犹豫了一下，但还是听从了黄柏燕的建议，起身又向餐厅走去。

可是，对面的沈建荣等傅洋升离开后，声音不大，但足够他们几个都听得清楚地望着乐小颖说：“我没看见他把包又拿走了，我只看见他给你了。”

“他是先给了我，可他走了两步后，又回头拿走了。”乐小颖平静地解释道，一点争辩的意思也没有。

“那包里也不知装了多少钱，瞧他急的。”沈建荣自言自语道。

“他那穷酸样，钱？下辈子吧。”不料想，一边一直什么也没说的贾晓菲突然撇了下嘴道。

乐小颖生怕贾晓菲的话引来别人的攻击，忙接过话说：“不过，一上车，他那包确实就一直没离过手，始终抱着，里边应该是放的钱，要不就是什么贵重的物品。”

“跟我换座时倒是脱过一回手，但那眼睛也是一刻也没停地盯着——那么个破包，扔在地上都没人捡，还当稀罕！这不，还是丢了，哼！该丢的怎么着也是丢，不该丢的，怎么着也丢不了——你看我那包还在上边呢，我理也没理它，想丢都丢不了。”

沈建荣如此一说，大家都被逗笑了。

6

贾晓菲喝了一口水，然后将杯盖拧紧，倒过来试试，看漏不漏。见不漏，这才打开小皮包，将杯放进去。

放好水杯后，贾晓菲又东张西望了一会，但最终还是忍耐不住寂寞，扭了扭身子，转身问对面的江昊天：“你们单位在哪？”

“在溥村区。”

“呀，那不是郊区啦。”

江昊天没吱声。

“你有名片吗？”贾晓菲接着问。

“没有。”

也许是江昊天不想再与她啰唆，说完“没有”两个字，就将头扭向身边正在奶着孩子的少妇。可当他一眼看到少妇白生生的乳房时，羞得赶紧又将目光收了回来，散乱地望向乐小颖这边。

“怎么会没有呢，在外混，没有名片怎么行？”贾晓菲仍在那喋喋不休着。

乐小颖见江昊天不想答理贾晓菲，想想轻声问贾晓菲道：“晓菲，你有吗？”

“我当然有。”

“我怎么没见过，能给我看看吗？”乐小颖好奇地望着贾晓菲。

“哦，今天没带，丢在办公室了。”

乐小颖更加好奇：“你有办公室？”

贾晓菲瞪了她一眼。

直到这时，乐小颖似乎才明白过来什么似的，敛了眼睛，抱着包，不再问。

隔着乐小颖，贾晓菲从身后伸手去碰黄柏燕：“黄柏燕，你有名片吗？”

趁这机会，江昊天迅速悄悄塞给乐小颖一张自己的名片，点了下上面的电话，又用手做了个接听的动作，示意她有事可以通过上面的方式找他。

乐小颖愣了一下但还是将名片捏在手心里点了下头。

“对不起啊，忘了带。”黄柏燕不失礼貌地回道。

贾晓菲撇了撇嘴，无趣地坐回了身子。

这时，乘务员推着服务车从后往前地又过来了：“看报纸看地图看新闻看百万富翁娶十八岁大姑娘看女大学生要嫁七十岁老乞丐……”

仍是没人问津。

服务员连同服务车如前次一样落寞地从乐小颖她们座旁走了过去。

7

乐小颖抱着包坐在那儿，一绺头发耷拉了下来，她抬起手，捋着往后一甩，发梢也许是头发掠起的风，惊着了黄柏燕。

黄柏燕本来是皱着眉头让了一下的，可当她扭过头，看到乐小颖的长发时，眼睛突然一下就亮了："这么长头发，多不方便啊——来，小妹妹，我替你盘起来吧，愿意吗?"

"我——自己会盘。"乐小颖忸怩了一下说。

黄柏燕笑了起来："哟，还不好意思呀。"

"你可走运了，"这时，一边的沈建荣答上了，"她可是高级发型师呢，你就见识见识吧!"

"去你的。"黄柏燕娇嗔地看了一眼沈建荣，然后转向乐小颖："来，一会儿就完。"

乐小颖就不再坚持，转过身，协调地配合着黄柏燕娴熟的动作。

很快地，一个优雅的发型，在黄柏燕十分利落的手中完成了；不仅是完成了，而且还完全让乐小颖换了个人，显得高贵、大方、典雅、时尚……

汪巧梅在另一边不由叫道："小颖，真漂亮!"

沈建荣那边乘客也一齐往这边看，看得乐小颖满面通红，不知是羞的还是激动的。

黄柏燕上下左右地边审视着发型边说："不太理想，没有工具。显得有些过了，不够青春。"

"好看吗?"乐小颖拿眼悄悄觑着贾晓菲问道。

贾晓菲不管不顾地、大声地、由衷地赞美着："太神了!"

黄柏燕拿出个小化妆盒递给乐小颖："里面有小镜子，自己看看。"

不看则已，一看，乐小颖脸更红了，镜子里的人，哪是她乐小颖呀，简直就是传说中的仙女——此女只应天上有!

"黄柏燕，帮我也弄一下呗。"贾晓菲从乐小颖头上将眼睛移向黄柏燕恳求道。

黄柏燕就看了一眼贾晓菲，说："你的头发太短了，想弄的话，等到了上海，上我店里吧。"

“上你店？店里做一个这样的发型得多少钱呀？”汪巧梅眨了眨眼睛问道。

“这里只是随便做做，要是正经做，全套下来也就几百上千，那要看用什么牌子的东西。”黄柏燕解释着。

“几百上千！”贾晓菲不由跟着不知是讶异还是羡慕地重复了一遍。

乐小颖赶紧用手护住了头发：“这么多钱呀！我不做了。”

“我又没说现在收你钱，咱们是玩儿，到店里才是生意呢。店里做头发也不是这么简单——就这么弄弄收入几百上千块，那不成抢劫了。”说着，黄柏燕认真打量了下乐小颖，然后望了一眼沈建荣，说：“别说，这小女孩还真上相！”

沈建荣看了看乐小颖，没点头也没摇头，只是微微笑了一下。

8

乘警带着傅洋升回来了。

“就是她！”傅洋升指着乐小颖。

乐小颖眨着眼，迎视着乘警，一点慌乱也没有，只是在想着这是怎么一回事。

大家都紧张地看着乐小颖。

“我可是看见这‘老头’自己把包拿走了！”江昊天半晌突然想起了是怎么回事，便毫不客气地称呼傅洋升为“老头”，似乎只有这样，才能表达出他的激愤。

乘警将眼睛望向其他几人：“你们几个都看见了吗？”

大家都没有吱声。

“小姑娘，你把包还给他后他放哪了？”乘警见状，将眼睛又望向乐小颖。

乐小颖笑了一下（连她自己都不相信，这个时候居然能笑出来），说：“他起先是给了我，可他一转身，就又拿回去了，说还是他自己拿着吧。”

乘警将眼睛又转向傅洋升。

“好像是想自己拿着……”傅洋升不确定地嗫嚅着，“但最后我应该是没拿。”

“到底拿没拿？”

傅洋升看了看追问他的乘警，又看了看乐小颖那双天真无邪的眼睛，自己不由又迷糊了起来："我记得是给她了，可是，又记不太清楚……"

"那好吧，您别着急。"乘警见再问也问不出个所以然来，想了想，说："大家都帮助找找，有线索随时告诉我。你先坐这歇歇，我去餐车再问问，有消息会及时来告诉你的。"

说完，乘警转身走了。

看着乘警离开了，贾晓菲朝傅洋升撇了下嘴道："你这老头真有邪的！明明是自己把包拿走了，却硬说是给人了。你到底是干什么的呀？"

"你管我是干什么的？管得着吗，这！"傅洋升没好气地回了句。

这时，沈建荣探了探身，问道："你那包里装的什么？瞧你急的这样子！"

"说不定包里全是装的烂纸。去年在月亮湖公园，不是有个人包掉水里了，七八个人帮着捞，还差点淹死了一个，结果，捞上来一看，里边全都是破烂；差点淹死的那个人连声说亏得是没被淹死，要是淹死了，得把他爸妈给气死！"贾晓菲说完，兀自笑了起来。

傅洋升蔑视地白了她一眼，然后转向乐小颖："你再好好想想？"

"你当时是先给了我，可没走几步你又回来拿走了！我都不知说过多少遍了！"乐小颖再次解释。

"是吗，我怎么一点印象也没有呢。"傅洋升搓了下手，轻声自语着。

乐小颖不由就有种委屈的情绪爬上了心头，为了掩饰，她起身离开座位，走向通往餐车方向的开水间，前去续水。

江昊天见状，马上跟了上去。

"大家都看到的，他自己拿走了，你没必要这么在意。这人脑子有毛病。"

对江昊天的安慰，乐小颖边接着开水，边回头报以了一个微笑。

江昊天想想，换了一个话题，问："你们联系好了工作单位了吗？"

"贾晓菲说她替我们找好了。"

"做什么，知道吗？"

乐小颖就若有所思地轻轻摇了摇头——也许，她脑中还是在想着刚才的事情吧。

这时，一个收垃圾的女乘务员戴着大口罩，走到他们身边，伸出一双大胶皮手套，将垃圾桶中的垃圾往她带来的大垃圾袋中装。

"包！"

乐小颖的眼睛望见了女乘务员正将一个包连同其他垃圾往大垃圾袋中装，赶紧上前弯腰拦住。

“你要干什么？这都是垃圾。”女乘务员不知是恼火还是不解地直起腰望着乐小颖。

乐小颖：“这个包是刚丢的，先别扔。”

“行。”女乘务员用眼睛示意了一下垃圾桶中的包，“谁丢的你就给谁拿去吧。”

江昊天想伸手将包提出来，可看到包在垃圾中脏得一塌糊涂，就又住了手。

乐小颖也是，恶心得直咧嘴。

女乘务员不耐烦了，说：“你们先捡着，我待会儿再过来收拾。”说完，一甩手，走了。

“我去叫他。”乐小颖用眼睛示意江昊天不要离开，然后自己转身急急地向座位走去。

座位上，傅洋升正眼眉不展地愁苦着，突然，乐小颖匆匆跑过来，连声说：“找到了，找到了。”

“找到了？在哪？”傅洋升一下站了起来。

“在这边。”还没走到座位前的乐小颖，一转身，引着傅洋升向开水间走去。

傅洋升兴奋得有些紧张地忙跟着乐小颖跑过去，一边跑一边嘴里还不住地问着：“在哪找到的？在哪呢？”

乐小颖也不答理他，只管将他引到开水间，指了一下那个垃圾桶。

傅洋升立即抢步走到垃圾桶前，几乎是撞开了江昊天，将胳膊一下伸了进去，在污秽中一把拿出了那个包。

可是，包里，是空的。

空的。

傅洋升一下顿住了。

但接着，傅洋升突然就醒了，急切地问道：“这是在哪拣的，这堆垃圾是哪来的？”

“一会儿她还要来。”江昊天答道。

“唉，你们——”傅洋升埋怨着。“当时应该问问这垃圾是在哪捡的呀！”

“忘了。”乐小颖也不由有些自责当时没有问。

“真是的，怎么就没问问。”傅洋升一边嘟囔着，一边不管不顾地将垃圾统统倒了出来，翻过来倒过去地找，满手肮脏也不在乎；可还是什么也没有找到。

乐小颖见他如此急切，忍了忍没忍住，还是问道：“你到底是在找什么呀？是钱包吗，还是？”

“一个塑料口袋，里面装着两个这么大的小瓶。”傅洋升虽然很不情愿，但还是直起腰比画了一下。

“小瓶？”乐小颖指了指垃圾桶旁边一堆还未来得及收进袋中的垃圾——有废纸、饭盒、果皮等，是那个女乘务员听乐小颖说要找丢了的包，没再装袋落下的，而里面，正有一包塑料袋裹着的两个小瓶躺在那。

“找到了，找到了！”傅洋升几乎是扑上去，一把抢在了手里，然后颤抖着，打开只看了一眼，就又赶紧合上，生怕被别人看飞了似的。

江昊天看了一眼乐小颖，乐小颖也正看他，于是，两人相视一笑，笑得很美、很甜、很开心……

而傅洋升，却忘乎所以地拿着那个脏包和塑料袋，进了洗漱间。

“包找到了？”见乐小颖与江昊天一前一后先回了来，沈建荣望着他们问道。

江昊天抢着答：“找到了。”

“哪找到的？”这时黄柏燕也侧过了头问。

江昊天有点不合时宜地想卖关子：“你们猜？”

大家就都看着他，不语。

“垃圾堆。是乐小颖看见的。”江昊天见状，马上不好意思地赶紧说。

“里面到底是什么东西？”沈建荣问。

乐小颖淡淡一笑，没说话。

沈建荣就又转向江昊天。

江昊天这次没再卖关子，说：“没看清，好像就俩破瓶子，脏得直叫人恶心，他自己抓得满手都是！”

“不可能吧。”沈建荣有些不相信地道。

“真的，不信你问她。”江昊天将眼睛望向乐小颖。

乐小颖仍是笑笑，坐到自己座上，没说话。

“真是什么人都有。”贾晓菲又撇起了嘴。

“他怎么没回来？”黄柏燕看了看车过道问。

江昊天也看了一眼过道，说：“他包上手上全是脏了吧唧的，在洗漱间洗着呢……”

不一会儿，傅洋升回来了，满脸喜色，与刚才相比，像换了一个人，紧紧抱着包，只不过，那包变成了塑料袋——大概那包太脏，没办法洗净了吧。

“估计你这袋里装了几万现钞吧。”沈建荣打趣着傅洋升。

可没想到，傅洋升却连连摆着手，说：“没有，没有，都是破烂。”

“破烂？老抱在怀里，丢了还能急死！”沈建荣笑着。

可没等傅洋升再说什么，一边的贾晓菲却接上了：“没错，这位老先生别看穿着土，可一看就是有钱人。看看我们，别看穿一身新衣裳，一看就知道是穷人。”

她说的“新衣裳”，是指乐小颖。

乐小颖不好意思地低了低头。

“她家不穷，前年盖了新房子呢。”汪巧梅忙替乐小颖解释。

“快别说了，乡下那也叫新房子？万儿八千的。”贾晓菲撇了下嘴，继续说着，“城里哪家的房子不都值百十万。我一个朋友家的房子买时只花了八十万，可去年一转手，就卖了一百六十多万……”

“房子卖了，到哪儿住去？”汪巧梅疑虑地问道。

贾晓菲说：“他家有的是房子。他爸把房子卖了，他妈把房子租出去了，还有拆迁的房子，还有祖上的老房子。城里人就是房子多，吃房租就够两辈子的……”

“够夸张啊，我可没听说过。”沈建荣说完，转向傅洋升，“包找到了，还不谢谢人家小女孩？”

“亏得是找到了，不然，我们跳到黄河也洗不清了，一百张嘴也说不明了！先别说谢，得赔个不是。”贾晓菲又立即抢过话头。

傅洋升非常反感地白了一眼贾晓菲，冷冷地戏道：“怎么赔，给你磕头？”

“有本事你就磕。”没想到，贾晓菲还真接了。

乐小颖忙用手轻轻拽了拽贾晓菲：“别说了。”

其他人则全都不知是大度还是不屑地将脸扭向了别处，什么也不再说……

9

列车飞驰。

坐在对面的少妇一只手抱着小孩，一只手将放在座下的包打开，从里面拿出一个水杯，要去倒水。可是，试着站起来两次——由于顾忌怀中睡着了的孩子被弄醒——都没能站起来。

乐小颖见状，伸过手，说："大姐，我替你去倒。"

少妇望了一眼乐小颖，对她笑了一下，递过杯子："麻烦你了啊。"

乐小颖接过水杯，向外走去。

不一会儿，乐小颖就从开水间里接好水回了来，一边将水杯递给少妇，一边嘱咐："刚烧开的，注意别烫着。"

"谢谢。"少妇一边接过去，一边连声说着。

乐小颖刚回到座位坐下，少妇怀中的小孩突然"哇"地一下漫起了奶水。

贾晓菲一见，赶紧用手捂了嘴，将脸扭向一边。

少妇一边注视着怀中的孩子，一边慌忙将手中的杯子往食物架上放；与此同时，乐小颖伸手去替少妇折起衣服一角，好让小孩的奶水尽量少弄到她身上。不想，少妇由于只顾看着小孩，没想到水杯没放稳，一杯水"呼"一下，夹着热气，全泼到了乐小颖的右手上。

"呀!"乐小颖不由轻叫了一声，倒吸了一口气，抱起手坐回座上。

少妇一惊，不知是照顾小孩好还是关心乐小颖好地忙问："烫着了吗，烫着了吗?"

"没事没事。"乐小颖看了看已经泛红的手腕及手背，安慰着少妇。

这时，江昊天与傅洋升也过来帮着少妇一边哄着孩子一边让她擦拭着衣服。黄柏燕则拉过乐小颖的手，看了看："啊，烫得不轻。"

乐小颖望了一眼正收拾着被吐脏了的衣服及吐过了的孩子，一边从黄柏燕手里抽回自己的手，一边轻声说："不碍事。"

这时，江昊天与傅洋升帮着弄好了孩子，也都回过身来关切地问着乐小颖伤得怎么样。

少妇则一连地赔着小心，道："真是对不起啊，出门带着小孩就是事多。"

"没关系的，要是在家里，用大酱抹一下就行了。"

少妇越发地不好意思："可这车上没有呀。"

"没事。"乐小颖将手往衬衫里缩了缩。

"到上海后，如有什么困难，尽管来找我啊，我们公司挺大的……"少妇真诚地对乐小颖说。

江昊天见乐小颖没有吱声，便接上问道："你们公司是做什么的啊？"

"做贸易，我是会计。"

乐小颖抬眼看了一下少妇，以示回应，然后又不自禁地望了一眼烫伤的手。

江昊天则一边爱怜地注视着乐小颖。

"你叫乐小颖？"黄柏燕也许是想打破这有些沉闷的气氛吧，望着乐小颖问道。

"嗯。"

"好素雅的名字。"

乐小颖不好意思地抿嘴笑了一下。

"你是第一次去上海市？"

"嗯。"

"去打工？"

乐小颖用力地点了点头："嗯。"

"怎么老是'嗯'呢？"黄柏燕笑了一下。

乐小颖又应了一声"嗯"，结果发现又"嗯"了，马上摇了摇头，看了一眼正在看着斜对面座上的三个乘客玩着扑克的贾晓菲，说："贾晓菲告诉我，上海市的钱可好挣呢。"

"她还告诉了你什么？"黄柏燕用眼睛示意了一下贾晓菲问乐小颖。

"她还说，上海市的街道好宽，比我们那的山河还要宽。还有东方明珠塔，好高，比我们屋后横堆山还要高……"

而在这过程中，脑门锃亮的傅洋升始终望着车窗外那不时闪过的灯火，若有所思。

这时，贾晓菲回过头，狠狠地瞪了一眼正在边说边用手比画着的乐小颖。

乐小颖立即将刚刚激起的兴奋抑了下去，紧了紧一直抓在怀中的布包，同时，眼睛不自觉地向那只被烫伤的手上望去。

手上已经起了水疱。

乐小颖伸出左手将右边衣袖往下拉了拉，意图将伤盖住。

可是，盖是盖住了，但一动，就又露了出来。

这时，列车鸣了一声笛。

窗外的夜景，透过车窗，就像乐小颖此时的心情，闪闪烁烁——这是乐小颖长到十八岁第一次出远门，第一次坐火车，第一次面对这么多和远去的家乡、过去的生活毫不相干的人和事；时至今日，乐小颖都觉得这走出大山、走向新生活第一天的火车奇遇，像个梦，因为，就是在这趟列车上，在这趟列车上碰到的这些人，影响和改变了她的一生……

第三章　初入都市

乐小颖与汪巧梅一同随着贾晓菲来到上海，谁知，因为贾晓菲此前介绍的一个女孩卷入了一件毒品案，使得本来说好了的乐小颖和汪巧梅工作的水魅俱乐部无法再接收她们，乐小颖流落到了街头。

1

上海火车站：站前广场上人来人往；出站口，贾晓菲带着乐小颖、汪巧梅，随着人流，拎着大包小包，走出车站……

穿过地下道，坐上公交车，贾晓菲抢了个座，坐下了；而汪巧梅与乐小颖则挤在一起，一边各自护着各自的包，一边好奇地瞅着车窗外。

车窗外，鳞次栉比的高楼、各色广告招牌、琳琅的商铺，一一闪过。

“到了，到了，下车。”贾晓菲从座上站了起来，招呼着乐小颖与汪巧梅。

公交车缓缓停下后，靠近车门边的汪巧梅与乐小颖先下了车，贾晓菲最后才挤了下来。

“到了，就是那。”也不知走了多长时间，更不知道走了多少路，贾晓菲一指前面，说道。

前面一块霓虹字牌：“南方水魅俱乐部。”

汪巧梅将包换了一个手，下意识地拍了拍衣服；乐小颖则仍紧紧地一手拎着一个稍大点的包，一手抱着那个小包。

贾晓菲瞥了一眼乐小颖，指着她的大包说：“不能把小包放到那里面去呀。”

乐小颖微微蹙了一下眉，没说什么。

贾晓菲见乐小颖无动于衷，便伸手去抓她的小包。乐小颖本能地一让，不想，包是抓住了，可贾晓菲的手也一把抓在了她的手上，疼得她不由“啊”了一声。

贾晓菲一把扯了乐小颖的小包，一看，原来乐小颖一直是借着小包在挡着她的那只在火车上被烫伤的手——伤处现在的水疱有的起得很大，有的破了化了水，一片红肿。

“呀，你怎么不早说啊，小颖!”汪巧梅心疼地叫道。

乐小颖将手往包下掖了掖，说：“不碍事，几天就会好。”

“还几天？都这样了——”贾晓菲很快又打住了她的话头，想想说：“那就继续拿着你的包吧，注意，见到老板时，不要让她看见了。”

乐小颖使劲地点了点头。

三个人继续向“南方水魅俱乐部”走去……

2

俱乐部里顾客很少，不知是时间没到还是生意本来就清冷。

“嗨，你们好——”

一进门，贾晓菲冲着迎宾小姐满脸堆笑地打着招呼。可是，迎宾小姐见是她，却将脸扭向了另一边，理也不理。

乐小颖都感到有些难为情，可贾晓菲却一点也不，径直往里走着；汪巧梅和乐小颖只好亦步亦趋地跟上。

“贾晓菲，你还有脸来呀?”前台一位服务小姐一见贾晓菲，小嘴一撅，沉着脸道。

贾晓菲仍笑嘻嘻地说：“怎么啦，脸都给你们呐？我可是在做好人好事呢，为你们送‘脸’来了。”

服务小姐看了看贾晓菲身后的乐小颖和汪巧梅。

“怎么样，够水灵吧。”贾晓菲一边说着，一边继续向楼上走去。

一上楼，迎面的小姐与楼下的迎宾一样，看见贾晓菲，冷冷地将脸扭向了另一边。

“小芬，是我呀，贾晓菲。”

小芬仍是不理，这时，另一边的一名小姐走了过来，轻轻扯了一下贾晓菲。

“啊，马丽。”

马丽用手压住嘴唇“嘘”了一下，示意贾晓菲不要大声，然后将她拉到一边，悄声说：“你还敢来呀？”

“怎么啦，发生了什么事？”

“你上次带来的那个叫邝良香的，卷进了一桩毒品案子，警察刚刚还来查过，徐老板现正在发着火呢。”

“良香吸毒？”贾晓菲一愣，感觉到了事情的严重。

“也不知道是吸毒还是贩毒，反正老板说要找到你。”

“找到我？”

“是啊，邝良香不是你介绍来的嘛。”

贾晓菲这下真的是愣住了。

“我看你还是赶紧跑路吧，要是给老板逮着了，还不定要怎么着呢。”马丽好心地建议着。

“能怎么着，我又没吸毒、贩毒。”虽然贾晓菲心里早已打起了颤，但嘴上却仍装作理直气壮地一边说着一边往楼上走，“上次说好了的，我给他介绍几个小姐妹，现在人来了，他想不认账?!”

这时，楼上突然跑过来一女孩，一把拉了贾晓菲向侧面楼道跑去。

“哎，哎，方灿霞……”

“快，你快跑。”方灿霞一边拉着贾晓菲没有停步，一边说着，“我刚才听徐老板在打电话，通知下面大厅不要放你走。”

“他知道我来了？”

“你那么大声，谁听不到呀！”

“听到就听到，怕他怎么的？我还想找他理论呢。”贾晓菲挣了一下方灿霞的手，因为在乐小颖与汪巧梅面前，如此落荒而逃，实在是有失颜面。

“算了吧，贾晓菲，还是躲了算了，招那是非干吗呀！”

“他真的在找我？”贾晓菲不由有些心虚。

“晓菲，我可是你的好姐妹呢——”方灿霞略有不快地道，“还是快走吧。”

贾晓菲犹豫了一下，望了望乐小颖和汪巧梅，然后就着方灿霞的一推，向前面楼道走去。

方灿霞一边紧张地向后边望着，一边不停地挥着手小声地说着“快点，快点”，弄得乐小颖她们跟在贾晓菲后面也一脸的紧张兮兮。

3

一直似乎毫不在乎的贾晓菲一出楼，立即就向前面的公交车站小跑起来，边跑嘴里还不干不净地骂着什么。

“晓菲，我们上哪？”跟在后面的汪巧梅边跑边问着。

贾晓菲回头白了她一眼，说：“放心，不会卖了你……”

乐小颖与汪巧梅就不再说也不再问，直到坐了五六站才从公交车上下来。

三个人默默地走着。

前面又是一排高楼。

贾晓菲领着乐小颖她们轻车熟路地从一幢楼的侧门进去，上楼。

穿过过道，贾晓菲推开了一间房门。

房间里横竖摆放着几张高低床。床上被子各色各样：有的叠了，有的没叠，床档上和室内吊着一些女人的内衣物，一看就是一群打工妹住的地方。

进门左边第一张床上，一个打工妹正睡着，见贾晓菲她们进来，从被子里坐了起来。

“贾晓菲，回来啦？”

贾晓菲一边应了声，一边走向里边一张床。

床上堆放着一些杂物。

贾晓菲迟疑了一下，伸手将床上的杂物一边往地上撸着一边说：“谁她妈的把东西放到我床上了，找抽还是怎么的？”

“贾晓菲，李姐说你不来了，另找了人呢。”打工妹望着贾晓菲道。

贾晓菲的手在空中一下僵了：“谁说我不来？”

“你问李姐去吧。”打工妹说完，又躺下睡她的觉了。

贾晓菲愣了愣，然后一转身，向外走去。

乐小颖和汪巧梅对视了一眼，也跟了出去。

原来这是一家名叫“风信子”的美容院，此时，前厅里几名小姐正在给客人服务着，贾晓菲看也没看，径直走到里面一个隔间，冲着里面道：“李姐，我回来了。”

“啊，是贾晓菲呀。”一个显得有些疲惫的女人声音飘了出来，“回来了，你还有脸说回来了？看看今天是几号了？”

“我知道，我超了两天假，可是……”

“知道还说什么？走人吧。”

“李姐，能不能……”

“没什么能不能，走吧。”

贾晓菲站在门口没有动。

“怎么，难不成还要我叫保安过来请你走？”一直只闻其声不见其人的李姐，虽然话音不高，但句句飘过来就像粒粒有毒的籽芒，扎得她难受无比。

“李姐，你看现在都这个时候了，我……能不能在这住一宿，明天再走？”

“不行！一个单位一点规矩没有，那还成什么体统？走吧，我还有事。”

贾晓菲知道，再怎么恳求也不会有结果了，于是，忧虑地看了一眼乐小颖她们，转过身，悻悻地向门口走去。

4

走出“风信子”，贾晓菲有些茫然地愣了一会，然后似安慰乐小颖她们又似安慰自己地说：“走，前面小饭馆老板前几天还在招工。”

几个人向前走去。

“贾晓菲，不好意思啊，为了等我们，连累你了。”乐小颖一脸戚戚地跟在贾晓菲后面说。

贾晓菲头也没回，冲后面挥了挥手，说：“没事，上海市大着呢，只要肯吃苦，哪儿都能找到事。”

果然，前面有一家小饭馆。

里面各种食客，吵吵嚷嚷。

贾晓菲带着乐小颖和汪巧梅，穿向吧台。

吧台里一名年约二十多岁的男子一见贾晓菲，坏坏地一笑，说：“好久没见呀，小飞飞。”

“怎么了，虎哥，想小飞飞啦？”

“想，怎么不想呢，一日不见，如隔三秋啊。”

“去你的吧，少贫。哎，上次听说你们招人，现在还招吗？”

“这呀，你得去问我们老板。”

“老板在吗？”

“在，在里边——啊，正好她过来了，你问她吧。”

贾晓菲转身向虎哥眼睛示意的方向望去，只见一名胖胖的女人正一边嘴里不知说着什么，一边向这边走来。

“方姐，小飞飞问你招不招人。”隔着几张桌子，虎哥大声地问着。

贾晓菲立即堆上有些谄媚的笑：“方姐是吧，你还要不要人啊，我这两个老乡挺能干的。”

“啊，你来晚了，昨天刚刚招满。”

“那……能不能再招一下她们啊？她们很能吃苦的。”

“我们店就这么点大，要不了这么多人啊。下次吧，下次缺人时，我一定通知你。”说完，方姐从贾晓菲她们身边走了过去。

虎哥看了看贾晓菲，说：“坐下吃碗面吧。”

“我肚子有点饿了。”不提罢了，一提，汪巧梅立即感到自己真的是饿了。

乐小颖没说“饿”，但她的眼神，分明是如汪巧梅一样的感觉。

“那好吧，反正饭是要吃的，先吃饱了再说。”贾晓菲爽快地说。

虎哥：“请到二号桌坐。”

一名服务员过来将贾晓菲她们引向二号桌，待她们坐下来后，从工作服胸兜中拿出纸笔：“请问你们要点什么？”

汪巧梅望了望乐小颖，乐小颖望向贾晓菲。

“来三碗牛排面吧。”贾晓菲说。

“还要点什么？”

“不用了。”

“请稍等。”

待服务员离开后，乐小颖轻声问：“这一碗面多少钱啊？”

“十二块。”

汪巧梅一听，立即叫了起来：“十……十二块，抢人啊！”

叫声引来了一桌的目光。

“你妈的，闭了你的嘴！这是上海市，你以为是在山河村呀，十二块钱能买一簸箕。”

汪巧梅被贾晓菲抢白得低了头，不再言语。

乐小颖则愣愣地望着贾晓菲……

5

夜色开始笼罩。

街灯渐次绽放。

贾晓菲带着乐小颖和汪巧梅，在街道上一边走着，一边向各店门口打量着，见有贴“招聘”字样的，就拐进去问询。可是，不是要招高中以上学历的就是招满了。开始几家，乐小颖还觉得有些尴尬，再后来，也就放了脸皮，无所谓了。

前面又是一家商场，门玻璃上贴有“招聘启事”。

贾晓菲望了望，想想还是回头示意了一下乐小颖和汪巧梅，三个人走了进去。

根据字条的导引，她们来到一个房间。

老板坐在桌后，也许是见的应聘者多了，贾晓菲她们进来，他头也没抬地问道：“你们在超市里做过吗?”

汪巧梅抢先答道：“没有，我们是刚来上海市的。”尽管贾晓菲想打断她，但已来不及了。

“对不起，我们招的是熟练工。”

贾晓菲只好说声“谢谢”，然后转身往外走。

汪巧梅与乐小颖轻叹一声，也只好跟在了她身后。

此时，夜色已浓，街灯绽放。

贾晓菲开始不停地拨打手机，有时，也接听。

“啊，王老板呀，啊，是呀，我是小飞飞……想，想你三百六十五个日日夜夜呢；啊，我正有事，对，哎，你们那需要服务员吗……不要，哦……”

挂断手机，贾晓菲望了望虽然还没到“不堪”但却十分“倦怠”的汪巧梅她们，想说什么，想想还是什么也没说，继续往前走着。

没走上一段，手机又响了。贾晓菲看了一眼号码，没接，任其响着。但

那手机也很“顽强”，她不接，它就一直那么响着。贾晓菲无奈地接了，但却是一脸的做作的笑：“哎，我是小飞飞呀……没接？哦，在，有点事……啊，好呀，嘻嘻……哦，九点，老地方见，拜拜……”

这时，前面一家小卖部又有一张“招聘”广告跳入了她们的眼帘。

“贾晓菲——”乐小颖碰了碰仍在边走边翻看着手机的贾晓菲。

贾晓菲抬起头，待明白她们是什么意思后，说：“走，进去看看。”

“老板在吗？”一进小卖部，贾晓菲就发问。

一个胖女人正在搬着一个大纸箱，听见贾晓菲的声音，直起腰来：“有事吗？”

“您要人吗？”

胖女人一眼瞥见了乐小颖那只受伤的手，马上便不耐烦地说：“不要，不要，我们不要人。”

“你门上贴着招聘启事呢。”汪巧梅说。

胖女人将正要弯下继续搬那纸箱的身子又直了起来，走到门前，一把将那张启事给撕了下来，说：“走，走，走吧。”

三个人几乎是被撵出来的。

贾晓菲倒还好，乐小颖与汪巧梅的脸上挂满了无奈。

又有一家小饭馆，又有一张“招聘”纸条。

这次，汪巧梅率先走了进去，见到主事的是一名中年女人，就用几近哀求的声调说：“大姨，我们什么苦都能吃，就留下我们吧。”

“是的，她们能干、能受累，”贾晓菲跟上说，“您看，这天都黑了，再找不着人家，她们就要在大街上过夜了……”

中年女人看了一眼贾晓菲，又看看汪巧梅，犹豫了一下，说：“我们是要招人，但要招熟练工。这样吧，就算我做一回善事，你留下。”中年女人指的是汪巧梅。“洗碗。不过，说好了，弄碎了，可要按价赔偿。”

“行，行，我保证不会弄碎你的碗。”汪巧梅立即表态。

贾晓菲望着中年女人，指了下乐小颖：“那她呢？”

中年女人瞥了一眼乐小颖的伤手，说：“我们店小，只能留下一个……”

“她们可是一块来的。”贾晓菲说。

“我可管不了，要不，你们都不留，全走；要不，就留下她一个。”

乐小颖赶紧说：“汪巧梅，你留下来吧。”

“也好，留一个是一个。”贾晓菲也说。

“说好了？”中年女人问。

“说好了。”贾晓菲答道。

中年女人便扭头朝里屋喊了声：“小凤，带这个姑娘到里屋去，替她找张床……”

随着应声，从里屋走出来一个和她们差不多大的女孩。

“我叫小凤，跟我来吧。”

汪巧梅随着小凤往里走，边走边眼泪殷殷地回头望了一眼贾晓菲和乐小颖。

贾晓菲挥了挥手：“好好干，过两天我来看你。”然后拉了乐小颖，走了出去。

刚出来，贾晓菲手机再次响了起来。

贾晓菲一边咕噜了声“讨厌”，一边接听：“哎，我是小飞飞，黄老板啊，你好，啊……想，想，想你三百六十五个日日夜夜……好……嗯……好，拜拜。”挂断手机，贾晓菲看了看乐小颖，想想，说：“走，我带你到一个地方，保准要。”

“哪里呀？”乐小颖有些不安地问。

“不要多问。到那后，要大方一点，不要给人一看就是没见过世面的。不要乱说话，跟着我就行。”

“哦。”

“他们要是问你多大，你就说是十六或是十七岁。”

“我都十八了呀。”

“我让你这么说，你就这么说呗。记住喽！要是问你有没有做过，你就说做过。”

“做过什么呀？我只会洗衣、做饭、涮碗，还有施肥、薅草，其他的事可没做过呢。”

“要你不要多说你就不要多说，照我的话答，其他的，有我。”

乐小颖点了点头：“嗯。”

贾晓菲看了一眼手机上的时间，向前走去。可刚走了两步，又回过头来，说：“还有，把你那只手藏一下，不要让人看见了。”

乐小颖就将手往袖里缩了缩，又用小包护上。

贾晓菲望了望，说：“神情要放松点，要不然，即使你遮住了，人家还是能看得出来。”

乐小颖又看了一眼伤手。

“不要老是看，你一看，不就等于告诉人家了嘛。”

“哦。”

“别‘哦’，要记着。”

贾晓菲一边说着，一边领着乐小颖向前走去。

6

前面霓虹闪烁。

闪烁的霓虹中，“迷你俏”三个广告字隐约映进了乐小颖的眼中。

贾晓菲带着乐小颖走了进去。

几名小姐，有的在给男顾客洗头，有的在给男顾客做着面部按摩。贾晓菲看也不看，径直走向了一间虚掩着门的房间。

推门进去，一名约二十五岁的女子正坐在桌后看着什么，见贾晓菲进来，立即站了起来，打了一个手势，说：“小飞飞，这些天又‘飞’到哪个老板怀里了呀……”见贾晓菲直朝她使眼色，这才“咯咯”笑着打住了话头。

“小麦姐，听说你这里正缺人手，我就找了好几家，终于替你挖了一个过来，你看——多招牌！”

“听说我招人啦？小飞飞，你又——”小麦看了一眼乐小颖，“倒是挺嫩的。”

“不嫩我能往你小麦姐这儿送。”贾晓菲立即堆笑。

“可是，我这基本上都满啦，最近不打算进人啊。”

“小麦姐，跟小飞飞就不用这么玩了吧……”

小麦笑着说：“是真的呢。”

“真的也好，假的也罢，小麦姐，人我都给你挖来了，你还——”

“好吧，小飞飞的面子我多少还是要给的。”然后转向乐小颖，“今年多大了？”

乐小颖望向贾晓菲。

“小麦姐问你话呢。”贾晓菲向乐小颖眨了一下眼睛。

“十六。”

“不止吧？”小麦眯上眼笑着。

贾晓菲马上接上道：“十六周岁，虚岁十七。”

“以前做过吗？”

这下，贾晓菲抢着答上了：“做过做过。”

小麦：“我问她呢。”

贾晓菲转向乐小颖：“小麦姐问你以前做过吗？”

乐小颖不知道这“做过”是指做什么，但之前贾晓菲有交代，于是，稀里糊涂地就应了声：“做过。”

“你看，小麦姐，就留你这吧。”贾晓菲望着小麦说。

“先留下试试吧。”

这时，贾晓菲手机响了，她飞快地瞄了一眼手机号，然后急切地说：“那谢谢小麦姐给面子啦。我有事，得马上走。”一边说着，一边就要往外走。

手机仍在响着。

走了几步，贾晓菲又回过头对正一脸茫然不知所措的乐小颖说了句与汪巧梅同样的话：“先干着，我会来看你的，啊。”

当贾晓菲快要跨出门时，乐小颖这才突然想起来，问道：“贾晓菲，你晚上住哪呀？”

“你不用担心我，这地方我比你熟悉……”说完，一边接听着手机，一边匆匆地跑了。

“飞好喽，别让人把翅膀给折了……”小麦在后面叫了一声，然后望一眼乐小颖，“才出来做吧？”

乐小颖不知如何回答是好。

小麦笑了一下：“先学着点吧。”然后走到门口对外面喊了一声：“筱灵韵”，筱灵韵应声走了进来。

“把她带到五号室去，找个铺，然后你再告诉她一些店里的规矩。”小麦吩咐着。

筱灵韵一边应着，一边热情地伸过手去接乐小颖手中的包。

乐小颖毫无准备，被筱灵韵一下抓在了那只伤手上，疼得本能地“啊”了一声。

小麦不由一愣：“怎么了？”

筱灵韵一把拉开了乐小颖的包，伤手暴露无遗。

“这个小飞飞，怎么能这样！”小麦生气地重新坐回原位，“筱灵韵，送她出去。”

筱灵韵一时没领会小麦的意思，问："去五号吗？"

"什么五号！让她走人。"小麦没好气地说。

乐小颖一听，这可怎么办，马上哀求道："小麦姐，就留下我吧。"

"有没有搞错，我这是美容院，又不是收容院！"小麦毫无表情地说，"明天碰上小飞飞我再问她，这伤手能做事吗！筱灵韵——"

筱灵韵拎起了乐小颖地上的大包，说："走吧。"

乐小颖眼泪几乎都要出来了，但小麦再也没有看她。

筱灵韵轻轻推了推乐小颖。

乐小颖只好跟着走出了门……

7

乐小颖提着包，一头茫然，在大街上踽踽而行。汽车潮水一般地从她身边流过，行人来来往往，灯光如魅般映在她身上。

这一刻，乐小颖感到车流、人流和那闪烁的灯光，仿佛要将她淹没一般。她压根儿没有想到，刚到上海市，就陷入了无助……

走着走着，忽然，乐小颖像想起了什么似的，停了下来，转身，向刚才走出的"迷你俏"美容院走回去。

正在给顾客按摩的筱灵韵一见乐小颖又回来了，一边低声对顾客说了声"对不起"，一边赶紧跑过来堵住她："不是让你走了吗，又回来干吗？"

"筱灵韵，灵韵姐，能告诉我贾晓菲她住哪吗？"

"贾晓菲？哦，你是说小飞飞呀，她可说不准。"

另一名小姐听了，插话道："你就告诉她以前的那个地址吧。"

"你等一下，我找找看。"筱灵韵从身上掏出一本通讯录，翻了翻，说："在巴北里七号。"

乐小颖轻声地问道："怎么去啊？"

"你到前面，坐车直接就能到。"筱灵韵用手给指了一下。

乐小颖迷茫地向外看了下，想想，说："哦，谢谢你。"

筱灵韵没答"不用谢"，头也没回地回到她的顾客身边，一边说着"对不起"，一边继续按摩起来……

8

乐小颖匆匆走向公交车站，然后随着人流，挤上公交。

“到了巴北里时，请您提醒一下我好吗?”乐小颖向售票员请求着。

售票员看了她一眼，说：“你在前面一站下车就可以了。”

“前面?”

“是的，下车后向东走两站或者倒一下车就到了。”

“谢谢。”

说话间，车站到了，乐小颖走下公交，放眼四下望了望，到处是路口，站在那，一时不知道往哪个方向走才是。

犹豫了下，乐小颖想想还是认准了一个方向，一边新奇地看着都市夜景，一边向前走着。

前面临街一家小卖部——说是小卖部，其实就是普通住家将窗口打开罢了——里面坐着一位大爷。

乐小颖走上前，望了望，怯怯地叫了一声：“大爷。”

“你要什么?”大爷听到叫声，伸出头。

“不要什么，我想问个路。”

“哦，你问哪?”

“巴北里七号怎么走?”

“巴北里七号?”大爷有些纳闷，“我们这没有巴北里七号呀。”

“没有?这儿不是叫巴北里?”

“叫啊，可是，巴北里只是一个地名，没有什么几号几号的。姑娘，你是不是弄错了?”大爷一脸的关切。

“售票员告诉我说离这里只有两站路，两站路有多远啊?”

“两站路倒是不远，走路也不过十几分钟。可是，我没听说过这七号啊。要不，你再到前面问问……”说完，大爷就缩了回去。

乐小颖失望地转过身，迟疑了一下，又继续向前走去。

街道上，落下她拎着包的长长的影子……

前面一辆出租车停靠着，乐小颖走了过去。

的哥见状，以为她要坐车，下车替她打开了车门。

“师傅，你知道这里有一个巴北里七号吗?”

的哥没想到乐小颖是个问路的，一边将车门重新关上，一边说："巴北里七号？没有啊，姑娘，你是不是弄错了？"

"那你知道这个地方在哪吗？"乐小颖有些焦急地问。

的哥想了想摇摇头，说："这里就是巴北里，只是，七号我没听说过。"

"你再想想——"乐小颖几近哭了。

"没有。"的哥望了望乐小颖。"姑娘，你是从外地来的？"

"唔。"

"你在上海市有亲戚？"

"没有。"

"朋友？"

乐小颖摇下了头，接着又点了下头。

"那赶紧地，找你朋友啊，都快夜里十一点了。"

"我不知道她在哪。"

的哥再次仔细地打量下乐小颖。

乐小颖见的哥不说话，只拿眼睛在她身上瞄着，本能地退了退。

"不要怕，我是出租车司机。"的哥指了指车，"有车号呢。姑娘，你再想想，还有没有别的朋友或是熟人了？"

乐小颖使劲地想着。

可是，最后还是失望地摇了摇头。

"再想想，譬如有人给你说过什么地方，再譬如有人给过你名片之类的联系方式……"

名片？!

乐小颖眼睛一亮，赶紧在手中的小包中翻找起来。

找到了，找到了——那张在车上江昊天留给她的名片。

"给他打电话，让他来接你。"

刚亮了的眼睛，又黯了，乐小颖嗫嚅道："我没有电话。"

"那有。"的哥指了一下街道上的公用电话亭。

"我……我……"

"哦，没卡？"的哥一边说着，一边将手伸向了放在腰上的手机，但在掏出的一瞬，又犹豫了，想想，从车内拿出一个皮夹，从里抽出张 IC 卡递给乐小颖，"去打吧。"

乐小颖忙伸去接，可手伸到中途，又迟疑不决地停下了。

“没事，你打吧，我等你。”的哥以为乐小颖是怕耽误他的时间。

没想到，乐小颖竟然说：“我……我不会打……”

的哥就不得不再次用眼睛将乐小颖打量了一番。

乐小颖不知是紧张还是害怕，将包抱了抱，紧紧贴在胸口上。

的哥打量完后，伸过手：“给我。”

乐小颖情不自禁地后退了一步。

“名片。”的哥看着乐小颖那副“可怜”相，笑了一下。

乐小颖望着的哥。

的哥鼓励地朝她点了下头。

乐小颖终于将名片给了的哥。

的哥接过名片，一边往公用电话亭走，一边看着名片。

“喂，是江昊天吗？”的哥拨通了电话。

“我是，哪位？”

“我是……哦，是这样，你的一位朋友迷了路，现在找不到你——”的哥说到这，转过身，冲乐小颖招着手，示意她过去接电话。“你等下，让你朋友跟你说。”

乐小颖接过电话，学着的哥，将话筒凑近耳朵：“江昊天！”

“我是。你是哪位？”江昊天在那边一下没听出乐小颖的声音。

“我是乐小颖。”

“乐——小——颖——乐小颖！你在哪？”

“我不知道这是哪里。”

“跟你一起的那个贾晓菲呢？”江昊天在那边不由有些焦虑。

“她不知道去了哪。”

“真不是人。”江昊天骂了一声贾晓菲。“喂，乐小颖，刚才跟我说话的是谁？”

“出租车司机。”

“好，你把电话给刚才跟我说话的那位，我来问他你现在的位置。”

乐小颖不知是激动还是害怕地哭出了声，一边“唔唔”应着，一边将电话递给的哥。

的哥接过电话，与江昊天说着什么。

乐小颖则站在一边一个劲地擦着眼泪。

的哥与江昊天说了几句，将电话又递给乐小颖。

乐小颖接过电话：“唔，江昊天——”

“你在那不要动，我马上来接你。记住，不要走啊——”江昊天叮嘱着。

这时，有人走近出租车，要打车。

“姑娘，你朋友联系上了，在这等吧；我有客人了，就不陪你了。”的哥望了一眼乐小颖道。

乐小颖使劲地点着头：“嗯，谢谢你！”

的哥走上车，启动，开走。

可刚开动，又倒了回来，从车窗中伸出头，对乐小颖说：“见不到你朋友千万别乱跑啊，我把客人送到后再过来。”

“谢谢大叔。”

的哥缩回头，鸣了一声笛，开走了。

望着出租车融入了车流中，乐小颖回过头，将包放在地下，坐在包上，失落地望着街上阑珊的灯火……

9

一辆出租车驰来。

车窗口，露着一张急切寻找的江昊天的脸。

“乐小颖，乐小颖——”当看到坐在道牙边的乐小颖，江昊天几乎是探出了半个身地叫着。

乐小颖听有人叫她，一看是江昊天，“腾”一下就站了起来。

“乐小颖！”车停在乐小颖面前，江昊天跳了下来。

乐小颖的眼泪再也禁不住，夺眶而出：“江昊天！”

“走——”江昊天弯身提起乐小颖的包。

乐小颖顺从地跟在江昊天身后，走上出租车……

也不知开了多久，车停了下来。

车门打开，江昊天先下来，然后反过身，接乐小颖。

乐小颖下车后，四顾地看了看，说：“你住这？”

“我住在前面。”江昊天不好意思地挠了挠头，“不过，呵呵，是地下室啊。”

乐小颖眨了眨眼，大概她是在想“地下室”是什么室吧。

江昊天提着包，在前面走进了地下室过道。乐小颖站在那四下里张望了一下，努力地想记住这个地方。可是，此刻，她大脑中一片空白，什么也记不住，不知是因夜深还是这进入都市第一天来的经历……

“下来呀，乐小颖，不要怕，我就住这。”

乐小颖抱着包有些警惕地往下走着。

江昊天的住处在地下室靠近楼梯的那间，里面很简陋，两张床，床上被子没叠，有书和报零乱地扔在上面；一张桌子，桌上放着一些日用品，还有一只小闹钟。

江昊天不好意思地一边将乐小颖的包放在地上，一边笑了下，说：“里面太乱。”

“能有地方住就好。”乐小颖勉强笑了笑。

江昊天搬起唯一的一张凳子，对乐小颖说：“你坐一下。”然后，又忙着给乐小颖倒水。

接过江昊天递过来的水，乐小颖连声“谢谢”都没来得及说，就一饮而尽——她真的是渴了。

“你怎么跑那去了？一个女孩子，多险！”见乐小颖喝完了水，坐在床上的江昊天有些后怕地问道。

一句话勾起了乐小颖的心事，眼泪又在眼眶里打起了转。

“好了，不早了。”江昊天见状，忙岔开话题，指了一下桌上的闹钟，“都快两点了，你就在我这睡吧。”

乐小颖望了一眼另一张床。

“哦，没事，那是与我合租的一个朋友，他出差了，几天都不得回。”

乐小颖收回目光，望着江昊天：“那你呢？”

“我呀，”江昊天“轻松”地笑了一下，“我去隔壁借宿一下。”

乐小颖实在是困急了，跑了一天，现在提“睡”字，瞌睡就直往脑门上涌，忍不住打了一个哈欠：“那——麻烦你了。”

“不麻烦。”江昊天知道她想睡了，站了起来，往外走；走到门口，又反过身对乐小颖说：“要是怕，就不要关灯。”然后走了出去，顺手将门带上了。

乐小颖见门一扣上，赶紧上前将门反锁住，接着，将自己重重地“摔”到床上，沉进了梦中……

10

江昊天在昏黄的路灯下，一会哈着手，一会跳几下，一会又做几个扩胸动作……

11

天亮了。

隔壁门打开，一位老大妈伸出头来，看见江昊天在那又蹦又跳的，问："江昊天，这大清早你在干吗呢？"

"叶大妈早。"江昊天停了下来，"我……我在这锻炼呢。"

"锻炼？你叶大妈见你来这都几个月了，也从没见你锻过什么炼呀，今儿个是怎么了！"

这时，门开了，乐小颖从里面探出了头："江昊天，你起来啦？"说完，又缩了回去，但门却开着，表示她也已经起来了，江昊天可以进去了。

叶大妈有些发愣地望着已缩进了乐小颖的门口，张了张嘴，才望着江昊天道："江昊天，你——你……"

"她是我老乡，与同伴走散了，没地方住。"

"你这孩子，这一宿你就在外面这么地蹦跶来着？"

江昊天笑着说："没一宿，就几个小时。"

"什么，江昊天，你——一直就在这！"这时，乐小颖扣好衣服最后一粒纽扣走了出来，正好听到。

"这孩子！"叶大妈边感慨着边走进了屋里。

乐小颖非常感动，望着江昊天："你一宿没睡？"

"就几个小时。"江昊天装着一副无所谓的样子挥了一下手说。

"你真傻——这里不是还有一张床吗。"

"那不好，你一个女孩子……"说完，江昊天拿起自己的洗漱用具，边走向洗脸间，边说："我马上要上班去，你要是饿了，自己去买点吃的。"

"嗯。"

"出门时别忘了带钥匙。"

"嗯。"

"中午我回来，再陪你出去找工作……"

乐小颖站在那定定地看着江昊天的身影，嘴里除了"嗯"，剩下的，就再也不知道说什么了……

12

乐小颖坐在凳上看着江昊天扔下的报纸。零乱的房间已被她整理得有条不紊了。这时，门口传来了敲门声，乐小颖有些紧张地抬起头。

“乐小颖，是我，江昊天。”

乐小颖松了一口气，赶紧走过去开门。

进门后，江昊天半天没出声，只是不知做什么好地搓着手。

“你怎么了?”乐小颖感到江昊天有什么话要说。

“我……我们公司要派我出差。”

“出差?”

“我也没想到，公司怎么会今天派我……”

“今天，你是说今天?”乐小颖瞪大了眼睛，“这……这怎么办呢?”

看着乐小颖一副魂不守舍的样子，江昊天咬了咬嘴唇，说：“这样吧，我去找叶大妈，请她帮帮忙，看看能不能给你先介绍一份工作。”

“叶大妈?”

“哦，就是住在我隔壁的那个大妈，她在社区工作，人挺好。”说完，江昊天就往外走。

无巧不成书，江昊天刚走出门，就看见叶大妈手里拎着一个包，也正要往外走。

“叶大妈——”

叶大妈停了下来。

“是这样，叶大妈，”江昊天说，“我这个老乡是来上海市找事做的，本来我想下午陪她一块出去找，可是，我们公司让我马上去出差，实在没办法；您看，你们社区能不能帮一下忙，给介绍介绍……”

叶大妈望了一眼站在门口的乐小颖。

乐小颖赶紧冲叶大妈生生地笑了下，算是打过招呼。

“前几天吴大妈家的儿媳妇倒是说过要给他们老爷子找个家政员，不知找没找好。”叶大妈说。

江昊天马上就嬉皮笑脸地说：“那就麻烦叶大妈问一问呗，谁都知道叶大妈您人好心肠好，辛苦您啦——”

“好吧，这姑娘看上去也挺招人喜欢的，本分。”叶大妈看了一眼乐小颖说，“我上班就给你招呼招呼看看。”

“谢您了，叶大妈。”

“叶大妈，谢谢!”乐小颖也随着江昊天谢着叶大妈。

叶大妈便边往外走边应道：“哎，甭谢，还不定张罗不上呢。”

“谢您啦，叶大妈……”

江昊天与乐小颖站在那目送着叶大妈走进过道。

过道里射进来的亮光，有些晃眼……

第四章　第一份工

乐小颖走进张家做起了家政员，可谁知，这一家人个个古怪：爷爷张景泰因与家政员小乔阿姨的一段恋情，心理发生了扭曲，老伴吴大妈也因这件事，性情大变；儿子张勋浩和儿媳凤铮如是一对盼子成才的中年夫妇，可儿子张黎生却偏偏又是一个在班上成绩倒数的高中生……

1

乐小颖拎着包在叶大妈的带领下，穿过小区过道，来到一幢楼前停下。身后有几片落叶被风卷着在楼前忽下忽下地旋着，却怎么也旋不走；一条宠物小狗站在过道另一边的草坪上抬着眼望着这两个陌生人。

叶大妈走上前，按着楼门上的门牌号。

通话器铃响，里面传来有些沙哑的老妇声音：“谁呀?”

“是我，吴大妈；我是社区的老叶。”

“哦。”

门锁“吧嗒”一声开了。

叶大妈、乐小颖一前一后走了进去。

直到这时，那条小狗才“汪汪”叫了起来。

叶大妈领着乐小颖走向电梯——乐小颖是第一次见到“会说话”的门，现在，叶大妈又让她第一次见到了电梯，尽管她还不知道这就是书上所说的‘电梯”，而以为它是能上下跑的车——站在电梯前，叶大妈摁下“↑”键。

一会儿，电梯门开，叶大妈先走了进去，乐小颖紧紧跟着。当电梯门关上的刹那，乐小颖没来由地全身打了一个颤，好在叶大妈只管伸手在摁着楼层，没注意到。

等到电梯门再打开，就到了另一个天地（在乐小颖看来）。往前走过几步，来到一扇门前，叶大妈边说着“到了”，边伸手摁门铃。

门铃没响两声，门开了，里面探出头发花白、头戴发卡的一颗脑袋；一张圆脸，看上去似不失和善。

“来了。”

“哎，吴大妈。”叶大妈客气地打着招呼。

吴大妈弯腰从鞋架上拿过两双拖鞋放到门前。

乐小颖不知所措。

“进出门要换鞋。”好在，叶大妈知道乐小颖是第一次进城，很善解人意地小声对乐小颖说。

乐小颖在叶大妈换好后，默默地也换上了。

乐小颖刚换好鞋直起身，突然，屋里面传来“砰”的一声响，接着，一个浑厚但略显苍老的声音传了来：“我不要家政员！什么家政员也不要，叫她走!”

“怎么回事?”叶大妈愣了下，望着吴大妈。

吴大妈尴尬地笑了一下：“我们老爷子的老毛病，一提家政员就戳他的心肝。没事，你进来吧。”

乐小颖不安地望了望叶大妈。

叶大妈皱了皱眉头，“哦”了声，然后指着乐小颖说：“人我给你带来了，剩下的，交给你了。”

吴大妈打量了一下乐小颖。

“姑娘，好好干啊，我走了。”叶大妈说完，退了一步，将刚换上的拖鞋又换下了。

“坐一会吧。”

“不了，我还有事，你忙着吧。”吴大妈的挽留一点也没影响叶大妈换鞋。

乐小颖见叶大妈已返回到门外，忽闪了下眼睛，举起手：“叶大妈再见。”

“再见。”

“您走好。”吴大妈如她们来时一样探出头，然后在缩回的同时，“啪”

地将门关上了。

“你叫什么?”

“我叫乐小颖。”

“乐小颖，这名字倒是洋气。”吴大妈边说边将乐小颖引到了一间小隔间前，推开门，对乐小颖道：“你就住这吧。”

乐小颖怯生生地走了进去。

“东西放好后，过来见见我们家老爷子。”

“哎。”

2

张景泰，一位有学识、有思想、有修养的学者，戴着眼镜，坐在书房的躺椅上，正在看着一部名叫《野王》的小说。

门轻轻被推开了，吴大妈带着乐小颖，轻轻走了进来。

“老爷子，你看看，这是新来的家政……”吴大妈有些怵然地强装着笑脸。

张景泰头也没抬，叫道：“什么‘正’员‘负’员，我不要!”

乐小颖紧张而又羞怯地叫了声：“大爷——”

也许是从乐小颖的声音里感觉到了她的无助，张景泰眼睛从书上抬起，从鼻梁上摘下眼镜，望了一眼乐小颖。接着，他又戴上眼镜，继续看他的书了，只是没再说要不要的话。

吴大妈见状，心里似乎有了底，对乐小颖说：“你呢，主要就是照顾老爷子，其他的，你不用多管。”说完，吴大妈就退了出去。

乐小颖站在那儿，尴尬地动了动脚，想想也跟着退了出去……

就这样，乐小颖开始了她有生以来打的第一份工作。

既然是家政，除了吴大妈说的“主要”的工作，洗菜、做饭也是少不了的。

收拾好自己的东西后，乐小颖就主动走进厨房，帮助吴大妈择菜。

吴大妈一边不停地说着这说着那，一边问乐小颖：“在家做过吗?”

“做过，只是，做出来的不晓得是不是合你们大城市人的口味。”

“中午简单一些，我儿子孙子他们都不回来吃。”

“哎。”乐小颖应着。

不一会儿时间，就饭熟菜也好了。

吴大妈用碗碟分别盛了饭菜，送进了书房。

直待吴大妈从书房里将那碗碟端出来，脸上露着笑容说“还行，老爷子吃了一些”，乐小颖一颗一直悬着的心总算落了地……

3

乐小颖擦拭着桌子。

张景泰仍在看书。

可今天，不知怎么，他突然就说了话。

“你叫什么啊?”

“啊?”乐小颖一时没反应过来，待明白老爷子是在与她说话时，忙说：“乐小颖。”

“乐小颖。”张景泰扭过头，从鼻梁上摘下眼镜，看了看乐小颖，然后又戴上，转回头，眼睛重落回到书上：“唔，好，好，雅致的乡土气息。”

吴大妈说她名字“洋气”，他却说她名字“雅致的乡土气息”，再看他那副神情，乐小颖不由地笑了一下。

“你笑什么?”张景泰又扭过头，透过眼镜上框看着乐小颖。

“没……没笑什么……”乐小颖立即紧张而不安地望着张景泰。

张景泰见乐小颖如此一副诚惶诚恐的表情，便收了眼镜，说：“乐小颖，不要紧张。我很严肃吗?”

“哦，不……不是。”

张景泰又抬眼看她：“你是第一次做家政?”

“是的，我刚从乡下到上海来。”

“嗯，看得出来。”张景泰将书放在了膝盖上，“习惯上海市吗?”

“还行，就是……”

“就是什么?”

“就是这里楼太多，出去了找不到回的路。”

这下，张景泰真的被乐小颖的这份淳朴给逗笑了：“你们那没有楼?”

“有啊，但没有这里的高，我们那只有两层。一家跟一家不一样，不像这里，差不多都一个样，要不是有号码，真找不着……”

“那不是号码，是楼幢号。没事多到外面转转，渐渐就熟悉了。”说到这张景泰突然轻叹了一声，说："我现在没心情了，要不然，我也可以带你出去走走的……"

乐小颖忽闪着两颗眼睛望着张景泰。

张景泰似乎从沉思中回过神来，转了一个话题，问道："你刚才笑什么？"

"刚才？"乐小颖脸不禁红了，"没笑什么。"

"小颖，可不许瞒你张大爷。"

"我是……我是觉着你特像一个人……"

"一个人？什么人？"

乐小颖犹豫着。

"说嘛，没事的，说错了大爷也不怪你。"张景泰望着乐小颖。

"你这样子，特像我们村上的——"

"你们村上的？"

"嗯，特像我们村上的老会计。"

"老会计——啊，呵呵呵……"张景泰忍不住大笑了起来。

随着张景泰的笑声，外屋进来一个小青年。

"爷爷，什么事这么开心啊？"小青年说完，见书房里还有个女子，一下顿住了，"咦"了一声。

"乖孙孙，放学啦。来，我给你们介绍一下。"张景泰指着小青年说："这是我们家高中生。"然后又指着乐小颖，说："这是新来的小阿姨，叫乐小颖。"

"乐小颖？该不是乐小米的妹妹吧？"

"乐小米？"张景泰眯着眼睛关爱地望着他的孙子，"我们家高中生怎么又整出一个'乐小米'来了？"

"爷爷，不是我整出的，乐小米是个卡通人物，就是动画片中的人物，她不怕坏蛋，不怕怪兽，嘿嘿，可是，她怕毛毛虫。小颖，你怕毛毛虫吗？"

本来乐小颖准备礼貌地叫声"高中生好"的，可是，被他这么一问，一时竟不知说什么好了。

"她是农村出身的，怕什么毛毛虫。"张景泰替乐小颖回答了。

"你农村来的呀，可你名字——乐小颖——好城市啊。"

"名字还分城市农村呀……"乐小颖笑了一下，"那你叫什么，不会就叫'高中生'吧？"

"我叫张黎生，这名字是不是特农村？"

乐小颖笑了笑，没有回答。

“爷爷，你刚才遇到什么开心事啦?”张黎生见乐小颖没有要答理他的意思，就转向张景泰。

“呵呵，乐小颖说我像她们村上的老会计呢。”张景泰说着又“呵呵”笑了起来，“老会计好啊，那种田园中的学者才是真正的清雅不俗啊。”

“乐小颖，你可知我爷爷是谁，说他是老会计!”张黎生望着乐小颖有些生气地道。

张景泰立即呵住了张黎生：“乖孙孙，不许多嘴。”

“好好，我不多嘴，老会计——”

说完，张黎生准备出去。这时，正好一对中年夫妇走了进来。他们是张黎生的父母张勋浩和凤铮如。显然，他们听到了刚才张黎生说的话。

“什么老会计，还不去看书!”张勋浩瞪了一眼张黎生。

张黎生偷偷地冲在那抿嘴笑着的乐小颖做了个鬼脸，赶紧溜了。

“他不是刚回来嘛。”张景泰不高兴地戴上眼镜，又要看书。

“爸，你不要老护着他。”凤铮如说完，转向乐小颖：“这是新来的小阿姨吧?”

乐小颖赶紧打招呼：“阿姨好，我叫乐小颖。”

“乐小颖，这名字好。我叫凤铮如，你就叫我凤姨吧。”

“凤姨好。”乐小颖马上改口。

“他是我们家张黎生他爸，你就叫他浩叔好了。”凤铮如介绍着张勋浩。

“浩叔好。”

“唔，好。”张勋浩点了下头，“我们不常在家，老爷子就麻烦你了。”

“浩叔放心，这是我的工作。”

这时，吴大妈在外面叫了起来：“都回来啦，都回来了就吃饭吧。”

“好。”凤铮如答应一声，然后转向张景泰，“爸，我们吃饭吧。”

张景泰放下手中的书，站了起来。乐小颖赶紧走过去搀扶他。张勋浩在另一边也要搀扶，被张景泰给甩开了。

4

乐小颖正在梳着头，外面传来吴大妈、张勋浩还有凤铮如骂张黎生的声音。

吴大妈：“你是在看书吗?”

张勋浩：“书放这是做样子还是怎么！”

凤铮如：“你这样学习会好，能考上大学？”

吴大妈：“你爸读书那会儿，没日没夜，夜里总要催几遍才睡；你倒好，现在天还没黑透，就拿本书挡着睡上了……”

乐小颖觉得这一家人挺逗的，为了这个张黎生，不说一个都不说，一说一起都说。乐小颖一边这么想着，一边轻轻走近门边，将门支开一条小缝，想看看他们在哪如此“兴师动众”地“教育”张黎生。

她手还没离开门把手，“嘭”的一声响，将乐小颖惊得一跳。

声音是从张黎生的房间里传出来的，可能是书拍在桌子上的声音吧，接着是张勋浩的声音：“这次考试，你要是再不进入前四十名，看我怎么揍你！太不像话。”

“都这么大了，好吃好喝地供着你，你却这样——不是在学校惹祸，就是与人小姑娘一起翘课……”

一直没有吱声的张黎生听到这里，轻轻地回了句：“谁与小姑娘一起翘课啦？”

“你还敢和奶奶顶嘴！”凤铮如“啪”的一声，不知是打在张黎生身上还是桌子上。

这时，张景泰在书房里传出了声音：“你们还有完没完，闹得鸡飞狗跳鸭下河的！”

听到张景泰的“鸡飞狗跳鸭下河”，乐小颖禁不住笑了起来，她想起了自己在老家常看到的那幕：一条狗嬉戏地追着一只鸡，鸡飞；狗又转向一只鸭，鸭“嘎嘎”地叫着连飞带跑地跳进了池塘中……

这一夜，乐小颖梦见了村上不少趣事，直到第二天天都亮了，还不愿从梦中醒来。

“小颖，你起来后将厨房的菜择一下。”吴大妈在门口边换鞋边对乐小颖交代着，“三区的李婶来电话，让我去商议一下艺术节活动的事。”

乐小颖虽然眼睛没睁，但却着实醒了，应了一声：“嗯。”

“张黎生，你可不许偷懒啊，在房里好好看书，不要一到星期天就想到处跑。”交代完了乐小颖，吴大妈又交代张黎生。

张黎生一脸慵懒地答了声：“知道了。”

嘴上说“知道了”，可等乐小颖走进厨房还没择上两把菜，张黎生就跑了过来。

“小颖，我帮你。”

乐小颖冲他笑了一下：“你不用看书啊？”

“一天到晚书书书，一见到书我就头大。”

“好吃好喝地供着你，看书头还大？”

“你怎么也变我奶奶啦！”张黎生抢白了一下乐小颖，“你别看我养尊处优，吃喝不愁，其实，我活得特累，根本没有自我，一天到晚像个机器人似的，在学校里有老师管，在家里有爸妈还有奶奶管——他们根本不懂我想要什么。”

“你想要什么呀？”张黎生显然没干过择菜的活，乐小颖一边示范着，一边与他聊着。

张黎生学着乐小颖的样，一边择着一边说：“我想踢球，我想摇滚，我想看小说，还想体验徒步旅游、参加志愿者活动，等等，可多了；可是，你看，有我爸我妈还有我奶奶，我能‘想’吗？唉……”

“他们不都是想你好呀。”

“想我好？他们是想他们自己好。”

“想他们自己好？”乐小颖疑惑地望着张黎生。

“是啊，因为我好了，他们多有面子呀，见人就会说我儿子我孙子如何如何……虚荣！”

“咯咯咯……有你这样说你爸你妈的吗？张黎生，好像你爷爷对你管得要松一些啊。”

“那是因为他与我同病相怜——他们以前对我爷爷管得严，现在小乔阿姨走了，他们又管上了我。”

乐小颖不解地望了望张黎生：“管你爷爷？”

“啊，我爷爷与小乔阿姨谈恋爱……”

乐小颖不禁笑了起来：“小乔阿姨是谁呀？”

“小乔阿姨是我们家以前的家政员。”

“那你爷爷……你净瞎说。”

“真的，没骗你。那时候我还在读小学，不懂事……”

“你现在就懂事啦？”

张黎生直了直腰：“反正比那个时候懂。”

“是吗？”乐小颖抬头望了下张黎生，“那你说说你爷爷与那个小乔阿姨是怎么谈的恋爱呗。”

“小乔阿姨跟你一样，也是农村来的，不过，她可是一个高中生。你不要在意啊，其实高中生也没什么了不起，对吧？”

乐小颖抿嘴笑了一下。

“长得也跟你差不多，很漂亮。她每天侍候爷爷，帮他找资料、买书、读报纸……反正那时候我又不懂，他们整天在一起谈古论今的……”

“这就叫谈恋爱呀？”

“不是，在后面呢。”张黎生接着说，“那阵子我爷爷仿佛像换了个人似的，一改以前那种动不动就三五天不说话、闷在书房里不出一步的毛病，老是带着小乔阿姨出去，说是参加这活动那演讲什么的，要不就说外面空气好，出去溜达溜达。”

“这也没什么呀。”

“你别急呀，听我说嘛。别的爷爷见了我爷爷都笑着打哈哈，说‘老张呀，枯木回春啦’。我爷爷就对着小乔阿姨乐；小乔阿姨听了，就对着我爷爷笑。”

“你怎么知道？”

“我那个时候不是小嘛，一次跟着他们一道上外面去溜达，亲眼看见的。然后我爷爷就指着我对那些爷爷们拱着手说：‘嘴下留情，我乖孙孙在这呢。’”张黎生边学着张景泰说话，边做着动作，惹得乐小颖不由“咯咯”直乐。

“那也不能就说他们是在谈恋爱呀。”

张黎生将手里择好的菜放到乐小颖侧面的菜箕里，重新又拿起一把，边择着边继续说：“有一天我放学回来，见到奶奶在抹眼泪，我就问奶奶怎么回事。奶奶说没什么，是沙子迷了眼。我一瞧，哪来的沙子，分明是哭了。我就想找爷爷问问是怎么回事。谁知，我一下推开门时，你猜我看见了什么？”

乐小颖将最后一把菜择好，正准备往菜箕里放，听张黎生如此一问，便停了手，问道：“看见了什么？”

“我看见他们正抱在一起呢。”张黎生又是边说边做着动作。

乐小颖脸不由一红，扭过头，起身走向水池准备洗手：“净瞎掰。”

“信不信由你，反正我是见着了。”

“所以，你现在就经常与小姑娘一起翘课谈恋爱？”

张黎生将手中择好的菜往菜箕里一扔，绽红着脸，争辩道：“谁说的！”

“还谁说的，上次你奶奶骂你时我听见的。”

“那是我奶奶杜撰的。”张黎生边走向水池准备洗手边怏怏地道。

“你爸说要你这次考试进入前四十名，是全年级还是全班啊？”

张黎生脸上掠过一丝不安，忙岔开话题道：“呀，奶奶一会要回来了，不跟你说了……”说完，就想往外跑。

“你手还没洗呢。”乐小颖笑着叫住他。

张黎生嘴巴动了下，没发出声，也不知有没有应，跑回头，在乐小颖让开的水龙头上洗了洗手，转身就走；可走到门口，他又回过了头，“告诉你吧，是全班，而且我们班一共四十二名同学，有一个休病假……”

“啊，那你不是倒数第……”

“别说得那么难听，去掉‘倒’字，还是亚军……”话说完，人也早跑了出去。

乐小颖兀自站在那里笑弯了腰。

5

乐小颖给张景泰沏好茶，开始替他整理书桌。

张景泰从鼻梁上拿下眼镜，看了看乐小颖，说：“小颖啊，你来快有一个月了吧？”

“嗯，后天就满一个整月了。”

“日子过得真快呀。”张景泰感慨道。“小乔离开都快有五年了。”

乐小颖装着不知情，看似随意地一问：“小乔是谁呀？是以前的家政员吗？”

张景泰戴上眼镜朝乐小颖看了看，见乐小颖只是随意一问，便又取下眼镜，叹息一声说：“小乔是个苦孩子啊，打小母亲离家出走，后来父亲替她又娶了一个后妈，刚刚过上有家的日子，不想，一场车祸，她父亲又去了；继母年轻，没过多久改嫁了。落下她一个孤儿，十几岁就出来打工……”

乐小颖停住了手中的活，专注地听着张景泰的叙述。

“也许她是从敬佩我、崇拜我开始，在爱护照顾我的日子中，我们……我们产生了感情！”张景泰脸上不由现出几分兴奋又有几分无奈的表情。“她对我是真心的，可是，我……”

乐小颖望着老人因回忆而痛苦的面部，悄悄将茶杯往他面前推了推。

好半天，张景泰才止住激动，勉强笑了一下，说：“对不起啊，我太激动了。好久，好久啦，我没有过这样的感觉了。今天……”

张景泰摇了摇头。

乐小颖纯真地望着张景泰，也叹息了一声。

“所以，自从小乔走后，我就对‘家政员’产生了‘过敏’，只要一提起来，就会想到她；你那天一来，我就发火，你可别往心上记啊。”

“哪会呢，我早忘了。”乐小颖轻笑了一下。

这时，张黎生回来了，在外面叫道：“爷爷，下午我们学校要迎接检查，提前放学了。”

张景泰忙调整了一下情绪，从眼镜上框看向从外面走进来的张黎生，道：“你这么大声，就不怕你奶奶听见?”

“奶奶早晨不是说她今天一天都得在老年活动中心筹备夕阳红艺术节吗?”

“怪不得乖孙孙今天说话这么大声呢。”张景泰笑了一下。

没想到张黎生接上就道：“我哪天说话不敢大声呐，只有爷爷才不敢大声呢。”

“别没大没小。”乐小颖边替张黎生从背上拿下书包，边笑着拍打了一下他，然后突然想起来似的，说：“呀，都放学了，我得出去买一下佐料，要不明天早晨就没用的了。”

“小颖，等我一下；爷爷，我陪小颖上街。”

“难得有一个休息的日子，你就出去玩一会吧。”张景泰望着张黎生，一脸的幸福。

“耶！爷爷伟大。”张黎生冲着张景泰做了一个“给力”的动作之后，转向乐小颖：“小颖，我们走。”

乐小颖与张景泰打着招呼：“爷爷，我们去啦。”

“去吧，去吧，顺便替我看着点我们家的乖孙孙。”

张黎生做了一个鬼脸，跑了出去，边跑边说：“小颖，等我换件衣服。”

“哎……”

6

乐小颖从综合商场出来，手里提着一个红色的方便袋，里面装着一些佐料，不多，只一小包。她透过进进出出的人流，一下就看见了张黎生。

张黎生站在公用电话亭前，一手拿着话筒一边在空中比画着，不知与谁在说："嘿，不信呀，不信你们马上到公园来……嘿嘿，真的，谁骗你谁请客！保证啊，我就吃次亏，让你们养回眼吧……好……"

"张黎生。"乐小颖将手中的袋子往上提了提，意思是买好了，招呼他可以走了。

张黎生挂了电话，一蹦三跳地跑了过来。

"小颖！"

"嗯？"乐小颖感觉到张黎生叫她的声音不太对劲。

"我们去公园玩一会吧。"

"你玩吧，我得要回去，你爷爷还在家呢。"

张黎生伸手拉了她的方便袋，央求道："好不容易出来一趟，好小颖，就陪我玩一会吧；要是你回去，我不回，待会我又得要挨骂了。"

乐小颖有些犹豫：她来这里这么长时间了，还从来没去公园玩过。

"去吧，就算我求你了。"

乐小颖想了想，反正现在还早，于是就应了。

张黎生兴奋地一把抢过方便袋，说："我来拿着。"

绿树丛中，张黎生一会上前几步，一会转过身退着走，兴奋地与乐小颖介绍着这这这、那那那；手里的红色方便袋随着他的手忽上忽下，显得格外夺目。

不时地，有一两个学生从张黎生身边走过，并在走过之后还回过头来冲他们暧昧地嘻笑、嬉闹着。

这一切，乐小颖全然不知。

前面一条小路，他们走了上去。

"你回来前，你爷爷正在跟我说小乔的事呢。"乐小颖伸手摘了一片树叶拿在手中说。

张黎生顿住脚，有些夸张地大声说："是吗？他说什么了？"

乐小颖不知所以地望了望张黎生，然后说："还没说什么呢，你就回来了。"

"早知道，我就晚回几分钟了。"张黎生耸了下肩说。

乐小颖笑着说："你上次说你发现了他们俩在书房里的事，后来呢？"

"后来？后来当然是全家翻了天：奶奶闹，爸爸说，硬将小乔阿姨给撵走了。"

"那你爷爷让她走？"

“他当然是舍不得喽，可是，能由得了他吗?”

“怎么由不得他?”乐小颖忽闪着眼睛有些不解地问。

“如果他坚持要留下小乔阿姨，奶奶就上报社让爷爷他一世英名毁于一旦；我爷爷最注重名声了。”

乐小颖就笑。

“你笑什么?”张黎生望着乐小颖问。

“我笑你刚才说他在家里不敢大声，原来原因在这里呀。”

张黎生做作地大声地“呵呵”地笑着说：“可从那以后，爷爷一下就病倒了，性格也变了，整天躲在书房里不出来。后来我们家也请过几个家政员，可是，不是奶奶不同意，就是爷爷不吃她做的饭菜，说是没有小乔阿姨做得好……”

“怪不得那天我做过后他吃了一点，你奶奶说还行。”乐小颖想起了那天的情形。

“奶奶说还行?”张黎生望着乐小颖。“嘿嘿，要是以前呀，你可就要小心了。”

“怎么了，要小心?”

“现在爷爷老多了，身体又不好，走路都要人扶；要是以前，凡是爷爷说好的，奶奶肯定要说不好……”

“那现在怎么就不了呢?”

“不是现在爷爷老得连走路都要人扶了嘛。”

乐小颖泛着一脸的天真，眨着眼睛望着张黎生。

张黎生被乐小颖看得有些不自然起来，朝空中挥了一下手，说：“不说我爷爷了，我给你说说我们班上的事吧。”

“好啊。”乐小颖眯了眯眼睛。

“我们班吧……”

他们一边说着一边走，没想到，隔着树丛的另一边，几名学生对着张黎生和乐小颖又是推又是搡地闹着。

这时，张黎生不知又说了一件什么趣事，引得乐小颖也终于隐忍不住，放声笑了起来。

只是，乐小颖不知道，她这一笑，却在不经意间，给自己，也给张家惹下了一个不大不小的麻烦。

7

张黎生坐在桌前，练习册下面盖着一本小说正在看着。

“凤姨回来啦。”

听到刚从张景泰房间里出来的乐小颖的招呼，张黎生知道母亲凤铮如和父亲张勋浩回来了，忙将小说盖了，拿起笔，在练习册上装模作样地写着……

对乐小颖的招呼，凤铮如勉强挤出了一个笑容，“嗯”了声，算是回应，然后回身帮张勋浩拿拖鞋。

张勋浩板着脸套上鞋什么也不说径直往屋里走。

“张黎生在家吗?”凤铮如问。

乐小颖赶紧答道：“在，在看书呢。”

“哦，乐小颖，你替凤姨下去到超市买瓶辣酱好吗，凤姨今晚没胃口。”

乐小颖接过凤铮如递过来的钱，说：“好，我这就去。”

“不急，你慢慢走。”

听到凤铮如与往常不一样的声音，乐小颖心里虽然顿了一下，但很快就觉得可能正如凤铮如自己说的，“没胃口”，身体不太好，“哎”了一声，走出了门。

这边乐小颖刚出门，那边张勋浩走进了张黎生的房间，一把抓起他桌上的书，“啪”一下扔到了地上：“你还看书，看的什么书!”

张黎生以为他偷看小说被张勋浩发现了，嗫嚅道：“我刚才看……”

“看，看……你看的什么书!”

“小说。”张黎生老实地回答。

“小你个杂（‘杂种’也许太难听了吧，张勋浩说了个‘杂’字，将那个‘种’给咽了）……你说，你昨天干什么了?”

“昨天?没……没干什么呀。”张黎生莫名地望着张勋浩。

“还嘴硬!”

张黎生知道了不是为看小说，于是，硬气了起来，放下了紧张，尽管没做声，但翻了张勋浩一个白眼。

“你昨天下午是不是去公园了?”一直站在一边的凤铮如这时“帮”他回忆道。

经母亲这一提醒，张黎生知道父亲大发雷霆的原因了，只好低了头。

“跟谁去的？”张勋浩猛地拍了一下桌子：“不错呀，骗小家政出去吹嘘是自己女朋友！你了不得，晓得要女朋友了！”

“我们刚刚从学校回来……”凤铮如在一旁警告着张黎生别想抵赖，他们有“铁证”。

“你到底还想不想念书？”张勋浩说。“不想念，就趁早退学，别在那给我丢人现眼！”

张黎生梗了梗脖子，仍没有做声。

“说！”张勋浩提高了声音。

张黎生突然抬起头：“我早就不想念了！”

凤铮如气得用手指着他：“你——你——”“你”了半天，也没“你”出什么来。

“不念书？不念书你给我滚出这个家！做贼做丐随你意……”“啪”地一下，张勋浩伸手给了张黎生一个耳光，气急地说完，摔门而出。

张黎生拧着脖子站在那，咬着嘴唇，还是不做声。

这时，吴大妈与乐小颖一同推门走了进来。

乐小颖一边给吴大妈拿着拖鞋，一边说：“凤姨说她没胃口，让我下去买的。”看来，她们也是刚才在门口碰上的。

吴大妈一声“哦”还没答出，里面突然传来凤铮如的声音：“丢人丢尽了的东西，还有脸在同学面前显摆！”

“发生了什么事？”吴大妈拿眼睛问乐小颖，正碰上乐小颖也拿眼睛来问她，然后俩人都望向从张黎生房间出来正走向自己房间的凤铮如。

凤铮如直到快要到房间门口了才发现吴大妈与乐小颖。她望了一眼她们，什么也没说，进去了。

吴大妈一边往张黎生房间走一边说：“你又逃学了还是在学校又玩什么了？”

乐小颖则一副不解地跟在后面。

凤铮如一见，想想从里面又出来了，对快要走到张黎生房门前的吴大妈说：“你孙子出息了！把乐小颖骗去公园，对他的同学吹牛说是他的女朋友。”

乐小颖一下怔住了。

吴大妈回过头来先是望了一下乐小颖，然后又望了望凤铮如，接着，回过眼来狠狠地瞪着乐小颖。

“我……他没骗……我们是去玩……”乐小颖局促得语无伦次。

“玩？一男一女的，到公园玩什么玩！他是孩子不懂事，你也不懂！”吴大妈咬着牙厉声道。

“我们……都是我不好……”

“你不好？你不好不要紧，别把张黎生也弄得不好了。别忘了，你是什么身份——你是我们家雇的家政员，就是个保姆！”

乐小颖没想到吴大妈会说出这样的话来，讶然地望着她，微张着嘴，一时竟说不上半句话来。

“妈——”凤铮如觉得吴大妈话太重了，脸上有点挂不住地叫了一声。

吴大妈不理凤铮如，继续说：“望什么望！你还有脸望？我们家张黎生小，不懂事！我告诉你，你什么歪主意都甭想！他还只是个学生，是个小孩！”

“不关小颖的事！”突然张黎生从房间里冲了出来，歇斯底里地叫道。

“哟，我还没骂什么呢，你倒护上了！”吴大妈一脸市侩地边说着边转向乐小颖：“你看看，你看看！”

乐小颖再也忍不住，转身跑进了自己的房间，“砰”地关上了门。

“吵，吵，不吵就不得大乱；不大乱，就得不到大治……”张景泰在书房里像一个得道的高僧般念念有词……

8

乐小颖趴在床上哭着。

也不知哭了多长时间，突然外面传来吴大妈一声嘶哑的声音：“你……张黎生，你上哪？”

接着听到“砰”的一声门响。

乐小颖趴在被子上的身子停了一下，接着又抽泣了起来。再苦再累她不怕，可这样被人歧视，她实在是受不了……

远处的建筑渐渐笼罩在了一片暮霭中，街灯也渐次绽放了起来。可是，张黎生却一直没有回来。

凤铮如坐不住了，对张勋浩说：“到现在都没回来，是不是离家出走了呀？”

“走掉好，这种没出息的东西！”张勋浩仍没有消气地说。

凤铮如白了一眼丈夫，没好气地走到房间门口，问："妈，张黎生还没回吧?"

"没见着。"吴大妈在房间里闷声闷气道。

"是不是……我出去找找……"

吴大妈从房间里探出头望了一眼凤铮如："这没头没脑的，上哪去找?怕他不晓得回来!"

"这天都快黑了……"显然，凤铮如有些焦急；毕竟是母亲，怎么会不担心呢。

乐小颖听到这里，再也顾不上自己的委屈了，想想爬起来打开门，走出来对凤铮如说："凤姨，先打个电话问问学校吧。"

凤铮如犹豫了一下，看了一眼客厅茶几上的电话，想想什么也没说还是回了房间。

但很快，房间里便传出了凤铮如打电话的声音："……我是他家长，请问你们有没有见过他……"

显然，里面回答的是"没有见"，因为凤铮如放下电话之后，长长地叹息了一声……

外面早已华灯通明，眼看着墙上的电子钟指向了夜九点，凤铮如、张勋浩、吴大妈在房间谁也待不住了，一起坐到了客厅沙发上。

乐小颖见状，也走了出来，站在一边。

整个客厅一片安静，安静得只听到墙上电子钟的秒针在那"嚓嚓嚓"地走着。

凤铮如不安地一会望望钟，一会望望张勋浩。

"说就说两句呗，还动手打他。"凤铮如喃喃地道。

张勋浩没理睬，双手将头枕在沙发靠上。

"谁知道他会离家出走啊。"吴大妈想想接了句。

"妈你也是，当着他的面，就数落乐小颖……"

"什么?我数落错啦!"吴大妈一听，火气就上来了，"说两句都不能说!"

"埋怨谁呢你们——"张勋浩不知是对谁说了句，然后站了起来："我去他们学校看看。"

凤铮如说："电话都打几遍了，他们九点下自习，老师说，如果下自习还没见着，就说明他真的不在学校里。"

乐小颖望了一眼墙上的电子钟，已指向了九点二十五分。

大家都不再说话，气氛有点紧张，又有点压抑。

这时，桌上的电话铃突然响了起来。

凤铮如一把抓了起来：“喂，我是。嗯……”

“我们全都查了，没有；你们是不是看看他有没有去什么亲戚家?”原来是老师打过来的。

“亲戚家全都问遍了，哦……嗯……好，只好这样了……谢谢你啊。”说完，凤铮如无力地放下电话，眼泪汪汪地说：“没有。”

“我到街上去找找。”一直站着的张勋浩再次说道。

吴大妈马上说：“上海市这么大，你上哪条街去找?”

凤铮如不高兴地回了一句：“妈，你这是怎么说话呢，总不能就这样不找吧。”

“我又没说不找。”吴大妈也觉得自己这话说得不大好，小声地嘀咕了一声。

“平时又没注意他总喜欢去哪些地方。”凤铮如一边说着，一边随着已转过身走向门口的张勋浩走着。

乐小颖迟疑了下，想想，在凤铮如他们带上门后，也走向门口。

“你去哪里?”吴大妈问。

“我也去找找。”

吴大妈便愣愣地看着乐小颖走了出去……

这时，张景泰在书房里又自言自语上了：“出走，好，这才像我的乖孙孙！好。很快我也走，我也要走啊……”

9

吴大妈一直坐在客厅沙发上，等着张勋浩、凤铮如，还有张黎生。可是，都凌晨了，他们一个也没回。

“这都到现在了，怎么一个也不回!”吴大妈看了看电子钟，自己跟自己嘀咕着。

刚嘀咕完，张勋浩推门进了来。

一进门，看他那垂头丧气的样，吴大妈就知道没有找到。

张勋浩默默地坐到沙发上，接过吴大妈递过来的一杯水，正要问凤铮如有没有回来，凤铮如就一脸疲惫地推门进来了。

“回来了？”凤铮如一脚门里一脚门外地望着张勋浩急切地问。

张勋浩用手抹了下脸，摇了摇头：“没有。”

凤铮如走到沙发前也坐了下来，想想扭过身征求张勋浩的意见说：“报案吧，也许警察能帮助找着。”

“报过了。”张勋浩说。

“乐小颖呢?”凤铮如又望向吴大妈。

“你们走后，她也出去了。”吴大妈说着，突然想起来什么似的“呀”了声：“别不是他们俩约好私奔了吧?”

“妈，你怎么说话呢。”张勋浩不禁皱了皱眉头。

“我这不是着急嘛。”

凤铮如没管他们母子的对话，担心地说：“乐小颖对路不是太熟悉，别一个没找着，又弄丢一个。”

“没事，那么大个人，丢不了。”吴大妈说。

凤铮如白了吴大妈一眼，不再言语。

于是，几个人就都沉默了起来；沉默中，自觉不自觉地，又都一齐望向了桌上的电话机……

10

貌似城里的太阳不如山河村的太阳，山河村的太阳在没出来之前，先是一片红云，然后在红云的烘托中，才娇羞地走出来；然后，经过丈高，经过中天，夕阳，再恋恋不舍地回到山里去。可这城里，还没看到云，太阳就突然从楼层的缝隙中跳了出来；还没等你感受到太阳的热烈，它却一闪，就又闪到楼层后面去了。

在太阳这么一跳一闪中，乐小颖一脸倦容地整整“走”了一天——她迷路了。

望着渐次亮起的灯光，乐小颖无奈，只好走向 IC 卡电话亭——她不得不向凤铮如一家求助。

而在电话边守了一夜一天的凤铮如、张勋浩，还有吴大妈，听到电话铃的骤然响起，几乎是同时伸出了手，但最终还是让给了凤铮如。

“喂——啊，是乐小颖呀……”

乐小颖一听到凤铮如的声音，嗓子不知怎么就哑了：“是我，凤姨……”

“找到了吗?”凤铮如仍抱着一线希望地问。

“没有。”

凤铮如不免有些失望，声音松了松，说：“那你回来吧。”

“张黎生回来了吗?”乐小颖问。

“没有，你回来吧。”说完，凤铮如就想挂断电话。

“可是……凤姨，我不认得回去的路了。”

凤铮如一听，将话筒又往上提了提：“你在哪?你别动，我让你浩叔马上来接你。”

张勋浩和吴大妈一起望着凤铮如。

“乐小颖迷路了，张勋浩，你去接一下她吧。”

吴大妈听后，小声地嘀咕道：“自从她进了家门，家里就一刻也没有消停过。”

没想到，她的话音还没落，张景泰突然在书房里接上大骂了一声：“自从你进了咱家门，才一刻没有消停过!”

“你说谁呢!今天你得要给我说清楚，我进了你家门怎么着了你家，是杀了人还是放了火……”

“妈，你就少说两句吧。”凤铮如说。

张勋浩换好鞋，走了出去。

吴大妈向凤铮如诉说道：“你没听见老爷子刚才说的，那叫人话?!”

“你们还不嫌乱啊，张黎生要是有什么……”凤铮如说不下去了。

吴大妈想想往后坐了坐，没再吱声。

几十分钟后，乐小颖和张勋浩回来了。

一进门，吴大妈冲着乐小颖说：“你还嫌家不够乱还是怎么的，这么大个人，连回家的路都找不着。这边要找张黎生，那边还得要找你!”

乐小颖像个犯错的中学生似的，站在门厅前，咬着嘴唇，嗫嚅道：“都是我不好。”

“本来就是你不好，看看把这家给闹的……”吴大妈用手上上下下地点着说。

凤铮如大概实在是听不下去了，眼睛望着吴大妈：“妈，你少说两句行不行?”

吴大妈这才气哼哼地算是停了。

11

又是一天太阳出。

凤铮如眼泪汪汪。

张勋浩在沙发上一言不发。

吴大妈坐在一边也不出声。

乐小颖靠在门框上……

“这都第三天了，也不知他身上有没有钱，有没有吃饭？”凤铮如说着眼泪就滚了出来。

乐小颖说：“他身上只有四块钱。”

张勋浩望向乐小颖。

吴大妈则追问道：“你咋知道？”

“那天我们到公园去玩，十块钱找的零。”乐小颖说。

凤铮如抹了下眼睛：“四块钱，三天了，他不知要饿成什么样子。”

正在这时，电话铃突然响了起来。

几个人你望望我我望望你，谁也没有伸手。

最后，还是凤铮如伸了手去：“喂，我是。啊……”凤铮如一下站了起来，其他人见状，立即全都凑了过去。

“找到了，啊，好，好。我们马上就到啊，就在我们楼下，哦，好，我们在家等着……”凤铮如放下电话。“警察找到了，就在楼下，马上上来。”

于是，全家立即都涌向门口……

一会儿，众星捧月一般将张黎生给“捧”了进来。

张黎生目光呆滞，神情恍惚，任凤铮如怎么叫，他始终不开口。

“儿子，儿子……”凤铮如哭泣着搂着张黎生，热泪滚滚。

张景泰也从书房里走了出来：“乖孙孙，过来，给爷爷看看。”

“儿子，爷爷叫你呐，啊，叫爷爷呀……”凤铮如低头扳过张黎生的肩膀，让他面对着张景泰。

可是，张黎生只是眼睛呆滞地望着张景泰，一句话也不说。

乐小颖这时也夹进来，拉着张黎生的一只胳膊，说：“张黎生，我是小颖呀，你说话啊……”

毫无征兆地，吴大妈突然抬手，“啪”地一下给了乐小颖一巴掌。

乐小颖一下被打蒙了，捂着脸颊，半天没反应过来。

“都是你个妖精，把我孙子害成了这样！”

张景泰气得浑身发抖，指着吴大妈：“你……你……你才是妖精！”

“我是妖精？你说我是妖精！”吴大妈歇斯底里地说，“是的，我是妖精……”

“妈，别再闹了好不好！”凤铮如用手抱了张黎生的头转向吴大妈呵道。

吴大妈顿了一下，又突然指向乐小颖：“你……你给我马上滚，滚得远远的！”

乐小颖的泪水终于滚了出来，她使劲挥起袖子一擦，然后转过身，走进了自己的房间。

这边，凤铮如将张黎生扶到桌前坐了下来，替他倒了杯水，端着凑到他嘴前，问他喝不喝。

张景泰则气得浑身发战地又回了自己的书房，并且，一进书房，一把将书桌上的书统统撸到了地上，咆哮道：“离婚！我要与这个老妖精离婚！上次就该离的，这次一定得离！”

乐小颖从房间里出来了，手里提着自己的包，谁也没有看，径直走向门口，迅速拉开门，走了出去……

一家人都怔了一下。

凤铮如赶紧追了出去：“乐小颖，小颖……”

12

电梯还没上来。乐小颖站在电梯前，一边擦着眼泪，一边望着不停变化着的电梯楼层数字。

这时，凤铮如从门里追了出来：“乐小颖。”

“凤姨。”

“你这是上哪去？”

乐小颖一时答不上来。

凤铮如想了想：“你真的要走，凤姨也不拦你；在这，有我妈，你也干不下去了。只是，你有地方去吗？”

乐小颖噙着眼泪摇了摇头。

“这样吧，”凤铮如叹息了一声，“你去二街那家格格美发厅，认得吧？”

乐小颖点了点头。

“那家老板是我的一个好姐妹，我马上打电话给她，让她给你找份杂活。”

“谢谢凤姨。”

“不用谢的，是我妈不对，她不该打你。我代她向你赔过啊。”

“不，不，都是我不好……”

这时，电梯开了。

乐小颖一脚跨了进去。

望着电梯门慢慢关上，凤铮如不由长长地叹息了一声。

第五章　初识美发

乐小颖来到格格美发厅，做了一名杂工，亲眼目睹了小小美发厅也存在着“竞争”，而且为了抢生意，相邻的吟风美发厅与格格美发厅甚至不择手段。

1

各种霓虹闪烁。

整条街道，美发厅亮着各式招牌，其中一家门前是座式落地——格格美发厅，玻璃门上贴有诸如理发多少钱，焗油多少钱，干洗多少钱，染发多少钱，等等。

美发厅不大，一层前面左边一排摆放着三四个座椅，右边靠前一点是客人待剪的坐凳，往后一点是一个桌子，上面堆着叠整齐的毛巾，毛巾旁边有一电话，最里边是洗头池；二楼是金卡用户服务区和老板、员工的住处。

没有顾客。

乐小颖叠着毛巾，其他五六个约十八九岁的女孩，有的坐在剪椅上闲聊，有的对着镜子弄着自己的头发，还有一个正在扫着地上的碎发。

店里除了大工郑锐和一个小男孩外，其他都是女孩。

大工郑锐坐在剪椅上正在说着什么，其他几个女孩望着他，听他说。

这时，老板昕姐从外面进来了，人没到，酒香先到；看样子，今晚又喝了不少：“今天怎么这么早就停了，看看隔壁还在忙着呢。”

何小爽站了出来，望着昕姐道：“都快十点了，一般顾客都过夜生活去了，这个时候谁还来美发呀。”

“金卡用户这时候不来；一般用户保不定白天没时间，寻个晚上来理一下发呢。”

这时，另一边坐着的祁美美扭过头，说：“昕姐，今晚喝了不少吧，请的肯定又是一帮达官贵人。”

“没喝多少，”昕姐口齿还算清楚地说，“那帮小子，想把你昕姐给撂趴下，你昕姐是什么人！是吧，能那么三杯两盏就栽！”

郑锐也凑上话来：“那你不又‘大出血’了？”

“什么话呀你，花个千儿八百的，结交上这些上层人，能叫出血吗?！你想出还没地方让你出呢，告诉你！”自称自己漂亮的“漂亮姐”接上就说。

“就是。”昕姐打了一个酒嗝。

何小爽：“是哪帮小子呀，让昕姐你这么大方?”

昕姐一听，不由“咯咯咯”地笑了起来，显然酒劲开始上来了：“哪帮小子？就是上次给我们帮忙的那个王科，还有那次开着宝马来咱们店里理发的郭总……还有……不说啦，反正说了你们也不认识……”

乐小颖一边叠着毛巾，一边微微地笑着。她觉得这个昕姐特有意思，酒一喝多就像她们山河村说的“把戏头”，人人都可以拿她开玩笑，一点也没有了平时老板的威严。

昕姐挥了挥手，不再理睬这帮打工妹、打工仔，歪歪扭扭地往楼上走。

她刚上楼，随即又传来了她的叫声：“上面一个人没有，还开着这些灯，不要电还是怎么的！当我是千万富姐呀，这么不知节约！讲过多少遍了；下回再这样，每人从工资中扣除二十块，看你们还记不记得长记性……”

下面的几个人听了，都不自禁地或不屑地“哼”或“嘁”着。

只有郑锐和乐小颖没有吱声——郑锐望着昕姐声音的方向蹙着眉，乐小颖则不声不响地将叠好的毛巾又摞好放在壁架上……

2

格格美发厅——顾客不停地进进出出；门口迎宾女孩不停地问候着进店的顾客“您好，您需要什么服务”或“您慢走”或“金卡用户请上楼”。

里面剪椅上，有男女顾客，郑锐正忙着。一位女孩在给一位女士修发。

乐小颖则不时一会上楼，一会下楼。

昕姐也在厅里，每进来一位，她都笑脸如花："你好，是剪还是干洗？是保养还是修？"然后安排员工："给这位先生先洗一下头。"接着转向客人："您请——"

这时，门口进来一位约二十七八岁的小伙，头发溜光，属于那种油头粉面型的年轻人。

"啊呀，小刘，你怎么才来呀！"昕姐迎上热情地招呼道，"我给你发的短信收到了吗？"

小刘伸手抹了抹头发："收到了啊。"

"收到了还到现在？人家都等得急死了。"昕姐有些撒娇地道。

"不是忙嘛，这不，赶紧就过来了。"小刘边说边亲昵地将手搭在昕姐的肩上。

昕姐晃了一下，但没有晃掉："不要这样子啦，讨厌。"然后两人说说笑笑地向楼上走去……

3

"现在没客人，何小爽，我们先吃饭去吧。你们——"郑锐指向另两个女孩，"先守一下。"

说完，郑锐、何小爽，还有乐小颖几个人就向后面的楼道走去；餐厅（其实就是厨间）在后面。

昕姐已先吃了，见郑锐他们进来，问："今天上午还好吧？"

"还好。"郑锐答道。

"前几天进的那种护发素用了多少？"

"还没动。"郑锐一边拿着碗一边说。

"怎么弄的，进货都三四天了，这样下去，店还能开吗？"昕姐突然提高了声调。

祁美美手里拿着碗，见锅里又是面条，叫道："又是面条呀，吃得我都快成面条了。"

昕姐接上她的话，立即道："有面条吃就不错了，三四天连一瓶护发素都没用出去，照这样下去啊，很快连面条都没得吃了。"

"昕姐，这样糊弄顾客，糊弄一两次行，三回四回，就糊弄不了了。"何小爽有些不爽地说。

“我说过多少次了，我们做工收费是这条街最低的，这也是我们吸引客户的一个有效手段。最低什么概念？最低就是只能保住成本，保住你们的工资、水费、电费。要想赚钱，从哪来？不靠推销这些护发、美发产品，靠什么！”昕姐边将碗放桌上，边说：“再说，不赚那些爱美的有钱人的钱，赚谁的？”

漂亮姐立即附和：“就是，像我们没钱，谁还讲究个臭美！”

“漂亮姐这话说得在理。”昕姐立即表扬。

郑锐说：“不好推，问她们，她们总说‘不用’；她们说不用，我总不能给她们用吧，用了找谁要钱去？”

“你就不能动动脑子？”昕姐说。

何小爽头也没抬只顾吃着地说：“动了。”

“动了？”昕姐望着何小爽，“动了到现在还没用出去？我们上面金卡区都用一箱了。”

郑锐咕哝道：“谁能跟金卡的比，她们可是大老板呢。”

“别的牌子用了不少，就是那种牌子没用。”何小爽解释道。

“你们呐，要多宣传呀；你们要知道，这种牌子的用一次，要比其他的赚两三倍。得了，不跟你们磨牙，待会我用一次给你们看看。”昕姐边说边走了出去。

漂亮姐看到昕姐走出去了，小声地在后面说：“赚得再多，我们还不是吃面条。”说完几个人全都笑了起来……

别说，昕姐还真的说到做到。

饭后没多久，门口又进来了一位客人，是位少妇，一看就是那种没有多少钱，但又特爱虚荣的那种人。

昕姐迎上去：“你是修发还是护理？”

“修一下吧。”少妇用手轻轻理了一下头发，同时早有女孩替少妇接过了手包，挂在架上。

昕姐：“先洗一下头吧。祁美美，给这位小姐洗一下头。”

祁美美应了声：“小姐，这边请。”但在心里却撇了不下三次嘴：“小姐，都大婶了还小姐！”

这边，趁“小姐”洗头的工夫，乐小颖将手巾等整齐地拿了过来，放在剪椅上，然后立在一边，看郑锐给另一位男顾客理发。

郑锐边理发边与顾客聊着：“先生哪里人啊？”

“安徽。”

“安徽好啊。安徽哪里呀?”

“宣城。”

“宣城?”

“听说过吗?”

郑锐老实回答:“没有。”

“芜湖呢,黄山?”

“这我知道。”郑锐说,“芜湖古时候是米市,黄山有迎客松。”

“宣城就介于芜湖和黄山之间;李白有首诗道‘众鸟高飞尽,孤云独去闲。相看两不厌,只有敬亭山。’这‘敬亭山’……”

“来我们这有很多安徽人呢,我特喜欢他们!”昕姐无意地接了一句,将顾客的话打断了。

好在顾客立即被昕姐的话引了过来:“是吗?”

“是的,”昕姐说,“他们都把这叫成安徽美发厅了,咯咯咯……”

这时,“小姐”洗好发过来了。

昕姐引她坐下,然后对着镜子用手撩了一下她的头发:“呀,小姐的发质好好哦。”

“昕姐,怎么,对发型又有了灵感?”一边的郑锐不失时机地道。

“是呀,她这头发,太美啦。小姐,我是专业发型师,给你做一个发型吧,你看你原来就这么散披着,那是浪费美丽呢。”

“小姐”就有些不好意思地用手捋了一下头发,说:“做一个发型要多长时间呀?我还有事呢。”

“不长,比你平时剪个发长不了几分钟。”

“那要多少钱?”

“不要钱,您只要付剪发的钱就行。”昕姐望着镜中的“小姐”笑着说,“谁叫我一见你这秀发就灵感大发了呢。”

“效果能保证吗?”

“这个您放心,她可是专业发型师,做出来保证让您年轻八岁。”郑锐一边帮着腔,一边用眼瞟了一下一边的乐小颖。

而昕姐则瞟了一眼郑锐。

“我对你这个发型充满信心,保证让您满意!您看呐,我用飞剪将你这前面……”昕姐边说着一些外行人根本听不懂的专业术语,边不停地用手在

“小姐”头上比画着，并且还替她盘上几个造型。当然，盘上，又解散；整个过程始终面带微笑。

乐小颖一直站在那，默默地看着。

“小姐”没有否定，昕姐就最后给她做了一个造型雏形，说：“您看，这样行吗?”

“行。”“小姐”对着镜子打量了打量。

昕姐便很自然地从各种护发洗发水中拿出一大堆标着外文的美发用品来，很关切地问道：“请问你用哪种药水?”

“这个，要钱吗?”“小姐”犹豫了一下。

昕姐就笑道：“啊呀，您这么美，能用‘钱’字吗?美是花钱买不来的；像我，想用还用不上呢。”

“小姐”被昕姐说得一脸的不自然表情。

昕姐见状，及时拿过一瓶，说：“得了，我建议您就用这款吧——不是最贵，也不是最便宜。最贵呢，既费钱，效果跟这也差不多；太便宜了呢，又掉您的身价。就这种，中档，最适合您，效果也非常好，行吗?”

看不出是情愿还是不情愿，“小姐”点了下头。

于是，昕姐一边打开药水瓶，一边又说些赞美“小姐”的话，“不经意”间就将那瓶才进的护发素给用了出去……

一会儿，昕姐替“小姐”做好了发型。

“小姐”在镜子前左看右看。

“满意吧?”昕姐笑着问道。

“小姐”也跟着笑了一下：“还行。多少钱?”

“您的头发太好了，给了我很多灵感，这样吧，工夫钱就免了，您就给个药水费吧，二百八十五元，干脆，零头也不要了，收您二百八十吧。”

“小姐”虽然愣了一下，但想想，还是拉开手包，从里拿出了钱包。

昕姐接过钱，一边与“小姐”说着“欢迎下次再来”，一边瞟了一眼郑锐。

4

郑锐正在忙着，乐小颖也在不时地帮着或递毛巾，或引顾客去洗头，或清洁一下地面。

这时，凤铮如走了进来。

“凤姨！”乐小颖正好一转身，正面看到了。

凤铮如停住了，问道：“乐小颖，还做得惯吧？”

“做得惯，还没谢谢凤姨呢。”

这时，一个女孩过来了。

凤姨便在女孩的引领下，边往楼上金卡区走，边说：“做得惯就好。”

“凤姨——”

凤铮如停住脚，不明就里地“嗯”了一声。

“张黎生……还好吧？”

凤铮如脸立马暗了下来，说：“送精神医院了。”

“送精神医院?!”

“他不知在外到底受了什么刺激，一时半会恢复不过来。”

乐小颖神情也不由暗了下来，轻声嗫嚅了一下：“都是我不好。”

凤铮如想说什么，想想，什么也没说，扭过头，上楼去了。

郑锐边做着手中的活，边瞟着怔怔地站在那望着凤铮如上楼的乐小颖。

5

夜深了，不要说店内生意冷清，就连门前的路上，行人也少了。

郑锐和几位女孩有一句没一句地说着闲话。

这时，小刘搂着昕姐从外面回来了。

郑锐从座椅上站了起来，其他几个人也都打住了话题，各自假装着或整理器具，或整理用品。

昕姐看来又喝得有点多，一边歪歪扭扭地走进来，一边暧昧地与小刘打情骂俏地往楼上走。

“那个李经理，咯咯咯……”

“是呀，他哪是你的对手。”小刘附和着。

两人跌跌撞撞地走上楼去……

待小刘下来，已是第二天早晨上班的时间了。

两人边走边说着话，走到门口，昕姐将一沓钞票塞到小刘口袋里，暧昧地笑着说：“这事就交给你了，可一定要摆平啊。不摆平，下回不准……”

“你就放心吧，摆平这事，小菜一碟。”小刘用手将钱在口袋里捏捏好，一边说着一边冲昕姐做了一个下流的小动作，笑着走了。

昕姐见小刘走远了，回头看到员工们或站，或坐，或对着镜子自己梳理着，没见一个顾客，气便不打一处来："店里的人呢，都什么时候了，一个人影都还没见，开什么店，做什么生意！"

祁美美轻声与何小爽嘀咕道："生意一不好，就乱发火。"

"祁美美，你说什么？"

祁美美立即噤了声："我没说什么啊。"

"跟你们说，从隔壁店前经过，望都不要望她们，更不要与她们说话，听明白了吗？"昕姐环顾了一下大家，"做生意要有做生意的信心，要有做生意的自尊，别没事溜着眼看人家店里有人没人，更不要想着法子打听人家生意好不好！明白吗？"

没人做声。

昕姐提高了声音："明白吗？"

"明白。"几个人这才有气无力地应了声。

"明白，你们能明白？你们明白了，还用我在这啰唆！跟你们说……"

昕姐也不知是哪根神经搭错了，大清早在那没完没了地唠叨。

与此同时，隔壁的吟风美发厅，吃早饭的吃早饭去了，没上班的还没上班，他们的作息时间，与格格美发厅不一致。"格格"要求的是员工早晨上班时间为夏季七点半，冬季八点，晚上一律以顾客为主，一个顾客不走，所有员工都不得下班；即使一个顾客没有，也要到十点半或十一点下班。而他们，晚上与"格格"差不多，但早上，可以放宽到九点左右，每天只有一两个人（排班）提前点就行了。

吟风美发厅老板施姐从楼上走下来，见只有马启凤一个女孩在，就走了过去，先是问她吃过没有，然后便看似无心实则用意地问道："最近隔壁有没有什么新的动静？"

"都有十好几天了，我都没见到过董宣。"董宣是格格美发厅的一名助理发型师。

"怎么，她不在'格格'干了？"

"在啊，好像她们老板有所觉察，对她们说谁要是与别的店来往，就让谁走人。她们这段时间生意也不好。"

"那个大工呢，你们不是也很熟悉吗？"施姐歪着头问。

马启凤说："郑锐呀，那个人，我不想与他来往。"

施姐没有进一步追问马启凤是什么原因不愿意，深思了一下，似自言自语道：“她们肯定还有别的招，收费那么低，光靠降低收费只能维持一小段时间的……我听说他们主要是通过推销洗发水来赚钱，从现在开始，我们也这样做——凡来我们店美发的，一要热情；二要想方设法告诉客人，采用同样品牌的洗发水、护发素之类，比‘格格’要便宜。”

6

格格美发厅如往日一样，各人忙着各人的事。

乐小颖站在靠近门口的一侧，望着郑锐给顾客剪头。透过门玻璃，可以看到门外不时驰过的车辆与街道上过往的行人。

这时，江昊天的身影从门前走过。

接着，江昊天又倒着回来了，透过门玻璃，对着里面乐小颖的侧影边打量着，边又望了望门前的招牌，然后迟疑地走了进来。

迎宾女孩问着“先生需要什么服务”，江昊天眼睛望都没望一眼，冲着乐小颖，试探地叫了一声：“乐小颖?”

“江昊天!”乐小颖听见叫声，一回头，见是江昊天，立即惊讶地用手捂了胸口叫了一声。

“真的是你!”江昊天也讶然地兴奋着，“我听叶大妈说你不在那家做了，就到处打听，好不容易找到了那个叫凤姨的，是她告诉我你在这里的。”

“我出来都快有一个月了。”

“我是才听叶大妈说的。这里还好吗?”说完，江昊天环视了一下厅内，见郑锐正在看他，便冲他友好地笑了一下；郑锐立即将眼睛收回顾客身上了。

“走，我们外面说话去。”乐小颖推了一下江昊天，两人边说边走了出去。

看着乐小颖与江昊天站在门外说笑着，门里的郑锐一脸的嫉妒神情。

7

格格美发厅员工宿舍没有床，只在地上铺了一层薄薄的塑料或白色泡沫。

江昊天、乐小颖、何小爽、祁美美、漂亮姐、董宣等坐在床上说着话。

江昊天："你们住得也太简陋了呀。"

"可不是，老板特抠。"祁美美往嘴里塞了一把爆米花。

何小爽则帮着昕姐说话，道："要说她大方，大方起来比谁都大方。"

"那大方是对外面那些大官，那是讲排场。"

乐小颖用手捋了一下头发，对着江昊天笑了一下，说："无所谓，能有个地方住就成。"

"小刘是大官呀，一给就给几千。"何小爽不管乐小颖，仍接着祁美美的话说。

祁美美："你怎么知道他不是大官，再说人家那是什么关系？"

"什么关系？"何小爽明知故问。

"人家那是情人——"祁美美说着自己先笑了起来，同时望向江昊天和乐小颖。

乐小颖抿嘴笑了一下。

董宣说："可不兴背后说老板哦。"

"怕什么，反正她又听不到。"何小爽说。

漂亮姐这时将头往前凑了凑："听说在小刘之前，昕姐还有一个情人呢。"

何小爽："是的，其实那个比小刘帅。"

"你见过啊？"祁美美望着何小爽。

"听说的。"

漂亮姐："不好就换呗。"

"真看不出，漂亮姐也晓得不好就换啊。"祁美美说着话，一不小心嘴里的爆米花掉了出来，赶紧用手去接。

几个人就笑起来了。

漂亮姐："其实我还有一个发现，不知你们有没有注意？"

几个人都望向漂亮姐。

漂亮姐顿住了，不往下说，吊着大家的胃口。

何小爽："什么呀？"

漂亮姐这才神秘地对几个人说："我发现昕姐对大工郑锐的眼神不太对劲。"

"什么不对劲啊？她对他可好呢。"祁美美将身子往后坐了坐。

漂亮姐："就是因为好啊。"

“啊，不会吧？”何小爽若有所思地说。

祁美美：“保不准，郑锐比小刘年轻帅气；不过郑锐可没把她放在眼里。”

“哟，漂亮姐，郑锐是不是把你放在眼里呐？”何小爽转向漂亮姐。

漂亮姐撅了一下嘴：“他眼里才不会放我呢。”

何小爽：“那放谁？”

漂亮姐望了一眼乐小颖，坏坏地笑着。

几个人就都笑。

江昊天忙岔开话题：“老板十个有九个抠，我要是哪天做了老板……”

祁美美：“你要是做了老板，我们全都给你去打工。”

几个人就又笑。

漂亮姐：“你们说，老板对那个小刘是真心的吗？”

祁美美：“能真心嘛，不过是利用他呗。”

“利用？”乐小颖眨了眨眼睛望着祁美美。

祁美美：“利用小刘在社会上可能有点背景，帮她摆平各方面关系呗。”

乐小颖有些不解地轻声道：“两人都……都在一起那个了，还利用？这……这太不可理解了……”

“那个什么了呀？”何小爽问完自己先红了脸。

祁美美笑着打了她一下。

江昊天假装着咳嗽了一声，然后说：“你们老板今天怎么好起来了，让你们这么早就下班了？”

乐小颖：“今天她又出去请客了吧。”

祁美美将爆米花纸袋往旁边放了放，说：“这两天生意不大好，晚上门关得那么晚，没有生意还白浪费电不是。”

“老板也是，生意一不好，就拿我们出气，好像是我们把客人赶跑了似的；没客人，我们有什么办法。”何小爽说。

董宣：“也是，没有人，总不能跑到大街上见谁逮谁，问他做不做美发吧！”

“要逮就派你去逮，你长得这么靓，保准一逮就逮住了。”漂亮姐打趣着董宣。

董宣作势要打漂亮姐，漂亮姐向祁美美身后躲，几个人闹成一团。

江昊天直了直身子：“不早了，我要走了。”

“还早呢，郑锐带着她们几个出去玩到现在还没回呢。”祁美美又伸手去抓爆米花，可是，纸袋里没了。

何小爽："郑锐今天见到江昊天眼神怪怪的。"

乐小颖望着何小爽，不解地问道："怪什么呀？"

"他可能喜欢你呢。"祁美美笑着推了一下乐小颖。

乐小颖回身打着祁美美："你尽胡说。"

几个女孩笑成一堆。

江昊天夹在中间只好生硬地笑着。

笑闹过一阵，何小爽说："明天我们也出去玩。"

"好啊，我们去K歌。"江昊天立即接上话。

何小爽："祁美美歌唱得可好呢。"

祁美美乜了何小爽一眼："自己唱得好就唱得好，干吗要损我啊！"

"我唱得好，可好啦，想听吗？"何小爽夸张地睁圆着眼说。

乐小颖："真的呀，我可还真没听何小爽唱过呢。"

"我只唱给祁美美听——"

"干吗只唱给我听呀？我又不是你的……"

没等祁美美说完，何小爽拧了祁美美一下："我要折磨死你！"

于是两个人又扭成一团……

这时，门下传来了说话的声音。

何小爽："他们回来了。"

祁美美站了起来，走到门口，将路灯打开了。

江昊天也站了起来："我走了。"

乐小颖、何小爽相继着都站了起来。

江昊天走出房间。

祁美美："再见。"

"再见。"江昊天在门外摆了摆手。

何小爽推了一下乐小颖："送一下江昊天吧。"

乐小颖本来已跨到门外了，要去送，结果被何小爽这一推，反而不好意思起来，红着脸拖了何小爽道："我们一起送他下去吧。"

何小爽笑着与乐小颖一起走下去。

灯光晃动着他们的影子……

8

又是一段清闲的时间。没有顾客。郑锐以及其他员工都在说着闲话。

这时，一个中年男子西装革履但酒气醺天地走了进来。

门口迎宾女孩赶紧有礼貌地问候着。

中年男子理也没理迎宾小姐的问候，径直走了进来，一屁股坐到剪椅上。郑锐忙走过去："先生，请问你是理发还是洗头?"

"洗头。"

"那先生这边请。"郑锐将他往侧面的座上引。

中年男子睁着红红的眼，起身了两次才站起来，郑锐伸手要扶他，他拒绝了。

郑锐示意一边的小男孩过来。

小男孩走过来，要替中年男子干洗头。中年男子手一挥，小男孩被他挥得一下退了好几步，要不是后面的何小爽挡了一下，说不定要跌倒。

中年男子说："不要你，我要小姐。"

祁美美转身让开了。

郑锐望向何小爽。

何小爽只好走了过去。

可是，何小爽手还没伸过去，中年男子却用手一指一边的乐小颖："我点你，要多少钱，我给——老子什么都没有，就是有钱!"

郑锐赶忙走过来："先生，您喝多了。"

"没多。"中年男子挥了一下手。

郑锐一边说着"我替您洗吧"，一边用眼神示意乐小颖走开。

就在乐小颖刚要走时，不想，中年男子突然伸手，一把抓住了乐小颖，顺势往身边一带，然后伸嘴就要强吻她。

乐小颖一惊，一边挣脱着，一边求助地望向何小爽。

何小爽二话没说，冲着那中年男子"啪"的一巴掌。

也许出乎中年男子的意料吧，他一愣；趁这机会，乐小颖赶紧跑了。

中年男子用手抚摸了一下被何小爽打过的地方，见乐小颖走了，一边说着："哦，好，我就喜欢辣妹。"一边伸手又要来抓何小爽，何小爽一躲，中年男子抓了一个空，失去重心，一下跌在了地上。

这时，昕姐在楼上不知是听到了动静还是乐小颖上去说的，赶紧下来。

与此同时，一辆车停在了门外，从车上跑下来两个人，边跑边喊着：“黄总，黄总……”

昕姐一见进来了人，紧上几步，上前去扶倒在地上的中年男子：“啊，黄总啊，没什么事吧?”

进来的两人将昕姐往旁边一拉，扶起黄总，一边架着他往外走，一边说：“哎呀，一转眼你就不见了，要不是看见你丢在门口的文件包，我们还真找不到你，你怎么跑到这来了?”

黄总边被架着往外走，边回头说：“你记着……我……我不会放过你的……”

昕姐一直跟在后面赔笑。

黄总：“什么货色，敢……敢打我！”

一个男子扭过头，望着昕姐。

昕姐忙笑着摇手：“没有，没有的事。”

“没……没有？没有这是我吃饱了撑的自己抽自己?”黄总边说边指着自己的脸颊，然后又用手一指乐小颖：“不信，你问问她。”

昕姐回头望了一眼乐小颖。

乐小颖不知说什么好，想解释不是她，可要是那样，不是她，是谁？就得说出何小爽。

这时，那个扶着黄总的男子狠狠地瞪向乐小颖。

何小爽：“瞪什么瞪？是我打的。谁叫他非礼！”

瞪着眼的男子将眼睛望向何小爽。

何小爽毫不畏惧地迎着他的目光。

瞪眼男子想想掉过头，架着黄总：“走，我们走。”

三个人歪歪倒倒地走了出去。

昕姐跟着一直帮那两人将黄总塞进车。

另一男子又回过头，在门玻璃旁拣起黄总的文件包。

黄总还在车里用手指着昕姐叫着：“我……我不会放过你的。”

不一会儿，车拐了一个弯，消失了。路上好奇的行人也散了，各自走着各自的路，忙着各自的事去了……

昕姐回来没好气地对正一起望着她的员工说：“还不干事！看什么看，客人都让你们给得罪光了！”

然后，一边打着手机，一边往楼上走去：“小刘呀，你赶紧过来一趟……”

9

“隔壁出事了。”马启凤一脸神秘地跑进吟风美发厅。

员工们一起望向她。

马启凤：“刚才她们得罪了一个大老板。”

一女孩：“得罪大老板？大老板还会到我们这种小地方来？”

另一女孩：“就是，我们充其量能为个中产阶级服务罢了。”

马启凤：“听说那个大老板酒喝多了。”

一女孩：“这还差不多。”

另一女孩：“那个大老板怎么说？”

马启凤：“他说他不会放过她们。”

一女孩：“嘁，那还不是二十层楼上的喇叭——说大话。”

另一女孩：“不对，二十层楼上说的应该是‘高’话……”

几个女孩就都笑了起来。

而这时的格格美发厅，接到电话的小刘，“火速”赶了过来。得知原委后，又“火速”地赶了去……

直到下午三四点钟，小刘才回来。

“怎么样？”一见小刘，昕姐便急切地问道。

小刘一边拥了她一边说：“总算摆平了。本身他酒也喝多了，再说又是他的不对，我在世纪园设了一桌，请了几个朋友，圆过去了。”

“花了不少吧？”昕姐边说边转身从放在床上的包里拿出一沓钱递给小刘。

小刘接了看也不看往口袋里一塞，然后仍拥住昕姐：“钱多钱少倒是小事，关键是有钱也得要花得出去；钱花出去了，事也就摆平了。”

昕姐：“对，就是。”

“不过，下回这样的‘当方土地’还是不要得罪的好，大鬼好磨，小鬼难缠呐。”

昕姐笑着给了小刘一个吻：“不是有你嘛，管他什么大鬼小鬼，就你鬼……”

别说，这个小刘确实也还有“两把刷子”，此后，那个黄总还真的没有找上门过。

事情似乎就这样过去了。

格格美发厅的员工们，也如往常一样，既无风波也无乐趣地一如既往地生活着。

这天，昕姐也在厅内，郑锐正在给客人剪发，乐小颖将叠好的毛巾抱着转身上楼去了。乐小颖刚走，江昊天就走了进来，用眼扫了一圈，没有见着乐小颖。看见何小爽替一个客人洗好头过来，就迎上去问道："何小爽，见着了乐小颖吗?"

"刚才还在呢。"何小爽四下里看了看说。

郑锐醋溜溜地道："你又来找她，还让不让她做事啊。这可是上班时间。"

江昊天："我跟她说句话就走。"

郑锐："请你以后不要老来缠她。"

江昊天拿眼敌意地望了望郑锐。

"望什么望?"郑锐停了手里的动作，望着江昊天。

昕姐见状，便对着楼上叫道："乐小颖，有人找。"

乐小颖在楼上"哎"了一声，跑了下来。一见是江昊天，欣喜地叫道："江昊天!"

江昊天："乐小颖，我有话跟你说。"

乐小颖跟着江昊天去了门外。

郑锐嫉恨地用眼不时地瞟着他们，昕姐则不时地瞟着郑锐。

一会儿，江昊天与乐小颖挥挥手走了，乐小颖望着江昊天的背影顿了一会，才转身回到厅内。

郑锐："今天一句话明天一句话，还要不要做事啦。"

乐小颖笑了一下，说："他告诉我他要出差。"

"出差也要跑来告诉你？你们是什么关系啊?"郑锐揶揄了一下乐小颖。

乐小颖脸红了，想说什么又忍了；但明显看出乐小颖不高兴了。

昕姐一直看着他俩斗着嘴，这时笑着插话道："嘻嘻，郑锐，我还没说什么呢。"

"不管昕姐你说不说，反正我要说，影响工作，就得说。出差也要跑来说，下回捡了一毛钱也要跑来一趟!"说完，郑锐又转向乐小颖："以后，要少与这样的人来往。看他那小样就不地道……"

乐小颖不高兴地瞪了郑锐一眼，用手捋了一下头发，转身上楼了。

昕姐没再说什么，有些恍惚地注视着郑锐……

10

隔壁吟风美发厅里，施姐与马启凤两人在一起。

施姐：“‘格格’好像就靠那个大工郑锐撑着，得想办法把他给挖过来。”

马启凤望了一眼施姐，没有吱声。

“你先了解一下，他在那边是怎么提成的，是四六还是保底后三七。”

马启凤有些忧虑，说：“董宣好像对我也不放心了，她说我是间谍。”

施姐笑着说：“间谍不好吗？”

“我……”

“别我了，你要是替我把那个大工给挖过来，我给你一千五百块奖金。”

马启凤咬了下嘴唇，望着施姐没有做声……

没有做声，就表示马启凤应承了施姐。

应承了施姐，她就又要去找董宣。

傍晚时分，董宣见四下无人，轻轻地对郑锐说：“马启凤想约你今晚出去玩。”

这时，正好乐小颖从楼上下来。

郑锐望了一眼乐小颖，一边给客人剪着发一边说：“我不去。”

“她对你可有意思呢。”

郑锐故意大了一些声音说：“可我没有啊。”

董宣赶紧刹了话头，转身离开了……

乐小颖将叠整齐了的毛巾放架上后，转身又上了楼。

楼上昕姐中午喝了酒还没完全醒过来，见乐小颖上来，坐在椅上向她伸手招了招。

乐小颖走了进去。

进了昕姐办公室，乐小颖不知所措地望着昕姐。

昕姐笑了一下，没话找话地说：“乐小颖，来了有两个月了吧？”

乐小颖：“嗯，快三个月了。”

“我很喜欢你的不多言不多语，不参与是非，默默地做事，还有……”昕姐笑，“还有你甜甜的笑……”

乐小颖：“昕姐……”

“昕姐是在夸你呢。”

乐小颖笑了一下。本来，乐小颖对昕姐是不大看得惯的，总觉得她太小女人气，譬如她为人处世八面玲珑，对外十分大方，经常请客送礼，并为自己能结交那些所谓的“上层”而骄傲自豪，但对员工很严厉，甚至苛刻，连吃住都舍不得；还有一见到别的店生意好就冲他们发脾气，甚至还带有几分蛮不讲理，不过这次她酒后的醉话，却让乐小颖对她多少改变了一些看法……

昕姐说：“你现在年轻，要趁年轻多学点手艺才是，不要过早地蜷到男人的胳肢窝里，而且好男人坏男人你也分不清。男人没有一个好东西，就说我常给送礼的那个王科吧，是个什么东西，为了自己向上爬，竟将自己的老婆拱手送人去公关；还有那个上次你见到过的黄总，什么德性！还有，还有小刘……”

乐小颖不由睁大了眼睛，不知昕姐今天是怎么了。

“他妈的更不是东西，只要我陪他上一次床，要他从明珠塔上跳下去，他也不会说个‘不’字。”

乐小颖轻声地接了句：“那你还跟他来往?”

“这不是互相利用吗？他利用我的身体，我利用他的地位。”

“地位?”

“你不知道吧，他那样，可是一个带‘长’字的官呢。”

乐小颖试探地问道：“他……不爱你?”

“爱？他爱我?”昕姐咬着腮帮笑了一下，“哼，他爱的是我的钱。不过，也好，只要他有‘爱’，我就有办法投他所爱，达到我的目的。记住，要想利用男人，最好先找准他的软肋，熟悉他们的游戏规则，知己知彼，这样才可百战百胜。不妨给这些男人做件‘小袄’，不用时叠好藏好，用得着时给他套上，然后，然后……不说了，说了你也不懂。”

乐小颖：“昕姐，你喝多了，我给你倒杯水。”

接过乐小颖递过的水，昕姐喝了一口，又直勾勾地盯住了乐小颖：“乐小颖。”

“嗯。”

“我看出来了，大工郑锐和那个叫江昊天的都喜欢你。”

乐小颖不好意思地望了一眼昕姐。

“不过，我要提醒你啊，你可要把握好自己，不要被男人给骗了。郑锐呢，不错，是有手艺，但他那个人呐——眼里没有任何人；江昊天呢，一个小打工仔，可没什么钱……”

乐小颖忽闪了一下眼睛问：“大工他不是也在给你打工吗？”

“他呀……打工也分三六九等呀，郑锐那是靠手艺。记着昕姐的话——靠手艺……”

乐小颖诚惶诚恐地说：“我记着昕姐的话呢。”

“记着昕姐的话，我们文化水平低，又是外地人，想在上海市生存，没有别的途径，记着，只有手艺，只有用手艺服人；没有手艺，就会受人欺负，有手艺就能欺负人！男人跟女人玩小把戏，女人就陪他玩，要玩得比他还高明，让他佩服。”昕姐喝了一口水，然后继续说着，“昕姐在一本书上看过这样一句话：女人一定要有自己的事业，做自主独立的‘红粉朕’，这样才能让男人尊重，不会被男人甩掉。没有事业的女人犹如在男人鼻梁上生活，只要男人一打喷嚏，就担心会掉下来。”

乐小颖不由称赞了一声：“说得真好！”

“郑锐为什么在我面前也敢拽？那是欺负我没他手艺好。”昕姐没理乐小颖，只管自顾自地说着。

乐小颖笑了一下，宽慰着昕姐说：“昕姐其实手艺挺好的呀，上次你还给人做过发型呢。”

“那是糊弄外行人，内行人一看，就假了。你可别小看美发这行业啊，里面学问可大着呢，理、剪、烫、染、护、修……哪个不是学问！”

乐小颖说：“昕姐你有这条件，也可以学呀。”

昕姐划了一下手，说：“你昕姐不是这块料，吃不了学习这个苦！你行，你年轻！记着，在我这好好干，学着点，然后……”

乐小颖等着昕姐“然后”下去，可是，昕姐却打住了，说：“不早了，昕姐酒喝多了，瞎说了不少，可别笑话你昕姐啊。”

乐小颖就笑：“哪会呢。”

“昕姐话没说错。记住：没手艺受人欺负，有手艺就能欺负人！”

“嗯，记着呢。”

“好吧，你也早点休息……”昕姐酒还是没醒，连晚上下午都还没分清。

“那……昕姐再见。”

昕姐点了点头。

乐小颖转过身，轻轻为昕姐带上门，走了出去。

走出昕姐办公室，乐小颖在门口立了立，然后边往贵宾区走边想着昕姐的话："记着，我们文化水平低，又是外地人，想在上海生存，没有别的途径，只有手艺，只有用手艺服人。没有手艺，就会受人欺负，有手艺就能欺负人……"

第六章　拜师学艺

进入大都市的乐小颖与同伴们一起感受着"十里洋场"的气息，进歌厅，学跳舞；这期间，一直暗恋她的江昊天为她们提供了不少机会。在之后，乐小颖决心在同伴们的帮助下，拜大工郑锐为师，开始学习美发。

1

街灯绽放。格格美发厅已经打烊。

江昊天站在美发厅前，不时地朝里面观望，在等人。

乐小颖和一帮姐妹们有的边走边整理衣服，有的边走边盘着头发，透过门玻璃，可以看见她们正朝大门走来。

何小爽拉开门，朝外看了一眼，见江昊天正在那来回踱步，便走了出来。

江昊天一见，马上上前："等你们真是急死人，至少用了半个小时。"

"等这一小会就说急死人啦，我们还没化妆呢，要是化一下，至少得一个小时。"何小爽还没来得及回话，跟在她后面的祁美美接上就道。

江昊天有些夸张地惊叫了声："那么长？"

漂亮姐不由地"咯咯"笑："记住喽，下次约我们，早一点打招呼。"

"走吧，上哪？"何小爽歪着脑袋问。

江昊天："上次说过，请你们唱歌嘛。"

祁美美："走哦，咱今晚当回歌星！"

"上次还损我……"何小爽笑着轻推了一下祁美美。

祁美美突然想起来地问："大工他们不知上了哪家歌厅？"

漂亮姐："不知道，待会回来问一下董宣就知道了。"

"好像还有另一个女孩子。"祁美美补充道。

江昊天挥了一下手，说："管他呢，我们这不也有好几个女孩子嘛。"

何小爽："我们这呢，女孩子是有好几个，不过……"

"不过什么？"江昊天望着她问。

何小爽突然不说了，笑着跑到了乐小颖的前面。

一帮人说说笑笑，推推搡搡着，向歌厅走去。

2

歌厅里，灯光炫目；各种声响，震耳欲聋。

祁美美、漂亮姐等不停地抢着话筒，试着、唱着，兴奋无比。

这时，何小爽将一只话筒拿给江昊天："来一个。"

"你们来一个合唱。"漂亮姐赶紧将另一只话筒递给乐小颖。

乐小颖忸怩了一下。

祁美美："乐小颖，你不唱我可要唱了。"

"你唱你唱。"乐小颖赶紧说。

祁美美拉了江昊天说："来，江昊天，我们俩唱——"

江昊天望了一眼乐小颖，从何小爽手里接过话筒，站了起来。

音乐起……

与此同时，霓虹灯光及不时驰过的汽车灯光中，郑锐、董宣、马启凤三个人边走边说着话。

马启凤："郑锐，到我们'吟风'来吧，我们老板说了，只要你肯过来，提成不管'格格'给你多少，都给你加提一成。"

"真的假的呀，加一成？"董宣讶然地道。

马启凤："当然是真的，还能有假！"

"那跟你们老板说说，我也过去呗。"

"你？估计老板不会给。"

"怎么啦，能给人家郑锐，干吗不能给我？"

"你能跟人家郑锐比？"

郑锐乍一听马启凤的话，一时不知道怎么回答才好；现在从她们的对话中，缓过了神，岔开话题道："嘿，马启凤，你今晚不是替你们老板当说客来了吧？"

"我给她当说客？我是看着你受窝囊气呢！这么好的手艺，却整天没事干。你拿提成，又不是拿固定工资。没事干上哪挣钱？”马启凤转向郑锐愤愤不平地道。

董宣：“这倒也是，大工挣得跟我们干杂工的一样。嘻嘻，反正我们一月就那几个钱，老板不给我们涨，我们也不跟老板要。”

郑锐笑了笑，岔开话题问道：“走吧，我们上哪去？”

“就这样走走吧……”马启凤望了一眼董宣，然后说。

三个人边说边继续闲逛着……

马启凤：“你可考虑考虑啊，想好了，告我一声。”

“好的。”郑锐想都没想地说了这两个字。

马启凤：“那我先走了。”

董宣：“拜——”

马启凤：“拜——”

马启凤向两边车流看了看，穿过马路……

郑锐与董宣继续向前走着。

郑锐：“马启凤跟我说过几次了……”

“你怎么想？”董宣望了一眼郑锐。

郑锐：“你要是我，你怎么做？”

董宣：“要是我啊，我肯定过去。”

郑锐扭头望了一眼董宣，然后抬头看向前方的夜空。

夜空中，交织着各色灯光……

灯光中，江昊天、乐小颖等一帮人从歌厅里出来。

祁美美仍沉浸在刚才的歌唱中：“啊，玩得真痛快！”

“是呀，好久没有如此放松过了。”何小爽表示认同。

漂亮姐：“等我哪天有钱了，我就开个歌厅，让你们一个个一天二十四小时在里面唱。”

“二十四小时，不吃不喝啦？”乐小颖天真地忽闪了下眼睛，问道。

漂亮姐被乐小颖的话逗乐了，道：“唱歌还吃什么呀，歌能填肚子呢。”

何小爽：“那样啊，我就在里面开个小饭店！”

江昊天笑道：“好呀，这样吃、喝、玩一条龙服务。”

“那就这样说定啦，嘻嘻。”漂亮姐举起手与何小爽击了一下。

江昊天：“真没想到，你们歌唱得这么好！”

漂亮姐马上追问：“你说今晚谁唱得最好？”

“当然是你——漂亮姐喽。”江昊天笑着说。

漂亮姐：“我啊？你就不怕别人吃醋？”

何小爽：“反正我是不会吃醋的。”

祁美美：“我是南方人，不爱吃醋。”

漂亮姐：“那就只有乐小颖喽。”

乐小颖用手指着自己，道：“我呀，我才不呢，我又唱得不好。要吃，恐怕只有祁美美。”

“什么，我？”

大家看着祁美美那隐忍不住的兴奋表情，都笑了起来……

3

格格美发厅里，大家都在各自工作着。

这时，电话铃响。

乐小颖伸手抓了起来：“喂，您好，格格美发厅。啊，是你呀……”

这个“你”，是江昊天。

江昊天：“乐小颖，我是江昊天呀……今晚下班后我请你看电影……不过，票不好弄，只有两张，你看是不是就你一个人……”

乐小颖望了一眼祁美美和何小爽：“那不好吧，我们在一起呢……”

江昊天：“那——今晚就请你们去舞厅跳舞……”

乐小颖：“好，那我待一会问问她们愿不愿去啊。”

一边的郑锐，不时地用眼瞟着乐小颖。

江昊天：“不要待一会儿，也不要问了，就这么定了。我还去你们门口接你……好吗……”

下班后，江昊天准时来到格格美发厅门前。

乐小颖、何小爽、漂亮姐、祁美美，还有那个小男孩等一帮人拥出门。

江昊天笑着与他们打着招呼，然后，一帮人说说闹闹地向前走去。

走了没几步，乐小颖悄悄落在一边，轻声地问那个小男孩：“郑锐怎么没来？”

小男孩：“他说他不舒服。”

乐小颖若有所思地“哦”了一声。

一帮人渐渐消失在了灯光中……

舞厅里，震耳的音乐声。

何小爽、乐小颖不会跳，漂亮姐、祁美美则兴奋地舞着。江昊天要教乐小颖，乐小颖笑着摇头摆手。何小爽站起来，江昊天教何小爽跳。

漂亮姐过来拉起乐小颖，教乐小颖跳舞。

群芳乱舞……

乱舞中，江昊天的脑子里闪现出这些日子来自己为“追”乐小颖所作的“努力”：

——公园里，乐小颖、何小爽、漂亮姐等坐在那说着什么，江昊天从小卖店上抱着一堆零食和绿茶等，跑到她们面前，一人一份……

——电影院里，江昊天拎了一大袋瓜子之类的食物，走到坐在座上的乐小颖、漂亮姐、祁美美面前，一人一份……

——饭店里，乐小颖、何小爽、漂亮姐有的已吃好，有的还在舀着汤，江昊天举起手：“服务员，埋单。”服务员走过来，礼貌地躬身道：“先生，一共是二百三十八元。”江昊天拿出两张一百元、一张五十元，递给服务员，很大方地道：“不用找了。”乐小颖说：“找——”江昊天挥了一下手，示意服务员可以走了。乐小颖皱了一下眉。之后几个人起身离开……

走出饭店，何小爽与漂亮姐在前，乐小颖与江昊天在后。江昊天说：“这菜味道很地道啊。”乐小颖应了声：“不错。”“明天我带你去吃徽菜，更好吃呢。”乐小颖望着江昊天：“你一月多少工资呀？”“不多，不过请你吃饭的钱够了。”乐小颖勉强笑了一下：“你这样下去，上半月请我，下半月恐怕就要喝西北风了……”说完，紧走几步，赶上了前面的何小爽与漂亮姐。江昊天在后面说：“就这样说好了啊。”漂亮姐侧过脸问乐小颖：“说好什么呀？”乐小颖打着迷糊道：“他说不送我们了。”何小爽举了举手：“不用送了，谢谢你江昊天。”漂亮姐也回过头：“江昊天，再见。”江昊天无奈地举起手：“再见。”

音乐声中，吟风美发厅里，没有顾客，施姐与马启凤一个坐在剪椅上，一个站在镜子前，有一句没一句地说着“正事”。

施姐：“马启凤，事情进展得怎么样啦？”

“他还在犹豫。”马启凤答道。

施姐：“得多下点工夫，争取早点把大工给弄过来。只要大工一过来，她昕姐再有本事也顶不住了。”

马启凤有些恍惚想起郑锐，然后说：“这事急不得，我慢慢再找机会。”

施姐笑了一下，对马启凤说：“这个月我给你加了两百元。”

“我知道，谢谢……”

施姐站了起来，拍了一下马启凤的肩膀，什么也没说，意味深长地笑了一下，然后转身离开了。

4

何小爽、祁美美、漂亮姐、乐小颖，相继走进女工宿舍。

何小爽一进来，往床上一倒：“今天一天人真多，好像都赶趟似的，全赶到了今天。”

漂亮姐则往被子上一靠：“累死我了，还有那个东北大个子，给他洗头时，他都不老实，想吃我‘豆腐’。”

“谁叫你长得那么水灵，像我这么丑，想要他吃，他还没兴趣呢。”祁美美一边拿着盆准备去洗漱间，一边道。

漂亮姐：“算了吧，你以为我没看见呐，那个小北京……嘻嘻……”

祁美美踢了她一下，拿着盆笑着出去了。

乐小颖斜倚在被子上，活动着手臂；漂亮姐半躺着；何小爽从包里掏出一个小镜子，照着。

漂亮姐：“何小爽，那个胖子是哪里的？”

“是江苏的。怎么，你看着眼馋啦？”何小爽动了下腿问。

漂亮姐：“嘁，我眼馋他？看他那副色眯眯的样儿，我就晕。”

“那好呀，晕才叫有感觉呢。”乐小颖接一句。

漂亮姐：“嘻嘻，乐小颖，你是不是……也想晕了？”

这时，祁美美从外面进来了，接上就问：“谁晕了？”

何小爽：“乐小颖。”

“乐小颖？嘻嘻，见着那个江昊天就晕吧？”祁美美盯着乐小颖。

乐小颖：“别说我，还是说说你那个小北京吧。”

漂亮姐：“我说祁美美，你可小心点，北京人贼坏。”

何小爽：“北京人怎么招你惹你啦？”

漂亮姐：“懒惰、油滑、‘市民气’，自以为在皇帝老儿曾经待过的地方就了不起，就大爷……”

乐小颖：“也不能那么说，也有像经常来做头的那个方哥，你看他多文明、多有品位，总是斯斯文文，问一些正经的问题。一方水土养一方人，哪里都有好人和坏人……”

祁美美：“乐小颖说得在理。你说东北男人吧，敢说敢做、不耍滑弄奸、讲义气，但是没有责任心，一天到晚游手好闲，除了吹牛不大干正事……”

何小爽：“祁美美你上街小心咯。”

祁美美：“怎么啦?”

何小爽：“东北男人要是知道你这样说他们，不跟你耍回流氓才叫怪呢。”

祁美美：“你别也看上那个大个子了吧？这么护着东北男人干吗呀。”

何小爽：“我是替漂亮姐说话呢。”

漂亮姐急了，忙道：“什么呀，哪跟哪啊!”

何小爽撇了一下嘴，说：“山东男人也不行，你看他说话胸脯拍得咚咚响，可一旦遇到事情，立马就没了影。”

“还是南方男人好，体贴女人……”乐小颖感慨道。

漂亮姐：“江昊天是哪里人?”

乐小颖：“我怎么知道。”

何小爽：“嘻嘻，江昊天算不算会体贴女人的南方人啊?”

乐小颖：“去你的，说着说着怎么说到我头上了。”

几个人见乐小颖那副不自然的样子，就一起笑了起来……

笑了一阵，何小爽很“认真”地说：“乐小颖，说真的，江昊天对你可真的有意思哦。”

祁美美：“要你说，人家乐小颖蒙上眼睛也能看得出呢。”

漂亮姐：“江昊天不错的……”

乐小颖：“什么错不错啊，我不喜欢这样的人，花钱大手大脚，虚荣摆阔，都是农村人，这种做派能成大事吗?!”

漂亮姐：“那还是找个上海的吧，上海男人可是有名的‘耙耳朵’，再说，将来孩子也可以当上海人，沾沾十里洋场的洋气……”

祁美美：“恐怕漂亮姐想‘洋’了吧……”

几个女人就又笑成一团。

而这次，何小爽却坐一旁没有笑，眼神有点忧郁。

漂亮姐见后，体贴地望着何小爽：“何小爽，怎么啦，又在想家了吧?”

何小爽勉强笑了一下：“没呢，不早了，我困了，想睡。”

说完，何小爽起身铺被子，其他几人也就不再说话……

5

员工各忙各的。

乐小颖一边拿着毛巾，一边看着郑锐在替一个女孩盘头发。

漂亮姐则魂不守舍地靠在门边。

祁美美见后，开玩笑地说：“漂亮姐，今天没有金卡用户，你下来指导工作呀。”

漂亮姐牵强地笑了一下，说：“你呀，真是个祁美美。”

乐小颖发现漂亮姐说话的语调有点不对，就转身望她，正好，漂亮姐也望向她。

乐小颖关切地小声问：“你怎么啦，漂亮姐？”

漂亮姐犹豫了一下，轻轻地冲乐小颖说：“乐小颖，你能上来一下吗？我有话想对你说。”

乐小颖虽然舍不得离开看郑锐做头发，但还是点了点头。

漂亮姐向楼上走。

乐小颖又看了一眼郑锐的操作，随后也向楼上走去。

一边的董宣望着她们一前一后地上楼……

漂亮姐在楼上等着乐小颖。

乐小颖不明就里地走进去：“漂亮姐，怎么了？”

漂亮姐：“乐小颖，我寻思来寻思去，这事只能找你帮我。”

“什么事呀，只要我乐小颖能帮上的，肯定帮。”

“肯定能帮上，只是……”

“只是什么呀，说啊。”

“这事，只能你一个人晓得啊，可不能对任何人说。”

乐小颖就笑：“什么事呀，这么神秘。”

漂亮姐轻叹了一声：“我父亲要来。”

“你父亲要来？你父亲要来就来呗，我还以为……”

“你还以为什么呀？”

“我还以为你与那个小东北……”

漂亮姐苦笑了一下：“亏你想得出。”

乐小颖：“你父亲要来，应该高兴呀，干吗愁眉苦脸呢？”

漂亮姐犹豫着。

“说吧，要我帮什么？除了让我帮你做他老人家的女婿，其他的，我一定帮！”

“你还说笑，人家都烦死了。”

“到底你烦什么啊，你不说，人家怎么知道。”

“我想……” 漂亮姐欲言又止。

乐小颖跺了一下脚：“急死人了，说嘛！”

“我想让你帮我骗我父亲。”

乐小颖一下睁大了眼睛：“骗你父亲？”

漂亮姐点了点头，一双渴求的眼睛望着乐小颖。

乐小颖咬了一下嘴唇，说：“好，我帮你，你说你怎么骗？”

漂亮姐不好意思地说：“我想让你冒充我的秘书。”

“冒充你秘书？哎，我可才九年义务教育出身呀，能做秘书吗？”

“没事，我父亲不识字，你呢，也就做做样子，骗得他高兴就成。”

乐小颖思索着。

漂亮姐：“怎么样……怎么样吗？我想来想去，只有你能帮我，对不？”

乐小颖叹息了一声：“好吧。你说，怎么帮，什么时候帮？”

“我父亲今天晚上六点钟的火车到，我们下午……”

下午，漂亮姐打扮得一副白领模样；乐小颖则轻妆淡抹，给人一种无比清纯与雅致的感觉。

“你见过他后，我就问你安排好了住、吃没有，你就说一切都安排好了，请他上车。”漂亮姐看着乐小颖，再次叮嘱道，“哦，还有，别忘了称呼，记得吧？”

乐小颖：“记着呢，总经理助理。”

“叫助理就行了。”漂亮姐纠正道。

“好，助理。只是，漂亮姐，我到现在都不明白，你干吗要这样骗你父亲呢？”

“唉，一两句话说不清，我父亲是个苦命的人……”

这时，公交车正好缓缓地停靠过来。

漂亮姐停了原来的话题，说：“车来了。”于是，两人随着人流上了车。

车站广场上，人来车往。

漂亮姐看了一下时间：“还早，才五点多一点。”

“那我们走走。”乐小颖提议。

两人在广场上慢慢地走着。

乐小颖想起来问道：“漂亮姐，你还没告诉我你父亲……”

漂亮姐就势倚在一根路灯杆上，有些神伤地说：“我是我父亲带大的，母亲在我三岁那年，因嫌我父亲穷，跟一个人贩子跑了，据说跑到安徽去了。从此，父亲就一直带着我。记得我小时候，父亲总是跟我说，我是他的希望，我是他的一切，为了我不懂事的馋嘴，他可以在雪天穿着单薄的衣裳上山找我想吃的菇菌；为了我上小学的第一天能穿件像样的衣服，他硬是没日没夜地一趟一趟从山里往外背着从河床上捡来的各种小卵石去山外卖……”

乐小颖小心地试探着问道：“他……后来一直没有再给你找个后母？”

漂亮姐抹了一下因回忆而流出的泪，摇了摇头，说：“没，在我八九岁的时候，村上有人给他张罗过一个，可是，他连人家见也不见，说，他有我，啥也不想了；我是他的一切。就在前几年我回去，还有人给他找，我也劝他找一个，可是，他说算了，老都老了，还找么子哟，有我，我好好念书，出息了，他一切都满足。”

“你念书？”乐小颖有些奇怪地问。

漂亮姐不自然地笑了一下，道：“我那年高中没考上，要出来打工，他不同意，说苦死累死，我们爷俩还在一起呢。我就骗他说，我考上了上海市的一所中专和大学连读的学校，是去念书。他硬是喜得几宿都没睡着，逢人就念叨着‘我娃出息了，要去上海市读大学呢’。而且为了替我筹学费，他东家借西家挪，见人总是说‘等我娃出来工作了，一定连本带息还上’。”

漂亮姐眼泪盈盈。

“那……你们村上也不晓得？”

“开始是晓得的，但都可怜我们家，都替我瞒着他；可到后来，我回去带些钱，也将自己整成个学生样儿，连村里人也不知道我是真的还是假的了。”

“但你总不能老是说你在读书呀。”

“所以，从前年开始，我骗他说我毕业了，在上海市一家外企工作，工资非常高，要不然，我带这么多钱回去他会起疑的。”漂亮姐顿了一下，继续说着，“你不知道，当前年过年我回去说我工作了，能挣大钱了的时候他是多么高兴，从来没有喝过酒的他，那天将我带回去的一瓶酒喝了有一小半，醉了还在说着‘我这一辈子苦没有白吃，我娃有出息了……’”

乐小颖被感动得也不停地流着泪：“他一直没来过上海吗?”

“没有，这次他不知在哪听说，现在一些我们大山里出来的女孩在城里不干好事，他不放心，硬要来看看我。我不能不让他来，我也想让他来看看上海市，看看东方明珠。你不知道，我每次回去，当他从电视上看到东方明珠时，总是惊喜万分地指着它对别人说‘我娃就在那工作’，一脸的自豪!”

“你跟他说你在东方明珠工作?”

“不是，我哪能那样说，我是告诉他我上下班都从东方明珠前经过。”

“哦，怪不得你让我要打车从东方明珠前过呢。”乐小颖说。

漂亮姐不自在地笑了一下：“昨天我们村上小学的张老师打电话告诉我说是他送我父亲上的车站。他说我父亲在上城的一路上不知有多高兴，还说这次去上海市享享福，在我这住个半年一年的，可他说不成，我有公家的事，耽误不起工夫，他只看一眼，看一眼东方明珠就回……”

“张老师?他也以为你在外企工作?”

“不是，我那年要出来，就是他替我想的点子，骗过我父亲的呢；每次回去我看他，他总是十分内疚地对我说，他对不起我父亲，因为我父亲总是说，谁的话他都可以不信，就信他的话。说他是文化人呢，识文断字，是天上的文曲星下凡呢。”漂亮姐说到这，低了低头，“真的是难为张老师了。”

“那你前前后后骗过他多少年啦?”

“有六年了吧?”

“你总不能永远这样骗下去呀!”

“唉，骗一次是一次吧，”漂亮姐抬起头望了一眼天空，“我也想过告诉他真相，可是每当我面对他却又什么也说不出。给他一份安慰、自豪甚至是生命的支柱，总比让他为我操心好!”

乐小颖低了头，大概是想到自己的父母了吧。

这时，漂亮姐看了一下时间，说：“快到了，我们过去吧。”

两人向出站口走去……

出站的人流如潮。

这时，一个山民随着人流，一手提着一个塑料包，一手拎着一个方便袋，走出车站。漂亮姐隔着人群，边迎上去边大声地叫着：“爸——”

父亲："我娃！"

父女相见，互相笑着。

最后，还是漂亮姐上前一步，从她父亲手里接过包，说："我跟张老师说了，让你什么都不要带，路上人多，累，我在这什么都不缺……"

"不累，有车呢。"她父亲说着，见漂亮姐将包递给了乐小颖，于是想伸手将包拿回去。

漂亮姐赶紧给她父亲介绍："她是我秘书。"然后转向乐小颖："车来了吗？"

乐小颖按事先编好的台词，忙答："路上堵车，过不来。"

"你怎么办事的！我不是说过我父亲马上就要到吗？"

"是的，助理是说过。可是，谁知堵这么久？这样吧，我们先打车……"

漂亮姐边引着父亲走边问乐小颖："饭店都安排好了吗？"

"都安排好了，助理。"

"住的呢？"

"也安排好了。"

父亲就有些费解地问："不住你那呀？"

"爸，我们那是集体宿舍，都是女孩子呢。"漂亮姐解释道。

"哦，那……旅馆不要太贵啊，能住就成。"

漂亮姐不敢看父亲眼睛说："由秘书安排吧。"

边说着，三个人边穿过人群来到广场边的路上，乐小颖招手，过来一辆出租车。

从出租车上下来，乐小颖望了一眼酒店，与漂亮姐一左一右地引着父亲往里走。

一桌丰盛的菜肴。漂亮姐不停地给她父亲夹着菜，乐小颖也劝着。三个人说说笑笑。终于吃好了，喝好了，便将她父亲送进了房间，乐小颖和漂亮姐打车回宿舍。

车上，漂亮姐真诚地对乐小颖道："难为你了，乐小颖。"

"看着你父亲那么高兴，我真替你这份孝心感动！"乐小颖也真诚地说。

漂亮姐将目光转向车窗外。

车窗外，各种车辆如流。

夜色斑斓……

6

郑锐一边给顾客剪着发，一边叫了声站在一边看他操作的乐小颖："乐小颖。"

"嗯?"乐小颖眨巴了一下眼睛，望着郑锐。

"今晚请你去蹦迪，去吗?"

乐小颖："哪些人?"

"何小爽、祁美美、漂亮姐她们都去。"

"你请啊?"

"我请。"

乐小颖一边给他将电源插上，一边说："那好啊。"想想又问道："漂亮姐你跟她说了吗?"

郑锐："待会等她下来就跟她说。"

乐小颖拿过一条毛巾，说："我上去跟她说吧。"说完就向楼梯走去。

何小爽在另一边，当乐小颖走过身边时，对郑锐说："今晚一定要将乐小颖教会。"

"我笨，再教也教不会。"乐小颖不好意思地笑了一下。

"不是你笨，是你没遇着好老师，"郑锐说，"譬如，今晚，你就会遇上一位好的。"

乐小颖抿嘴一笑，用手捋了一下头发，走上楼去。

"好呀，但愿今晚你这个老师能教出一个好学生来。"何小爽说完，跟在乐小颖后面也上楼去了。

顾客不知是好奇还是没话找话地问道："你迪蹦得好吗?"

"瞎蹦着闹呗，有什么好不好。"郑锐一边手上忙着一边答着。

"呵呵，那玩意儿本来就是瞎蹦闹来着的。"

郑锐就笑："先生也是蹦迪高手。"

"跟你一样，瞎蹦闹。"

从楼上下来的何小爽接上就道："可不是，那就瞎跳。"

顾客："你们业余生活挺丰富的啊。"

郑锐："也不常出去的。"

这时，昕姐从外面进来了，几个人立即都闭了嘴。

昕姐看了他们一眼，然后径直向楼上走去……

他们这边聊停了，隔壁的吟风美发厅还在继续。

刚送走一个客人，施姐对正在忙着收拾的马启凤说："马启凤，最近好像没有什么动静啊。"

"听董宣说，郑锐对一个做杂工的乐小颖很有意思，我约他，他不大睬了。"马启凤将美发用具一一摆放好。

施姐笑了一下，说："你喜欢郑锐？"

马启凤咬了下嘴唇，没有吱声。

施姐："要是喜欢，可不能坐以待毙，得要行动。"

马启凤睁大眼睛望着施姐……

7

灯影中，郑锐、乐小颖一帮人从外面打开门走了进来。

何小爽还沉浸在刚才的"蹦迪"中，一边走一边扭着。

漂亮姐在后边学着她，也一走一扭着，引得大家一片的笑声……

"啪"，灯亮了，昕姐站在楼梯口。

昕姐："都回来啦？"

大家一时没有意料到，全愣住了。

走在前面的乐小颖马上笑着，打了声招呼："昕姐，还没睡呀？"

"睡？我能睡？这么大一个店，跑得一个人影都没有，我能睡得下？"

郑锐、何小爽等互相望了一眼，都不敢再言语。

祁美美想从昕姐身边上楼去，却被昕姐叫住了："给我站住。"

祁美美只好站那了。

昕姐："说，你们今晚谁挑头的？"

"不是我。"祁美美愣了一下，小声解释道。

昕姐又望向漂亮姐："你说。"

漂亮姐说："是乐小颖……"她本来是想说"是乐小颖告诉我的"，可是，没等她说完，昕姐便转向了乐小颖。

"乐小颖，好啊，是你！"昕姐瞪圆了眼睛。

乐小颖："我……"

"不是乐小颖，是乐小颖告诉我的……"漂亮姐忙将刚才没说完的话说完。

“你什么都不用解释！”昕姐挥了一下手，然后转对乐小颖：“在这嫌做事太轻巧了啊，是不是？啊，你想出去，想轻省，可是，你将这一大帮人全鼓捣出去，这个店还要不要了？啊！真没想到，竟然会是你挑头……”

郑锐：“昕姐，不是乐小颖……”

“你别替她担责任，是谁就是谁，你担也没用。”

“你真的弄错了，是我。”郑锐平静地说。

昕姐定定地望着郑锐，良久，才不耐烦地挥了一下手：“好了好了，我不想听，统统给我上去吧……”

说完，昕姐气哼哼地转过身，先上去了。

8

郑锐正在给一位顾客染发，乐小颖一边静静地看着。

等到郑锐拿掉顾客头上的一些美发用具之后，顾客的美艳令乐小颖十分赞叹。

郑锐也很得意，退后几步，边欣赏自己的杰作，边说：“乐小颖，你看我做得怎么样?”

“真是美极了！我是说你做得真是太漂亮了。”乐小颖笑着。

郑锐透过镜子望着顾客：“不是我做得漂亮，是这位小姐本来就长得漂亮。”

“你这位师傅真会说话。”顾客起身，付过钱后，喜滋滋地走了。

郑锐：“乐小颖，不如你跟我学做美发吧。”

乐小颖先是一喜，接着又不无担心地道：“我笨，不知能不能学会。”

“其实不难的，你肯定能行。”郑锐鼓励地望着乐小颖。

何小爽一边插话道：“你就拜郑锐为师傅，跟他学。”

祁美美也怂恿着：“郑锐，你一定要将乐小颖带出来哦，否则，嘿嘿，可别怪咱姐们不罩着你啊！”

郑锐：“只要她学，我保证将她教会；不过，她得要叫我一声师傅。”

乐小颖就笑，说：“好，师傅……”

大家全都笑了起来。

就这样，乐小颖算是正式拜起了师学起了艺……

郑锐一边给顾客做着头发，一边给乐小颖讲解着："你看，像这位大姐的头发，没有光泽，手感粗糙不光滑……"说着，郑锐扯断一根头发，拿给乐小颖看，"有缓慢的大弧度弯曲，还有，你看到没有，发梢分叉……"

顾客："我这头发是怎么回事啊，师傅？"

郑锐从镜中看着顾客说："主要是因长时间缺乏营养供给而导致头发干枯分叉、营养不良。当然，先天性的因素或用错误的方法打理头发，以及长时间紫外线的曝晒等原因，也能够造成头发干枯分叉。"

顾客："有办法吗？"

郑锐："有啊，关键是要加强头发的养分供给，深层滋养发根及头皮，重点要呵护发梢……"

乐小颖认真听着，不时地点着头。

顾客对郑锐说："我这头发，特别是在穿脱毛衣外套时，不是附在毛衣上，就是像个疯子一样，四处飞扬，有时候干脆打结成一个球，没办法梳得通……"

郑锐望了一眼一边的乐小颖，然后解释说："这主要是静电引起的。没关系，只要给头发增加一层保护膜，除每次洗发后必须用护发素外，还应定期给头发上营养精华油，这样就可以增强它的抗静电能力了……"

郑锐说着，乐小颖拿出一个小本子，飞快地记下来。

郑锐为顾客做好护发准备工作后，示意乐小颖说："你来吧。"

乐小颖点了下头，上前，学着郑锐的样，开始替顾客做头发；郑锐则在一旁看着，不时地指点一下。

一会儿，乐小颖做好了头发，面对着镜子，问顾客："您看，满意吗？"

顾客冲着镜子左看看右看看，说："满意，满意。"

乐小颖露出一个非常高兴的笑容……

另一个顾客从椅上站起来。

乐小颖："您看，满意吗？"

顾客："满意，比我原来的好看多了。"

镜子中顾客的发型，正是昨晚乐小颖所看的书上的。

何小爽、祁美美等都投来赞许的目光……

透过门玻璃，乐小颖看见一个发型非常好的女士从门前走过，她立即追到门口，盯着看……

灯下，乐小颖在小本上画着在门口看见的那个发型，渐渐陷入到了遐想中……

第七章　不敢恋爱

乐小颖的美发技术日益长进，这时，一直暗暗追求她的郑锐和江昊天，试着向她表白。郑锐为她从网上下载很多美发知识，在她面前“自吹自擂”，不仅没引起乐小颖的青睐，反而引起了同伴们的反感；而江昊天，竟不惜以身试法，卷了公司的钱跑回了家乡，到乐小颖家求亲……

1

华灯绽放。霓虹闪烁。行人匆匆。

这一切，对在女工宿舍里的乐小颖、何小爽、漂亮姐，还有一个刚来的叫月月的女孩来说，似乎是世外，她们几个人闲散地在房间里，或坐或卧或倚。

漂亮姐望着吊在半空中的节能灯，眯着眼说：“祁美美走了，真的有点想她哦。”

“以为她只是说说，哪想到她真的跟他拍上了。”何小爽顺着漂亮姐的视线望了一眼灯，然后转回来望着漂亮姐。

乐小颖：“我觉得那个小北京人也挺好的。”

“但愿挺好的吧。”何小爽又将眼睛转向乐小颖。

漂亮姐：“不说祁美美了，何小爽，你那个小江苏怎么样了？”

何小爽：“什么怎么样，就那样呗。”

乐小颖：“怎样呀。”

漂亮姐：“上次你一夜没回，是不是在他那过的？”

何小爽：“是啊。”

漂亮姐：“嘻嘻，你们……”

何小爽：“我们可不像你，对那个小东北钓着却又不收线。”

乐小颖：“何小爽还会钓鱼啊？”

何小爽：“我是说漂亮姐会钓人。”

漂亮姐搡了一下何小爽，说：“别瞎说，这里还有一个月月小妹妹呢，

别把她给教坏了。”

月月调皮地皱了一下鼻子，说：“我可不管你们呢，我要是谈朋友啊，看中了，就上。”

“真看不出，你比我们小爽还爽。”乐小颖笑着。

何小爽：“乐小颖，你跟郑锐进展得怎么样了啊？”

“跟他啊，没感觉……”

“不要跟他缠，那个人，别怪我直性子，不好；我就看不惯他尽说大话。”

“何小爽，好不好乐小颖知道，又不是你跟他处。”漂亮姐看了一眼乐小颖，然后轻叹一声，“其实，哪里有好人哦。”

乐小颖望向漂亮姐。

董宣插了一句：“乐小颖，那个江昊天呢？”

乐小颖：“江昊天……”

于是，有关江昊天的一幕幕，在乐小颖眼前如幻灯一般变幻起来。

月下，江昊天鼓起勇气问道：“乐小颖……你……”

乐小颖望着江昊天。

江昊天：“你究竟喜欢什么样的男孩？”

乐小颖歪了歪头，说：“投缘的。”

“什么样的？”江昊天似乎一下没听懂。

乐小颖：“投缘的。”

江昊天不自禁伸手摸了一下后脑勺，说：“头扁的不行吗？”

乐小颖讶然地睁大了眼……

月下，江昊天睁着一双大眼睛：“乐小颖，做我女朋友吧……”

“我们做普通朋友不是很好吗？”

“可是，我不想……”

乐小颖扭过头，说：“你还是另找一个吧。”说完，自顾向前走。

江昊天紧随几步，问：“是不是嫌我穷，没钱？”

“是的，这下你死心了吧？”乐小颖丢下一句“我要回去了……”，便急急地跑过斑马线，走到了路的对面。

江昊天没有跟过去，只是定定地望着乐小颖的身影，咬着嘴唇。

江昊天：“我一定要你做我女朋友！”

……

月月看看这个，又看看那个，然后说：“你们啊，怎么如此地小女人，其实，没有哪个男人能赔得起女人的青春，女人要比男人更能拿得起放得下。在一起，一旦没有感觉，就要快刀斩乱麻，走在男人之前弃旧迎新。弃旧迎新不只是男人会玩的游戏，女人也会玩……”

月月的话将乐小颖包括其他几个人一下从自个的遐思中唤醒过来，全都讶然地望着她。

月月：“望什么望啊?”

乐小颖露出一个好看的笑容，说：“你这么丁点大，怎么能说出这样一套一套的话来?”

“姐姐，你有没有搞错，我都十七岁了啊!”

看着月月那副似乎历经风雨、老成持重的模样，几个人就又笑。

何小爽：“你说得对，太对了，小江苏哪天要是对我不对劲，我立马就抛了他。”

漂亮姐忽闪忽闪着眼睛，再次陷入了沉思……

2

一家临街的小吃店里，食客不多，靠里面的一张桌前，乐小颖和漂亮姐每人一碗米线正边吃边说着话。

漂亮姐：“乐小颖，你说我怎么办啊?”

乐小颖：“这你自己想清楚了，要说东北那地方呢，也是个好地方，只是……再说，你们结婚后也还可以继续在上海市生活呀。”

“他说我们结婚后就回他们老家去开个店。”

“那也好啊，只要他真心对你，管他在哪里？女人注定是要跟随男人的……”说着，乐小颖自己先笑了。

“可是，那多远啊，还有我爸，他怎么办?”

“你跟大个子说你父亲了吗?”

“他说等我们结过婚，就将父亲接到东北去；可我怕我爸待不惯，受不了那气候。”

“不是怕他待不惯，你是怕你的谎言露了馅吧。”

漂亮姐情不自禁地咬了一下嘴唇。

“这还不好说，就说你那个公司倒闭了。”

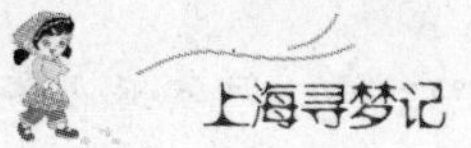

漂亮姐忧郁地说了句："那要让他多担多少心啊。不行，我得让他就在上海市开店。"

"那不是一样？你爸一见，还不是知道你不在外企工作。"

漂亮姐再次沉思。

乐小颖站了起来，说："好啦，迟早你父亲都会知道的，找个适当机会，告诉了你爸吧。"

漂亮姐也站了起来，两人边向外走，漂亮姐边说："那我与大个子……"

两人边走边说着走出小吃店。

回到格格美发厅，正好几个顾客相约着一起进来了（美发往往就是这样，一个邀着另一个或几个，不来都不来，一来全部来），于是，她们立即投入到了工作中。

乐小颖替顾客做着头发，可是，有一缕头发，乐小颖怎么处理都感到不理想，向一边的何小爽投去求救目光。

何小爽走过来，做了个示范。

乐小颖冲何小爽甜甜一笑，然后自己做，何小爽直点头，回到自己的座旁。

这时，郑锐从楼上下来。

看了看乐小颖做的，满意地又转身走开了。

乐小颖自己活做好后，便帮漂亮姐拿着调剂碗，漂亮姐一边调着一边教着她如何调制染发药水。

调好后，漂亮姐示意乐小颖注意看她是怎么给顾客染发的。

"染发的原理，就是打开保护头发的毛鳞片，脱掉头发原来的颜色，再添加进染发剂的颜色。所以，在挑选染发剂的颜色时，目标色最多只能比自己原来的发色浅三度，否则会对头发造成比较大的伤害。如果想要追求更浅的颜色，最好分成几次染，每次染发的间隔在一个半月以上。齐耳的短发，用一盒染发膏足够了；齐肩的中发，用一到两盒染发膏；长发，可能需要两到三盒染发膏。染发前，一定要保证头发是干净的，不能有摩丝、发胶等定型产品。而且，烫发一定要在染发前做，之间要相隔一周。过敏性皮肤要做过敏测试。"漂亮姐边替顾客染着头发边对一边的乐小颖介绍。

这时，郑锐主动地走了过来，从漂亮姐手里接过碗，一边调着，一边说："怎样才能把染发剂涂得更均匀？这样——先在染发手套上抹一些染发剂。涂抹时，一定要按照从发根到发梢的顺序。涂抹完后，开始计时，同时轻轻按摩头发，让染发剂在头发上停留二十五分钟。不要用指甲抓头皮。为了避免长发上色不均匀，要用夹子把发尾盘在头顶上，但不要用金属夹子。有些又粗、又黑、又硬的头发比较难上色，那就需要让染发剂多停留上十分钟。”

乐小颖：“要不要用热毛巾或者吹风机加热，使染发效果更好一些?”

郑锐：“不用，二十摄氏度的室温已经足够了，热毛巾和吹风机反而会使染发剂上色不均匀。”

一边的何小爽也插进来说：“刚染完头发的，不要用电夹板等美发仪器，高温会严重伤害头发。洗头时，要用温水。有人怕水温高会使头发褪色，索性用冷水洗，那也不对。用太凉的水洗头，洗发水和护发素的杂质会留在毛鳞片里，冲不干净，天长日久，头发会变硬。选择洗发水时，也尽量选中性的，碱性的洗发水很容易使头发褪色。在染发产品中，颜色越鲜艳的，越容易分解，碱性洗发水会使本就很不稳定的红色等褪色更严重。护发素是酸性的，用得太多，也容易褪色，所以也要选购专为染后头发设计的护发素。过了一个多月，需要做一次补染。只要染靠近头皮的那部分就可以了，全染的话，头发反而会有色差。”

乐小颖指着一瓶用剩的欧莱雅染发剂问正在操作的漂亮姐：“还剩这么多，不用多可惜；能用这多余的染眉毛吗?”

漂亮姐：“不要冒这个险！虽然欧莱雅的产品有着严格的安全性测试，但头皮和脸部皮肤毕竟不同，何况，眼部皮肤又是脸部皮肤中最娇嫩的。最重要的是，眉毛褪色非常快，九十天之后，就没有效果了。”

乐小颖忽闪着一双眼睛，“哦”了一声。

3

女工宿舍里，只有乐小颖和何小爽两人。

不知什么原因何小爽在哭着。

乐小颖关切地捋着何小爽的头发：“何小爽，不哭了，啊。”

“乐小颖，你不要管我，我哭一会儿就好了。”何小爽“唔”着嗓音对乐小颖的安慰回应着。

乐小颖：“你再哭，我也要哭了。我也想我爸爸妈妈了。”

何小爽抬起头，擦了一下眼睛，望着乐小颖，说：“我也知道，他们在家里没什么好想的，可是，我一想到我妈，还有我爸送我上车，我就想他们。”

乐小颖："可我们出来不是挣钱的吗，再说，我们来到上海市，算是见了大世面了，他们在家里不知多高兴呢；不想他们了，想想我们怎么样挣钱吧。"

何小爽一边擦着眼泪，一边调整情绪说："这段时间你学得可真快。"

乐小颖："还不都是你们教的。"

何小爽："那倒不是，主要是你聪明、心灵手巧，还有，你人好，大家都愿帮你……"

乐小颖："哪里！真的很感激你们的……"

何小爽："不说这个了，什么感激不感激，只是你学会了，可别抢我们饭碗啊。不过，话说回来，上海市这么大，你不抢，别人也是会抢的。"

说完，两人都笑了起来。

何小爽："说说昕姐吧，她今天好像又不高兴了。生意不好不想办法，尽对我们发火，有什么用！"

"昕姐这个人吧，我是有些看不惯她，但她有一句话我觉得她说得却十分好！"乐小颖说。

何小爽："哪句话？"

乐小颖："上次她告诉我，说'我们文化水平低，又是外地人，想在上海市生存，没有别的途径，只有手艺，只有用手艺服人。没有手艺，就会受人欺负，有手艺就能欺负人！'我倒不是想用手艺欺负人，而是现在确实没有手艺不行，要想得到同行承认也好，社会承认也罢，没有别的办法，只有靠手艺！"

"哦，怪不得你学得那么认真。"

"不学门手艺，我总不能老是做个杂工啊。"

"嘻嘻，你想做大工啊。哦，说到大工，我发觉郑锐越来越狂……"

"狂？"

"是呀，她们都有这感觉呢，仿佛他就是国际大师似的，谁都不放在眼里。"

"我怎么没有觉着啊。"

"你呀，那是因为……"

"因为什么啊？"

何小爽突然笑了起来，说："不说了，不说了……"

从这次谈话后，乐小颖便有意留意起郑锐来，果然，郑锐真的是"狂"。

一天，顾客不多，偶尔走进一两个。可不管有人没人，郑锐总是对乐小颖也是有意让别人听见大声地说着："我学美发时，正值离子直发流行。这股从东瀛吹来的离子烫旋风给美发界带来了革命性的突破，实现了无数女性渴望一头垂顺直发的梦想，同时也给我们美发业带来了新的经济增长点。当时我们老板可发了大财了。"

乐小颖一边注视着郑锐的手法，一边听着。

郑锐说："可没过多久，受好莱坞发型风潮的影响，长发者想要俏丽妩媚短发，引领时尚潮流；短发者蓄起了披肩长卷发，吹起一阵风情万种的披肩卷发风。一时间长长短短变个不停，那阵子，我们美发店非常热闹。今天要这个发型，明天就又改过来，说要做另一个发型。"

何小爽朝这边望了一眼。

乐小颖换一个角度，继续认真地看着郑锐操作。

郑锐说："第二年，日本时尚青年掀起的荧光幻彩发型及前卫发型潮流，让哈日族趋之若鹜。荧光超时代未来感的幻彩发型设计，让人感觉焕然一新。那时候像我那么大的新新人类就喜欢'炫'得极致。一时间，街头少年纷纷效仿，一头红红绿绿的头发向世人发出宣告——这是E时代，追求另类美没商量。"

月月听到这，皱了一下鼻子，问道："郑哥，你知道什么叫E时代，什么叫另类美吗？"

郑锐瞪了一眼月月，说："我不懂！那你说说看！告诉你，我学美发的时候，你还在学前班呢。"

顾客笑了一下："我记得有一阵子好像还流行过鸟巢发型……"

"是的，不得不佩服法国发型设计大师们的异想天开，他们从人类最好的朋友——鸟类那里借鉴灵感，将女人顶上风情与鸟的栖息地完美结合，开时尚新风。依据头型修剪出有剪影效果的短发，酷似鸟巢，让倦飞的鸟儿回到家园，呼唤人们献出爱心，爱护环境，爱护自然，其良苦用心，让人感动。"郑锐接过顾客的话，像背书本一样说着，"后来又'酷'字当道。不在乎别人说你美不美，只在乎说你酷不酷。以发型扮酷，各有各的招——有人给头发涂抹上发乳，然后用发夹夹紧，再打上发蜡，梳向不同方向，造型随心所欲，这是酷；有人将头发烫成直发，然后将靠近脸庞的头发朝外梳，用喷雾发胶固定，看上去叛逆另类，这也是酷；还有人干脆剪个漫天飞舞的短发，借助发蜡想把头发梳到什么位置都可以，这还是酷。酷就是个性……"

郑锐边说边望了一眼乐小颖："那时候生意可好做了，你们要是在那个时候，都是大工。”

顾客：“好像还有一年流行金棕色。”

“那是2002年，当时，随着日、韩风劲吹和巴黎欧莱雅专业美发的推广，深亚麻色、冷棕色的金棕色系成为街头文化的主流。时尚男女的这种金棕发色绝对令其他发色黯然。这种发型的流行，自然与哈日、哈韩脱不了干系，斜斜的刘海除了能修饰脸形，更能表现可爱的气质。回归的齐刘海除了受到具有古典气质美女们的青睐，也有无数小女生为之心动。像你们，肯定就喜欢！”说到这，郑锐望了一眼月月。

月月就又皱了皱鼻子，没有答理郑锐；但心里却在说：“你就吹吧，连那个时候流行的发型都做，现在岂不是人到中年了？”

这时，顾客指着自己的发型突然叫了起来：“啊呀，大师，你不要这流行那流行啦，你看你，把我‘流行’成了什么样子了！我不跟你说了吗？这，这里，不要这样弄，哎呀……”

郑锐一惊，尴尬地站在那里看着自己刚才一边“演讲”一边留下的“杰作”……

4

公园里，郑锐与乐小颖在散步。

乐小颖回头望了一眼郑锐：“她们上哪去了？”

“到那边玩去了吧？不要紧，待会儿我们在大门口等她们。”

“我们还是找找她们吧。”

乐小颖说完，开始东张西望。

公里园里人来人往。

郑锐欲言又止，但最终还是开了口：“乐小颖。”

乐小颖便回过头拿一双天真的眼睛望向他：“嗯？”

“我——将来一定要成为美发大师！”

乐小颖笑了一下：“好呀，你成为大师，我也跟着光荣呢。”

“真的？”

乐小颖忽闪着眼睛：“啊，当然是真的啦，你是我师傅啊。”

“那……那你明白……明白我……”

“明白你什么？”

“明白我喜欢你。你也喜欢我吗?”

乐小颖顿了一下:“是的，我是喜欢你，可是，我觉得我不配。”

郑锐赶紧追问:“怎么不配?”

乐小颖:“你懂得那么多，又是大工，还有，你对每个漂亮女人都很喜欢……”

郑锐犹豫了起来，讷讷地说:“是的，我承认我对所有漂亮的女人都喜欢，但我对你……”

乐小颖突然用手一指:“啊，她们在那。”

何小爽、漂亮姐她们一帮人正在前面。

郑锐:“乐小颖!”

“我们过去吧。”乐小颖说完，就向何小爽她们那走去。

郑锐望着乐小颖的背影，摇了摇头，想想跟了过去……

何小爽看见乐小颖与郑锐往这边走来，远远地笑着与他们打着招呼:“在这呢。”

乐小颖紧跑几步，走进姐妹们当中。

何小爽望了一眼有些失落的郑锐，轻轻地问乐小颖:“郑锐怎么啦?”

“谁晓得。”乐小颖看也没看何小爽答道。

何小爽:“不要跟他在一起，一个眼高手低的梦想家，他是不是又跟你说他要成为国际美发大师?”

乐小颖笑了一下。

何小爽:“一天到晚尽做梦，也不看看，他做的发型现在顾客越来越不满意了。倒是你，乐小颖，你真的是越来越棒了。”

“不过，他说的那些知识还是很专业的。”乐小颖望了一眼何小爽。

何小爽:“哪呀，那是他特地跑到网吧从网上‘贩’来给你听的……”

“贩给我听?”乐小颖有些迷惑。

何小爽定定地望了望乐小颖，说:“靠，你是真傻还是装呆呀!”

乐小颖推了一下何小爽:“女孩子不要说‘靠’，多难听，玩吧。”

于是，几个人就又嘻嘻哈哈地闹着玩起来。

而走在后面的郑锐，看着乐小颖见到何小爽、漂亮姐她们那兴奋的样子，眼睛里的失望便越凝越重，越凝越冷……

失望的郑锐在董宣的邀约下，与马启凤一起，三人在街道上走着。

董宣见郑锐那垂头丧气的样儿，劝道:“你对乐小颖死心吧，她是不会喜欢你的。”

“但我喜欢她。”

马启凤笑着说：“天涯何处无芳草，干吗非得要在一棵树上吊死。到我们‘吟风’来吧，我们这边的妹妹绝不比她差。我给你介绍一个。”

董宣：“我要是有你这手艺，我就去了。我们出外还不就是为了挣钱。谁嫌钱多啊。”

“就是。”马启凤跟上道，“我们老板说了，随时都欢迎你。”

郑锐没有表态，抬起头向前望着。

5

乐小颖等一帮人说说笑笑从外面进来。

“小颖姐。”在家守店的月月望着乐小颖，轻轻叫了一声。

乐小颖停住了。

“你家里打电话来了。”

“啊，什么时候？”

“没一会儿。”

“他们说什么事没有？”

“里面是一个男人的声音，说你回来后，给家里打个电话。”

“哦，谢谢你啊。”说完，乐小颖转身向外走去。

月月疑惑地说：“小颖姐，你上哪？这不是电话吗？”

“这电话打不出去，老板锁了长途电话。”漂亮姐告诉月月。

月月望着乐小颖的背影，有些恍惚，因为从电话的声音中，她感觉得到，好像那人找她有事……

乐小颖来到公用电话亭，一拨通，接电话的是她母亲。

母亲告诉乐小颖，她爸病了。

乐小颖：“啊，什么……送医院了吗？干吗不送医院啊……”

“你爸很想你，他说他要是见不着你，死了都不会闭眼……他心里惦着你呢……”

乐小颖边抹眼泪边说：“好，我……马上就赶回去……”

挂上电话，乐小颖没走多远，又返身回去，抓起电话，拨号。

电话里传来没有接通的声音。

乐小颖挂上，又拨，还是没通。

乐小颖只好再次挂上，换了一个号码，通了，是贾晓菲。

“贾晓菲啊，我爸生病，我得马上回去一趟……嗯，好……刚才打江昊天电话，一直打不通……啊，你知道江昊天到哪去了吗……不知道……嗯，好……你见到他代我说一声，还有对汪巧梅也说一声，我不给她打电话了……嗯……好……”交代完这些，乐小颖才匆匆地离开电话亭。

她得收拾一下，马上回去。

6

群山逶迤，绵延不绝。

一条山河蜿蜒而出。

溯河而上，两岸青山，如诗如画。

山河拐了一个弯后继续曲曲折折着向上延伸。

在山河的拐弯处，一座村庄傍山而居。

庄前临河，河水清亮；庄后靠山，山色秀美。

庄前小路上，有几个人或手提或肩扛着农用、家用器具，其中一人牵着一头牛，牛背上坐着一个儿童；来来往往，错身而过时，互相招呼一声。

乐小颖一边与熟人打着招呼，一边急匆匆地往家赶……

乐小颖刚进村口，就被一帮人招呼上了，接着大婶、小姐妹一起簇拥着乐小颖，走向家门口。

母亲一听闹哄哄声，探身一看，是乐小颖，忙笑着迎出了门。

“妈。”

“小颖。”

母女亲热地抱在一起……

乐小颖：“爸呢?”

“在屋里。”母亲回完乐小颖，忙转向其他人，与他们打着招呼。

乐小颖心情复杂地走进屋中。

屋里，一般的农村家庭摆设。

父亲坐在堂屋。

乐小颖一进门愣了一下，但还是饱含深情地叫了一声：“爸。”

“哎，小颖，回来啦。”父亲笑着应道。

“爸，你好了吗？”

父亲打量着女儿，没有回答乐小颖的问话，却说：“瘦了，呵呵，长高了。”

乐小颖也打量着父亲：“你病没事吧？”

“不碍事，小毛病，我说不打电话给你了，你妈想你，非要打……”

乐小颖边说边打开随身带回来的包，从中掏出一些小吃，递给母亲，也分给其他人，自己则从包里又拿出一份给父亲。

父亲：“汪巧梅，还有贾晓菲在那都好吧？”

“她们都好。”

他们父女对话时，村民们则围在一边，指指点点，说说笑笑，不时地说着“上海回来的就是不一样”之类的话……

山里天黑得早，转眼，太阳就下山了。

电灯下，母亲拉着乐小颖的手，促膝谈心：“小颖啦，其实你爸呢，病是病了，但病得不是太重。”

乐小颖愣愣地望着母亲。

父亲咳了一声。

母亲：“小颖，你跟那个左村的江昊天，到底是怎么回事啊？”

“江昊天！”乐小颖不由吃了一惊，父亲怎么知道江昊天？

母亲：“是啊，就是那个也在上海市的江昊天。”

乐小颖：“没……没怎么回事呀。怎么啦，他回来了？”

“他前几天每天都来咱家呢。”父亲眼睛看着别处说。

乐小颖更加迷惑：“来咱家？”

“是啊，我们也不知怎么回事。他带了一大堆礼物，说他这次回来，就是专门来咱家定亲的。”母亲道。

“定亲？”乐小颖睁大了眼睛。

母亲与父亲对望了一下。

父亲：“我知道你不是那么随便的人，哪会自己不回来就让他一个人来家说这事，正好我病了，你妈就趁这个机会打电话叫你回来，问问清楚。”

“你们到底怎么回事啊，小颖，告诉妈。”母亲焦虑地说。

“我们没有什么事，只是一个地方出去的，在一起玩过，没有什么呀。”乐小颖仍未从惊愕中缓过神来。

父亲：“没有什么人家就会跑上门来要定亲？”

“真的没什么，他是跟我提过，可我没同意。我看不惯他大手大脚爱虚荣的做派；没想到，他怎么是这样……”乐小颖不由生起气来。

母亲：“你要是有那个意思呢，你爸和我，也不反对。我们家民主，由你自己拿主意；要是没有那个意思，明天人家来了，你就好好地跟人家说明，省得他挂三念四的，老往这跑，在别人看来呢，也不大好。”

“他明天还来？”乐小颖抬眼问道。

父亲：“他听说你要回来，说了明天他来当面向你说清楚。”

乐小颖陷入了思索……

父亲与母亲不禁又对视了一下。

母亲轻轻叹息了一声说：“睡吧，明早还要下地呢……”

也许是旅途的疲劳，也许是回到久别的闺房，乐小颖倒下便睡着了。

迷迷糊糊中，她感到父母亲正在起床，窸窸窣窣声音虽不大，但还是让睡在隔壁的乐小颖醒了过来，但她没有立即睁开眼。

这时，她听到母亲小声地对父亲说：“你多睡一会吧，我一个人去就行了。”

“还是我们一起去吧，那半分地，捞起来可要费大半天呢。”父亲的声音。

“你等一会，我给猪拌点食。”

“声音弄小一点，小颖还睡着呢……”父亲提醒着母亲。

乐小颖听到这里，眼里便蓄起了泪花，眼前出现了一幅上海市里的图景——公园里，晨起的老人们舞剑、跳舞、跑步、打太极拳……

想到这，乐小颖伸手抹了一下泪，然后悄悄地坐起身……

村口路上，晃动着早起的农民荷锄、担水的身影。

乐小颖扛起锄追随着父母，向地里走去……

父母亲一边捞着田垄，一边与乐小颖说着话。从乐小颖打工的上海市，说到乐小颖走后山河村的变化，不知不觉中，太阳已冉冉升起。

朝阳的霞光中，乐小颖劳作的身姿，如一幅美丽的靓影，打在土地上……

乐小颖看看快要完工的地垄，又看起了自己的手，已出现了一个水疱。

乐小颖眼前又闪出了在上海的情景——

俊男靓女边走边说笑着。

何小爽、漂亮姐等忙碌着。

歌厅里，乐小颖与郑锐他们一起唱歌、蹦迪……

“怎么啦，手起疱了吧？叫你别来，你非要来。”父亲见乐小颖在那走着神，关切地问道。

母亲："放那，不要锄了，就这一丁点，我和你爸一会就捞好，你先回去煮饭吧。"

"算了，这点我一个人捞吧，你们都回去。"父亲对母亲说。

母亲还想说什么。

父亲："回去回去，孩子回来一两天，别把手给弄坏了。"

母亲想想望了一眼只剩一小截的地垄，然后扛起锄，对乐小颖说："我们先回吧，让你爸一个人捞。"

乐小颖没接话，手里仍不停地忙活着。

"小颖，你先回吧，说不定一会那个江昊天就要来了。"父亲再次催道。

乐小颖听到"江昊天"三个字，这才停住了锄。

7

江昊天在村里人的目光中走向乐小颖家。

透过门，江昊天看见了乐小颖，立即欣喜地叫了一声："乐小颖!"

"江昊天。"乐小颖一惊，抬起头望向江昊天。

江昊天不待招呼，径直走进了乐小颖家。

母亲听到江昊天的声音，忙从厨房走了出来，招呼道："江昊天，你坐。"

"谢谢阿姨。"江昊天在乐小颖对面坐了下来，"前天我就听说你要回来。你们在那还好吧?"

"还好。"

"还在那个叫昕姐的老板家做?"

"唔。"乐小颖敷衍地应了一声。

"乐小颖，我这次来……"

乐小颖见江昊天咽了下口水，知道他要说什么了，便端起桌上刚倒好的茶递给他："你喝水，江昊天。"

江昊天接过水杯，然后望着乐小颖，说："我现在有钱了，乐小颖，我想，我想……"

可没待江昊天"想"出来，突然，外面传来警笛声。江昊天一惊，手中杯子里的水都被惊得泼洒了出来。

乐小颖不安地望了一眼江昊天。

警笛、警车声由远而近，听上去快到门口了。

江昊天似乎明白什么了，由原来只是仄耳听着，忙站了起来，急急地说："乐小颖，我爱你。"

说完，江昊天转身就往外跑。

乐小颖、母亲都不知发生了什么事，紧张地跟出屋外。

这时，警车已到了门前。

江昊天一出门，立即向警车相反的方向跑起来。

警车还没停稳，从车上就跳下几名警察，追了上去……

没跑出几百米，江昊天就被警察抓住了，然后押着走了过来。

乐小颖挤上前："江昊天，江昊天！"

"乐小颖，我……我……"江昊天一脸哀痛地望着乐小颖。

警察将江昊天一推，推上了车。

乐小颖忙上前，扒住车窗，对着里面喊道："江昊天，到底怎么回事？"

江昊天满脸泪水，低下了头。

一名警察说："他在上海市卷了他们公司的钱，跑了回来，我们是协助上海市警方抓他归案。"

警车鸣着笛，离去了。

乐小颖呆若木鸡地望着绝尘而去的警车……

人们望着乐小颖，纷纷投来不知是什么眼神的目光，然后边小声地议论着什么边散去。

8

"爸，我打算明天回上海。"灯下，乐小颖对父亲说。

父亲轻咳了一声，然后说："唔。在家待了好几天了，是该回去了；在单位做事，不像我们庄户人，没时间，早一天迟一天不碍事。"

"对那个江昊天，不要想太多，那事不怪你，是他自做的。"母亲说："在外面一定要好好的，要是能在上海市找个好人家就在上海市找，不要惦着家里。你爸和我都老了，没什么好惦记的啊！"

乐小颖噙着泪花点了点头。

9

一列火车穿行在铁轨上。

车内，乘客有拿方便面去开水间，有迎面走来，错身而过……

乐小颖坐在车上，眼睛凝视着窗外，她没想到，这一次回来，会发生这样的事——江昊天竟为了一份无望的爱，铤而走险！而家乡的一切，又使她莫名地产生了几分陌生。看着苍老劳累的父母，她不由暗下决心："等到有一天，我一定要将我的受苦受累了一辈子的父母接到上海市，让他们也过过城里人的生活！"

窗外，绿树、村庄、田野……一一闪过。

第八章　秀出美发

乐小颖再次被昕姐误会，不得不离开了格格美发厅；仗义的何小爽也一起离开了。无巧不成书，她们找到的新的美发厅——燕之舞，老板竟是当初乐小颖来上海市时火车上结识的黄柏燕……

1

夜色如"风亦情"歌厅几个霓虹大字一样充满了迷离的色彩。

也许是夜深了的缘故，街上车辆开始稀落起来。

这时，乐小颖、郑锐、漂亮姐、何小爽、华子等从歌厅出来。

漂亮姐仍在兴奋中："乐小颖歌唱得越来越好了。"

"今天郑锐专门为她接风，当然她要唱好。"何小爽接上说。

乐小颖红着脸笑……

新来的员工华子望了望街道两头，说："几点啦，怎么没有公交了？"

"呀，都快一点半了，公交早没了。"漂亮姐看了一下手机上的时间，叫了起来。

郑锐将手往空中一挥，说："走，向马拉松挑战！"

“什么意思?”何小爽望着他。

郑锐:“没什么意思……”

华子就笑。

郑锐则昂头走在了前面。

直到走回到格格美发厅,几个人的兴奋仍没有被夜风吹去,甚至在睡梦中,也还在唱着。第二天一大早,被昕姐呵斥,仿佛温暖的被窝中吹进了一股冬天的冷风。

昕姐:“啊!什么时候了,昨晚的劲头上哪了?下来!”

听到昕姐的叫声,员工们陆陆续续地走下楼来,有的还在打哈欠。

下来后,便各自在各自的岗位上理着各自的东西。

昕姐站在厅中间,环顾着每一个人,厉声道:“都给我听着,昨天你们是谁挑头的?我给你们说过多少次,晚上不要出去;即使要出去,店里至少得留一两人看门,而且十一点前就要回来。第二天还要上班。可你们呢,都当成耳边风了!看看你们昨晚几点到家的?都快要天亮了!要是店里出了什么事,找谁?啊!说,昨晚你们是谁挑的头?”

郑锐:“是我。”

何小爽:“是乐小颖……”

郑锐与何小爽几乎是同时答道;何小爽本来是想说“是乐小颖回来,我们为她接风”,可郑锐说是他,就忍了后半截话。

昕姐立即转向乐小颖:“又是你!”

“不是,昨天是为她接风。”何小爽赶忙摇手解释。

昕姐:“接风,接什么风?她是出国考察还是外事访问回来呀?”

郑锐:“是我的错,昕姐,下回不会了。”

昕姐:“下回!还有下回?你刚才说什么?”

郑锐:“我说是我的错,是我挑头的,下回不会了。”

昕姐冷笑一声:“哼,好呀,又来替人受过是吧?别以为你是大工承担了我就不追究!”

乐小颖:“昕姐,不要怪其他人,都是我不好。”

昕姐:“本来你就不好,我看你平时不多言不多语,做事认真能吃苦,再说又是凤姐介绍来的,就给你三分颜色。谁知道你顺着鼻子就上眼,一而再再而三地挑头……”

何小爽:“昕姐,这次真的不是乐小颖,要怪就怪我们大家好了。”

昕姐："你们什么也不要说，乐小颖，你今天就给我走，哪好你上哪儿去，哪自由你上哪儿去。"

何小爽："昕姐，你不能这样处理乐小颖。"

昕姐："我不能？怎么着，你想怎么着？"

何小爽咬了一下嘴唇，说："真的要开除乐小颖？你有没有问问清楚？"何小爽大概是想说"你有没有问问清楚事情的来龙去脉"。

"你是老板还是我是老板，我处理一个人还要问你？"昕姐脸不由涨得通红，声音也有些变了调。

何小爽脸一红，顿了一下，然后道："我是说，你有没有问我想不想在这干了？"

"好啊，你要走？好，你也给我走！"

"不是我给你走，是我自己走！"说完，何小爽将短发一甩，拉起乐小颖："走，乐小颖，我们一块走。"

其他员工望望气得直喘息的昕姐，又望望同样气呼呼的何小爽拉着乐小颖上了楼，站在那，一时不知如何是好。

2

格格美发厅外，郑锐站在门口，手里拿着手机，旁若无人地道："马启凤，你问问你们老板，她现在还要人吗？"

"啊，郑锐！要，要的。"也许马启凤没想到郑锐会这么说吧，一时有些措手不及。

"那好，我明天过来。"

"啊，明天呀……"

"怎么？有问题吗？"

"没问题，没问题，欢迎都还来不及呢。只是，你们老板放你走？"

"我还没跟她说，不过，她不放我我也走；不上你们那，我也会找别的店。"

"上我们这，上我们这！"

昕姐怎么也没想到，这次的发作，不仅是乐小颖走了，何小爽走了，郑锐要走，连其他的员工也都要走。

"你们都走，都走，我就不相信我这店能关了！"昕姐气急败坏地站在楼梯上对要走的董宣说。

董宣向昕姐摆了摆手，做告别状："那我们走啦。"

"是不是郑锐叫你们走的?"昕姐见董宣真的要走了，想想，声音放缓了些，问道。

"他走他的，我们走我们的，不关他的事。"

"那你们东不去西不去，正好到'吟风'去；明着跟我作对，是吧!"

董宣还有月月不再答理昕姐，一前一后一起走出了格格美发厅。

"你们这些没良心的……我就不相信，我斗不过你们……"身后，传来昕姐咬牙切齿的"恨"声……

而这个时候的乐小颖与何小爽，拎着各自的行李，如何小爽说的"自己走"在街上。她们先后找了几家美发厅，不是老板挑剔她们就是她们挑剔老板，反正一家也没谈成。

乐小颖望了一眼何小爽道："你真不该也跟着跑出来，她只开除我一个人。"

"那样不讲理的老板，早就不想跟她干了。"何小爽一脸的无所谓。

"你跟那个小江苏说了吗?"

"小江苏啊……我把他给踹了。"

乐小颖转眼盯着何小爽："踹了?"

"他想一脚踩两只船，我就一脚将他给踹水里了……"何小爽说着自己笑了起来。

乐小颖没再说什么，良久，幽幽地说："你看，工作这么难找……"

"难吗?不难。我就不相信，长着一双手，还能找不着事!"

"就是，还是何小爽你说得对!"

"走——你看前面又有一家。"何小爽指着前面一家打着"燕之舞"招牌的美发厅，"我有种预感，这次我们进去准能成。"

乐小颖笑了一下，然后两人走了进去。

里面，员工们正在操作着头发。

何小爽和乐小颖径直走到吧台前。

吧台内有一年轻女子笑意盈盈地迎着她们。

"你好，请问，你们招人吗?"何小爽走上前，直接问道。

女子望了望她们，说："你们都干过几年啦?"

乐小颖："她可以做大工，我是小工。"

"大工不敢，但我做的时间比较长，对一般烫、染、剪、盘都晓得一

些。”何小爽实事求是地说。

乐小颖瞥了一眼何小爽，意思是你本来就可以做大工了嘛。

女子转向乐小颖：“你呢？”

乐小颖腼腆地一笑，说：“我不如她，我只能做小工。”

女子就说：“大工我们倒是需要，小工呢……”

“我们俩一块的，如果要，就一起要。”何小爽接过女子的话，爽直地道。

这时，正好黄柏燕从楼上下来，听到何小爽后面的一句话，便问道：“区青倩，怎么回事？”

“找工的。”叫区青倩的女孩笑了一下说。

何小爽和乐小颖向黄柏燕望去。

这一望，乐小颖与黄柏燕目光一接上，都不由愣了一下。

黄柏燕：“是你！”

“黄……黄柏燕！”乐小颖也讶然地用手指着黄柏燕。

区青倩：“你们认识？”

何小爽望望黄柏燕，又望望乐小颖，一时不知是怎么回事。

乐小颖笑了一下，对何小爽说：“来上海市时，在车上我们坐在一起。”

这时黄柏燕走到了乐小颖跟前：“你做美发？”

乐小颖抿嘴笑了下。

“怎么，给老板炒了鱿鱼？”黄柏燕一眼就看出了症结。

何小爽：“是我们炒了老板的鱿鱼。”

“我是被老板炒的，她为了我，炒了老板。”乐小颖不好意思地笑了一下。

黄柏燕就笑：“那好啊，你们留下来吧。”

乐小颖脸微微红了一下：“谢谢老板。”

黄柏燕说：“还是叫我黄柏燕或柏燕吧。哦，你叫什么颖来着？”

乐小颖：“乐小颖。”

“对，乐小颖，小小的聪颖。”然后转向区青倩，“你带她们去宿舍吧，安排一下。”

区青倩就从吧台里走出来，三个人说说笑笑着向后面走去。

3

“燕之舞”的生意，要比“格格”忙上几倍：每天顾客络绎不绝，员工们也各司其职，在自己的位置上忙着。

这天，乐小颖望着微皱眉头的黄柏燕上楼，向区青倩打听：“区青倩，我来几天了，怎么看着柏燕好像不开心啊？”

区青倩：“你还真的叫她柏燕呀？”

“那我叫她什么？她不是让我这样叫吗？”

区青倩笑了一下，说：“那随你吧。”

“你还没告诉我柏燕为了什么心情不好呢？”

区青倩望了一会乐小颖，说：“她开心不起来。”

乐小颖忽闪着一双大眼睛望着区青倩，等她说下去。

区青倩：“她父亲反对她做美发，前几天还打电话来骂她，要她关了店；还有……”

这时，进来了一名顾客，区青倩赶紧转过去接待：“你好，请到三号座。”

乐小颖跟着招呼，将顾客引向三号座……

“走好，感谢您的光临。”乐小颖又送走一位顾客，然后望了一眼其他员工，暂时没有她的事，于是，她又走到吧台前，等区青倩也闲下来后，笑着说：“区青倩，还没有说完呢。”

区青倩：“你还真的是……好吧，告诉你。不过，我说了，你可不要对老板说是我说的呀。”

乐小颖抿嘴一笑。

区青倩悄声道：“她男朋友原来家里已有老婆，还有孩子。”

乐小颖不由微张了嘴。

“他常来，来了不是和我们侃足球就是邀一帮狐朋狗友在这里吃喝赌博，闹得烦死人。老板心情能好?!”

乐小颖：“原来这样啊……”

这时，又有一名顾客进来，乐小颖赶紧招呼。

第二天，乐小颖正忙着一边给大工打着下手，一边用心地看着大工操作，门外进来一个人。

人未进，就听到其声音：“区青倩，昨晚足球赛看了吗?”

区青倩：“荣哥，我们可一天到晚忙着呢，哪有工夫。”

荣哥，沈建荣，也就是黄柏燕的男朋友。见区青倩给了他一个不冷不热的眼神，就又问吧台里的另一个女孩：“戈戈，你看了吗?”

戈戈一边给顾客找着零钱，一边笑着答：“没呢，你说给我们听听吧。”

这期间，乐小颖一直在暗暗地打量着他。

这时，沈建荣一边问着“就没人看吗”一边转向操作间这边。

他一转过来，乐小颖不禁张了张嘴——她认出了他……

“你们没看，太可惜了，上半场开场不到三分钟，太森壁林队就被红牌罚下了前锋8号，可是，连同兹队直到终场，就是一球也没攻进，真是臭!”突然，沈建荣顿住了，他看到了乐小颖，“你这小女孩，我怎么在哪见过?”

区青倩：“荣哥，人家才来，你在哪见过啊?”

“我真的是见过，该不会是梦中吧。”沈建荣说完，无忌地大笑着。

顾客一起朝他望着。

沈建荣视而不见，无肆地转身向楼上边走边想着那个“小女孩”在哪见过，当快要走到楼梯口时，终于想了起来，转回身道：“啊，我想起来了，在火车上，那个被我说成‘臭球’的什么小颖。”

乐小颖：“乐小颖。”

“对，对，乐小颖。”沈建荣在他那寸头上拍了下。

乐小颖抿嘴笑着。

“跟你一起的那个什么菲呢?”

“你记性真好。”

“你是因为美好，所以我记得；她呢，是因为讨厌，所以，也记得了。呵呵……”说完，沈建荣上楼去了。

区青倩朝他的背影撇了撇嘴，然后望着乐小颖笑了一下。

4

虽然燕之舞美发厅规模与服务都比之前的格格美发厅要大、要好、要规范，但员工宿舍则大同小异，都是集体居住；而集体居住的最大好处是，大家彼此可以随时进行交流。这不，下班后，乐小颖、蓉儿、陈秀芹、戈戈、葛言华等几个女孩聚在一起，由发式流行说到穿着流行，不知怎么，就说到了配饰流行——如何戴耳环和配腰带。

蓉儿："脸大的人戴大耳环，小的当然就戴小耳环咯。"

陈秀芹不知是表示赞同还是反对地说："可有的人戴着难看死了。"

"那是因为她没注意搭配。"蓉儿说，"耳环的颜色要与衣服的颜色相配合，一般同色系的最保险，再难看的人，也不会出现你说的难看死了。"

这时，楼下传来闹哄哄的声音，吆五喝六地，沈建荣的声音最大。

陈秀芹："那要准备多少条项链啊？"

"咯咯，那倒也未必，譬如穿素色衣服，耳环就可与腰带啦、皮包啦或者皮鞋搭配成对比色，也是非常协调的。"蓉儿侧耳听了一下下面的声音，然后回过头。"腰带学问可大了。"

"你看我这条腰带怎么样？"戈戈站起来，扭了扭腰。

蓉儿伸手将她的腰带往下拉了一丁点，说："这样是不是好看一些？"

大家都点头。

蓉儿："宽腰带只适合身材高瘦、腰部纤细的人穿戴，譬如葛言华，穿上肯定好看。"

葛言华就用手比画了一下腰部。

蓉儿："个子娇小的人系细腰带，而且颜色最好与衣服相符合。腰粗的人绝对不能穿鲜艳和宽粗的腰带。"

"我不系，总行吧。"何小爽笑着说。

大家看向何小爽的腰，都笑。乐小颖也抿了抿嘴笑，但一直很认真地在听着。

蓉儿："上身长的人可以系稍宽的腰带，上身短的人，把腰带系在低腰处……"

陈秀芹："那没有腰身呢？"

蓉儿："没腰身的人，那你就像何小爽一样，不系。"

女孩们发出一片笑声："咯咯咯……"

葛言华："还有皮鞋呢，皮鞋怎么搭配？"

蓉儿刚要说，下面又传来了沈建荣很大的声音："现在英超有什么看头！那踢的什么球，真他妈踢的是什么球，连个点球都踢飞了，还有，那角球抢位，第一点根本就抢不上，看着好看，跳的样子倒是挺优雅的，可连头皮都挨不着……"

大家都反感地皱起了眉，其中一个还打开门将头伸到外边看了看。

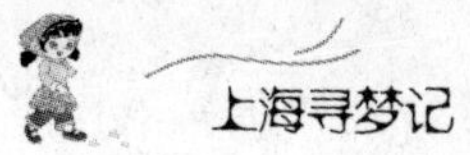

蓉儿谈兴全无，站起来说："今晚的免费培训，到此结束。"

"皮鞋，你还没说皮鞋呢。"葛言华望着站起的蓉儿。

"蓉儿，我看你下次不要准备美发秀，干脆参加服装秀得了。"戈戈说，"其实服装也一样讲究颜色搭配呢，譬如略带一点灰的浅朱红配紫红好看，要是略带一点灰的橘黄配紫红就不好看。"

"那还是你去参加服装秀吧，我看，我还是得准备美发秀。"蓉儿提起了腿。

陈秀芹："是哎，老板说，这次美发秀我们店一定要参加呢！"

蓉儿边从陈秀芹身边走过，边摸了一下她的头："到时你给我做模特儿。"大家都笑了起来。

这时，下面沈建荣的声音则越来越大地传了上来："那个时候的英超，那才叫有看头呢，罗伯特·巴乔、卡纳瓦罗、安东尼奥·卡萨诺、德尔·皮耶罗……"

于是大家低声地小声嘀咕了起来："就会侃，尽是发财梦……""老板也是前世造的孽，怎么找了这样一个男人……""我要是老板，早将他赶走了……"

葛言华："我最看不惯这样的人，一天到晚游手好闲，懒惰成性。"

戈戈："我们还是不要管他吧，反正老板愿意，我们打工的说什么！"

听戈戈如此一说，大家便各自回到各自的床铺，不再言语。

但沈建荣的声音，还是破空而来："做老板亲自跑？那叫什么老板！上次果西那块地，我就坐家里，打打电话便搞定了……该你出了……"

戈戈嘀咕了声："又在赌……"

没有人接腔。

大家开始休息……

一觉醒来，太阳已早早升起。

在这美好的阳光中，乐小颖前前后后地忙着，而一边的黄柏燕，则不时默默地看着乐小颖……

临下班前，顾客少了下来，大家开始收拾着自己的用具以及其他杂项。

这时，黄柏燕从外面进来，拍了拍手，说："姑娘们，告诉你们一个好消息。"

大家都望着黄柏燕。

"关于明都商城举行美发秀，大家早就知道了吧？"

有人懒洋洋地答："知道了。"

"今天我正式报了名。希望这几天大家做活手头精致一点，同时，也请大家注意一下适合做模特儿的发型，当然脸型也特别重要——要漂亮。"

葛言华在吧台里接上道："嘻嘻，我们'燕之舞'先来一场选美秀……"

戈戈在另一边答道："那我就选葛言华。"

黄柏燕笑着望向葛言华，说："葛言华不行，头发太短了一点，最起码得要中长发，中发都不行。"

蓉儿用手捋了一下头发："我这发质太差……"

"你的意思是你人长得倒是挺美是吧。"陈秀芹坏坏地笑着。

"就挺美，就挺美，怎么啦，没听过啊——女人'挺'好——嘻嘻……"蓉儿故意挺了挺胸，然后自己忍不住先笑了起来，其他人也跟着全都笑了起来。

黄柏燕："好了，这两天你们先留意一些，后天我们再定。"

大家就嘻嘻哈哈地又各自继续收拾着器具。

5

沈建荣坐在工作厅的候客座上，眉飞色舞地侃着足球："昨晚那场意甲，意甲，懂吧？就是意大利甲级足球比赛。"

小女孩们没有一个接他的话。

他只好坐在那自言自语着："尤文图斯主场逆转，以五比二大胜莱切，以三分优势超过AC米兰。伊布拉希莫维奇上演帽子戏法，什么是帽子戏法？何小爽，你知道什么叫帽子戏法？"

何小爽被点了名，不好意思，回了他一句："就是戴帽子做游戏呗。"

"再想想，足球场上，能戴帽子玩游戏吗？"沈建荣颇有耐心。

戈戈："那怎么不能呀，他们一边踢足球跑，一边玩着游戏……"

沈建荣露出一脸的不屑，挥了一下手，说："告诉你们吧，帽子戏法，就是一个人一场连进了三个球。明白了吧？"

何小爽故意地做着恍然大悟状"哦"了一声。

其他女孩就笑。

"然后阿皮亚与内德维德各下一城。AC米兰客场一比二负于锡耶纳。上半场，舍甫琴科进球被科利纳误判为越位，图多尔头球击中横梁。下半场，克雷斯波小角度破门，加图索射中横梁。基耶萨将比分扳平，科扎头球将比分反超……”沈建荣继续着。

这时，黄柏燕从楼上下来，说：“你又在影响她们做事了吧?”

“没啊，她们不正好没事吗，我给她们上上足球课，也算是为咱中国全民足球尽点绵薄之力呀!”沈建荣伸着双手耸了耸肩道。

黄柏燕：“我看你还是先为我尽点绵薄之力吧。”

“怎么，今天又有谁上门闹事来啦?”

黄柏燕沉了一下脸，接着又笑了起来：“没有，我是想为明都美发秀选一个模特儿。”

“那还不简单，这里美女成群，我来给你看看。”沈建荣笑着用手划了一圈。

黄柏燕：“你也会看?”

“这你就不懂了吧？告诉你，看一个国家的国民教育，要看它的公共厕所。看一个男人的品位，要看他的袜子。看一个女人是否养尊处优，要看她的手。看一个人的气血，要看他的头发。看一个人的心术，要看他的眼神。看一个人的身价，要看他的对手。看一个人的底牌，要看他身边的好友。看一个人的性格，要看他的字写得怎样。看一个人是否快乐，不要看笑容，要看清晨梦醒时的一刹那表情。看一个人的胸襟，要看他如何面对失败及被人出卖。看两个人的关系，要看发生意外时，另一方的紧张程度……”

“好了好了，你还是等一会再看吧。”黄柏燕笑着打断他后，转身问员工道：“你们设计好了吗?”

陈秀芹：“何小爽设计了，我这几天尽力在想着呢。”

“我给老板看过了，不行。”何小爽说。

黄柏燕：“你们呢，还有没有设计好的?”

大家面面相觑。

蓉儿：“那么多美发大师参加，我们哪行。”

“话也不能那么说，大师怎么着？大师也有第一次呀；这次真没设计就算了，不过，下次你们最好不要放弃，不管怎么说，这是一次检验技术和学习的机会。”黄柏燕说，“你们看，这次模特儿选谁比较适合?”

沈建荣插话道：“我看蓉儿就不错。”

蓉儿红了一下脸，说：“我不行，戈戈倒是挺合适的。”

戈戈不自禁地捋了一下头发，笑着。

黄柏燕认真地看了看戈戈头发，然后问道："还有呢?"

葛言华自嘲地说："我的头发太短了，要不然，我准行。"

大家就都笑了起来。

沈建荣对葛言华说："我看也是，要是个子再高点就更好了。"

葛言华乜了他一眼，然后又撇了下嘴。

黄柏燕："那好吧，我明天先给蓉儿和戈戈做一下看看，看看哪个更适合。不早了，你们收拾一下，下班吧。"

说完，黄柏燕瞥了一眼沈建荣，上楼去了。

6

黄柏燕分别给蓉儿和戈戈做着发型。

戈戈的已经做好，黄柏燕左看右看不满意。最后，只好失望地对戈戈说了一句什么，戈戈也很失望地离去。

接着，黄柏燕开始给蓉儿做。

很快，黄柏燕只剩下最后一道工序了，她一会对着镜子里的蓉儿望望，一会又退后几步瞅瞅，但眼神中始终没有放出灿烂的光。

黄柏燕想想又调整了一下发型，左看右看，还是觉得不得要领，只得很泄气地冲蓉儿苦笑着摇了摇头。

蓉儿："我也觉得不行。"

黄柏燕："你先下去吧，我再想想。"

蓉儿"哦"了一声，有些失落地下楼去了。

夜色不知不觉笼了下来，黄柏燕仍坐在座上，眼睛无意地盯着某一块地方，思考着……

突然，她的眼神如电光石火般闪了一下——列车奔驰，一缕秀发从黄柏燕眼前飘过……谁的秀发？乐小颖……

黄柏燕立即兴奋地站了起来，急急地走了出去。

"乐小颖，你上来一下。"

听到黄柏燕叫她，乐小颖立即放下手头的活，向楼梯走去。

"你来做我的模特吧。"还没等乐小颖走到楼上，黄柏燕就迎着说了起来。

乐小颖一听，一边无意识地捋了一下自己的头发，一边用手指着自己，微张着嘴，那意思是“你是说我”?

黄柏燕微笑着肯定地点了点头……

看着乐小颖上了楼，蓉儿嘟了一下嘴，道：“真没想到，老板会选乐小颖。”

“那有什么想不到呀，老板不也选了你吗?”葛言华望着蓉儿顶了一句。

蓉儿不再做声。

戈戈望望蓉儿，又望望葛言华，说：“我倒觉得乐小颖倒是挺适合，主要是她那一头头发，真的很漂亮。”

葛言华不自禁地摸了一下自己的头发。

陈秀芹：“早知道呀，我也留个长发，不定老板也会选中我。”

何小爽笑着说：“反正我长得不好看，就从来没想过当模特儿……”

陈秀芹：“那你想当什么呀?”

何小爽半认真半玩笑地说：“我要当，就当美发师。”

蓉儿等就一起笑……

戈戈：“祝你早日梦想成真!”

蓉儿暗了一下眼神，转身走向自己的椅座。

葛言华：“何小爽，你要真的当了大师，可不能忘了我们这帮姐妹啊，‘苟富贵，毋相忘’哦。”

何小爽仍是半认真半玩笑地说：“好，我会记住的。”

陈秀芹笑。

戈戈也笑。

几个人笑着分别走回了自己的椅座。

7

灯光闪烁，雍容华丽。

明都美发秀现场内，参赛者、观赛者济济一堂。

秀场台上，可以容纳十名选手。模特儿和选手一拨一拨地上。

现场司仪报分的声音，采访评委即席演讲的声音，还有观众的掌声，不时响起。

乐小颖和黄柏燕坐在选手席上。

这时，又一拨选手下场了，随着广播声，清楚地听到了：“参赛选手——燕之舞美发厅黄柏燕，模特儿——乐小颖……”

在礼仪小姐的带领下，黄柏燕、乐小颖，以及其他选手、模特一起走上赛台。

乐小颖在座上坐下来，黄柏燕开始操作。这一刻，乐小颖完全被现场气氛陶醉了。如此辉煌的场面，是她第一次见到。她想，此时的黄柏燕也与她一样，一切烦恼烟消云散……后来，说到这场比赛时的场景，黄柏燕对乐小颖说，这种场面是女人欢乐的殿堂、生活的梦想……

黄柏燕神采飞扬地在乐小颖头上挑、剪、梳、点、绕、盘，神情是那样的投入与沉醉。

乐小颖配合着黄柏燕，哪怕是一个小小的动作……

评委席上，不时有评委交头接耳地说一两句，然后将眼睛望向黄柏燕她们。

观众席上，有观众站了起来，探身望向黄柏燕和乐小颖。

这时，黄柏燕操作完毕了，携着乐小颖向观众和评委鞠躬致谢……

8

楼房林立，车水马龙。

出租车内，黄柏燕和乐小颖兴奋地坐在里面。

黄柏燕手里捧着一只银奖杯。

车子颠簸了一下，黄柏燕立即伸手护住乐小颖，生怕碰坏了她的发型。

“师傅，开稳点！要是给碰了，我父亲就看不到了。”黄柏燕从后视镜里看着的哥笑着说。

乐小颖：“柏燕，我真的非常高兴！那场面，太壮观了！”

“我也是，根本没想到我们会夺得银奖！我站在秀场上，伸手撩起你的头发的时候，我就在心里想：这是女人欢乐的殿堂，是女人生活的梦想……”

乐小颖：“荣叔见了……”

黄柏燕：“叫他荣哥。”

乐小颖：“哦，荣哥见了也一定非常高兴，明儿要他摆席为你庆贺！”

黄柏燕不自觉地情绪低落：“他呀——”

的哥按了一声喇叭，出租车在车流中奔驰……

黄柏燕的家，感觉是个很普通的家庭，只要待上三分钟，就会感觉到处洋溢着一股书香气。

黄柏燕父亲正戴着一副老花眼镜，吃力地看着一本小说，直到小家政员领着黄柏燕进来，听到黄柏燕的一声“爸”，他才抬起头，一手扶了下眼镜，望向黄柏燕：“回来啦？”

黄柏燕兴奋地笑着：“爸，当当当——你看我带回来了什么？”

父亲不解地望着黄柏燕。

黄柏燕一手拿着奖杯，一手从身后拉过乐小颖介绍着：“爸，她叫乐小颖，我的模特儿；这就是我获银奖的发型，你看看。”

父亲起先呆呆地望着乐小颖的发型，望着望着，突然莫名其妙地“呼”地一下从黄柏燕手中一把抓过奖杯“嗵”一声扔进了垃圾篓，并且由于极度激动，将刚才捧着看的小说也一道给扔了进去，然后十分震怒地道：“谁稀罕！啊，谁稀罕这破玩意儿，啊！天下大道那么多，你为什么不走，偏偏要走这条道？啊！咳，咳……”

乐小颖惊呆了。

黄柏燕瞬间的愣怔之后，眼泪无声地流了出来，咬着嘴唇，默默地看着小家政员从垃圾篓里拣出奖杯，擦拭着……

9

一家家常菜馆里，各色食客、服务员穿梭来往。

黄柏燕与乐小颖坐在一个小包间里。桌上已放了几个空啤酒瓶。

“乐小颖，干！”

乐小颖有些担心地望着黄柏燕：“还是少喝点吧。”

“你以为我会喝多呀，嘻嘻，你还没见过我喝酒吧？告诉你，我有次喝了一瓶白酒都没醉……”黄柏燕有些醉态地说着。

乐小颖：“你今天心情不好，还是少喝点。”

“唉——乐小颖，今天很扫你的兴啊。”

“没有……”

“其实我爸反对我做美发已久，我本以为现在做出成绩来了，他应该会改变主意，不说支持吧，最起码也应该不再反对了，可谁知……我更没想到，他会当着你的面就大发雷霆！”

“他为什么要反对你啊？”

“这要说起来，还真的有些来历：他年轻的时候，是学校里成绩最好的学生；谁知一场运动，他为了响应号召，竟做出了一个壮举——初中还没毕业就积极报名走上了光荣的‘八大员’工作岗位。”

乐小颖好奇地睁大了眼睛：“八大员？”

“就是炊事员、售票员、驾驶员、邮递员、保育员、理发员、服务员、售货员。”

“哦，我还以为是前几天在社区里听说的政策宣传员、维护治安稳定员、社会保洁员、民事纠纷调解员、为民排忧服务员、青少年教育辅导员、社区经济信息员、党风廉政监督员，这八大员呢。”

黄柏燕笑了一下，然后继续着自己的话题，说：“当得知他报名参加‘八大员’后，我爷爷气得直捶桌子。那个时代，他气，只能在家里捶桌子；在外面，是不能表露出任何不满情绪的。那天当父亲戴着大红花就要奔赴革命战线当一名光荣的理发员时，爷爷让我姑去缠我父亲，不让走；当时我姑还小，不懂事，不晓得怎么缠，就始终拖着我父亲，不让他上台。

“台搭在学校操场上。

“主席台上，坐着一排领导。中间一个主持人正在说着：‘八大员是光荣的，下面，请我们以热烈的掌声，欢送我校第一批走上八大员岗位的王红叶同学、张卫红同学、李红兵同学、黄成吉同学，也就是我父亲……’

“我父亲正被我姑拖着，不让他上台。

“我父亲一边望着台上，一边急得使劲推着我姑的手。

“我姑不放，最后，我父亲用力一推，一下将我姑推倒在了地上，这才匆匆地走上台，但那朵大红花由于我姑的拖拽歪在胸前，那顶黄军帽也歪了，使得我父亲站在台上显得十分滑稽。

“有人笑。

“但只是笑了一下，就忍住了，因为主持人看了一眼我父亲，然后继续念着手中的名单——‘黄有红同学、李学军同学……’”

黄柏燕叹息了一声，道：“可是父亲到岗位上不久，他就后悔了，根本不是欢送大会上校长说的，理发员是光荣的职业，而是最受人看不起的一员……对每个走进店来的顾客，不仅需要谄媚地笑着，而且还要鞠躬作揖似的打招呼……并且，连个对象都谈不上，直到快三十岁才碰上下乡回城的我妈妈。可以说，为了这理发员，他在家里家外受了一辈子的委屈。所以到了晚年，他为他年轻时候的那种‘英雄’壮举痛心疾首。”

乐小颖：“那你姑呢，她现在好吗？”

"我姑在高考制度一恢复就考上了大学，现在在美国。我姑现在还常常说起那天我父亲推她的情形呢；虽然是当做笑话，但我知道，那是在用针扎父亲的痛处。所以，他不能容忍他的女儿也走上这条路，更不能容忍他女儿身边整天围着一些他认为的下九流的男男女女……唉，走一条自己的路，真难！"黄柏燕低了一下头，但接着就抬了起来："但很自由！"

乐小颖愣愣地望着黄柏燕……

窗外，各种灯饰流光溢彩。

第九章　意外惊喜

乐小颖没想到，傅洋升会来找她。对傅洋升的动机，包括黄柏燕都陷入了种种不解，以致去过一次傅洋升家后，见到他家的茶具，使这种不解更加蒙上了一层迷离色彩。

1

一辆出租车靠边缓缓地开着，车窗口探出傅洋升的头，他一边寻找着，一边对司机说："开慢点，看好喽，别给弄过了……"

司机："你确定是这条街吗？"

傅洋升："确定，沈建荣跟我说的，不会错。"

司机："沈建荣是谁呀，你朋友吗……"

"那——对，就是那——燕之舞美发厅……"一句话还没说完，傅洋升指着前面急切地道。

出租车缓缓停住。

2

燕之舞美发厅里，大家各自都在忙着。

乐小颖一边给大工蓉儿做着下手，一边专注地望着她操作。

这时，傅洋升走了进来，他没管前台的"您好，您需要什么服务"，一边环视着各自工作着的员工一边向吧台走，然后眼睛定在乐小颖的侧影上。

葛言华笑意盈盈地迎上他："您好，请问，您需要什么服务？"

"她是不是叫乐小颖？"傅洋升回过头，用眼睛示意了一下乐小颖的侧影，问葛言华。

葛言华："是呀。乐小颖。"

乐小颖回过身望向葛言华，虽然也看见了傅洋升在看她，但一时没反应过来，只是问葛言华有什么事。

葛言华："有人找。"

傅洋升笑着望向乐小颖。

乐小颖走了过来："你是？"

"傅洋升。"

其他人都看向傅洋升，也许他的一声"傅洋升"太刺激了吧。

傅洋升："火车上那个差点冤枉你的傅洋升，记得吗？"

乐小颖立即抿嘴笑了起来："记得，记得，后来在垃圾袋里找到你的包呢。"

"对，对。"

在傅洋升的"对"声中，乐小颖的心绪，一时有些恍惚——她没想到，傅洋升会来找她，而且是花了大半天时间才找着，这完全出乎她意料。不过，他的出现，却使乐小颖的命运就像一个在大街上到处打听如何去某个地方，而终于有人说要领她去一样，从此，开始了质的变化……

其他人就笑，一女孩："是说人呢还是说东西？"

傅洋升向那个女孩笑了一下。

笑声中，乐小颖伸手捋了一下头发，让自己回复到眼前的状态中："找我有事吗？"

"有……哦，没有……我来理一下发，顺便再按摩一下。呵呵，十块钱八十分钟享受的那种……"

"那，请这边坐。"乐小颖将傅洋升引向另一张椅，由陈秀芹为他服务。

然后乐小颖又回到自己原来的位置，看着蓉儿操作。

傅洋升一边接受着服务，一边不时地用眼瞟着乐小颖。

而乐小颖则很认真地只顾看着蓉儿操作。

葛言华却在吧台里观察着傅洋升的表情；傅洋升一闪眼，发现葛言华在打量他，就冲葛言华笑一下。

3

女工宿舍的晚上。

葛言华将自己的外衣边往吊挂上挂着，边说：“乐小颖，那个人怎么叫这么怪的名字啊？”

“哪个人啊？”乐小颖一时没反应过来。

葛言华：“就是今天来找你的那个‘傅洋升’。”

戈戈：“林子大了，什么鸟都有。他爱叫就叫呗。”

葛言华笑了一下，一边往铺上爬，一边说：“乐小颖，你们很熟吗？”

乐小颖：“只是在火车上见过。”

“你可要小心哦，他今天看你的眼神可不对劲呢。”

乐小颖望向葛言华。葛言华只顾往床上爬……

乐小颖就想：我小心什么，不就是来看我一下吗？

之后，隔三差五地，傅洋升就来找她。虽然他嘴上没说，但谁心里都明白，他是来找乐小颖的。乐小颖感到有些说不清道不明的感觉。

这天，傅洋升又从出租车上下来，抱着一摞杂志画报。

戈戈：“乐小颖，有人找。”

乐小颖在楼上“哎”了一声，跑了下来。一看是傅洋升，便笑了一下：“您来啦，是理发还是按摩？”

傅洋升：“照旧——十块钱八十分钟享受。”

这时，黄柏燕站在楼梯口叫了一声：“葛言华。”

戈戈抬头望了一眼黄柏燕，回道：“葛言华上街了。”

黄柏燕刚要再说什么，一眼瞥见了傅洋升，惊喜地叫了一声：“傅洋升！”

“呵呵，黄柏燕。”傅洋升笑着应着黄柏燕。

“上次我回来听说你来过……”

“听建荣说的？”

“不是，我是听乐小颖说的。上来坐会吧。”

傅洋升摇了摇头，指了指剪椅，道：“不了。马上轮到我了。你忙。”

黄柏燕笑了一下，说了声“那好”，然后叫了一声“戈戈”，转身进去了。

戈戈前面上楼去，后面，陈秀芹就惊叫了一声：“哟，买这么多画报呀？”

傅洋升："嘿嘿，不是买的，是别人看过了扔那顺便拿来的，你想看?要看拿两本去。"

陈秀芹笑着说："我不太喜欢看，乐小颖喜欢。"

傅洋升望向正在忙着的乐小颖："她真的喜欢?"

陈秀芹就笑："不喜欢你拿来干吗呀?"

傅洋升："你个小姑娘，真厉害!"

陈秀芹就笑。

傅洋升掩饰地假咳着在何小爽的示意下走过去，然后一边坐下去，一边与何小爽说着什么……

下班后回到宿舍，一群人就又纷纷议论上了。

戈戈："乐小颖，嘻嘻，你可要小心哦，那个傅洋升可能真的要打你坏主意哦。"

乐小颖抿嘴一笑。

陈秀芹："我也这么觉着呢。你看他，三天两头打的往这跑……"

乐小颖："说不定，他是来找你按摩的呢。"

陈秀芹："骗得了谁呀，来了就拿眼不时地搜着你；只要你不在，他就心神不宁。"

何小爽："我看也像。"

蓉儿："我们乐小颖是谁呀，一朵这么鲜艳的鲜花，会被这样一个傅洋升给摘了?!"

戈戈："不能这么说，我们还是提醒乐小颖注意一点的好，鲜花有时还插在狗屎上呢。"

葛言华："你这朵鲜花——"

戈戈忙去捂葛言华的嘴，不让她说。

几个女孩笑成一堆。

陈秀芹："这傅洋升太有意思了，还学着小青年拿些画报来讨乐小颖好。"

何小爽望了一眼乐小颖，说："今天他不是要给你看吗?"

陈秀芹："那是做做样子，我要是真的要看，你看他给不给。"

何小爽："那他也会给的，我上次不就拿了一本看过嘛。"

葛言华："可他明明是新买的，却硬要说成是别人给的，真是好笑。"

戈戈："他那是掩饰呢；那么大年纪了，还买画报看，能不丢人?!"

何小爽："看书丢什么人啦?"

葛言华："就是，泡乐小颖才叫丢人呢。"

戈戈："就他那老样，还想泡我们乐小颖妹妹！"

大家就又笑。

乐小颖也笑……

4

透过门玻璃，一辆出租车停下，傅洋升从里面走出来，付过车费，径直走向门厅。

几个女孩一见，互看一眼，就笑。

戈戈："傅叔，找乐小颖啊?"

傅洋："找你不行吗?"

戈戈撇了一下嘴。

葛言华笑着说："傅叔，怎么不说找葛言华呀?"

傅洋升就笑，用眼搜寻乐小颖。

何小爽听见对话，用眼望向这边，然后转身也找了一遍，没见着乐小颖，就问身边的陈秀芹："乐小颖呢?"

陈秀芹正在给顾客按摩，应了声："可能在楼上吧。"

何小爽："傅叔，乐小颖在楼上。"

傅洋升望了一眼楼上，然后说："不碍事，我边做按摩边等她。"

葛言华又撇了一下嘴："等她，傅叔，等乐小颖干什么呀?"

傅洋升："看看她呀。"

葛言华："你干吗不看看我们啊?"

傅洋升："你们我不都看到了吗?"

几个女孩心照不宣地笑。

傅洋升走向一张剪椅……

近午了，傅洋升仍在楼下等着乐小颖。

楼上的黄柏燕便轻叹了一声，说："乐小颖。"

正在看着大工做着头发的乐小颖扭过头望向黄柏燕："嗯。"

"好像那个傅洋升又来了，你下去?"

乐小颖抿嘴笑了下，说："不用的。"

黄柏燕边给金卡顾客做着头发边说："这个傅洋升，三天两头地来，什么意思啊?”

乐小颖:“谁晓得。”

黄柏燕给顾客做好头发后说:“小心他别打你什么歪主意哦。”

“我有什么主意让他打?”乐小颖忽闪了两只大眼睛。

黄柏燕送顾客下楼,然后回头来笑了一下,说:“我看呐,八成他对你有企图。”

乐小颖扭头朝黄柏燕抿嘴一笑,算做回应,然后继续看着大工操作……

直到中午,乐小颖与黄柏燕才从楼上下来。

听到乐小颖与黄柏燕下来的动静,傅洋升第一时间用眼瞟了一下。目光与乐小颖相碰的刹那,傅洋升又迅速移开了。

黄柏燕:“傅洋升,今天又来了呀。”

傅洋升装作才发现她们似的,扭过头,平淡地“啊”了一声。

黄柏燕:“时间快到了吧。”

为傅洋升按摩的陈秀芹望了一眼墙上的钟:“还有两分钟。”

黄柏燕:“做好后去吃饭吧;傅洋升,就在我们这吃点工作餐?”

傅洋升一边制止陈秀芹,一边说:“吃工作餐?不了。乐小颖,我请你上外面去吃。”

乐小颖抿嘴一笑,说:“不了,我们吃过之后还要工作呢。”然后就着黄柏燕的话,“你也在我们这吃工作餐吧。”

傅洋升:“黄柏燕,一道去。”

“一道去,那说清楚了,是请我还是请乐小颖?”黄柏燕笑着说。

傅洋升笑着答:“两个都请。”

乐小颖轻声地对黄柏燕说:“我不去。”

黄柏燕望了一眼傅洋升。傅洋升求救般地望着黄柏燕。

黄柏燕笑了一下,说:“走吧,我们一道;你不去,傅洋升会请我?”

其他人就心照不宣地笑着推推搡搡着走开了。

乐小颖站在那有些犹豫,不知是去好还是不去好。这时,黄柏燕拉了一下她,道:“怕什么,有我在,难不成还能被人给吃了?咱们这是去吃人。”

“哈哈哈……是吃我呢,哦,不不,是我请吃呢。呵呵,给你绕糊涂了。”傅洋升一听黄柏燕如此说,立即笑了起来。

乐小颖迟疑了一下:“下午还要上班呢。”

“跟老板一道,就是上班。黄老板,对吧?”傅洋升望着黄柏燕。

黄柏燕笑着说："对，对，傅洋升说得全对。"

"那，两位——请吧。"

三个人走出了美发厅，穿过人行横道，走进了对面一家"四方客"小饭馆。

在一位小姐的引导下，他们走到一张桌前。旁边桌上有一男一女两名青年要了一桌子的菜正面对面地吃着。

三个人坐下。

服务员递过菜单："请问几位要点什么？"

傅洋升顿了一下，将菜单递给乐小颖："你点吧，今天你是主客。"

乐小颖望了一眼黄柏燕，抿嘴一笑，还给了傅洋升；傅洋升又递给黄柏燕："点吧，随便点，傅洋升埋单。"

"还是你点吧，把这个菜单全点上，也超不过两千元。"黄柏燕笑着说。

傅洋升只好自己拿过来，一边点着一边征求着黄柏燕和乐小颖的意见。

点好后，服务员从傅洋升手中接过菜单，说了声"请稍候"，便离开了。

见服务员走了，傅洋升轻咳了一下，然后说："昨天我在画报上看到一个广告……"

黄柏燕和乐小颖望着傅洋升，等着他的下文。

"广告上有一个国际名师开课的美发学习班……"刚开了个头，傅洋升又顿住了，望着黄柏燕。

黄柏燕："说呀，你怎么老是说半句留半句的？"

傅洋升："我想让乐小颖去。"

乐小颖有点讶异地望着傅洋升。

这时，正好服务员端上了一碟油麦菜，黄柏燕望了一眼油麦菜，玩笑般地说："好呀，你出学费，我出人。"

"你同意她去？"傅洋升有些不相信地睁大了眼睛。

黄柏燕："只要你肯拿学费，我就让她去。"

傅洋升举起筷子，对服务员道："啤酒呢，怎么还没上？"

这时，邻桌上的那对男女青年不知为什么吵了起来，声音越来越大，吵着吵着，女的气呼呼地一下站起来，转身就往外走，速度很快，生怕男青年追上似的。男青年一见，忙绕过桌子追出去。服务员上前拦住那个男青年："先生，请埋单后再离开。"

男青年一边挣着，一边作势要着急地追逐渐消失在了门外的女青年：

“小霞，小霞……”但被门口的保安给揪住了：“兄弟，我们这是小本经营，请你结过账再走。”

男青年还想挣脱保安：“你是不是想进派出所?”

这时，傅洋升突然举起了手：“保安，放他走吧，他的单，我埋了。”

黄柏燕、乐小颖一起望向傅洋升。

保安迟疑了一下，松了手。

男青年望了一眼傅洋升，脸上不禁有些红地转身跑了。

服务员：“这位大叔，他们可是逃吃的。”

傅洋升：“我知道。”

服务员：“知道为什么还要替他们埋单啊?”

傅洋升：“哪儿那么多为什么；他们肯定有他们的不得已，你想，年纪轻轻的，谁会为了一顿饭而落下脸啊。待会我一块结……”

服务员一边收拾着桌子，一边嘴里轻声地说着：“真是一个怪人。”

傅洋升没有答理，笑了一下，端起了啤酒……

5

日落。日升。街上车水马龙。

黄柏燕正在与何小爽说着什么，其他人都各自在做各自的事，乐小颖则在清理着地上的杂物。

傅洋升从外面走了进来。

区青倩一见，立即笑道：“傅叔，昨天来的，今天又来啦。”

傅洋升：“怎么，不欢迎?”

区青倩：“欢迎欢迎，热烈欢迎，咯咯咯……”

傅洋升不再理区青倩，径直走到黄柏燕面前。

黄柏燕打住正在说着的话题，笑着与傅洋升打了一声招呼。

傅洋升没理黄柏燕的招呼，而是直奔主题地说：“你昨天说的话没忘了吧?”

黄柏燕看着傅洋升一脸严肃的表情，笑着说：“什么话呀，神神叨叨的。”

傅洋升：“让乐小颖去学习班学习的事。”

黄柏燕就笑：“我还以为是什么呢；记得呀，你出钱，我就让她去。”

“好，一言为定。”傅洋升说着，掏出一叠钱，递给黄柏燕：“这是八千块学费。”然后将一张表格递给正愣愣地望着他们的乐小颖：“这是报名表，马上就填；填好后交给我，我给送去。”

女孩们全都愣愣地望着傅洋升。

黄柏燕也愣怔怔地。

傅洋升见黄柏燕并没接他的钱，便收回手说：“要不，十六号报名我们一块儿去。”

黄柏燕好半天才回过神，问乐小颖说：“怎么回事?”

乐小颖也莫名其妙：“不知道。”

黄柏燕又转向傅洋升：“为什么?”

“什么为什么呀?”傅洋升也莫名其妙。

黄柏燕：“你为什么这么做?”

“哪儿那么多为什么!”傅洋升回答完黄柏燕，转身对乐小颖指了一下报名表：“填呀……”

乐小颖拿着报名表，望向黄柏燕。

黄柏燕高深莫测地笑了下。

乐小颖又望向傅洋升：“傅叔……”

傅洋升突然像被黄蜂蜇了一下似的，脸色陡地一凛，但很快就又恢复了常态，摇着手道：“别，别，你可别叫我叔，就叫傅洋升……”

乐小颖更加不解地望着傅洋升。

“就叫傅洋升，记住了。”傅洋升眼睛不敢看着乐小颖地强调道。“这样吧，乐小颖，你上去填，我呢，做个按摩……”

说完，傅洋升在一把椅上坐了下来。

一服务员见状，马上走过来上前为傅洋升服务。

黄柏燕与何小爽最后交代了一句，然后拉了一下乐小颖，说：“走，上我那去填……”

到了楼上黄柏燕办公室，黄柏燕递给乐小颖一支笔，示意了一下桌子：“坐那慢慢填吧。”

乐小颖接过笔，忽闪着眼睛，问黄柏燕：“你说我是去还是不去?”

“这个，得你自己拿主意。”黄柏燕一边整理着桌子一边说。

乐小颖自言自语：“能接受名师指教，这真的是一个绝好的学习机会……”

黄柏燕望了望乐小颖出神的样子，笑了一下道：“那你就去呗，反正又不要你掏钱。”

“可是，傅洋升为什么要这样做？黄柏燕，他让我就叫他傅洋升，你看……”乐小颖有些忧虑地说。

黄柏燕：“让你这么叫你就这么叫呗。”

乐小颖：“你说过，他有企图，可是，他有什么企图呢？他这个人真是有点怪怪的。”

黄柏燕又笑：“也不要把别人想得那么歪，说不定他就是愿意做好事呢。昨天在饭馆里，他不就替那两个小流氓埋了单。不过，我听别人说，要想了解一个人啊，最好能到他家里去看一看……”

“到他家？”乐小颖似懂非懂地又重复了一遍，“到他家……”

黄柏燕：“你快填吧，他还在下面等着呢。”

乐小颖便开始填写……

填好后，乐小颖拿给黄柏燕，想请她看一眼。黄柏燕笑着挥了下手，说：“赶紧给傅洋升送去吧，我不用看的；他要等急了。”

傅洋升还真的有些等急了，乐小颖将表格递给他后，他看也没看，就小心翼翼地折了起来，说了句“再见”，转身就走了出去。

望着他的背影，里面的女孩们一下围住乐小颖，纷纷议论起来。

“乐小颖，你可要小心哦，防止遇上一条上海的老狼。”

“世上没有无缘无故的恨，也绝没有无缘无故的爱。”

“世上只有自已好，有良心的男人真难找。”

“谁说的，乐小颖就找到了。”

“可惜，没人这样供我。”

“咯咯咯……”

乐小颖先是愣愣地出神，听到同伴们的议论，莫名的高兴、莫名的惶惑、莫名的无奈，抿嘴笑了笑……

6

大街上，一辆红色的出租车正在行驶。

坐在副驾驶位上的傅洋升回过头：“黄柏燕，谢谢你能陪乐小颖来啊。”

“你别忘了，她可是我的员工呀；毕业了，可还要回我燕之舞上班啊。”黄柏燕微笑着说。

傅洋升：“那我不敢保证。”

黄柏燕很认真地说：“这可不行啊！”

“呵呵，逗你呢。”傅洋升笑了起来。

乐小颖：“你赶我走我也不走的！”

傅洋升：“开除呢？”

听到“开除”，乐小颖脸上就掠过一丝黯然——不由就想到了在格格美发厅里的那一幕：

——乐小颖：“昕姐，不要怪其他人，都是我不好。”

——昕姐：“本来你就不好，我看你平时不多言不多语，做事认真能吃苦，再说又是凤姐介绍来的，就给你三分颜色，谁知道你顺着鼻子就上眼，一而再再而三地挑头……”

——昕姐：“你们什么也不要说，乐小颖，你今天就给我走，哪好你上哪儿去，哪自由你上哪儿去……”

黄柏燕见乐小颖神色不对，笑着说：“她可是一棵正在长大的摇钱树呢，我可舍不得她！乐小颖，是吧？”

乐小颖朝黄柏燕抿嘴笑了一下，然后习惯地捋了一下头发。

“我可是在给你的摇钱树镀金啊……”说完，傅洋升指着前边对司机说，“前边，转过去就能看到了。”

转过一个街角，迎面一条横幅：“美从头开始——国际美发大师米玫尔·杜亲自主讲”。

出租车在校园门口停住，乐小颖、黄柏燕、傅洋升下车……

下车后，傅洋升熟门熟路地去了报名处，看来，他来过不止一次了。

黄柏燕和乐小颖站在边上看着俊男靓女们排着队，只有傅洋升特殊，是个年纪比较大的男人。

很快排到傅洋升了：“三十八号，乐小颖。”

报名的老师一边翻着花名册，一边问：“她本人没来？”

“来了，在外边呢。”

“哦，你是她父亲？八千，加住宿费一起，先交一万四。”

傅洋升不自然地咧了一下嘴，然后伸手递钱……

黄柏燕与乐小颖正在说着什么，傅洋升拿着收据边走边看着走过来：“三号楼四零一。”

黄柏燕忍不住轻搡了一下乐小颖：“试您哟（四零一）……”

傅洋升莫名地望着笑着的黄柏燕，然后接过乐小颖手上的行李，走向校园里面："去宿舍。"

宿舍是公寓化宿舍。

乐小颖对号找好床铺。

傅洋升看着黄柏燕帮着乐小颖铺好被子等，说："还早着呢，明天才正式上课。走——"

"上哪？"黄柏燕回头望着傅洋升。

傅洋升："这里离我家不远，上我家去看看。"

黄柏燕就与乐小颖对视了一下。

乐小颖："好呀……"

黄柏燕："方便吗？"

傅洋升："方便方便，有两位美女光临寒舍，寒舍定将大放光芒。"

然后，三个人便向室外走……

7

乐小颖、黄柏燕、傅洋升走在路上，傅洋升指东指西不停地介绍着。

天上有风筝，傅洋升如孩童般仰起脸看；不想，让太阳刺了眼，一连打了好几个喷嚏。

黄柏燕打趣他道："嘿，傅洋升，别不是我们到你家来，你'感冒'吧？"

"这太阳。"傅洋升"呵呵"地笑着。

黄柏燕望了一眼乐小颖，对傅洋升说："太阳太强了，会刺眼哦……"

傅洋升："是啊是啊。"

黄柏燕与乐小颖都笑了起来……

推开门，家里很破旧，没有人，墙上挂着很多照片，其中有一张很显眼，是一张合影，一个中年妇女、一个女孩，另一个依稀可辨是傅洋升。

"请，二位。"傅洋升先跨进一步。

黄柏燕要脱鞋，傅洋升马上阻止道："别，别，我这屋可没关系，别凉着您。"

黄柏燕犹豫了一下，放下了脚："那就不脱了。"

"不脱。"

刚要迈步的黄柏燕又抬起脚："还是换一下吧。"

傅洋升没法，只好从鞋柜上掏，掏了半天，拿出一双旧拖鞋、一双半新拖鞋。

黄柏燕与乐小颖换上，傅洋升只好打着赤脚走了进来。

“二位，请随便，我来给你们沏壶茶。”刚跑进厨间的傅洋升又马上退了出来，补充道：“那些陶制品可不要动它啊。”

“知道啊，上次在车上为一个破瓶子差点儿冤枉了我们乐小颖呢。”傅洋升说完早进了厨间，也不知黄柏燕说的后半句他听到没听到。

黄柏燕和乐小颖一边打量着房间，一边看着照片。黄柏燕看了一圈，觉得没什么稀罕，就在桌前坐了，而乐小颖，则仍在看照片。

不一会儿，傅洋升捧出一壶茶到桌上，然后，从桌柜里拿出一套茶具。

傅洋升一边给她们斟茶，一边说：“尝尝我的手艺。”

黄柏燕对斟茶的傅洋升一边微笑着，一边用手指在桌上扣了扣，以示感谢。

乐小颖则好奇地望着傅洋升仔细地斟着茶水。

黄柏燕盯着茶具看，脸上有讶然之色，然后揭开杯盖，只闻了一下，脸上更是吃惊，但没动声色，淡然地问：“那一张照片是你的全家福吧？”

傅洋升望了望黄柏燕所指的那张，“嗯”了一声。

黄柏燕看看照片又望望乐小颖。

乐小颖：“他们都不在家呀？”

傅洋升：“他们都不在；不过，快要回来了……”

黄柏燕：“哦。”

傅洋升：“喝茶，喝茶。”

黄柏燕：“平时就你一个人在家？”

傅洋升：“啊。”

乐小颖：“没工作呀？”

傅洋升：“有啊，不过，去年办了病退手续，退了。”

黄柏燕：“病退？什么病啊？”

傅洋升：“没什么大病。”

黄柏燕：“其实上班非常累，我们是没有办法，要不？”

傅洋升：“别，可别安慰我。”

黄柏燕就笑。

乐小颖看到一幅菩萨挂像，说：“你信佛？”

傅洋升莫名地望向乐小颖，见她是对那张画有感而发，便说："不信。不过，我相信世上有几重天。"

黄柏燕歪了下头："怎么说？"

"另一重天给了这个天下的人一次机会。因为那个世界的人，也就是人们常说的天堂，之所以比我们这个世界文明，是因为他们有了这个世界生活的经验，知道该怎么活了。"

乐小颖眨巴着眼，似懂非懂地望着傅洋升，听他说。

黄柏燕："你说得真精辟。"

傅洋升望着黄柏燕先前说的全家福照片，道："人世间的一切谬误都是因为大家没有经验，可等有经验的时候，一切又都晚了。所以，不能让天堂的人回来，也不能让世人知道天堂的美好。天也好，地也好，都是和谐的，一旦打破这种和谐，将会是灾难性的，世人不怕死，或者是但求一死以升天，天下必然会大乱。"

黄柏燕笑了下："傅洋升，你是哲学家吧？"

"什么哲学不哲学，其实哲学也就是寻求一种和谐。"

乐小颖："你去教堂或是庙观吗？"

"不去，单在家里想想还好；要是去了，看到那些信与不信的教徒在那糟蹋宗教，回来得好几天才能平静下来。"

黄柏燕不解地问："既是教徒，何来糟蹋？"

傅洋升说："这个世上，人是假的神是真的，和尚道士是混饭吃的！"

黄柏燕就笑，然后，岔开话题，道："傅洋升，我想问你一个问题，你一定要如实回答我啊。"

傅洋升笑了一下。

"你为什么帮乐小颖？"

乐小颖没想到黄柏燕会这么直接问傅洋升，忙将眼睛不安地望向傅洋升。

傅洋升拨弄着手中的杯盖："我知道你们一直在心里敲着这个小鼓——其实，没有理由。"

黄柏燕睁大眼睛望着傅洋升："不可能吧，怎么没理由？"

"说不出来，我曾在梦游的天堂里见过乐小颖，她天性是那么的纯真、善良，我喜欢。"

黄柏燕："就这么简单？"

“就这么简单……”

黄柏燕就笑：“那你……就认乐小颖做干女儿吧。”

傅洋升望了一眼乐小颖：“不是我的我不要！”

也许这个回答出乎黄柏燕和乐小颖意料吧，两人都愣愣地望着傅洋升。

“那你要什么？”黄柏燕紧追着问。

傅洋升：“我要的你们不知道！”

黄柏燕：“为什么？”

傅洋升就笑：“哪儿那么多为什么！”

乐小颖望着傅洋升那副神情，禁不住“嘻”的一声笑出了声，但接着就忍了，脸跟着一红……

8

回来的路上，黄柏燕一直微锁眉头，不言语。

“黄柏燕，你怎么不说话？”乐小颖试了几次终于问了出来。

黄柏燕：“这个傅洋升真的是让人捉摸不透。”

“是有点怪，你看他说话，一会高，一会深……”

“我不是说他这个。”

乐小颖望着黄柏燕。

“你知道，刚才我们喝的那茶叶，要几百元一两呢。”

乐小颖以为黄柏燕说错了，纠正道：“是一斤吧？”

“是两。还有，那套茶具，如果不是假的，会十分珍贵，保不准是哪代宫廷中的，很少见……”

乐小颖讶异地听着黄柏燕说着——

“所以，乐小颖，你要小心一点，他对你很有些来头——又是那么老远地常常打的来看你，又是为你出学费让你学习，还有你听他刚才说的‘在天堂里见过你’……”

乐小颖若有所思地道：“不会吧，可能他就是一个脾气古怪的好心人呢。”

“世上不都是坏人，但绝对也都不是好人呐；有这样古怪的好心人？”

“有啊。”

“有？”

“我爷爷就是。”

“你爷爷？”

前面红灯，车停了。

乐小颖：“我爷爷脾气跟傅洋升差不多，也是非常古怪的。一次他在小学挨批斗时，见一个小女孩手里拿着一本小说，他‘解放’后，就到处找她。”

“找到了吗？”

“没有，那时候那么丁点大，多少年过去了，哪还记得这事？不过，我爷爷却经常从这个学校转到那个学校，只要跟他印象中的那个小女孩长得有些像的，他就资助人家。”

黄柏燕若有所思地点了下头：“是一个好爷爷。”

乐小颖：“可是，他对我们不好。”

黄柏燕有些不解地望着乐小颖。

乐小颖眼里不自禁地涌起一股潮湿，道：“他资助别人学习，可是，直到临终他都还一个劲地告诫他的子女们不要读书；我爸是个孝子，他真的在我接受完义务教育之后……”

前面绿灯亮了，出租车鸣了一声笛，启动了……

车流如水。

第十章　校园青春

乐小颖顺利进入培训班，开始了紧张的学习。由于她文化课基础薄弱，对一些专业术语及美发大师知之甚少，她的理论课在结业考试中没有及格。好在她实操成绩优秀，又深得法国美发大师米玫尔·杜的赏识……

1

校园里，各种服饰、各种发型的女生来来往往，不时地与路过的老师打招呼。

乐小颖一个人走在路上，一双美丽的大眼睛，不时地朝着她认为非常好看的发型看着，有时甚至还跟在她们后面走上一小段。

这时有人叫“乐小颖”，乐小颖回头，见是自己同学，便抿嘴一笑，算

是招呼，然后与她们一起走。

校园的上空，一片澄明，澄明得就像乐小颖的眼睛。有几只麻雀在那唧唧喳喳，忽而飞上枝丫叫几声；忽而落在道上，啄食着；忽而飞到教室的窗台上，还没落稳，便又“喳”的一声飞开了。

教室里，老师正在讲授着美发知识。黑板上画了几个头型。稍左位置粉笔写着：七种发质的护发素选择用法。

乐小颖坐在自己座上，专注地听着。

老师从讲义册上抬起头，扫视了一眼学员们，讲解道：“我们先来看干性头发是由于头发结构中的发丝毛鳞片已经受损，导致头发缺水、缺油，一遇到阳光就容易变得干枯，严重的还可能发黄、分叉、脆弱易断。这种发质怎么办？别的我暂且不论，只说护发素，在护发素的选择上，就应该注重其是否具有保湿、滋润作用。这样，你的秀发才能像皮肤一样深呼吸……”

老师转身在黑板上写下：干性头发、油性头发。

“下面我们再来说一下脆弱发质。一个情窦初开的少女，对爱情羞涩地憧憬着，很可爱的，但他们对爱情所带来的麻烦显然缺乏免疫力，承受不了打击。”

下面便有女孩吃吃地笑。

老师顿了一下，然后接着说：“脆弱发质的情形也差不多，这种发质因为极度缺乏营养以致弹性丧失，脆弱易断，所以最好选用含营养成分的护发素来护理……”

乐小颖很认真地听着，但老师所说的知识，常常超出她的理解范围。她需要慢慢消化。

十分钟休息后，老师又开始了讲课。

“这节课，我们来重点说一说晒后发丝的修复。”老师转身在黑板上写下“晒后发丝的修复”。然后接着又写下了“A. 正常发丝：”。“等头皮和发丝都已经自然冷却后，选择适合自己发质的洗发水和护发素，用接近头皮温度的清水，彻底清洁……”

半节课后，黑板上已在“A. 正常发丝：”后面又有“B. 弹性差发丝：”、“C. 泛黄发丝：”。

“好，最后我们来看看干枯，开叉发丝：”。老师在黑板上写下：“D. 干枯，开叉发丝：”。“坚持每天用针对干性发质的洗发水和护发素洗头，并针对发梢开叉现象，隔天使用一次护发精华素……”

这时，傅洋升蹑手蹑脚地走近教室，站在窗口，小心翼翼地探望着教室里乐小颖听讲的身影。

老师讲得认真，学员听得专注，谁也没有发现他。

“好，下面我想请学员们来复述一下这节课我所讲的主要内容。”老师在点过几名学员后，转向乐小颖：“乐小颖，请你回答一下黄发丝，该如何选择?”

乐小颖听到叫自己，立即慌乱地站了起来，脸憋得通红，但神情却很认真，像个小女生似的，结结巴巴道：“应该选择有乌发作用的洗发水和护发素洗发，并且每周使用两次亮丽深度带有保养成分的护发素……”

“好，请坐下。”

然后老师又点了其他同学……

来到学习班，乐小颖犹如走进了一座金碧辉煌的殿堂，虽然眼睛无所适从，但她感受到了那种气派、气氛和气势，好像只有在这里，在学习美容美发的技术中，她才找到了生命的航向一样……

教室里，老师正在分析名师的经典发型：“请看‘燃情古典’系列。播放录像。模特被塑造成有男子气质并放荡不羁的女神形象，其剪理和轮廓便于随意活动，舒适而自如；发色中出现大理石、沙粒、深色石的色调，并略带黄铜和金色，体现出秋季的忧郁色彩；发型以自然飘逸的短发为主。”

乐小颖全神贯注地听着、看着……

“请看‘浪漫狂想’系列。模特们的发型和服饰都体现出怀旧的情调，发色为金黄色，编成天真的小辫或制成优雅的发式，波浪飘到肩部；身着印制花布、刺绣、花、方格样式棉织物的模特们，体现出 20 世纪 20 年代的华贵魅力，自信而浪漫。”

乐小颖沉醉在了忘我的状态，眼睛里放着光……

“现在，我们再来看‘优雅时空’系列。它模糊了男女的界限；女模特身着男式漂白衬衣和短小的黑色上衣，显得华贵而冷静；模特们的发式是短而精致的孩童式发型，领结和领针是她们身上最主要的配饰……”

2

学员宿舍里，一群女学员，有的单坐在自己的床上，有的两两坐在一起，有的站在地上试着时装，有的一个劲地往嘴里填着食品。

学员一：“在纽约，世界各国什么吃的都有，在那里，你可以找到高级的法式餐厅、地道的意大利菜肴家庭式餐厅、墨西哥风格的chili酒吧、韩式烧肉馆、日本料理店、气派的美式餐厅、丰富的中式餐馆。不过，你得要有心理准备，一顿饭下来，加上税和小费，可能就将我们一年的工钱给吃了。”

学员二：“嘁，怕花钱，怕花钱还去什么纽约，在上海市街头买俩馒头得了。不过，吃进自己肚里花点就花点，还要缴税和给小费，这就划不来了。”

学员三：“美国政府也真是的，我吃饭是替它政府赚银子，它还要收我的税！”

学员四：“得要交多少呀？”

学员一：“百分之八点多。”

学员五：“小费一般给多少？”

学员一：“一般是税费的两倍。”

学员二一边试着新袜子，一边叫道：“哇，那么多啊！”

不知是谁说了一声：“看你那傻样！”大家就笑。

学员一：“也有经济实惠的，除了中餐的外卖，披萨是最好的，还有许多的食杂店内设自助式沙拉台，冷食、热食都有，按重量算价钱……”

学员五：“那还不如吃韩国的泡菜或是烧烤。泡菜可是韩国的第一美食，营养好、味道好，还美容……”

学员二：“难怪韩国的男孩子会泡妞！”

话音一落，几个人不由都大声笑了起来。

在这些学员同学的说笑中，乐小颖一直闪着一双大眼睛听着同学们说着，大家笑，她也跟着轻轻地笑。

学员二：“哎，你们看，我穿这袜子与这套衣服搭配吗？”

学员五：“你是什么星座？”

学员二：“处女座。”

学员四：“还处女呢。”

大家就又笑。

学员五像朗诵一般地说：“极尽朴素、洁净之质的处女座，典雅知性的装扮最适合不过，轻纱般的雪纺织料，或优雅的丝质长裙、套装，搭配单色丝袜或细纹丝袜，柔美中仍不失俏丽的感觉……”

学员三：“这十二星座与丝袜美腿也有关系啊？”

学员五："那当然了，不信，你是什么星座，我给你说出来，你照着穿出去，一圈回来，上面不全沾满了男人的眼珠你找我……"

学员三立即娇羞地拍了一下学员五，引得大家又是一阵大笑……

这些知识，乐小颖之前很少或从未听过，有的在她听来如听天书，但见大家笑，她也跟着从心底里感到兴奋，因为在她看来，听不懂没关系，听到了，就是一种开心……

3

这节课是法国美发大师米玫尔·杜的讲座，乐小颖怀着既紧张又祈盼的心情，等待着。

上课铃响，米玫尔·杜走上讲台，微笑着环视了一下她的学生们，然后开始了她的"开场白"："亲爱的东方美人们……"

米玫尔·杜的汉语发音听起来有点困难，乐小颖听着听着，便困惑了起来，她竭尽了全力，可还是不太听得懂她讲授的专业知识。当面对米玫尔·杜提问到她时，她只能窘迫地低着头轻轻地摇着……

乐小颖一边不知所措地摇着头，一边在心里一遍遍地恨着："多么愚孝的父亲啊，听了爷爷的话，在我接受完义务教育之后，就不再让我读书，以致我现在连一些基本的术语、知识都揣不透、弄不懂、说不清……"

今天气场不顺，课堂的内容乐小颖没听懂也就罢了，回到宿舍，又遇上了一件烦心事。

傍晚，学员们有的已经从餐厅里吃过饭拿着饭盒回来，有的端着饭盒正在吃着。乐小颖边吃边在看着一本杂志。

突然一学员叫了起来："这是谁干的？"

大家扭头望过去。

学员边用手指着床上边继续说道："把饭扔到了我床上！"

另一学员："捡掉不就成了？"

学员："是不是你弄的？"

另一学员："你看我在吃饭吗？"

学员将眼睛望向了乐小颖。

乐小颖仍在边吃边看她的杂志，丝毫没注意到大家的眼睛。

学员："是不是她？"

另一学员："我可没说。"

学员气呼呼地走到乐小颖面前，伸手一下将乐小颖的饭盒给打落在了地上。

乐小颖惊讶地抬起头，不解地望着学员："王晨晨，你!"

"你什么你？到现在你还装什么啊?!"王晨晨大声地责问。

乐小颖脸憋得通红地站了起来，仍不解地望着王晨晨："为什么要打掉我的饭？"

"还为什么？我问你，为什么要将饭扔我床上？"

乐小颖这才似乎明白发生了什么事，不由怒道："谁扔啦，你哪只眼睛看见我扔了!"

这时，其他学员纷纷围拢了来，拉的拉，劝的劝。

"看她那傻逼样！扔了连句道歉都没有。"王晨晨不屑地顺着拉她的学员一副"不与你计较"的表情欲走开。

乐小颖突然一边大声呼着，一边隔着人伸手一把抓住王晨晨："你给我说清楚，谁往你床上扔饭了？"

王晨晨被乐小颖一抓，立即叫了起来："啊呀，痛死我了。"然后伸手来抓乐小颖。乐小颖一躲，王晨晨抓空了。其他学员立即一起上前，拉的拉，拽的拽，将她们分开了。

王晨晨痛得泪水直流，将袖子挽起来，被乐小颖抓过的地方，印出几个手指红印来，在学员们的拉扯下，走了出去。

乐小颖也气得同样眼泪直流……

4

下课了，整个楼里除了笑声、闹声，还有"咚咚"的脚步声。

乐小颖随着学员们一同下楼，没想到贾晓菲等在楼前。

"乐小颖!"

"贾晓菲!"一刹那的愣怔后，乐小颖立即兴奋地跑了过去。

久未见面，两人不由拉着对方的手叫着跳着，而走在另一边的王晨晨则警惕地望着，她以为贾晓菲是乐小颖搬来对付她的"救兵"……

乐小颖可没注意到一边的王晨晨，叫过跳过之后，与贾晓菲一起向前走去。

贾晓菲："你学习怎么样？"

乐小颖略皱了一下眉，说："我文化太低，他们讲的，我听不懂。"

"听不懂？"

乐小颖一副愁眉苦脸的样子，说："是的，都是一些理论，尽是一些外国大师的特色，还有什么这个大师那个大师的代表作，我连那些大师的名字都记不住，又长又拗口……"

"嘿，不懂干脆就拉倒，别学了。"

乐小颖没想到贾晓菲会这样说，有些发愣地望着贾晓菲。

"就说我吧，"贾晓菲可不管乐小颖的反应，仍如原来的性格一样自夸起来，"一开始我也是想学好技术，凭手艺吃饭，可是，那技术是好学的吗……"

乐小颖望着贾晓菲。

贾晓菲也望着乐小颖，继续说："不仅太累，也没意思。你说就算你不怕累，也觉着有意思吧，可学会了又能怎么样？还不是为了一个'钱'字。既然为了钱，与其那样累，还不如像我现在这样及时行乐。"

"你现在？"乐小颖试探地问。

"啊，我现在钓了一个小老板，嘻嘻，他可心疼我了，我要什么他就给我什么，即使我半夜里爬起来说要到云塔上去看月亮，他也会陪着我去；而且，还不准自己开车，咯咯咯……"贾晓菲无忌的笑声，引来不少行人的目光。

"你会开车？"

"开车？我还有车呢，桑塔纳3000，他给我买的。"

乐小颖眨了眨眼问道："3000？3000元就能买到车，怕不是玩具吧？"

"乐小颖啊乐小颖，我要给你笑死！你看——"贾晓菲笑得弯了腰，正好旁边停有一辆奔驰600轿车，便伸手一指，道："喏，还600呢。"

乐小颖红了脸，知道自己将车型号当成价钱了。

停了停，乐小颖说："这……贾晓菲，不好……"

贾晓菲也许没想到乐小颖会说"不好"，望着乐小颖道："怎么不好？"

"那总是人家的……"

"咯咯咯，乐小颖啦乐小颖，你怎么还是山河里的乐小颖，一点现代意识都没有！"

"什么叫现代意识？"

"跟你说不清，这么比方吧，你看我穿的，还有用的这些，都是现代意识呢。”

乐小颖望着贾晓菲比画着，抿嘴笑了一下，道：“贾晓菲，我跟你不一样……”

“什么一样不一样啊，你啊，别太死脑筋，应当学会享受生活，趁着自己年轻……”

乐小颖打断贾晓菲：“我可过不来那样的生活。”

“嘻嘻，乐小颖，对我就不用这样伪装了吧？”

乐小颖微蹙着眉说：“说什么呢？”

“我听说，你来学习，是我们当初来时在车上碰上的那个老头替你交的学费。”

“是呀，怎么啦？”

贾晓菲笑着说：“你了解他吗？”

乐小颖正要说“不了解”，贾晓菲又接上道：“了解他有多少存款，有多少资产？那样一个老头，可不能太亏了自己。”

“你——”乐小颖有些讶然地睁大了眼睛，“贾晓菲，你怎么变成这样了呢?!”

“哟，乐小颖，当真了不是；好啦，不说了，我正好路过这里，顺便进来看看你。”

乐小颖没有做声。

“你看，前面就是门口了，你回吧；记住啊，别太苦了自己，要是觉着不想学了，给我说一声。拜拜。”贾晓菲说完挥了挥手，头也没回地走了。

乐小颖本能地举了举手，望着贾晓菲的背影，心里不知涌上了一股什么滋味，站在那，大脑里一片空白……

5

基础理论课程很快就结束了，课时进入到了实验操作阶段。

老师站在模特儿面前，一边示范一边讲解着：“今天是第一堂美发实操课。美发业是综合性行业，服务项目较多，内容较为丰富，洗、剪、吹、烫、染等美发过程中都包含着美发师的心血和汗水。作为专业美发师，不仅要有较深的艺术修养、正确的审美观点和扎实的绘画功底，更重要的是要有高超的美发技巧和熟练准确的手法，这样才能在美发服务业中取得主动权……我们要掌握发型设计原则和四种基本形式……”

“下面我来示范一下发型修剪中运用设计原则的几个例子——”

老师边示范边说：“这叫重复，这叫交替，这叫递进，这叫不连接，这个叫不对称平衡……”

乐小颖对老师说的术语有的听不懂，有的半懂半不懂，但对老师的示范却全神贯注。

“下面，我来分别一一详细讲解和示范发型设计的四种基本形式。第一种叫固体型。固体型的头发长度是延续的，由外圈到内圈慢慢增加，所有的头发都落在同一水平位置，从而形成一个不间断的、静止的表面纹理；顶部头发随头部曲线成形，在发型底部，由于发重，头发在周界上形成一个直角轮廓线。第二种叫边缘层次型。边缘层次型的头发长度是连续的，但从内圈到外圈的长度是不一样的，头发末梢看起来则是互相堆叠在一起，从而形成一种外圈是活动纹理，内圈则是静止纹理的混合效果；由于发重，头发在周界上的形状是三角形……”

这时，教室外，傅洋升又悄悄地走近，被保安看到了，走了过来制止他。他拉了保安走到另一边悄悄地交涉着……

教室内，老师仍在教学着：“下面，我们再来看看渐增层次型。渐增层次的头发长度从内圈到外圈连续增加，从而形成没有视觉发重的活动纹理；一般来说，形状是伸长的。最后，我们来看均等层次型。头发长度一样，没有明显的发重，头发沿发部曲线散开，形成活动纹理；均等层次的圆形发型与头部曲线平行……”

讲解和示范过程中，乐小颖始终关注着老师的一举一动。

“刚才我们讲了发型的四种基本形式，下面，我们再简单讲解一下美发师的专业工具——这是剪刀，大家都认识；这是牙剪，这是削刀……这些，大家都认识，那么这些工具在美发过程中有什么作用呢……”老师不停地讲解着。“我们美发师面对的顾客来自社会的各个层面，其性格和气质注定千差万别，且面部特征各异。因此，我们在设计、修剪发型时应充分考虑到顾客的体形、脸形，如圆脸、长方形脸、方形脸、三角形脸或梨形脸等，侧面如凸形脸、凹形脸、颈部和肩部形状、发际线、头发的密度等诸多元素，只有将多方元素完全结合，才能最终修剪出完美的发型……”

也许傅洋升说明了原因吧，保安没再拦他，于是，窗户上，轻轻地又印上了傅洋升的眼睛。他紧紧地盯着乐小颖，见乐小颖是那么投入、专注，欣慰得情不自禁地颔了颔首……

几节的老师示范课后，就进入到了学员们自己操作阶段。

这节的实验操作指导老师是来自韩国的国际大师朴林尔。

轮到乐小颖操作了，朴林尔一边看着乐小颖每个动作，一边不时地指导着：“这里应该这样……对……因为她额角较低，刘海就应该前面短，再长也绝不能低于发线……好……发梢再离开前额向上梳一些，好……你看，这样就突出了她的青春朝气和个性，而且显得前卫、有创意。但不是所有喜欢刘海发型的人都能这么做，因为厚重刘海对直感度要求较高，所以非得直发才能显其神韵。另外，除了剪到眼睛边缘的长刘海外，不妨尝试一些有趣的变化，如可以高层次削减，或在整齐的刘海上特意制造一些缺口，呈现出一种残缺的美，这样做出来，一样让人眼前一亮，显示出她勇于尝试新鲜事物的性格。”

乐小颖认真地听着，点着头……

五十分钟的课很快就结束了，学员们有说有笑，三三两两走出了教室。

这时，王晨晨领着几个烫着各色发型的女孩向教室这边走过来，一边走一边说着什么，逼向乐小颖。

好在，还没等她们走近，一男教师过来呵住了她们，并将王晨晨带进了办公室。

乐小颖看着这一切，虽然最初心里紧了一下，但看到老师叫走了王晨晨她们，站在那忽闪了几下眼睛，自我解释地想，也许是老师叫她有事，与自己无关。

谁知，恰恰是与她有关。

办公室里，男教师正在训斥着王晨晨。

“为什么要这样？”

“她先喊的人。”

“我们查过了，那是乐小颖的老乡来看她，根本就不是喊的什么人。”

“她老乡能来看她，我老乡就不能来看我？”

“可是你们为什么要拦截乐小颖？”

“我又没拦。”

“那就是说，她们与你没关系，是不是？”

王晨晨没有做声。

“既然与你没关系，行，我通知保安，将她们全送派出所去。”说完，老师作势要打电话。

王晨晨一见老师如此态度，只好耷拉下了头，低声说了一句：“老师，我错了。”

老师狠狠地瞪了一眼王晨晨，然后继续与她说着……

6

学期快到结束阶段了，学员们纷纷开始自编自导起自己的结业美发秀来。

这不，礼堂中，又一场美发秀开始了，广播道：“现在开始自由设计操作——请选手学员上场。”

台上。学员们正在操作。乐小颖也在其中。

台下。老师、外国讲师。米玫尔·杜也在。

操作完了，在音乐声中，模特儿一一走上场。

广播开始进行解说：“三号作品作者马晓玲，作品特点——前卫的发型、彩妆共同塑造了眼前这款风格另类的造型；张扬四射的发型帅气、个性；眉、眼、腮红选择惹眼的紫色更是让妆面平添几分妖娆；加上造型师精心选择运用服装、配饰，将模特的独特气质表现到位……六号作品作者乐小颖，作品特点——此款碎发造型在层次修剪上大胆而有创意，尤其是额前刘海的极短处理，个性十足；在发色上则采用了浅色挑染、深色片染的技巧，颇有点睛之意；妆面在眼睛及唇部综合运用了浓淡不一的红色系列，和发色相呼应……七号作品作者饶有翠，这款发型更多地展现了发型师精雕细琢的层次修剪技巧，发顶、刘海、发侧的发层处理、颜色漂染，无不体现一种活泼、动感……

乐小颖坐在下面，随着广播的介绍，认真地看着一个个作品，并不时地与身边同伴交流着……

秀完之后，大家又进行了一场手工模仿，广播中播道“现在进行手工模仿——请六号作品选手乐小颖、八号作品选手姜祁美、十四号作品选手李敏华……”

广播参加模仿的学员名单后，电视开始播放录像，里面全是大师们的经典之作。

选手们目不转睛地看着录像。

乐小颖注视着录像中大师们的每一个动作。

“现在，请选手们根据自己抽签决定的发型，开始模仿操作——”

选手们开始紧张地模仿着大师们的发型……

台下，老师、学员，包括米玫尔·杜，有的在交头接耳地说着什么，有的认真地看着台上的模仿表演。

米玫尔·杜本来并没有十分注意观看每个选手，但她无意间的一个回头，看到乐小颖的模仿，则立即被吸引了……

乐小颖很快便完成了模仿，转身正要向台下致谢，不想，米玫尔·杜突然站了起来，叫道："DJ，请放一下十八号作品，不，六号——"她看了一下手中选手编号单，"乐小颖，你再做一个。"

乐小颖不知所措地望了一下米玫尔·杜，见她显得有些激动，便抿嘴一笑，转身静静地看起录像……

然后开始第二次模仿操作。

台下台上，人们一起望着乐小颖。

乐小颖非常从容，面部表情始终含着一种恬然和笑意。

操作完毕，乐小颖转过身来，刚要致谢，米玫尔·杜站了起来，眼睛发着亮地奔上台，来到模特儿前，前前后后，左左右右，仔仔细细地看了又看，然后，突然转过身，一把拥抱住乐小颖："啊，你是天才，美发天才!"

乐小颖开始一惊，紧张得不知发生了什么事，直到听到米玫尔·杜的赞扬，立即羞红了脸——也不知是不习惯于这个法国大师的礼节还是激动!

台上台下发出一阵热烈的掌声……

7

IC卡电话机前。

乐小颖拿着话筒："黄柏燕，我是乐小颖……对，今天我们举办了一个秀……啊，我们自己组织的……嗯，你猜我得到了谁的夸奖？……对，是米玫尔·杜。她抱着我说我是美发天才……啊，我知道……"

电话中传来黄柏燕欣喜的声音："你将这个消息告诉傅洋升了吗？"

"还没有，我马上给他打电话……好，拜拜……"

乐小颖挂上电话，又拿起，拨了傅洋升的电话，可无人接听。

再拨，还是无人接听。

乐小颖犹犹豫豫地将电话挂上，有些失落地离开了电话亭。

走出没多远，乐小颖又回头望了一眼电话机……

回到宿舍，大家正在灯下纷纷议论着下午的美发秀。

女生一：“乐小颖真的是天才，那么高难度的发型，她看过一遍，就惟妙惟肖地给模仿出来了。”

女生二：“其实，要是给我多看两遍，我也能模仿出来。”

女生三：“有没有搞错，人家只看了一遍啊。”

女生四：“靠，要是我，拿盘录像在家看一天，我也做不出来。”

女生五：“要不然，米玫尔·杜能拥抱人家乐小颖！”

女生三：“乐小颖还不好意思呢，看她当时那脸红的。”

女生二：“嘻嘻，弄不好，这乐小颖还是处女抱呢。”

女生四：“那可就惨喽，处女抱给了一个老太婆，还是一个外国老太婆……”

正说着，门开了，乐小颖走了进来，大家一见，“哇”一下乐开了。

乐小颖望着大家，也跟着抿嘴笑。

女生三：“乐小颖，你有没有男朋友啊？”

乐小颖不解地望着女生三。

女生四：“有没有男孩子抱过你呀？”

乐小颖脸红了，轻笑道：“我还没谈过男朋友呢。”

女生三：“那就是说，今天你是第一次被人拥抱了！”

女生四：“惨喽惨喽……”

大家就又笑。

乐小颖：“怎么回事？”

大家笑声更大了……

可是，几天后的结业考试，让乐小颖怎么也笑不起来了。

“请大家认真答题，基础知识部分如果没及格，你们就不能结业……”老师一边分发试卷一边说。

拿到试卷，看着试题，乐小颖不由咬着笔，眉头紧锁了起来……

下课铃响，老师收卷。

当收到乐小颖卷子时，老师一看她上面还有许多空白，不禁皱起了眉，望望乐小颖，又望望试卷，似乎不相信……

不管相信不相信，事实上，乐小颖真的在试卷上开了很多“天窗”。晚上傅洋升特地为安慰她请她在小饭馆吃饭，她也没吃出个滋味来。

“来，没关系，不就是基础课嘛，明天还有操作部分呢，喝杯啤酒。”傅洋升殷勤地望着乐小颖说。

乐小颖郁郁地说："老师说，基础部分不及格，就不能结业。"

傅洋升忙安慰道："不能结业就不能结业，本来我们来学的是真功夫、真本事，管它结业不结业。来，振作精神，参加明天的操作部分考试。"

乐小颖勉强端起杯，喝了一小口。

傅洋升闪着他的锃亮脑门说："这才对嘛，你想想，你这次学习，能得到那么多老师的指导，还有外国的，尤其是还得到了什么米……"

"米玫尔·杜。"

"对，那个米玫尔·杜，能得到她的指点和夸奖，乐小颖，你可露脸了啊！"

提起这，乐小颖不由抿嘴笑了一下。

接下来，乐小颖的心情渐渐好了起来。

好起来的心情，在第二天，更是得到了淋漓尽致的释放。

第二天操作考试。

乐小颖制作了一个发型，老师边看边频频点头。

这时，米玫尔·杜巡考到门口，见乐小颖正在操作，特地走了进来，仔细地看了看她的动作，满意地用法语轻声地赞扬着。

8

办公室里，米玫尔·杜将结业学员名单翻来覆去的，然后疑惑地问助手："乐小颖，那个叫乐小颖的怎么不在？"

助手一时没弄明白什么意思地望着米玫尔·杜。

米玫尔·杜再次弹了弹手中的结业名单，说："你去问一下，为什么这里面没有乐小颖的名字？"

助手出去了。

米玫尔·杜看其他文件。

一会儿，助手进来了，一边递给米玫尔·杜成绩册，一边说："他们说，这个叫乐小颖的基础部分成绩太差，不及格；按规定，她不能结业。"

米玫尔·杜拿过成绩册，找到乐小颖的分数，不相信地又拿起来，认真地看了看，然后，不由沉思了起来……

校务会上。

米玫尔·杜："现在，我郑重地提出，请破格允许学员乐小颖结业。"

乍一听到米玫尔·杜如此建议，大家一时都愣住了，你望望我，我望望你，谁也没有说话；足足三十秒钟后，才有人小声地道："我们注意到这个学员了，她的操作能力非常好，但是，她的基础考试成绩太差了，根据规定……"

"所以，我在这里郑重提出来，请大家考虑——这个中国人太聪明了！"米玫尔·杜再次建议。

大家纷纷议论起来。

短暂的议论之后，米玫尔·杜说："我提议颁给乐小颖结业证，大家有没有异议？"

大家或摇头或点头。

米玫尔·杜环视了一下后说："那好，这件事就算通过了；下面，我们讨论一下……"

"等等，我反对——"这时，一个略显秃顶的教师举了举手，"一个学校有一个学校的制度，既然有制度规定基础课不及格不准结业，就应该严格执行；要不然，下回再出现一个基础课出色，而实践课不行，是给结业还是不给结业？"

其他成员再次纷纷议论起来。

米玫尔·杜忍不住用手敲了敲桌子："提请大家注意的是，我们这种教育，并不是学历教育，而是一种技能培训，相比较而言，更侧重于操作的成绩……"

听着米玫尔·杜的解说，渐渐地，大家全都点起了头……

"所以，我以校长的名义，再次提议准许乐小颖破格结业。同意的请举手——"米玫尔·杜再次提议。

除了一两个成员反对外，其他成员均举手表示赞成。

米玫尔·杜："好，请放下，通过。下面，我们讨论……"

9

结业典礼。

在欢快的音乐声中，结业学员们一个个上台从米玫尔·杜手中接过结业证书。

乐小颖也在其中。

当乐小颖走到米玫尔·杜面前，米玫尔·杜再一次拥抱了她，然后颁给她结业证书。

台下响起一片掌声。

乐小颖热泪盈眶，转身向台下致谢。

第十一章　莫名获赠

乐小颖结业归来后，仍不忘继续学习，在美发师娅摩莉小姐等的指点下，她很快成为“燕之舞”的台柱子，就连最挑剔的顾客也都称赞起了她。而此时，一系列事情的发生让黄柏燕心力交瘁，经过考虑，她决定将“燕之舞”盘出去。可谁也没想到，接手的竟是傅洋升；而令人更没想到的是，他竟无偿地转赠给了乐小颖。

1

饭馆里，黄柏燕兴高采烈地举着酒杯：“来，姑娘们，我们既为乐小颖接风，又为乐小颖成为我们‘燕之舞’大工庆祝，干杯!”

正传看着乐小颖的结业证书的何小爽、戈戈、陈秀芹、月月、葛言华等，听到黄柏燕的提议，有的举起啤酒，有的举起饮料，一起伸向乐小颖。

“谢谢，干!”乐小颖举起杯中果汁，兴奋地笑着一饮而尽……

庆祝是短暂的，工作，却是常态。

第二天，乐小颖一如参加培训学习前一样，开始了一天的忙碌。但当她送走了几个客人后，发现少了蓉儿，于是，她转过身，问何小爽：“何小爽，蓉儿什么时候走的?”

“就前几天，本来你走后不久，她就要走的，可是老板让她再等等；前几天她家里打来电话，一再地催……”何小爽说。

乐小颖：“也不知她现在怎么样了?”

何小爽就笑：“人家是回去结婚，现在正在幸福着呢；看你那样子，咯咯……”

乐小颖也不自禁笑了一下。

这时，沈建荣与几个朋友推门进来。

一进门，沈建荣就大着嗓门说：“啊，乐小颖，恭喜你呀，哪天为你接风?!”

“还哪天，就今天呗。”月月不等乐小颖说话接上便道。

沈建荣不自然地伸手抹了抹他的寸头，笑了一下：“我这不是来了朋友嘛，改天，改天……”

“谢谢荣哥。”乐小颖还是笑着表示感谢。

“哎，不谢。”沈建荣边说边向楼上望了一眼，“黄柏燕在吗?”

何小爽：“不知道。”

“我上去看看。”沈建荣边说边与几个人向楼上走去。

不一会儿，几个人又下楼来了，然后径直去了后面的餐厅。

等沈建荣一行再出来，却已个个身上满是酒气。

沈建荣一边打着手机，一边往外走：“这不是忙着呢吗——啊，您呐——哎，就这么说了，好嘞，就这么着……”

黄柏燕则与另几个人说着话，一直将他们送到门口，这才挥手告别。

透过门玻璃，看到沈建荣他们上车走了，黄柏燕这才回过头来，一脸的疲惫。

2

黄柏燕与乐小颖在出租车上。

“斯菲黎国际美发中心是以男士发型见长，他们的风格非常独特，待会我们注重看一看他们的操作……”黄柏燕轻轻拍了下乐小颖的腿说着。

乐小颖点了点头。

车在斯菲黎国际美发中心门前停下，黄柏燕与乐小颖从车上下来向门前走去。

“你好，欢迎光临斯菲黎!”迎宾小姐笑容可掬地招呼着。

黄柏燕带着乐小颖径直走到吧台前：“小姐，我是黄柏燕。”

“哦，娅摩莉小姐等着您呢，这边请——”前台小姐立即引着她们向后面大厅走去。

几乎没有寒暄，外国美发师娅摩莉便亲自给乐小颖和柏燕做起了示范。

娅摩莉一边做着一边讲解道：“这类流行发式要求发缕稍长、层次分明，既可以凸显男人豪放、张扬、狂野的一面，又可表现其温文含蓄的一面。剪这种发型，美发师一定要注意分层修剪，且发丝不宜太短，工具用剃刀为佳。因为剃刀容易削出层次。它比较适合直发的商业精英男士，做出来后，看上去会更具魅力，但它不适合卷发男士。”

乐小颖专注地看着娅摩莉的每一个动作。

“这款发型，它还有一个特点，就像它的名‘舞之乱发’一样，可以变化出不同的效果。在正式谈判场合时，可以稍微抹点定型产品，规规矩矩地梳理成正统发式。若是休闲，则可以将其挑乱，制造蓬松效果，瞬间就会变成酒吧里的不羁男子；而要制造蓬乱效果，可将少量发胶均匀揉搓于手指间，就这样，用手指从一绺发的三分之二段向下轻轻涂抹……”

乐小颖：“为什么要用哑光发蜡?”

娅摩莉眼睛没有离开她的作品：“哑光发蜡定型效果强，可以给予头发很好的支撑力，突出乱发的特点。”

乐小颖点了点头。

“这种发型着装，最好建议穿简约的全黑造型……”娅摩莉继续讲解着。

几天后，黄柏燕再次带着乐小颖，来到一家美发大师演示秀现场。

灯光炫目，气氛热烈。

舞台上，美发师正在演示。

乐小颖和黄柏燕坐在观众中，目不转睛地看着。

黄柏燕侧了侧头，指点着与乐小颖交流：“你看二号大师，她的匠心真的很独到——就这么散着长发加上一根发卡，把头顶的头发往后梳，并略微隆起，你看，就有一种复古、时髦的效果……”

乐小颖目不转睛地看着，点着头。

黄柏燕指着另一位大师的作品，说：“哎，乐小颖，绝了，就那么用吹风机和圆梳将发梢处朝外翻翘一下，你看，‘活泼’两个字就跃然而出了……”

乐小颖望望大师的操作，又望望黄柏燕，不由抿嘴笑了起来。

3

员工们正在忙着，有顾客进进出出。

乐小颖正在为一名顾客做着头发，做好后，对着镜子：“你看，这样行吗?”

“行，非常好。”顾客在镜子中左右晃着看了看。

乐小颖微笑。

这位顾客刚离位，第二个顾客和第三个顾客同时往椅上坐，第三个顾客见第二个抢了，便轻声说："哎，什么时候轮到我呀？我都等了这么久了。"

乐小颖笑着对第二位顾客说："您看这样……"

第二位顾客看着面带笑容的乐小颖，又望了一眼第三位顾客，想想，说："算了吧，让你先。我是看乐小颖的面子啊。"

"那——谢谢啦。"乐小颖替第三个顾客谢着。

第三位顾客一边往椅上坐，一边也说了声："谢谢！"

一边的黄柏燕见状，安慰着第二位顾客道："您稍等，我马上给你做。"

第二位顾客："我还是先等一下吧。"

本应该感到尴尬的黄柏燕，听到这话，竟然笑了……

这时，门口进了一位顾客，人刚进，声音就到："这次可要给我做好喽，上次做回去，没几个小时，就乱了。"

黄柏燕立即回头，一看，是老顾客，认识，于是说："啊，是吗？肖潇，那这样，这次由乐小颖给你做，她可是得到国际大师嫡传的呢。"

肖潇半信半疑地望了一眼乐小颖。

乐小颖冲她抿嘴一笑。

肖潇有些将信将疑地坐上了坐椅。

乐小颖一边替她精心地做着一边不时地征求她的意见："你看，这样，行吗？"

"嗯，还行。"

"那我就这样做啦。"

"这样做出来，效果会好吗？"

乐小颖望了一眼镜子中的肖潇："你的脸型比较适合这种发型……"

"好，那你就做吧；不过，我可是很挑剔的呦。"

"挑剔是对我的严格要求呢。"乐小颖说。

几十分钟后，做完了，肖潇对着镜子，左看右看，右看左看，看着看着，一缕笑容在她脸上绽开了："哎，乐小颖，不是夸你啊，我做了这么多年头发，像今天这样让我没办法挑剔的，你还是第一个。"

黄柏燕朝这边望了一眼，满脸笑意。

4

小区草地上，一帮女孩正在玩闹着。不远处的几棵树上，似乎这帮女孩的笑声落在了上面，不时地传出鸟鸣。

乐小颖与葛言华坐在一边说着悄悄话。

葛言华："乐小颖，我真的羡慕你。"

乐小颖望着葛言华。

葛言华："你这么聪明，就连肖潇那么扭筋的顾客都说你好。"

乐小颖笑了一下。

葛言华："我要是有你这样的手艺就好了。"

乐小颖："你也可以学啊。"

葛言华："你看，我一开始来的时候呢，也想学，可是，笨得我连牙剪都不会用，该用八号的，我却用十六号……"

乐小颖："那不是笨，是你没有用习惯。"

"乐小颖，我想……"乐小颖忽闪着眼睛望着葛言华，听她"想"什么。"我想换一家去做。"

"换一家？"

"嗯，我想换一家从头学起。我不能就这么当个花瓶般的总是对着客人笑啊……"

"那你在这里也可以学啊。"

"这里不行，大家都很熟悉，说真的——乐小颖，我放不下来面子。"乐小颖非常理解地望了望葛言华。"不过，我还没最后想好，你可不要对别人说啊。"

"不会的，你放心吧；不过，你决定后，告诉我啊，我好去看你。"

"真的，你会去看我？"葛言华有些激动地坐直了身。

乐小颖："当然啦，我们是好姐妹呀。"

"那我一定好好学，然后好向你讨教。"

乐小颖就笑……

这时，那边的女孩们招呼乐小颖她们过去玩，乐小颖应了一声，先起身，然后转身拖起葛言华……

5

傅洋升在椅子上正在做着按摩。

何小爽一边做着一边说："傅叔，乐小颖现在可了不得呢！在我们'燕之舞'，不仅是老板的得力助手，而且还是我们的铁姐儿呢。大家都信任她，公事私事都愿意找她说，好事坏事也愿意和她念叨……"

"那是你们大家抬举她呢。"傅洋升显出了不易觉察的笑意。

一边的陈秀芹"不满"地接过话道："傅叔，这你就说错了，小颖姐是真的好！技术好，待人好，话说得好……"

傅洋升扭头看了她一眼："你在说她是'三好生'呢。"

听他如此一说，大家就都笑了起来……

而此时的乐小颖，正与黄柏燕走在公园的一条小路上，边漫无目的地散着步边不时地说着一些不着边际的话。

不经意间，乐小颖听到黄柏燕轻轻地叹息了一声："唉……"

"柏燕，怎么啦，最近老是见你唉声叹气的?"乐小颖侧过头望着黄柏燕问。

"是的，最近烦着呢。"

"有什么好烦的啊，不就走了一个葛言华吗?"

黄柏燕苦笑了一下，然后又叹息了一声，幽幽地说："不是关于葛言华走的事。"

"不是葛言华走的事?"乐小颖睁大了眼睛。

黄柏燕："乐小颖，我把你当我的好姐妹；你说，我怎么办?"

乐小颖："什么事，能说吗?"

黄柏燕："乐小颖，你告诉我，建荣这个人怎么样?"

乐小颖笑了一下，望着黄柏燕，不置可否。

"这让你不好说，是吧?"黄柏燕自嘲地笑了一下。

乐小颖点了下头，但接着又摇了摇头，说："一个男人好不好，别人是判断不出来的，只有身在其中的人才能感觉到。一个男人的好与不好，没有标准。"

"谁说不是呢，我对他，怎么说呢……啊呀，还是不说吧，烦！"

"我看他对你还是挺好的，也见多识广；就是……"

“就是什么？”

“就是有点游手好闲——整天除了喝酒、吹牛就是打麻将赌博。”

这时，一对年轻恋人手挽着手亲昵地从她们身边走过。

黄柏燕望着恋人的背影，有点走神。

“还有，就是他的朋友太多，而那些朋友尽是些狐朋狗友。”乐小颖自顾自地还要往下说，突然发现黄柏燕的眼神不对，忙打住话，顺着黄柏燕的眼神望去……

黄柏燕见乐小颖望着她，叹息一声，收回了目光：“唉，我与他吧……”

乐小颖望着黄柏燕，知道她并不是需要她说什么，只是希望她有一个听众。

黄柏燕：“虽然关系一直就这么着，他的那帮朋友也都晓得，可是，在外面，我们走在一起，从来没有这种恋爱的感觉。”

乐小颖惊讶地望着黄柏燕。

黄柏燕笑了一下：“乐小颖，你谈过恋爱没有？”

乐小颖想了想，郑重地摇了摇头，说：“没有。”

“真的没有？不可能吧，这么漂亮的妹子没人追！”

乐小颖就笑，说：“追倒是有人追，像你说的，他追他的，我没有感觉。”

“是啊，没感觉能叫什么爱情呢。就像我与沈建荣……”

乐小颖抿嘴笑了一下，道：“柏燕，你要是真的与他没有什么感觉，可不要说我多嘴啊，就散了呗。”

“你不是老板，有些事你还不能理解……”然后，黄柏燕便转了话题。“嘿，不说他了；乐小颖，我发现我这里的顾客好像都成了你乐小颖的了。”

乐小颖有些不解地望向黄柏燕。

“连那个挑剔得有次让我都忍受不住发了火的肖潇也都服了你。”

“你对顾客也发火？”

“都是人，又不是神，哪有那么好的耐心，再说，谁一年三百六十五天天天好心情！”

乐小颖点了点头。

“那次她拿了一本杂志来，非得要做成书上的那种；我给她做好后，她左挑右剔的，还不时地说着难听话。当时我要不是想到我是老板，真的想再也不做她生意了。好在，她见我可能脸色不好看，就跟我道了歉。”

“这样的顾客叫人最拿她没办法，既能跟你争得脖子酸，又能向你赔上左一个不是，右一个对不起，要你想发脾气都发不起来。”

“就是。不过，你给她做过两次，我看她对你非常满意。”

“可能是你上次给了她教训了吧。”

黄柏燕望了一眼乐小颖，笑了笑。

乐小颖也笑。

阳光将她们的身影与笑随风一同印在了小道上……

6

燕之舞美发厅楼上，黄柏燕不在，只有乐小颖一个人。

乐小颖正在给一个顾客做着头发。

顾客站起来，对着镜子仔细审视着，然后非常满意地笑着告别而去……

暂时没有顾客，乐小颖清理着器具。

突然，下面传来吵闹声。

乐小颖开始不以为然。但接着，声音越来越大，里面还夹着戈戈的声音。乐小颖赶紧向楼下走去……

楼下。

一个染着红毛的男青年正拉着戈戈，无赖地在说着什么。

戈戈：“请你放开手。”

红毛青年：“哟，妹子，哥哥只是拉一拉，又没摸一摸，这么大声干吗？哥哥胆小，好怕怕。”

这时，一边的顾客看不下去了，说：“嘿，我说哥们，有话好好说，别为难人家小姑娘。”

红毛青年立即狠狠地瞪了一眼顾客，顾客想想吞了口气，不再做声。

何小爽：“你要再不放，可别怪我们不客气了。”

“没你事。”红毛青年又狠狠地瞪何小爽。

何小爽一手抓着剪刀挥着道：“你要再不放开她，我们可就要报警了。”

“报警？啊，报警，我没见过警察叔叔啊，吓我！你报呀，我是剪发不给钱了还是把这位小姐怎么了？喊。”

区青倩一手抓在电话上，望着他们。

这时，乐小颖从楼上下来了。

戈戈对何小爽低声地说："不要，不要报警。"

另一名顾客望了望戈戈，问道："他是你男朋友？"

戈戈摇了摇头。

"说，你说啊……"红毛青年立即涎着脸笑。

乐小颖走过去，招呼道："这位先生，有话好好说，请到这边来好吗？"

红毛青年看了一眼乐小颖："你就是那个什么受过国际大师点化的乐小颖？"

"我叫乐小颖。"

红毛青年放了戈戈，转向乐小颖："那好，乐小颖，今天就请你给我做一下头，让我开开眼，看看国际大师与这位小姐区别在哪。"

"先生，你已经刚刚做过，下次，下次来我再替你做，好吗？"

红毛青年突然大声地一挥手："不好！"

话音刚落，沈建荣正好进来，一见这场面，立马明白了，便接上道："好，怎么会不好。"三步两步跨到红毛青年面前，一把抓住他就势往外一拖。"妈的，也不睁开狗眼看看，这是谁的地盘，就在这撒野！"

红毛青年看了看沈建荣，估计不是他的对手，一边悻悻地往外走，一边说："你等着。"

沈建荣往前走了两步："你想怎么着？"

无赖赶紧一边撤一边仍嘴硬道："有种你在这别走……"

"爷爷天天在这呢。"沈建荣说完，回过头望着乐小颖："没什么事儿吧？"

乐小颖望向戈戈："没事吧？"

戈戈眼里噙着泪，摇了摇头。

"你们认识？"沈建荣望着戈戈问道。

戈戈点了点头，又接着摇了摇头。

沈建荣笑了一下，对大家说："没事了。"又转对顾客："对不起啦。"然后转向乐小颖问："黄柏燕不在？"

乐小颖："她有事去了。"

"哦，"沈建荣边走边说，"晚上我一帮朋友要来，我去让厨房准备准备。"

沈建荣走向后面厨间。

员工开始各自做着各自的事情。

戈戈在那暗自抹着泪……

傍晚时分，手头有活的做着自己的活，没活的也在整理着自己的用具。

这时，后面的餐厅里沈建荣吆五喝六的声音一阵阵向这边盖过来。

顾客和员工，不时地朝声音方向望上一眼。

区青倩厌恶地皱着眉头。

这时黄柏燕走了进来。

一进来，听到那边传来的笑声以及见到大家面部厌烦的表情，脸上阴了一下，没说什么，径直上楼去了。

但一会儿就又下来了，直奔后面。

很快，里面声音小了下去。

不一会儿，几个人醉醺醺地从餐厅方向走了出来，一边用眼扫着服务员工，嘴里嘟嘟囔囔地说着话，一边向外走去。

沈建荣和黄柏燕将他们送到门口。

“您走好，下回来，我们好好地搓几把。”沈建荣一一与他们握手，“回见。”

黄柏燕也与他们打着招呼：“走好，再来玩儿。”

直待大家都走了，两人这才转身回去。

一转身，沈建荣便气呼呼地上楼，黄柏燕站了会儿，想想跟在后面，也上了楼。

接着，楼上便传来了沈建荣的声音：“你想怎么着，当着我朋友们的面，你损谁？”

然后是黄柏燕的声音，但很小，听不清。

“影响，笑话，什么影响？我沈建荣还怕什么影响……”沈建荣的声音。

黄柏燕说什么，仍听不清楚。

乐小颖见大家都在聆听着上面的声音，想想起身向楼上走去……

“有什么了不起，不就几千块钱吗，我沈建荣见过！”沈建荣仍大声地说着，“啊，我亏过你黄柏燕吗？啊！”

“你给我滚！”黄柏燕终于忍无可忍地带着哭声大叫道。

沈建荣：“滚？哼，说得倒如唱的似的，还不知谁给谁滚呢！”

这时，传来敲门声。

黄柏燕擦了一下眼泪，轻声问：“谁？”

“是我，柏燕。”

黄柏燕：“进来吧。”

乐小颖将门推开一条缝，站在门口，只伸颗脑袋：“荣哥，你们声音能小点吗?”

沈建荣望了乐小颖一眼，没有理她。

“你们为什么事吵我不便问，不过，荣哥，你这么大声音，不说店里的人吧，给下面的顾客听了，岂不要落下话把儿，是吧?”乐小颖说。

沈建荣仍没答理乐小颖，伸手打开了电视机。

“柏燕，你也是，不要说妹妹我说你，荣哥心情不好，你就让一点他嘛，两人这么大声……”乐小颖边说边冲黄柏燕眨了下眼，意思是别介意，她是故意这么说的。

黄柏燕没理乐小颖，只顾着自己的怨气：“乐小颖，你不知情……你来评评，世上有这样的事吗……”

乐小颖忙摇了摇手道：“我可不做裁判，你们的私事我管不着，我只是觉着荣哥这么大声太不雅气了，有失男子绅士风度。”

“乐小颖，别说了，你荣哥知错了还不成!”沈建荣从电视上转过脸来对乐小颖说道。

黄柏燕诧诧地望着沈建荣，以为刚才她听错了。

“柏燕你也是，你心情不好就不好，我也知道你今天跑了一天很辛苦，但再辛苦也不能朝荣哥这么使性子呀。荣哥今天还帮戈戈出了力呢，干吗一定非要荣哥走啊。”乐小颖边说边再次朝黄柏燕使着眼色。

黄柏燕想想，挥了挥手：“今天我心情不好，你走吧。”

沈建荣看着电视，没有做声。

乐小颖见好就收，朝黄柏燕做了一个鬼脸，退了出去。

估计乐小颖已下到楼下了，沈建荣“呼”地站起来，拉开黄柏燕办公室门，从里出来，边带着门，边朝黄柏燕道：“好好想一想!”然后，向楼下走去。

乐小颖一边听着黄柏燕啜泣的声音，一边与沈建荣打着招呼：“荣哥，走好。”

沈建荣头也没回，只是摆了摆手……

7

燕之舞美发厅门前行人来来往往，车辆往往来来。

这时，一辆出租车停在了门前，从车里走下来一位穿着税务制服的中年人和那个红毛青年。

红毛青年："叔，就是这家。"

中年人望了一眼"燕之舞"，然后推了一下红毛青年："走。"

正在工作着的何小爽一抬头，见红毛青年领着一个穿着税务制服的中年人进来，立即对戈戈轻声说："你快上楼去。"

戈戈瞥了一眼正在往里走的红毛青年和中年人，马上向楼上走去。

区青倩一如既往地笑脸相迎："您好，请问您需要什么服务？"

"请问，你们老板在吗？"中年人没带任何感情色彩地问道。

区青倩有些夸张地："哟，我还不太清楚？找老板有事吗？"

中年人笑了笑，没有答话。

区青倩一看不对头，忙说："这样吧，我打个电话替您问一下好吗？"

"没别的事，就是我这侄，听说上次他在你们这打扰，所以今天……"区青倩作势要打电话，中年人忙伸手制止了她。

这时，黄柏燕从楼上下来，装作十分热情地招呼道："张局长，稀客！"

张局长不好意思地望了一眼自己的服装，道："对不起，我正在上班，听这小子一说，就过来了，忘了换便衣。"

"穿什么您也是张局呀！来，上楼坐会儿。"黄柏燕"热情"地邀请道。

张局长："不了，我今天特地带他来向你表示道歉。"

"什么事呀？道的哪门子歉！"黄柏燕装着糊涂。

张局长对红毛青年："还不当面道歉？"

"对不起。"红毛青年冲着黄柏燕要鞠躬。

黄柏燕忙阻止，望着张局长道："小孩子嘛，又没做什么事儿。"

"今天下午我正好碰上他，他跟我一说，我一听，这小子保不准打着我的旗号，来败坏我们税务人员的形象，所以立即拉着他来了。"张局长转向红毛青年："你上次对哪位小姐无礼了，向她道歉。"

黄柏燕："啊呀，张局，没什么，他刚才说了'对不起'就行了，那位小姐不在，我代她接受道歉吧。"

张局长笑了一下："那——就这样吧。"转身对红毛青年说："下次在外面再无理取闹，给我小心了……"

"张局，上去坐一会儿吧，要不是这事，平时请都还请不上您呢。"黄柏燕再次邀请。

张局长说了声："不了，对不起啊。"

说完，张局长转身往外走去，红毛青年跟在后，临走，还拿眼找了一遍，大概是在找戈戈吧。

送走了张局长，黄柏燕站在那，心里却一点也轻松不下来；虽然张局长一句话没说，尽是道歉，但她总感到不安。究竟哪里不安，她又说不上来，于是，她决定晚上回去问问父亲……

灯下，黄柏燕与父亲大致说了一下下午发生的事，然后说："虽然他没有说什么，但我知道，这次来，分明是想摸清到底是谁的店，下回可就要找麻烦了。"

"他不是说他是领着他侄来道歉的吗？"父亲望着黄柏燕说。

"啊呀，爸，那是说着好听，让我听着好过，其实，他的真正用心……"

父亲打住黄柏燕说："你也不要将税务人员素质都看得那么低。"

"可是，你没听他说的话，他对他侄说'给我小心点'……"

"那不是对他侄说的吗？"

"可我心里明白着，那是说给我听呢。"

刚说到这，门铃响了。

"谁呀？"黄柏燕一边起身去开门，一边问着。

"我，沈建荣。"

门开，沈建荣跨了进来。

"啊呀，怎么回事？税务的找上门了？怎么不跟我说——"说到这里，沈建荣似乎才发现父亲，边笑了笑，说了声"老爷子好"，就在沙发上坐了下来。

黄柏燕父亲用鼻孔"哼"了声，也不知算是招呼还是表示不理。

沈建荣："我一进去，就听何小爽说了，跑上去找你，乐小颖说你回家了，所以，我就又跟着找了过来。到底怎么回事？"

"是张局长。"黄柏燕道。

"他说什么了吗？"

"说倒是没说什么，不过，我担心……"

"那担心什么，花个两千，我给你摆平。"

父亲一听出口就是"花个两千"，立即气不打一处来："你小子说得倒轻省，花个两千，两千你出啊？"

沈建荣："嘿，老爷子怎么说话呢？我出两千又怎么着，不出两千又怎么着，我这不是为你女儿平事吗？"

"她的事要你平？是啊，是你平！你将她的俩钱全给'平'没了。小子，你知道不？她把我这房都差点儿要抵押上贷款！要你平！”父亲有些激动地说。

沈建荣望了一眼黄柏燕，黄柏燕坐在那一直没有做声，也没看他们，只是听着他们在争。

沈建荣：“贷款？卖房？我不知道啊。”

“你小子就知道算计着她的钱，能知道这？”父亲鄙夷地将眼睛从沈建荣脸上转向了别的地方。

沈建荣：“嘿嘿，老爷子，你今儿个是成心要跟我吵架不是？左一个小子右一个小子，我小子不小子碍您什么事儿啦。”

“碍我什么事儿？碍我的事儿大着呢，她是我女儿，你算计她的钱，你说碍不碍我的事？”

“别越说越难听，谁算计着她的钱啦？”

“你，还能是谁！”

“笑话，我生意上的一个零头，也要抵得上她两个店，算计她……”

黄柏燕听着两人越吵越离谱，及时制止道：“好了，好了，你们就不要再吵了，好不好？烦人！”

沈建荣说：“好，我不吵，也不烦了，我走，行了吧！”

“你压根儿就不应该进这个门！”父亲仍余怒未消。

沈建荣：“放心，下回你请我我也不一定来。”

黄柏燕听后，突然气愤地站了起来，指着沈建荣：“姓沈的，你听好了，马上给我从这里消失！”

沈建荣无赖地转回头，望着黄柏燕：“怎么着？我不消失，难不成你们父女要将我从楼上扔下去？”

黄柏燕伸手抓起桌上的杯子向沈建荣扔去：“你个无赖！”

沈建荣一让，躲过去了，同时拉开了门：“我无赖，呵，今天你才晓得啊！”说完，“砰”一声将门带上了。

黄柏燕气得“呜”的一声哭了起来……

父亲在一边数落着：“我早就说过，这小子不是好东西。看到了吧，听说你没钱了，在贷款了，就溜了。”

“爸，你就别说了，好吗？让我静一静。”黄柏燕抬起一双泪眼道。

“我也想让你静一静，可是，就怕你静不了啊！”

黄柏燕不吱声。

“我看你还是听你姑的话，去美国吧。理发这行……”父亲顿了顿，想想劝道。

黄柏燕：“是美发。”

“一样的，你以为我不知道啊。早要你不要干这行，特别是女孩子，成天围在身边的都是一些下九流的烂仔。你非不听，像中了邪似的，非要干！”说着，父亲又要来气。但看了一眼黄柏燕，想想叹息了一声，道：“你姑说，理……不，美发师在中国很低贱，但在美国，却是上等职业，你就去她那吧，一方面可以继续做你的美发，另一方面，也好远离这些乱七八糟的事，还有那个小子……”

黄柏燕不耐烦地站了起来，说了声：“爸，我去睡了，你也早点休息吧。”然后走进了自己的房间。

躺在床上的黄柏燕，眼睛虽然闭着，但心里却一点也不安宁。睁大了眼睛，父亲的话在耳边一直回响着：“你姑说，美发师在中国很低贱，但在美国，却是上等职业，你就去她那吧，一方面可以继续做你的美发，另一方面，也好远离这些乱七八糟的事，还有那个小子……”

8

傅洋升又到燕之舞美发厅来了。

区青倩笑着道：“傅叔，今天来是按摩呢，还是请乐小颖吃饭？”

“都不是，我找你们老板黄柏燕。”傅洋升回笑着道。

区青倩：“啊，老板在楼上。”

傅洋升上楼，一小姐欲领他，他挥了挥手，径自上去了。

走进黄柏燕办公室，没有任何寒暄，坐下来，傅洋升对着黄柏燕就直接进入了主题：“柏燕，到底怎么回事，听说你要把店盘出去？”

“唉，一言难尽——是的，我打算盘出去。”黄柏燕一边给傅洋升倒了杯水递过去，一边叹息道。

“盘出去你打算再干什么呢，换个地段还是……”

“我打算拿到钱后，到美国我姑那去。”

“到美国去，呵呵，赚洋人钱去啊，好，好！”

黄柏燕就苦笑了一下。

“你打算将店盘多少钱？”

黄柏燕抬眼望着傅洋升笑了一下，道：“傅洋升，你可别告诉我你想盘下来吧？”

“哈哈，柏燕，你真聪明——让你说着了，我盘下来。”傅洋升笑着说。

黄柏燕仍不相信地望着傅洋升：“真的假的啊？”

“甭问真的假的，你起草一个合同，咱们明天就签了——”

黄柏燕愣愣地望着傅洋升。

“怎么啦，反悔了？”

“不是，不是——好，我算算，我按最低的价位算给你……”

“你实事求是地算，你不赚，我不亏就成。”说完，傅洋升站了起来，“就这么定，明天咱们签合同。”

黄柏燕也站了起来：“好，明天。”

“我下去按摩一下。”

“好呢，今天按摩不收费，我送您——”

“呵呵，那可不成……”

傅洋升走了出去，留下黄柏燕一个人站在那，想着刚才的谈话，她感到恍若玩笑……

9

一家饭馆的包间中，黄柏燕、傅洋升、乐小颖，还有其他一些人坐在桌边。

桌上黄柏燕面前摆着合同。

傅洋升认真地望着黄柏燕，道：“想好了吗，想好了，咱们是不是走一个手续？”

黄柏燕沉重地点了一下头，拿起笔，签下了名，然后推给傅洋升，什么话也没说，但笔一落，眼泪情不自禁地落了下来……“燕之舞”毕竟是她用自己的心血打造下来的啊。

乐小颖悄悄递过一张纸巾：“柏燕。”眼泪也流了出来。

傅洋升将签好了的合同在桌上顿了顿，道：“舍不得？”

“舍得……只是，想到当初为这个店，我吃的苦和得到的乐，心里有些难过。”黄柏燕擦了下眼泪，囔着鼻子道。

傅洋升问：“难过什么？”

“我希望你买下后，还能开美发厅，还能用这‘燕之舞’名，好吗?”黄柏燕没有直接回答傅洋升。

傅洋升：“你是担心我盘下来给开了饭馆?”

黄柏燕没有做声。

傅洋升笑了一下：“放心，美发肯定还是美发。至于是用‘燕之舞’还是‘颖之舞’，那就得要看新主人的意见了。”

傅洋升说着，将合同一份递给黄柏燕，另一份则递给了乐小颖。

乐小颖不明就里，伸手接了过来，可一见黄柏燕手里有了一份，就笑着说：“这是你的。”又递还给傅洋升。

傅洋升眯了眯眼，没有接，道：“明明合同在你手里嘛，怎么能说是我的。”

全桌人都露出了惊讶之色。

恰在这时，服务员进来了，问：“可以上菜了吗?”

“上，可以上。”傅洋升忙大声地笑着道。

而乐小颖抓着合同，仍在那愣怔着……

第十二章　无以释怀

乐小颖在地铁过道巧遇上了当初在火车上见到的小歌手月下萧何，并且，将自己的初夜给了他。谁知，当乐小颖再去找他时，他却早已不告而别，乐小颖一时陷入了事业和情感的双重低谷。

1

燕之舞美发厅里，乐小颖微笑着正在为全体员工进行分工——

“何小爽，你开始做大工的活；陈秀芹呢仍还是负责按摩；戈戈与区青倩互相换着，一个剪发，另一个就要守吧台，灵活一点；楼上我先顶着，你们几个见事做事，总之，要让每一个进入我们燕之舞美发厅的顾客感到我们忙而不乱、忙而有序……我说不好，反正大家在一下，遇事多商量，但有一点，就是店的形象——当着顾客的面，天大的事，都不准表露出不高兴来，更不准向顾客发牢骚。这一点，请大家一定要记住。有什么问题，有什么意见，等顾客走后，大家再协商或直接跟我说。大家看看还有什么其他问题？”

“没有了。”

“乐小颖，你放心，我们会一心一意干好工作的。”

“形象是我们店的生存之本，我们会注意的，放心！”

……

乐小颖拍了一下手，道：“好——那开工吧——”

大家各自散开，按照新的分工，开始忙活起来。

这时，一名工商人员夹着一个小皮包走了进来，乐小颖一见，立即迎上去，然后将他引到自己的办公室。

泡茶。递烟。寒暄。

工商工作人员笑着道：“你们现在换了法人，应该去我们那重核登记，否则，我们将封停你的营业。”

“我不是太清楚……”乐小颖也笑着，但显然，内心是惶惑的。

工商工作人员仍笑着，但每一个字吐出来，却冷冰冰的：“我这不是在告知你吗？再说，不能因为你不清楚就能违法！”

“是，是，多谢了，请您多帮忙。”

“不是我帮忙不帮忙，我是在执法。”

“是，是，我明天就去办。”

“抓紧点啊——”

“一定，一定。”乐小颖鸡啄米似的点着头……

乐小颖前面刚送走工商工作人员，电话响了。

“喂，你好——”乐小颖拿起电话。

“你好，我是分区税务局的，请你们通知财务人员准备一下账目，我们明天下午前来核税，好吗？”

乐小颖马上变着笑脸应道：“哦，好，好。”

放下电话，乐小颖有些疲惫地坐在那发了儿会愣，然后用手抚了一下脸，想想还是站了起来。

乐小颖刚要出去，电话又响。

乐小颖犹犹豫豫地伸出手：“喂，你好。”

“乐小颖，是我，傅洋升。”原来是傅洋升。

乐小颖："啊，傅叔——"

"别，别，说过多少遍了，不要叫我叔，就叫我傅洋升。是这样，乐小颖，我马上要出差，恐怕得过一阵子才能回，你自己要多打点着啊。怎么样，最近还好吧？"

乐小颖泪流了出来，但在话筒中却说："一切都挺好，放心您。"

"怎么，感冒了？怎么听着你的声音有点怪。"傅洋升立即感受到了乐小颖的心情。

"啊，不碍事。"

"什么都是假的，自己的身体才是真的呀，一定要注意！"

"嗯……"

"好了，没事不用给我打电话；我有事，打给你。"

乐小颖重重地点着头……

而这个时候，楼下三名小青年在迎宾小姐的问候声中，一同走了进来。其中一个卷发、一个平头，还有一个染着黄发。

区青倩在吧台里应了一声："请问几位需要什么服务？"

几个小青年就笑，黄发嬉皮笑脸地对着区青倩道："我们想要你为我们服务。"

"对不起，我们那边有服务人员。"区青倩知道可能遇上来寻开心的了，但脸上仍挂着笑容。

这时，正好陈秀芹替顾客做好了，顾客离开，平头便走过去，一屁股坐了上去。

陈秀芹一边替平头做着准备，一边问一边的戈戈："戈戈，明天……"

黄发突然应了一声："哎，叫我呀。"立即跑到陈秀芹面前，伸手就要拉她，"是不是想哥哥啦……"

"请你放尊重点。"陈秀芹立即虎起脸。

黄发："不是你叫我吗？"

"我是叫戈戈。"

"是呀，我就是哥哥呀。"

"你——"

戈戈见陈秀芹要发作，接过话头道："这位先生，您是剪发还是按摩？如果剪发请您稍等；要是按摩，请等这位先生按好后你再过来，好吗？"

"哟，靓妹，说话好中听哦，我就要你了——你是剪发的还是按摩的？"

黄发转向戈戈嬉皮笑脸地道。

戈戈就转过身，不再理他。

黄发见戈戈给了他一个冷背，便伸手拍她肩膀。戈戈似有预感，当黄发手刚要拍上，猛地一下回头，道：“先生，我正在工作，请你注意点你的举止。”

“哟，”黄发望向一直在那边与区青倩纠缠的卷发，“哥们，这位小妞要你注意点你的举止。”

卷发大声地、做作地干笑着。

这时，戈戈的顾客说话了：“年轻人，人家这是在做生意——”

“关你什么事？”黄发立即向那位顾客发怒。

顾客轻轻推开戈戈，道：“她在给我剪发，你来肇事，你说关不关我的事？”

这时，卷发也走了过来：“哥们，是不是嫌剪着不舒服？”

顾客看了看黄发和卷发，就要打起来。

戈戈一边按着顾客，一边扬着手中的剪刀对黄发和卷发说：“两位，请到那边坐一会儿，等我替这位顾客剪好后再替你们剪，好吗？”

黄发见顾客那瞪着的眼睛，说了声：“瞪什么瞪，比眼睛大小啊！”

顾客又要发作，这时，乐小颖从楼上下来了。

乐小颖含笑：“怎么啦，怎么啦？”

“她是我们老板。”陈秀芹忙介绍道。

平头望向乐小颖。

黄发与卷发也同时望向乐小颖。

戈戈想要说什么，乐小颖用眼睛止住了她，同时笑着道：“二位，是不是等的时间长了，着急了？真的是对不起呀，你看，我们店子小、人手少，一时忙不过来，请您多担待。”

“哟，老板啦，挺漂亮嘛，要不，你替哥们做也成呀。”黄发一副痞气地道。

这时，平头说话了：“黄毛——”

黄毛立即收了嬉皮，转身对平头道：“得，老大，我坐下休息。”

“哎，多谢了，请您帮忙！”乐小颖一边做着引领黄毛坐下的手势一边说着。

平头按摩好了，陈秀芹示意他结束了，他伸手抹了一下头，然后转过身，头也不回地就往外走。

黄毛紧着跟上平头。

区青倩："先生，您还没付费呢。"

平头听到区青倩的叫声，停了脚步，望着区青倩。

区青倩勇敢地望着她。

这时，乐小颖正好从后面出来。

平头示意了一下卷发："给她。"然后转身就走。

卷发扔下一张十元钞票，跑了出去……

2

乐小颖办公桌上摊着一堆账单、账本。

两名税务人员在查着，其中一个叫老水的说："基本上没有什么大的出入，只是有些问题我们可能要与工商联系一下，然后再看下一步怎么处理。知道吴科长的电话吗？"

"不知道。"乐小颖说。

老水："那，我来替你打给他。"

"多谢了，请您帮忙。"乐小颖笑着说。

接通电话后老水说："喂，老吴啊，我是老水呀，啊，难不成我们税务局还有几个老水？啊，我现在在燕之舞美发厅……啊，她们不是更换了法人吗……对，你能不能移一下大驾，过来一趟……好，就这么说。"

老水放下手机，然后一边将自己面前的一摞账册往另一位税务人员面前推着说"再看看这个"，一边对乐小颖说："乐小颖老板，你刚接手'燕之舞'，我们还没请过你呢，怎么样，晚上给个机会，让我们为你庆贺庆贺？"

乐小颖立即笑道："谢谢，不过，这不是刚开始，太忙了，过两天，过两天我请大家。"

"你这里的账呢，做得都不规范，查起来要不是内行，还真找不到来龙去脉，我给你呢——也就不再追了……"老水不做声，伸手将刚推出去的账簿又拿过一本来，翻了翻说。

乐小颖："啊，多谢了，请您帮忙。"

"不是我帮忙不帮忙，是你自己要做好；要不然，国家的税收，还有吴科工商那一块，谁也帮不了你。"老水没有任何表情地说。

乐小颖顿了顿，皱了下眉，接着又展了开来，道："要不，这样，今晚由我做东，请你们——"

"哪能让你请呢，我们请你。"老水脸上露出了一点笑容。

乐小颖："谁请谁都一样，就这么定，待会等你们忙完了，请你约一下吴科，我们小九仙见。"

老水眯着眼，道："那好吧，恭敬不如从命。就这么定，我等会联系一下老吴，还不知他有没有空。"

"多谢了，请您帮忙，一定要约上他……"乐小颖恳请道。

小九仙酒店的包间里，老水、老吴、乐小颖，还有其他人等，在一片嘈杂声中，频频举杯……

老吴："来，我们为年轻的女老板事业发达、招财进宝，干！"

众人响应。

"不行，小颖老板，这次得喝酒。"见乐小颖喝的是饮料，面前的杯中酒没动，老水叫了起来。

乐小颖笑："我不能喝了，真的，再喝就要多了。"

老吴："喝一半吧。"

老水："那怎么成，一半，半心半意，他们工商敬你可是一心一意哦。"

"乐老板跟吴科走一个。"旁边的人起着哄。

乐小颖为难地笑着。

老吴端起酒杯递给乐小颖："来吧，"然后用自己手中的杯"当"一声碰响乐小颖的杯，"走——"一饮而尽。

众人叫好。

乐小颖只好勉强将那杯酒在掌声中喝了……

老水拿过酒杯，一边给乐小颖斟着，一边说："来来来，工商敬过了，我们税务也要敬一下乐小颖老板——"

大家继续起着哄……

也不知喝了多久，也不知喝了多少，街上几乎没有了行人只有车流时，老水等人才从饭店里出来。

乐小颖忙伸手招来两辆出租车，然后一边付着车费，一边拉开车门，对坐进去的老水等人说着："走好，多谢了，今后还请多帮忙。"

"放心，你那里——没事！"老水大着舌头道。

乐小颖又转过身替吴科的车付费，同样说着："走好，多谢了，今后还请多帮忙。”

“没事，有空我去看看，放心。”吴科挥了挥手，然后摇上了车窗。

两辆车分别驰入车道。

尾灯很快消失在了车流中。

3

地铁站台上，人们有的翘首望着地铁来的方向，有的正在说着话，有的行色匆匆。

地铁到站。

乘客上上下下。

乐小颖夹在中间，往换乘方向走去。

过道里，人们或拎着包或空着手或拖着包，沿着箭头指示方向向前走着。

在前面拐弯处，传来一阵歌声。

离开家乡，告别亲人，坐上火车去远方，啊—伊—哟，我们都一样。为了生活，为了梦想，奔波在人生旅途上，啊—伊—哟，我们都一样。车轮滚滚，思绪飞扬，远方有我梦想的姑娘，啊—伊—哟，我们都一样……

夹在人群中的乐小颖一听这熟悉的歌声，立即打住脚步，愣了一下，随即向前面快步走去。

前面地铁过道拐弯处，歌手月下萧何正在那弹着吉他，闭着眼睛唱着歌，旁边围了一圈人。

歌声正从人群里传出来——

再见了亲人，再见了家乡，我今天正展开自由的翅膀。时间在流淌，心情在激荡，我思绪飞扬——因为遥远处我已看到了我的希望、我的梦想、我的姑娘，还有那个美丽地方……

歌声一结束，有人叫好，有人往他面前的一个盘子里扔钱。

月下萧何看也不看，调了一下弦，就又弹了起来。这次是一首老歌——腾格尔的《天堂》。

乐小颖默默地站在人群后面，被歌声感染着，醉醉地听着，痴痴地望着。

过道里人群散了聚，聚了散，都是行色匆匆，最后，只剩下乐小颖一个人站在小歌手面前。

月下萧何弯腰要收拾面前的钱及包。

“你好，能将那首《命运让我在远方成长》再唱一遍吗？”乐小颖一双渴盼的眼睛望着小歌手。

月下萧何没有抬头，但手却停了下来。接着，又直起腰，划了一下手中的吉他，却并没有接着弹，而是说了一句：“今晚你请我喝酒……”

乐小颖愣了一下，也许她没想到小歌手会提出这个建议吧，不由得说了声：“还喝呀，我可都要醉了。”

小歌手显然是误会了：“那更得要喝。”然后用冷漠有神的眼睛，直直地望着乐小颖。

“好，好，我请你喝酒。”乐小颖投降般的捋了一下头发，笑着道。

月下萧何这才弹起来，唱起来……

在歌声的旋律中，那次在车厢中相遇的情景，如慢镜头般在乐小颖的脑海中浮现出来——各位旅客，各位朋友，大家好！今天有幸向大家推荐一位优秀的青年歌手——月下萧何……

之后，乐小颖帮月下萧何拎着包，月下萧何一会儿向前一会儿向后，边走边弹着吉他；他们走向出口。

小酒馆里，小歌手月下萧何自顾自地喝着，好像坐在他对面的乐小颖根本就不存在。

乐小颖坐在那，定定地望着月下萧何，眼前出现着幻景：

——月下萧何在金光四射的舞台上演出，台下掌声、欢呼声一片……

——月下萧何西装革履，挽着乐小颖的手，在婚礼进行曲中，走在红地毯上……

——公园里，他们的小孩，吃力地搬动着月下萧何的吉他；坐在一边相拥着的月下萧何和乐小颖看着他，幸福地笑着……

也许是喝得差不多了，也许是看到乐小颖在那神色痴迷，月下萧何抬眼望向乐小颖。

乐小颖见月下萧何望她，忙遮掩地笑了一下，问道：“你叫什么名字？”

“没有名，没有姓，没有爱，没有家——你就叫我小歌手。”月下萧何道。

“对，没有名，没有姓，没有爱，没有家，去他妈的老水，去他妈的吴科……”乐小颖喝了一口酒，“小歌手，你还记得我吗？”

小歌手冲她点了点头。

乐小颖："在哪？"

小歌手："车上。"

乐小颖："你……真的记得我？你怎么记住了我？"

小歌手："有些事需要理由，有些事没有理由。"

乐小颖："那你记住我，有没有理由？"

小歌手："没有。"

乐小颖似乎有些失望，紧追着又问道："那么多人，又这么久了，你能记得我，总会是有理由的。"

小歌手："爱是一种感觉，想你是一种快乐，看着你——是一种幸福！"

乐小颖脸上现出激动之色。

小歌手喝了一口酒，继续背着他的短信："如果暗恋也是错，我愿意将错就错；如果想你是违法，我愿意知法犯法；如果吻你也是犯罪，我愿意负荆请罪！"

说完，小歌手当着餐馆里众人的面，突然拉起乐小颖的手，吻了一下。

乐小颖脸上一片红晕。

小歌手一直毫无表情。

"你不会笑吗？你笑起来肯定好看。"乐小颖红着脸说。

小歌手似乎没答理乐小颖的话茬儿，继续着他的自言自语："整天喝狼酒迈犬步，唱着情歌儿走山路，梳着失恋的头型，赶着多情的脚步，长了一双捡破烂儿的眼珠子，还想龇着一口獠牙寻找爱情的雨露？"

乐小颖："你真幽默。喂，小歌手，你天南海北地闯，一定见过很多世面吧，说给我听听？"

"天多高，海多深，钢多硬，风多大，尺多长，河多宽，酒多烈，冰多冷，火多热……我只想告诉你，这些都不关你的事！"

"嘻嘻，小歌手，你哪来这么多俏皮话？"

"我是一棵孤独的树，千百年来矗立在路旁，寂寞的等待，只为有一天当你从我身边走过时，为你倾倒——"

乐小颖望着小歌手那仍面无表情的脸，禁不住又笑了起来："其实，小歌手，那次在车上，我……我就喜欢上了你。没想到，你也……记住了我……"

"如果一滴水代表一个祝福，我送你一个东海；如果一勺蜜代表一份思念，我送你一个蚂蜂窝。"说完小歌手弹了一下吉他。

乐小颖："真的吗？你……"

小歌手伸手抓住乐小颖的手用力握了一下，说："小样，看我今晚不蛰死你！"

4

车灯如一串珍珠，在夜色中散着璀璨的光……

乐小颖与月下萧何亲亲热热地走了出来。月下萧何一只手搭在乐小颖肩上，背着吉他。乐小颖不时地抬头冲着月下萧河甜甜地一笑。两人相互搀扶着走进门洞。

月下萧何的房间与众多的这类街头艺人没有区别，说得好听点，叫"艺术"，说得不好听点叫"邋遢"。一边扶着醉醺醺的乐小颖，月下萧何一边用脚后跟将门关上。

也许是听到房门碰扣的声音，乐小颖似乎醒了一点，努力地从月下萧何身上挣开，睁着醉眼打量着房间："这是哪呀？"

"这是我的家，这是你的家，家里飞来两只燕，呢呢喃喃说情话；情话绵，情话甜，一朝大风起，各自逃窗棂……"月下萧何拿起吉他，弹了一下，眼睛望着乐小颖说唱着。

乐小颖望着月下萧何，说了句"这你也能唱呀"，便再也坚持不住，头一晕，身子一晃，倒在了月下萧何的怀中。

月下萧何随手将吉他放在一边，然后边抱起乐小颖走向里屋，边说："我是谁，我是小歌手，流浪天涯的小歌手，四海为家的小歌手，没人爱没人疼的小歌手……"

"真的没人爱没人疼啊！没人爱没人疼，我们都没人爱没人疼……"乐小颖凑在他耳边喃喃道。

月下萧何仍用脚关上里屋的门……

清晨，一缕阳光透过窗帘照射进来。

月下萧何倚在床头打量着熟睡的乐小颖。

乐小颖睁开眼。

月下萧何忙将头转向别的地方。

乐小颖这才完全清醒，本能地用手抓住被角，再次放眼打量房间……

好长一段时间，乐小颖一直在努力地想着昨夜发生的一切……然后，轻轻地叹了一口气，抬眼看了一下月下萧何。

月下萧何用一只手轻轻拍了拍乐小颖，梦呓一般地道："不去见你我难受，见到你我要忍受；抱着你是一种享受，你如此漂亮我如何承受；现实如此残酷，又叫我怎样接受……"

乐小颖默默地闭上了眼睛……

等到再次睁开眼睛，十几分钟过去了，乐小颖似乎经过这十几分钟的一"觉"，将昨夜发生的一切，都给遗忘了，跳下床，望着正一手抱着吉他一手正在纸上写着什么的月下萧何，道："月下萧何，我走了，店里还有很多事。"

小歌手月下萧何对乐小颖的招呼充耳不闻，只顾"奋笔疾书"地在写着什么。

"我走了。"乐小颖停了停，走过去，在他面前站住。

月下萧何这时似乎写完了最后一个字，抬起头，弹了一下吉他，然后望着那张纸唱道："一夜风流，哦——我没有爱没有家，相依我的琴，相伴我的歌；哦——就此一夜风流，以后别来找我、忘了我……"

"我会永远爱你的，月下萧何，永远……"乐小颖以为月下萧何是在唱歌，在歌声的旋律中，她含笑地点着头，懵懂、痴心地说着……

5

乐小颖坐在办公室前正忙着，葛言华走了进来。

"小颖!"

"啊，言华!"

乐小颖很意外地望着葛言华。

葛言华笑了一下："乐小颖，现在你做老板，我想回来。"

"好啊，"乐小颖马上笑道，"你不来找我我也准备找你去呢。你看，我现在忙得一锅粥，咱们好姐妹不帮衬谁帮衬!"

葛言华不好意思地笑了一下，然后用手象征性地指了指，说："不过，乐小颖，我觉得最好你将店名换一下，用这名，怎么看怎么不像是你乐小颖当老板。"

乐小颖笑了一下，想了想，道："你这建议不错，我考虑一下。"

"那我下去了啦。"葛言华道。

乐小颖："好——用不用我送你下去?"

“不用，不用。”葛言华忙摆了摆手，“这里我都熟悉。你忙，你忙……”

乐小颖还想说什么，这时桌上的电话铃响了起来，她只好冲葛言华挥了挥手，让她一个人下去。

乐小颖拿起电话，刚“喂”了一声，便讶然了起来：“啊，妈生病了……什么……那到上海市来，到上海市来看……嗯，什么都不要考虑，钱我来想办法……”

放下电话，乐小颖坐在那发呆。

6

办公室。一高个和一胖子两名银行人员正在与乐小颖说着话。

高个：“我们今天只是例行地提前通知一下，请你到时及时还贷。”

“我刚接手，一切都还没有完全理顺，多谢了，请您帮忙；等忙完这阵，我一定上行里去。”乐小颖有些哀求地道。

胖子：“那好。说到底，我们银行是很愿意与守信的业主合作的，是吧；你们客户呢，也应该多多理解，虽然‘理解万岁’这口号现在不大喊了，但我觉得还就是这么个理!”

“是，是的，是这个理。”乐小颖忙笑着应道。

高个：“本来你还是有几个月才到期的，可是，你这不是换了法人，换了门牌了嘛。”

乐小颖笑着给他们递烟：“到时，我一定还上，绝不拖欠!”

“那就好。好啦，我们就不打扰了，再见。”说着高个站了起来。

乐小颖：“要不，中午在这吃个工作餐?”

胖子：“不了，下次吧，下次……”

两人离去。

望着高个和胖子离去，乐小颖伏在桌上好半天才抬起头，一脸的倦色。

这时，何小爽从外面探进头来：“乐小颖，有个金卡用户指名要你做。”

乐小颖抹了一下脸，又对着镜子照了照，这才走出去……

乐小颖刚给顾客做好头发。忽然，戈戈与区青倩在下面不知为了什么事，两人先小声争执，继而大声地吵了起来。

戈戈：“你有本事，有本事你别站在这卖笑啊。什么‘有文化没技术不行，有技术没天分不行’……”

“你……你说什么呢，谁卖笑，啊，你说谁卖笑？”区青倩瞪圆了眼睛。

戈戈：“说你才有长相没天分呢……”

大家都朝这边望过来。

陈秀芹赶紧走过来：“你们怎么了，现在可是上班呢。”

“上班上班，谁不知道啊。”戈戈一时气不打一处来，对着陈秀芹也嚷上了。

这时，有顾客进来。区青倩和戈戈谁也没有接待。

陈秀芹见状，只好上前热情地招呼……

这时，乐小颖一边送走金卡用户，一边叫了声：“你们两个，上来。”

戈戈和区青倩站在乐小颖面前，谁也不先开口说话。

乐小颖：“说吧，你们为什么吵架？”

“她骂我。”乐小颖望向区青倩。“她骂我卖笑。”

戈戈：“我说今天让她在吧台里多站会儿，我去替客人做发，她就说难听话……”

“昨天我就站了一天吧台了。今天轮也轮她。”区青倩立即辩解。

戈戈：“你都学会了烫发，我到现在连染发都还不会。”

区青倩：“那你……”

“好了。我知道了。”乐小颖叹了一口气，“你们都想学手艺，我能理解，也是好事。可是，我怎么说的，天大的事情，当着顾客的面，都要笑脸相迎；戈戈，你还骂区青倩是卖笑，这话是从一个女孩子嘴里说得出来的吗？”

戈戈低了头。

区青倩的头却一直昂着。

乐小颖：“区青倩，戈戈不对，可你呢，你为什么就不能不做声，不能上来告诉我，非得要与她当场大声争吵？你们知道不知道，一个店里的员工争吵影响有多大？你们想想，假如你到一家店去做头发，见到员工在吵架，你有什么感觉？下回你还去不去这家？”

区青倩这才低了头。

乐小颖：“这次就这样，一人扣一天的工资，奖给陈秀芹；如果下次再这样，立即请你们走人。”

戈戈与区青倩站在那没有吱声。

“另外，今后你们俩一人一天站吧台。学手艺也不是一天两天就学会的，不要急，要用心，像你们这样赌着气般的去学，能学会吗？”乐小颖想想缓了一口气道："等我忙过这段，我会安排人替换下你们，让你们专心学的。"

戈戈和区青倩望向乐小颖。

乐小颖："还有什么要说的?"

区青倩："没有了。"

乐小颖望向戈戈："你呢?"

戈戈："没有。"

乐小颖："那就这样处理了，希望你们在一起互相合作；大家出门在外，都是好姐妹，不要为一点小事就闹不团结。好了，你们下去吧。"

戈戈和区青倩走出门去。

这时，桌上的电话响了，乐小颖用双手抚了一下脸，这才伸手去接。

电话是一个男中音："乐小颖老板吗?"

"哎，我是乐小颖。"

"哦，我是工商分局的吴科，嗯，下午市容局的小孙想去你那看看，你有时间吧?"

乐小颖犹豫了一下："今天下午呀?"

男中音立即追问道："怎么，有问题吗?小孙可是负责你们那几个小区的市容呢，多认识认识有好处嘛。"

"那好吧，我把别的事推一下。"

"哎，这就对了嘛。好，下午见……"

乐小颖望着对方已经挂断了的电话，良久才将话筒放下去。

7

"颖——之——魂——美发厅。"

站在门前，沈建荣一字一顿地念出了声，走出几步，回头又望了一眼，这才走进去。

区青倩一见，冲他笑了一下，道："荣哥，好久没见了呀。"

"怎么，不嫌荣哥烦，想荣哥了?"

区青倩撇了一下嘴，道："谁想你!"

沈建荣笑了一下，然后回身指了指门口的店牌："换了名了?"

"早就换了啊，"区青倩道，"你看你有多久没来了吧。"

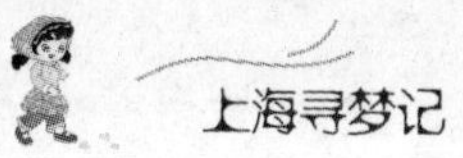

沈建荣收回眼睛，没有接区青倩的话茬儿，而是问道："乐小颖在吗？"

"在上面。"

"好，我上去。"沈建荣用手指了指楼上，然后上去。

金卡用户区，沈建荣见乐小颖正忙着，想想坐到了另一把椅上，等乐小颖忙完了手里的活，送走客人，他让乐小颖给他剪头发。

"我不是来跟你叙旧啊，我是……"沈建荣指了指自己的头，"我是来享受服务的。"

乐小颖笑着，一边让沈建荣坐好，一边看着他的发型，说："荣哥，怎么想要剪成这种发型啊？"

"外行了不是，这是典型的足球头。"

乐小颖笑道："我知道这是足球头，我是说你干吗要剪这种足球发型啊？"

"哈哈哈，问得好！我这呀，是为了纪念过去的岁月呢。"

"纪念过去的岁月？"

"是啊，下午我们当年的一帮老队员相约着搞一次聚会，为了怀念过去的那段峥嵘岁月，约定都剪成当年我们在第七届中国俱乐部亚俱杯上的发型。那年在大连预赛中，我们大胜朝鲜鸭绿江队和澳门合群队，真是风光啊！可惜，在吉隆坡举行的复赛中，第一场还行，与马来西亚吉隆坡队战成了一比一平；后来的两场，一场是与科威特的卡兹马队，一场是日本的读卖新闻队，分别以零比一、零比二负了。"

"看不出，荣哥还是国家足球队的呀。"

"那时候我还在八一队，没进国家队。只是，从那一战以后，我就没在八一队效力，转进了上海队了。"说到这，沈建荣从镜中看着乐小颖，然后用手指引着，"这，对，这里往上翘一点。那是一九九八到一九九九年了，是第九届亚优杯——亚优杯，就是亚洲优胜者杯足球赛——在这场赛中，我们上海市队在第二轮被淘汰出局了。唉……其实盘点中国足球，是一件费力不讨好的事，尤其是变调的中国足球革命。寄望一次有奇迹揭竿而起，期盼中国足协良心发现，可是，阿Q般的呼啸之后，无奈事实如此：假洋鬼子不准革命！该投降的投降，该缴枪的缴枪，一切归于平静……"

"荣哥现在在哪个队呢？"

"九届亚优杯后，我就不再踢球了，而是转到了队里做教练。"

乐小颖笑了一下。

“只是，去年退了下来。”

“嗯。”

“我刚才进店时才发现，你把店名换了‘颖之魂’，好，好啊。黄柏燕叫它‘燕之舞’，只是一个‘象’，而你却叫它‘颖之魂’，是……”沈建荣一时不知道该怎么表达他的意思，盯着镜子里的乐小颖，皱了皱眉，然后转了话题道：“我怎么发现你今天情绪不太对头啊。”

乐小颖勉强笑了一下，说：“没有呀，在听你说你的足球史呢。”

“不对，虽然你当了老板，你也骗不了你荣哥。”

乐小颖轻叹了一声，道：“唉，荣哥，你不知，这老板可真的不是好当的，不说别的，单什么工商税务、卫生城管、街道市容，再加上那些欠钱找碴儿的，拿女孩寻开心的，真的让我焦头烂额……”

沈建荣从镜子中望着乐小颖：“哦，有这回事？”

乐小颖点了下头。

“翻了天了！”沈建荣愤然地道。

乐小颖：“真的，我还能骗你么荣哥，前些天为换个店名……”

“‘颖之魂’？”

“是的，”乐小颖点了下头，“我不知跑了多少趟，说了多少好话；今天下午市容一个姓孙的又要来。还有，屋漏偏逢连夜雨，我妈又病了住在医院……”

“你妈？什么病需要帮忙吗？有事您说话。”

乐小颖回过神来，勉强笑了一下：“我妈那边倒没事。只是这些人……”

“一些什么王八龟孙，这么横！乐小颖，你别怕，有我荣哥，你尽管把心放在肚里。还没遇过我沈建荣摆不平的事。”

乐小颖：“那真的要谢你荣哥了。”

“这些事，包在荣哥身上了，三天之内，我给你搞定。这些混球！”这时，沈建荣头做好了，站起身对着镜子看了看，然后一边往外走，一边又道：“下午什么孙子要来，你别理他，有事荣哥担着。”

“那……谢了，荣哥。”乐小颖眼巴巴地目送着沈建荣。

沈建荣边走边说：“要不是下午聚会，我非要等等看是哪个混球……”

直到沈建荣没了身影，乐小颖还在沉思中……

8

车流中，乐小颖坐在出租车上，眼前不时幻化着小歌手唱歌的身影……可是，当她走下出租车，来到小歌手的住处，按了几遍门铃，里面什么动静也没有。

“月下萧何，”乐小颖一边拍着门，一边叫着，“小歌手。”

叫了半天，终于里面传出了声音，咕咕哝哝着，开了门，伸出头来。

不认识，陌生人。

乐小颖不自禁地后退了一步：“请问，小歌手住在这吗？”

“什么小歌手大歌手，这里没有。”陌生人看了一眼乐小颖，说完“砰”一声就关上了门。

乐小颖愣愣地出神，环顾了一下，确认没有认错地方，于是，再按门铃。

门开了，仍是那个陌生人。

陌生人：“你想干什么？”

乐小颖：“我是他的女朋友，请你叫他出来一下好吗？”

陌生人：“这里真的没有什么小歌手，不信，你进来看看。”

陌生人打开了门，乐小颖狐疑地伸头朝里望了一眼，见当初她与小歌手销魂的那个房门正开着，里面空无一人。

陌生人：“我是前天才租进来的，我想，你男朋友大概搬走了吧。”

乐小颖：“你知道他搬哪去了吗？”

陌生人：“不知道。”说完，就又关了门。

……

乐小颖不知道自己是怎么走出那个租居区的，眼睛无神，情绪失落，那天离开时月下萧何的歌声在她耳边一遍又一遍地回响着：

一夜风流，哦——我没有爱没有家，相依我的琴，相伴我的歌；哦——就此一夜风流，以后别来找我、忘了我……

歌声中，乐小颖泪流满面……

第十三章 再陷情阱

一次酒后，乐小颖偎在了沈建荣的怀里。可是，自称是房地产商且有个副市长爸爸的沈建荣，对乐小颖提出去他家总是以各种借口推辞。热心的卟老师、远方的黄柏燕，还有据说在深圳的傅洋升的话，让乐小颖充满了忧虑与矛盾。

1

乐小颖一直和衣侧躺在床上，头发蓬乱，眼睛无神，睑下有泪痕，仍在啜泣。

这时，传来敲门声。

乐小颖用手擦了一下眼睛，坐起身，听了听。

敲门声仍在有节奏地响着。

乐小颖："是何小爽吧？今天我有点不舒服，什么人都不想见。"

"乐小颖，是荣哥。他来了，要见你。"何小爽在门外轻声道。

乐小颖愣了一下，然后道："请他在办公室等一下，我待会就过来。"

何小爽应了声"哎"，然后传来她离开的脚步声。

乐小颖愣了愣，想想还是开始整理起头发来……

沈建荣坐在乐小颖办公室里，正在翻看着一本画报。

已经化过妆的乐小颖走了进来。

"荣哥，今天怎么这么早呀？"

沈建荣抬起头，将报纸放到一边："早，你看看几点啦，都快十点了。"

乐小颖给沈建荣沏茶。

沈建荣看了看乐小颖的眼睛："怎么了，你哭过？"

"没有啊，可能是没睡好吧。"

"呵呵，其实啊，什么美容不美容，有句话叫'男吃女睡'，这才是真正的美容良方呢。男的长得好，都是吃的；女的呢，就是睡的。睡不好可不成啊。"

乐小颖笑了一下："荣哥这么早过来，有事吗？"

沈建荣："昨天不是说好了吗？今天我过来看看是哪些小子在这捣乱。昨天没请那个孙子吧？"

乐小颖苦笑了一下。

"这帮混球！"

"没想到，当老板这么累。"

沈建荣乐道："错，应该是'做小老板真累'。你看我，整天看上去无所事事吧，其实……哈哈，还是不说吧，说了打击你，不好。"

"我还怕什么打击。"乐小颖幽幽地道。

"嘿，这可不是我认识的乐小颖啊。到底怎么了？是不是那帮浑球……"

"也是，也不是。"

"你放心，那帮混球包在你荣哥身上了，我这就去找人打打招呼。"

沈建荣边说边起身。

"那……多谢荣哥了。"

"咱俩谁跟谁啊，用得着谢字吗？"说完，沈建荣起身欲走，却又转回身，"你母亲……"

"不碍事，我待会儿过去。"

"在哪个医院，我去看看。这么远，来一趟不容易！"

"我替我妈谢您了……"

"我先去查一下这几个混球的底，然后我打你电话，咱们一起去医院。"说完沈建荣走了出去。

乐小颖重新坐下，托腮凝思……

在乐小颖凝思的时候，一辆出租车停在了美容美发协会门前，沈建荣从车上下来，走了进去。

协会主任是一名中年妇女，听过沈建荣反映的问题后，说："你放心，老沈，我们协会一定出面将这件事协调好。"

沈建荣："那就多谢郝主任了。"

"另外，还请你转告业主，这只是一些极个别的现象，千万不要因此而背上什么思想包袱。"郝主任郑重地说。

沈建荣："一定，一定。"

沈建荣与郝主任又说了会儿别的，然后起身告辞……

看着沈建荣离开之后，郝主任拿起电话："……对，这样下去，就这些极个别的……严重败坏公务员形象……嗯，好，那谢啦……”

郝主任放下电话，抓过桌上的包，走了出去……

郝主任从街道上走过来，抬头望了望“税务分局”牌匾，然后走进去。

税务分局张局长正好在办公室，听了郝主任的意见，马上表态：“这还了得，难怪经常见纳税人对我们有情绪；你放心，我马上亲自调查，一旦属实，处理决不手软……”

接着，郝主任又到了工商局……

2

医院门前，沈建荣与乐小颖从出租车上下来。乐小颖在前，沈建荣手里捧着一束鲜花在后。

推开病房门，乐小颖轻轻走近母亲病床：“妈，今天好些了吗?”

“好些了，要你没空不用来，你又来!”母亲撑着两臂，要坐起来。

沈建荣忙一边递上鲜花一边伸出手来帮着：“伯母好。”

母亲望了一眼沈建荣，见他年纪不小，却叫他伯母，挺不自然地笑了下。

乐小颖边从沈建荣手里接过花，放在母亲床头，边说：“妈，他是沈先生，我朋友。”

母亲用手将被子往里拢了拢，不知所措地说：“哦，你坐，你坐。”

沈建荣一边说着“不坐不坐，你躺好”，一边帮着掖了掖被子，然后看了看病房，说：“这么大病房，就你一个人，急吧？今后我有空就过来陪你说说话。”

之后，沈建荣常常不是捧着饭盒菜碗来，就是坐在病床前逗着乐小颖的母亲，总之，时间一久沈建荣没来，乐小颖母亲就不时地搜寻着门口，希望看见他。

这天，沈建荣捧着饭盒、菜碗用肩膀撞开门，走了进来：“饭来喽……”可刚放下盒呀碗的，手机响了，一看，是郝主任来电，于是他摁下了接听键。

“老沈吗？我是郝主任。对，最近怎么样，还有一些单位和个人去‘颖之魂’吗？上次那几个人他们各自单位都进行了处理，检讨的检讨，处分的处分……嗯……嗯……好……”

“谢谢你啊，郝主任！好，我一定……”沈建荣连忙致谢。

从医院出来后，沈建荣立即直奔乐小颖办公室。

“就那几个浑球，想跟我玩，早着呢，我是谁!”沈建荣表功似的对乐小颖说。

乐小颖笑着：“你是谁？你是沈建荣，荣哥。”

“嘁，说出来让那几个浑球眼珠都得跌下来——我老爸是副市长。”

乐小颖惊讶：“你老爸是——副市长?”

“怎么，不信?”

“怪不得你这么轻易地就将那帮人给摆平了。”

“我们一家都是‘高层’领导呢，不过，他们一再跟我打招呼，在外面不能乱说，更不许我打着他们的旗号在外面做一些有损他们声誉的事……”

乐小颖愣然地望着沈建荣。

“怎么啦，吓着你啦。”沈建荣笑着道，“没出息，一个副市长就讶得这样，那要是成天与那些部长们一同进进出出，你不要被吓成封建社会小媳妇啦?”

乐小颖笑着说：“封建社会小媳妇怎么啦，现在不正流行时尚淑女嘛。”

“对对，前天我与我的那帮开发商哥们吃饭还在探讨什么样的女人最美呢。”沈建荣也乐道。

“你们男人啦，一凑到一起，就拿女人开涮。”

“啊，世上只有男人与女人呀，除了男人，当然就得说女人。”

“你刚才说什么，与开发商一起?”

“是啊，我在做房地产。”

“你不是在做足球教练吗?”

“前年退役啦。退下来后，在我老爸的关照下，我搞起了房地产。这玩意，可他妈的真来钱啊。”

“是吗。”

“别‘是马’‘是牛’啦，走，今晚为庆贺‘颖之魂’从此太平，日进斗金，我请客。”

“要请，也不能让你荣哥请啊，我做东。”乐小颖忙说。

“好，下回我再请。就这么定了。”沈建荣看了一下时间，“哟，都快到下班时间了，我先出去，到银行去一下，看看南方那笔款子有没有打进来，待会见。不见不散啊。”

乐小颖：“好的，不见不散。”

望着沈建荣出去，乐小颖用手抚了一下脸，情不自禁地笑了。

3

酒店的一个包间里，乐小颖、沈建荣，还有另几个人正在推杯换盏。

沈建荣："华老板可是南方房产界的大王啊，他嘴角漏下来的，也够我们吃三辈子的。"

"客气客气，小生意，小生意。"那个被称做"华老板"的华老板，抱拳拱了拱。

另一男子："老沈，你也不得了呀，市长公子，房地产精英——"

沈建荣忙摇手："不可声张，不可声张。"

大家会意地笑。

沈建荣："来，来，我敬诸位一杯。"

乐小颖也站了起来，手却伸向了一边盛着水的杯子。

华老板："嘿，小颖老板，不够意思啊，怎么是水?"

乐小颖只好放下茶杯，改上酒杯。

大家说着笑着一饮而尽，然后坐下，继续喝……

华老板："这些年，我去过很多国家，大到美国，小到梵蒂冈，接触过形形色色的人，倒腾过包括军火在内的各种各样的商品，看到了很多野蛮和文明的东西。我从中得出一个结论：贫穷会滋生出很多丑陋、恶的东西，而美的、文明的东西大都是以资产和财富做基础的。自从我知道这个道理后，便在商海中拼杀了，可以说，我的经历，比电视剧还要离奇精彩……"

"来来，喝喝……"在华老板停顿的一瞬间，沈建荣适时地插上话劝着酒。

于是，又是一片觥筹交错。

沈建荣扶着乐小颖从车上下来，然后两人歪歪扭扭地走进门。

乐小颖上楼梯不稳，沈建荣弯腰抱起她。

乐小颖睁了下眼，望了一下沈建荣，接着，又闭上了。她的脑海中，如幻灯一般闪过一个个画面：

——地铁过道，小歌手一会儿向前一会儿向后，边走边弹着吉他；他们逆着行人走向出口。

——小歌手当着餐馆里众人的面，突然拉起乐小颖的手，吻了一下。

——小歌手表情冷漠地伸手抓住乐小颖的手用力握了一下……

——小歌手随手将吉他放在一边，然后边抱起乐小颖走向房间，边道："我是谁，我是小歌手，流浪天涯的小歌手，四海为家的小歌手，没有爱没人疼的小歌手……"

——乐小颖："我走了……"小歌手这时抬起头，弹了一下吉他，望着那张纸唱道："一夜风流，哦——我没有爱没有家，相依我的琴，相伴我的歌；哦——就此一夜风流，以后别来找我、忘了我……"

沈建荣抱着乐小颖，打开乐小颖卧室，用脚支开，走进去，然后轻轻将她放在床上。

乐小颖睁开眼望着沈建荣。

沈建荣转身打开灯。

乐小颖又重新闭上眼睛。

沈建荣走到乐小颖面前，俯下身："乐小颖。"

乐小颖没有做声。

沈建荣轻轻地在她额上吻了一下："我知道你没有醉，你只是太累；你需要一个男人，你需要倚在一个男人宽厚的胸膛上，给你安慰；你太辛苦，太辛苦了……"

乐小颖在沈建荣的喃喃声中，伸出双手，钩住了他的脖子……

4

沈建荣走出房间，边带上门，边说："我今天有一笔大生意要谈，先走了，如果有什么事，就打我手机。"

"你去吧。"房间里传出乐小颖朦胧的声音。

沈建荣走到门口，又转回身："医院那边今天你去看一下，我可能没时间去。"

"知道了。"望着沈建荣离开的背影，乐小颖陷入了深思……

5

乐小颖正在替一名金卡用户做着头，下面区青倩叫道："老板，有人找。"

乐小颖示意何小爽应一声，何小爽走到楼梯口，朝下望了望，道："马上下来。"

贾晓菲站在吧台前，听见何小爽的声音，然后朝区青倩笑了一下，说：“在上面吧。”然后向楼上走去。

“乐小颖。”

“贾晓菲!”

乐小颖吃惊地叫了一声，然后轻声与顾客说了句什么。顾客点了点头，于是，乐小颖转身离开，由何小爽继续替顾客做着头发。

乐小颖引着贾晓菲向办公室走去。

“贾晓菲，真没想到，你会来看我。”乐小颖一边给贾晓菲倒着水，一边道。

“你当老板了呀，我不来看你，难不成你还会去看我。”

乐小颖边笑边将水递给贾晓菲。

“乐小颖，你混得真不错!”贾晓菲环视了一下办公室道。

“你也不赖呀，有车又有钱。”

“我可不像你呀，这一切都是自己挣的，我呢……不说了。汪巧梅联系过你吗?”

“还是以前联系过一次，最近没有打过电话。怎么了?”

“没什么，她也在一家美容美发厅里做学徒呢。”

“哦，她也学美发?”

贾晓菲笑着耸了下肩。她本来就胖的身材，这一耸，看上去怎么看怎么怪。

这时，电话响了。乐小颖接电话。贾晓菲四处打量着。

乐小颖放下电话，对贾晓菲道：“正好，中午荣哥要请一帮客人，我们一道去。”

“荣哥?”贾晓菲有些疑惑地问。

乐小颖不好意思地笑了一下，说：“他叫沈建荣，说起来，你也认识。还记得我们第一次来上海时，在车上，那个塞着耳麦听足球，说‘臭，真臭’……的那个?”

贾晓菲努力地想了想，然后“哦”了起来，“是他呀，板寸头!”

乐小颖笑着点了点头。

“他是做什么的?”

“开发房地产，他还是副市长的儿子呢，结交的都是一些高层人物。”

“是吗！乐小颖，你可傍上大佬啦。”

“别说得那么难听，什么叫傍上了呀，他要和我结婚的呢。”

“哦……真有你的！那好，正好让我今天见识见识市长公子。”

“见了面可不能说啊。他们家教极严，他爸不准他在外面暴露身份，说那样对他不好。”

“高官就是高官，连这都想到了，咯咯，什么时候动身？”

乐小颖看了一下时间，说：“我们现在就走吧，顺便陪我到女人街去逛一下。”

“平常没工夫是吧。”

“是的，都是来去匆匆，根本没闲心。”

“那好，今天本小姐就舍命陪一下。”

乐小颖起身换了件衣服，然后两人走了出去……

女人街上，她们俩从这家店出来，又进了那家店，全是为了逛，一圈子下来，什么也没买。

当又从一家专卖店里出来，乐小颖看了一下时间：“贾晓菲，不逛啦，我们得去了。”

贾晓菲兴高采烈地打了个响指，“耶”了一声，拉着乐小颖向前走去……

包间里，沈建荣、乐小颖、贾晓菲以及另三四个人。

面前的盘子已空下大半，酒仍在喝着。

沈建荣喝了一口酒，放下杯，然后指了指自己的脑袋，说：“这是一个了不起的家伙，人和人的区别，其实都在这里。同样是有钱人，有些人搞水产、开饭店，做五金，指甲里沾着污垢，头发里呛着油烟，满胳膊袖上蹭着铁锈，挣的是辛苦钱，血汗钱，那样的钱，我宁可不赚。我要赚钱既要赚得轻松，又要赚得痛快。在青岛开发区、在杭州高科技园、在浦东，还有……我都有地。土地是不可再生的资源，它会让你赚得盆满钵满，缸盛斗装。但这看起来似乎很容易，其实呢，大部分人却做不来。为什么？因为他们没有魄力，没有原始积累，最最关键的是，他们没有我这样的大脑……”

“是，是，谁有我们荣哥的脑袋……”大家纷纷附和着。

沈建荣：“你们看到了吧，连南方的房产大王都与我有业务往来……”

于是，又是一片劝酒声……

几个小时后，沈建荣一行终于出来了，另外四个人一边各自走向各自的车，一边与沈建荣打着招呼：“改天我们找个地方，好好地搓两把。”

“行，哪天到我们店里去吧。”沈建荣大方地挥了挥手。

看着那些人各自离去后，沈建荣看了下手表，道：“还早着，我请你们喝茶去。”

乐小颖望了一眼贾晓菲。

贾晓菲立即道：“好啊。”

于是，三人又向前走去……

茶楼里，乐小颖、贾晓菲、沈建荣边听着轻音乐，边喝着茶聊着。

贾晓菲：“荣哥，乐小颖对你可是真心的啊。”

沈建荣：“我对她也是真心啊。”

乐小颖望了一眼沈建荣，笑着。

贾晓菲：“你这种高干家庭出身的，家里能没有女人?”

沈建荣：“有啊，我是有过。”

乐小颖有些讶然地望着沈建荣。

沈建荣：“但离了。”

乐小颖：“为了什么呀?”

沈建荣：“她有外遇，我们之间有了第三者，她丫的‘绿’了我，让我改卖帽子的了。”

贾晓菲：“你在外不也乱来?”

沈建荣：“你错了，我这样的家庭背景，即使有那贼心也没那贼胆啊，在外绝不敢也不会乱来的。”

贾晓菲就笑。

沈建荣：“你笑什么，是真的。我是第三者的被害者，因此，我一直主张要谴责第三者，甚至抓住第三者最好能判他个十年八年……”

贾晓菲：“你一直没有插足过别人……”

沈建荣：“我呀，恨都恨不过来了，还当第三者！你荣哥绝对不会干那种事。”

贾晓菲就乐。

沈建荣举起杯：“来，喝茶。”

三人喝茶。

乐小颖一直很少插话，只是听着沈建荣与贾晓菲说……

6

医院门前，乐小颖、乐小颖母亲、沈建荣互相搀扶着走出来。

沈建荣："伯母，出院了，让乐小颖陪你在上海好好地玩两天。"

"我就去看看东方明珠，然后就回。你们都忙。"母亲笑着道。

沈建荣："再忙也得要陪您玩几天。乐小颖，是吧？"

乐小颖抿嘴笑了下。

母亲也笑……

"我们这是去哪呢？"母亲问。

沈建荣弯着身，贴近母亲道："接您老出院，我安排了一桌……"

酒店里，大家纷纷敬着乐小颖母亲。

乐小颖母亲喜不自禁地不知如何是好。

乐小颖教着母亲端杯回敬大家。

一派喜乐……

几天后，火车站站台上，乐小颖、沈建荣送别乐小颖母亲。

乐小颖："妈，到家后打个电话啊。"

"记着呢。"

沈建荣："代向伯父问好。"

"记着呢。"

沈建荣笑了笑。

乐小颖与沈建荣一直将乐小颖母亲送进车厢才下车。

列车启动。

乐小颖与沈建荣举手与母亲再见……

7

夜晚的街道上，贾晓菲与乐小颖边走边说着。

乐小颖："你今天车怎么没开来呀。"

贾晓菲："你看人家那车，才叫车呢！我那算什么车。"

乐小颖："怎么了，好车歹车也是车呀。"

贾晓菲："车不好就不好吧，每次加油，他还要啰唆一两句。"

乐小颖："是吗？大老板这样？"

贾晓菲一脸的不屑："什么大老板，不过一小商人赚了一点小钱而已，就拽得走路都忘了先迈哪只脚。"

乐小颖："贾晓菲，你可真够损的。"

贾晓菲就笑，然后道："乐小颖，我觉得荣哥对你还真的不错啊，你可要傍紧喽。"

乐小颖便笑。

贾晓菲："适当的时候，就与他领个证，将事给办了。"

乐小颖脸色稍黯了一下，但立即又展开了，道："他是说要和我结婚的。"

贾晓菲："那好啊，我等着喝你们的喜酒。"

两人边说边走，消失在夜的灯海中……

房间里没有亮灯。乐小颖在黑暗中闪着一双眼睛，在想着心事。她的眼前，不由浮现出——

沈建荣："我们老华可是大生意人，他嘴角吃漏下来的，也够我们吃三辈子的。"

老华："客气客气，小生意，小生意。"

另一男子："老赵，你也不得了呀，市长公子，房地产精英——"

沈建荣忙摇手："不可声张，不可声张。"

……

沈建荣："我呀，恨都恨不过来了，还当第三者！你荣哥绝对不会干那种事。"

乐小颖想到这，不禁笑了一下。接着继续想——

黄柏燕："也不要把别人想得那么歪……不过，我听别人说，要想了解一个人啊，最好能到他家里去看一看……"

想到黄柏燕这句话，乐小颖叹息了一声，前不久她与沈建荣对话的一幕又闪现了出来——

乐小颖："什么时候去你家见见你家老爷子？"

沈建荣："你又不跑官求晋升，见他干吗？他一天到晚忙得我一月都见不上他一回……"

乐小颖："今天就上你们家吧。"

沈建荣："我这不是正有事嘛，改天，改天啊……"

想着想着，乐小颖就皱起了眉头，然后翻过一个身，睡去……

8

颖之魂美发厅里，只有一两个顾客。

门口进来一位老先生，区青倩立即上前热情招呼：“邝老师，剪发呀。”

邝老师礼貌地点着头：“剪发。”

戈戈：“这边请，邝老师。”

邝老师随着戈戈过去，坐在椅上，戈戈开始给他做着剪发前的准备工作。

这时，沈建荣进来了。

他在吧台前与区青倩说了一会儿话，又转到陈秀芹这边：“陈秀芹，替荣哥按摩按摩。”

陈秀芹：“行啊，不过，一样收费啊。”

沈建荣：“一定照付。”

陈秀芹：“还照付呢，上次欠着还没给呢。”

区青倩接话道：“人家市长公子，大房地产商，还欠你按摩几块小钱!”

沈建荣：“别，可别说，欠就欠着，没欠就没欠。”

戈戈：“那你到底是欠还是没欠啊?”

沈建荣：“问你们老板去。”

葛言华：“老板今儿个不是不在家嘛，要不然，你能在我们这按摩。”

沈建荣：“陈秀芹手艺好嘛，我几天不按，想着呢。”

葛言华撇了下嘴，道：“恐怕你对哪个小姑娘都说想着吧。”

沈建荣：“葛言华，可不许这样说你荣哥啊。”

陈秀芹就笑。

邝老师：“贵先生是市长公子?”

沈建荣这才注意到邝老师，迟疑地应了声：“啊，副市长，副市长……”

邝老师：“我去过沈市长家，可是，没见过你啊。”

沈建荣：“你去过沈市长家?”

邝老师没有做声，望着沈建荣。

沈建荣：“也许我不在吧……哦，我不常去的。”

邝老师：“不常去？不是你自己家吗，怎么不常去？什么话!”

沈建荣：“呵呵，他是我干爸。”

邝老师不再言语。

沈建荣掩饰地对陈秀芹道："对，对，就这，手重点，老是酸胀，都是年轻时候踢球踢的。"

邝老师："乐小颖可是个好孩子啊，沈先生，可不能拿好人当球玩哦。"

沈建荣："您看……您这话——虽然听着别扭，不过，我知道你是为乐小颖好。你放心，我会对她负责的……"

邝老师："那就好。"

沈建荣："这——对，这里——轻一点……"

这时，邝老师剪好了发，戈戈在给他按摩着。

乐小颖进来了，一见沈建荣也在，邝老师也在，于是，便招呼邝老师道："邝老师，您剪发呀。"

邝老师："哎，剪发。"

乐小颖转向沈建荣："不是说好我今天有事，要迟一点才能回来吗，这么早就过来了？"

沈建荣："没事，正好请陈秀芹给我按摩按摩。"

邝老师："刚才我还在与这位沈先生说着你呢。"

乐小颖："说我？"

邝老师："我在与沈先生探讨足球。"

乐小颖："啊，邝老师也喜欢足球？建荣可曾是足球明星呢。"

邝老师看了一眼沈建荣。

沈建荣装着正在接受按摩，闭着眼。

邝老师："是啊，我告诉他，可不能把生活中什么都当做足球来玩哦。"

乐小颖笑着说："他一天到晚就念叨足球……"

邝老师自顾自地说着："我年轻时候下过乡，一开始稗草和水稻老是分不清。老乡就告诉我说，稗草混在水稻中确实不好分，不过，你看那些长得看上去又高又壮的，准是稗草……"

乐小颖不明就里地忽闪着眼睛听着邝老师的念叨……

9

楼上。何小爽正在忙着。

乐小颖从外面进来："何小爽，下个月要举办全国美发大赛，我替你报个名好吗？陈秀芹、戈戈，还有葛言华，我问过她们了，她们说不敢去试，你呢？"

何小爽："有什么不敢！那我一定要好好地准备准备，争取拿个大奖。"

乐小颖笑着说："好呀，到时希望我们'颖之魂'能一炮走红……"

何小爽也跟着笑。

说完，乐小颖离开了贵宾间，回到自己的卧室。沈建荣在等着她，他们约好，今天一起去拜会沈建荣家老爷子。

卧室里，乐小颖一边化着妆，一边不经意地问道："从这到你家有多远啊。"

"两个小时吧。"沈建荣有些心猿意马。

乐小颖："出租还是公交啊。"

"当然是出租了。"

"你们家老爷子有架子吗？"

沈建荣一副心神不定的样子，没有答。

乐小颖扭过头："问你呢。"

沈建荣似乎突然回过神，嘴里"啊""啊"着。

乐小颖："你们家一定装潢得富丽堂皇吧？"

"没有，普通人家。"

乐小颖笑着说："我听人家说呢，'当个科长，吃喝不用管；当个处长，家外有房产'，何况你爸是市长。"

"这是社会上的瞎传，市长……市长又能怎么着，顶多是个吃喝不用管的主儿。"

乐小颖边画着眉，边正要说什么，突然，沈建荣的手机响了。

"喂，哪位？我是……啊……现在呀……能不能往后挪一挪……不行啊，那好。"沈建荣立即如获救星般的打开手机，边说着边对正望着他的乐小颖做了一个无奈的动作。"好吧，我马上到……"

沈建荣挂上手机，说："真对不起，乐小颖，你看今天又去不成了，那边接了一宗大生意，等我过去拍板……"

乐小颖愣怔了一下，想想轻叹一声："每次你都有借口。"

"不是借口，是有事。刚才你不是也听到了？这可是一笔大生意，几千万呐。要是百把几十万的，我就推了也得陪你去……"

"算了，你去吧。"

沈建荣上前吻了一下乐小颖："放心，丑媳妇总会见到公婆的。"

"去你的，我丑吗？"乐小颖"破涕"笑了一下。

沈建荣："不丑，我的小颖是仙女！"

“别贫了，快去吧。”

“哎，我去啦。等我这笔生意谈下来，我们就筹办婚事，好吗?”

乐小颖点了点头。

沈建荣急急地离去。

乐小颖对着镜子中的自己，静静地愣神……

10

街道上，沈建荣拎着大包小包。乐小颖在前面走着，遇着一家服装商场，又走了进去。

付款处，沈建荣落在后面，乐小颖在前面付着款。

两人出门打车。

出租车上，乐小颖一边点着钱包，一边说：“花了一万六千多呢。”

“不够，至少得花六万一千才对。”沈建荣扭身看了一眼乐小颖手里的包装。

乐小颖就笑：“一下买那么多干吗呀，到季再买不一样。”

沈建荣：“那怎么成，结婚嘛，总得要将四季衣服买齐全。”

乐小颖笑着道：“我账上可只有几万流动资金呢。”

“你看，又俗了吧不是。先垫着，怎么着，这钱也得我掏，等我那边款一到，我就划给你六十万，行了吧?”沈建荣点了一下乐小颖的额头道。

乐小颖就势倚在沈建荣身上甜甜地笑着。

11

夜有些深了，乐小颖刚躺下，突然手机响了。

“喂，我是——啊，黄柏燕!”乐小颖打开手机一听，不由惊喜得坐了起来。

黄柏燕：“你最近还好吧?”

“好，还好……嗯……开始有点，现在在荣哥的帮助下，平安了……他呀，我……他说，这笔订单签下来所赚的全部拿来用做我们的婚礼呢……”

“你们?婚礼?”黄柏燕有些吃惊。

乐小颖：“啊，是呀……嘻嘻……”

“乐小颖，你犯傻呀你！你可不要信他的，啊……”

“其实，他人还是挺好的……柏燕，别说了，我想结婚了，我想找个港湾，我想有个男人依靠……”

电话里默然无声……

“喂，柏燕！黄柏燕……”

良久，才传来黄柏燕的一声叹息：“唉，乐小颖，你要我怎么说你呢……”

乐小颖拿着手机听着黄柏燕的叙述……

也不知说了多久，乐小颖挂上黄柏燕电话，坐在那愣愣地出了一会儿神，然后，拿起手机，重新拨号。

好半天才通。

乐小颖：“傅洋升，我是乐小颖。”

“乐小颖，你在哪？”傅洋升睡眼惺忪地问。

乐小颖：“我在上海市啊。”

“哦，还好吧？”

“一切都还好，你呢，你现在在哪？”

“我在深圳。”

乐小颖就有些发愣地“哦”了一声。

“乐小颖，乐小颖，发生了什么事吗？”

“没事，傅洋升，告诉你个消息，我要结婚了……啊，就是那个荣哥……对，沈建荣……啊……你能给我一些意见吗？”

“对那个人呢，我不太了解，谈不上什么意见不意见。不过，乐小颖，你这么年轻，听傅洋升一句话，不要忙着结婚啊……”

“可是，他对我是真心的呢，他对我说……”乐小颖坐在那，一边与傅洋升说着，一边用手在空中不停地比画着……

第十四章　妊娠反应

妊娠反应不仅使乐小颖失去了一次比赛成绩，而且还失去了一次去韩国交流学习的机会。一波未平，一波又起，沈建荣以近似无赖的嘴脸拂袖离开了乐小颖。乐小颖身心都遭到了“妊娠反应”，终于病倒了。

1

乐小颖正在给一位顾客做着发型，边做边与顾客聊着，然后伸手去拿洗发水，像平常一样，用手拧开盖。

可是，一闻到那洗发水的味，乐小颖立即出现呕吐感觉。她赶紧捂着嘴跑进卫生间。

顾客、何小爽关切地望着乐小颖从卫生间里出来。

“怎么了，乐小颖？”何小爽问道。

乐小颖笑着摇了下头，说：“没事。”

顾客：“是不是不舒服？”

“没有啊，只是，不能闻……”乐小颖边说边用手指了一下洗发水，同时，又伸手去拿。

可是，手刚够着，又一阵反胃，她不得不再一次地捂着嘴进了卫生间。

当乐小颖再一次走出卫生间时，何小爽说：“乐小颖，你休息一会儿吧，我这边马上好了，”然后转向顾客，“您稍等会，我马上给您做，行吗？”

“行。”顾客边答应着边转向乐小颖，“你休息一会儿吧。”

乐小颖只好不好意思地对顾客勉强一笑，说：“对不起啊。那，待会让何小爽给你做吧。”

说完，乐小颖离开了。

望着乐小颖走出去的背影，顾客转过头来，问何小爽：“乐小颖结婚了吗？”

何小爽不知所以道：“没有呀。怎么了？”

顾客意味深长地“哦”了一声……

2

卧室里，沈建荣关切地问：“怎么，听说你病了？”

“没有。”乐小颖笑了下。

“没有？我听何小爽说，你白天在给顾客做头时，几次呕吐，是吗？”

“这个何小爽！真的是没事，只是有点反胃。”

“要不要看看医生？”

“不用，现在好了。”

“真好了?”

“真好了。”

“全国美发比赛就要开赛了，可别弄出什么事来。”

“没事。”

“真没事就好。我走了，那边还在等着我呢。”

“你走吧，酒少喝点，还有，喝过之后不要赌，玩玩可以，但赌博，既伤钱财又伤朋友义气。”

“唔。”应了一声后，沈建荣出去了。

望着沈建荣出去的背影，乐小颖若有所思，手不自觉地又摸上了枕下的那本《生活大全》，书中折着的那页，标示着“怀孕”……

3

大厅里，戈戈、区青倩、陈秀芹等一起正在看全国美发大赛现场直播。

区青倩：“看，快看，乐小颖和何小爽。”

没有顾客的员工，一起跑了过来。

电视上，乐小颖、何小爽与其他参赛选手一道，在广播声中，走上赛台，然后各自按照规定的号位，开始操作。

广播一直响着，正在介绍选手的背景以及各自所做的发型名称。

乐小颖做着做着，眉头便皱了起来，似乎在忍受着什么；但没坚持多久，她实在憋不住了，连手上的剪刀都没放，就一手捂着嘴，匆匆地离开赛台，向后区的卫生间奔去。

镜头立即切换到其他选手的操作，包括何小爽。

戈戈惊叫着指着电视道：“乐小颖怎么啦，怎么做一半就跑了?”

区青倩望了一眼戈戈，没有吱声。

另一位女孩：“老板最近好像身体不大好，老是要吐。”

“要吐？嘻嘻……”葛言华暧昧地笑着。

一女孩：“你笑什么?”

另一女孩：“等你哪天也要吐时就知道了。”

没有其他人接腔。

大家接着看电视。

电视上，乐小颖回来了，继续给模特儿做着头发。

突然，她又像先前一样，捂着嘴跑开了。

镜头切到了观众席上，有人开始对乐小颖进行议论：

“怎么了，这个选手？”

“是不是身体不舒服？”

“啊，是不是怀孕了？”

……

戈戈再次大声地叫了起来：“到底怎么了吗？又跑开，时间快到啦……”

“是呀，时间一到，她要是完不成，可就白做了。”区青倩也焦急地说。

一女孩：“老板是不是真的病了？”

另一女孩心知肚明似的故意说：“没有呀，早上走时，我还见她与何小爽有说有笑的呢，嘻嘻……”

戈戈：“老板真是！”

一女孩：“看，快看，老板出来了。”

乐小颖再次走向模特儿，但显然有些手忙脚乱了……

比赛时间到。

可是，乐小颖的发型却还差最后几道工序。

乐小颖呆呆地望着她做得快要成功的发型，在司仪的催促下，她才“恋恋不舍”地缓缓离去……

走下赛台，来到后区，当初在学习班给乐小颖授过课的韩国美发大师朴林尔非常遗憾地迎住了乐小颖。

朴林尔：“乐小颖，你怎么能这样，怎么会这样！你看看，一场比赛离开现场两三次！我对你，很不满意……”

乐小颖咬着嘴唇。

朴林尔：“当时我看到参赛名单上有你乐小颖，我就与别人说，这个乐小颖是我的学生，一定能拿大奖！告诉你，本来我为你争取到了一个去我们韩国交流学习的机会，现在，我要重新考虑，另作安排。”

泪水在乐小颖眼里打转：“老师，对不起，我病了。”

“病了！病了就有理由完不成比赛！”朴林尔有些气急败坏。

乐小颖眼泪终于忍不住流了出来。

朴林尔顿了顿，叹息了声，道：“对不起，我太激动了。”

“老师，是我太不争气。”

“真的要是病了，也不能怪你。”朴林尔想了想道，“不过，这次去韩国是不行的了，因为你没有完成比赛，我没理由向组委会推荐。”

“谢谢老师关心！”望着转身离开的朴林尔，乐小颖真情地道着谢。

朴林尔走出了几步，听到乐小颖的致谢，想想又转回身，道：“不过，秋季法国巴黎将有一场国际新人秀大赛，到时，我再力荐让他们邀请你去参加；这次，就只有遗憾了……”

“谢谢老师，到时我一定努力，争取拿到大奖。”

朴林尔这才笑了一下，向休息室走去……

美发赛现场，其他选手仍在比赛着。

何小爽坐在特设的选手观众席上见乐小颖过来，将身子动了动，给她让了个座。

乐小颖坐下后，何小爽望了一眼乐小颖：“乐小颖，你怎么了?”

“我实在是控制不了。”

“你这几天一直都是这样，要不要到医院检查检查，是不是……”

乐小颖不好意思地笑了一下：“没事，再过几天就会好的。”

“听说医院里现在有一种药，吃后就可以减小这种反应。”

乐小颖就笑了一下，说：“看比赛吧，你看，二十二号做的那个头型……”

何小爽与乐小颖看比赛……

望着电视上乐小颖回到座，戈戈遗憾地咕哝道：“老板真是的，连比赛都没比完。早知道……”

“早知道我们也去参加一下，是吧?”一边的陈秀芹接上道。

戈戈：“我可没说。”

女孩一：“老板最近好像老是心事重重的。”

区青倩：“不要说老板了，最后一轮比赛开始了——”

姑娘们又一起看起电视来……

悠扬的旋律中，主持人一一报着获奖等级和获奖者号码、姓名：“下面，宣布的是三等奖名单，她们是五号孙健美、八号何小爽、十三号区阳……”

何小爽兴奋地与乐小颖拥抱，然后上台。

现场气氛非常热烈……

望着台上在领奖的何小爽，乐小颖与观众们一起随着音乐节拍拍着手，拍着拍着，她渐渐地拍慢了，她想起了刚才朴林尔对她说的那句话——“告诉你，本来我为你争取到了一个去我们韩国交流学习的机会，现在，我要重新考虑，另作安排。”

想到这，乐小颖突然站起身，挤出观众席，急忙向后台走去……

颖之魂美发厅里，站在电视前的陈秀芹指着电视上乐小颖离席的镜头，道：“老板又往前台去了，不知要干什么——”

大家一起望着电视……

乐小颖穿过人群，走到赛场后区过道，追上正与其他大师离开的朴林尔：“老师……”

“嗯，乐小颖，有什么事吗?”朴林尔听到叫声，回身望着乐小颖。

“老师，那个去韩国学习的人选定了吗?”

朴林尔不解地耸耸肩，望着乐小颖。

“我是说，如果还没有确定，能不能争取……”

一听是这事，朴林尔连忙摆了摆手：“下次吧，我不是说过，下次秋季法国新人秀我将推荐你吗?”

“不是，老师您误会了，不是我去，我是说，如果还没有确定，我向您推荐一个选手。”

“推荐选手?”

乐小颖狠狠地点着头道：“是的。”

“是谁?”

这时，正领过奖走下场的何小爽，发现乐小颖在这边，就走了过来，叫道：“乐小颖。”

乐小颖回头看着何小爽，然后一把将她拉到朴林尔面前，“老师，我推荐的就是她，三等奖获得者，她叫何小爽。”

“何小爽。”朴林尔转向何小爽。

何小爽：“老师好!”

朴林尔望了望何小爽手中的奖杯，点了点头，道：“我考虑考虑，你们回吧。”说完，朴林尔就转身走了，刚走出几步，又转过身：“叫何小爽，是吗?”

乐小颖：“是的。”

朴林尔转身继续走去。

乐小颖：“老师再见。”

朴林尔回身挥了一下手。

何小爽也举起手与朴林尔再见……

4

美发厅里顾客不多。

区青倩与陈秀芹，还有一位新来的小女孩小茱在一起聊着。

陈秀芹："隔壁那家贴了转让启事。"

"她们最近生意越来越不行，我看她们晚上很早就关了门，早上到九十点门才打开，不倒才怪呢。"区青倩接上道。

"还有，我听到她们经常吵架，哪像我们，亲得像姐妹一样。"小茱说，"我要是老板，我就买下她们，然后与我们这边形成连锁。"

区青倩就笑："小茱好好干，将来有钱了，买下店，我们给你去打工。"

小茱天真地笑了一下："好呀。"然后走开去干自己的事。

陈秀芹："唉，我们这样打工，哪辈子才能买下店子哟。"

"那也不一定，老板当初不也是打工的。"区青倩说。

陈秀芹笑道："那也不是她买下的呀……"

区青倩就做了一个"大胆"的手势。

几个女孩都笑了起来……

这时，门口贾晓菲拎着个大包走了进来。

"晓菲姐，找老板呀？"区青倩迎上问。

贾晓菲有些勉强地笑了一下，问道："乐小颖在吗？"

区青倩："在上面。要不要我帮你叫她一声。"

"不了，我自己上去。"边说贾晓菲边往楼上走去……

"贾晓菲！"乐小颖望着站在门口有些憔悴的贾晓菲，有些惊诧，"你怎么了？"

贾晓菲故作轻松地道："没地方去了。"

"没地方去了？怎么回事？"

贾晓菲终于忍不住，扑进乐小颖怀里："乐小颖——"

"到底怎么了？"乐小颖一边拍着贾晓菲的背，一边问。

贾晓菲："他妈的破产了。"

乐小颖一时没有反应过来："谁呀，谁破产了？"

"就是——就是那个……"

"哦。"乐小颖似乎明白了。

贾晓菲："他妈的什么都没给我就将我赶了出来，说要我自食其力！这些年，我虽然花了他一些钱，可是，那是我拿青春换来的呀，乐小颖，呜呜……"

"你不是还有一辆车吗？"

"他瞒着我偷偷抵押给别人还债了。"

"你呀，就不要他妈的你妈的了……"

贾晓菲想想又"呜"地一声哭了起来。

乐小颖："好了，好了，他不要你了，我要你！就在我这干吧。"

贾晓菲看了一眼乐小颖，接着又伏在乐小颖身上哭了起来……

5

金卡顾客区，乐小颖正在与何小爽交流着一本画报上的一个发型看法。

乐小颖："你看，这两个发型，一个用明亮的纯色调发带，我觉得用发卡也一样，看上去一样比较时髦，还有点波普风格；而这一个，用的是粉色系的发带，显得精致、优雅……"

"是的，这个如果不用细细的发绳而改用宽发带、发卡就有点太过张扬。"何小爽用手指着说。

"用细发卡效果也是一样的……"乐小颖还没说完，手机响了。"喂，你好，我是乐小颖……啊，老师……嗯，好，好，谢谢老师。"

何小爽一直望着乐小颖说话。

乐小颖挂上手机，兴奋地说："何小爽，告诉你一个好消息——你……"

何小爽望着乐小颖。

"老师说，同意你去韩国学习！"

"真的！太好了！"

乐小颖、何小爽兴奋地拥抱在一起……

送何小爽去车站的出租车上，乐小颖说："希望你能学到顶级技术回来。"

"乐小颖，这次能有机会去韩国学习，真的要多谢你呀。"何小爽说。

乐小颖："你都说过不下二十遍了，还说？"

两人就笑……

一架飞机从机场飞起，乐小颖站在机场边道上，望着飞机，挥着手……

6

汪巧梅与几个女孩正站在颖之魂美发厅门口翘首以待。

这时，一辆出租车驰了过来，停在门口。乐小颖从车里走出来。

汪巧梅赶紧上前："乐小颖——"

"汪巧梅！什么时候来的？"乐小颖愣了一下，但马上笑了起来。

汪巧梅："没多久。"

"走，进去坐。"乐小颖一边走一边说着，走了几步，一看，旁边还另外站着几个女孩，就问汪巧梅："她们是谁？"

"这是和我一起的几个姐妹。"汪巧梅忙介绍道，"我们一起跑了出来，乐小颖，你这缺不缺人……"

乐小颖笑了一下，说："再不缺，你来了，我总不能让你走吧。"然后转身招呼其他几个女孩，"都进来吧。"

汪巧梅："叫小颖姐。"

"小颖姐好。"那几个女孩乖巧地叫了声。

乐小颖笑了一下，然后走了进去……

餐间里，汪巧梅望着乐小颖，睁大着眼睛道："小颖姐，你怎么这么瘦，是不是很累呀？"

"乐小颖那是在炼条子呗。"贾晓菲一边没心没肺地道。

乐小颖笑了一下。

乐小颖说："汪巧梅，吃得惯吗？"

"吃得惯吃得惯，比我们在那边伙食好多了。"汪巧梅笑着说。

其他几个女孩也说："是的，我们在那边每天就是那几样菜，人都吃得到吃饭时间就反胃。"

乐小颖满意地笑了一下。

她的笑意还没收拢，戈戈叫了起来："老板，提个建议……"

"你说。"乐小颖望着戈戈。

戈戈说："我和葛言华最好轮换着在金卡区。"

乐小颖想了想："这样也好。是你们自己协调一下还是需要我安排？"

"我们自己协调吧。"

"那好，我希望你们借这个机会，多提高手艺。"

“谢谢老板。”

乐小颖笑了一下，继续吃起饭来……

7

宾馆里，沈建荣还有另外三个人，正在赌着。

沈建荣拿起一张麻将牌，以拇指与中食用劲地摸着，但很快就失望地搭了出去……

下手将牌一推：“成!”

几个人纷纷给钱……

直到第二天天亮了，沈建荣才回到“颖之魂”，乐小颖看了他一眼，说：“昨晚又赌了？我说过多少回了，吃点喝点，还烂在肚里，那赌……”

“烦不烦啊。”没等乐小颖说完，沈建荣便挥了一下手打断她。

“烦？你嫌我烦你就别赌啊。”

“我走了，等会记得去银行啊……”说完，沈建荣拉开刚刚才合上的门走了出去。

乐小颖望着被沈建荣带上的门，睁大着眼睛，半天回不过来神……

8

乐小颖外出回到小区。在张贴处，一个少妇正在看着各种启事。乐小颖走过她身边，觉得很眼熟，于是又回过头盯着她看。

少妇发现有人看她，回过头，先是迷惘，接着眼睛便放光。

“你是？乐小颖？”少妇用手指着乐小颖确认道。

乐小颖：“你是？我们在哪见过，就是一时想不起来。”

“火车，火车上，我烫伤了你的手。”

“哦，怪不得我觉着这么眼熟呢。”

“啊，你还是这么年轻漂亮。”

乐小颖笑了一下，问道：“你这是？”

“唉，一言难尽。我在找工作。”

“找工作？你原来不是有单位吗？”

“是的，可是公司被兼并了，我是会计，一个单位哪要得了那么多会计，我下岗了。”

“那……您的孩子……”

“在单位下岗，在家里，老公又让我‘下岗’了——孩子死活不让我带走。我一想，得，不让带就不让带，我还年轻，还得要找饭吃，带着个小孩，反而不方便；再说了，走一千里，过一百年，我总是他的妈。就这样，我什么也没要，一个人，出来了……”

“走，我们也不能光在这说话，上我店里去坐坐。”

“你店?”

“是的，就在前边。”

两人说着话向前面走去……

乐小颖问：“怎么称呼你呢，大姐。”

“在单位上，他们都叫我盛会计，你就叫我盛姐吧。”少妇说。

乐小颖说：“好的，盛姐。”

盛姐就笑。

乐小颖问：“你说你原来在单位是做会计的?”

“刚才我不还说着来嘛。”

乐小颖不好意思地笑了一下：“哦，是的。那……你看，我店里的账，你能管吗?”

“你店里？我一个公司的账都能管，你这店的，当然能……乐小颖，你是说……”

乐小颖笑着说：“盛姐，也算我们有缘，你看吧，在车上，我们坐在一块，在这儿吧，又凑巧碰上了。如果你不嫌弃，就在我这儿干，替我管管账，你看怎么样?”

“那敢情好，好!”

“那就这样定了。”

盛姐非常激动：“定，定下了……”

“你回去交代一下，明天就来上班，好吗?”

“好，好……”盛姐不断说着“好”。

9

酒店里，沈建荣、乐小颖，还有另一位中年人以及其他两三个人坐在一桌丰盛的餐桌前。

“不成敬意啊。”沈建荣端起酒杯环视了一圈道。

华老板：“哪里哪里……沈老板非常盛情啦。”

沈建荣望了一眼乐小颖：“我们一道敬一下华大王。”

乐小颖站了起来，与沈建荣一起举杯敬酒。

华老板：“小颖小姐杯中没酒啊。”

“我……”乐小颖忙说“我不会”，可后面两字还没说出来，沈建荣替她挡了，道：“她不会饮酒。”

“那怎么行，不会，慢慢学嘛……不对呀，记得上次她还喝过的嘛……”华老板抓过酒杯，“来，我来替小颖小姐斟一杯。不要不给面子哦……”

乐小颖无法拒绝，只好伸杯接上。

华老板：“来，干！”

华老板一饮而尽，接着沈建荣也一饮而尽，乐小颖端着杯象征性地尝了一下就要放下。

华老板：“那可不行，小颖小姐，一定得喝！”

“我替她喝。”沈建荣伸手去拿乐小颖的酒杯。

华老板一伸手，压着乐小颖的酒杯，说：“不行，不行，你们在家里你喝她的她喝你的我不管，但在这里，嘿嘿，得小颖小姐喝。”

乐小颖只好端起杯喝了。

乐小颖喝完，一手捂着嘴一手放杯，不小心，杯落地上了，“当”一声，碎了……

酒足饭饱之后，他们一群又进了咖啡厅，继续“喝”着。

“钱算什么，算孙子！”华老板喝了一口柠檬水，然后望向沈建荣，“譬如你沈先生，我看得出来，你不是赚小钱的主！”

沈建荣自豪地笑了一下。

华老板：“有没有兴趣去南方单独挑副担子？”

“那敢情好啊，可是……”沈建荣喝了一口咖啡。

华老板：“什么可是但是，是不是要与你那位美人商议商议？”

沈建荣笑了一下。

华老板：“男人应以事业为重，女人嘛，嘿嘿，说到底，不过是男人的一根肋骨……”

大家就都笑。

一边的乐小颖则“装聋作哑”，她知道，这种场合男人的话，大多不是从“嘴里”说出来的，而是……

此后没过几天，乐小颖正在忙着，突然，办公室的电话铃急促地响了起来。

“喂，啊，建荣——什么?”

“我马上跟华老板到南方去发展，华老板说他斥资两个亿给我……”沈建荣在电话中说。

“你就这么走，那我……”

“不说了，华老板在那边叫我了。”

“也太突然了吧……你走了，我肚子里的孩子怎么办?”

“什么孩（鞋）子袜子的?乐小颖，我可告诉你啊，这套甭和我沈建荣玩啊！我沈建荣是什么人！能够着你的套！别听说我有两个亿就想怎么着了你……”

乐小颖气得一时不知说什么好，骂了句：“沈建荣，你浑蛋!”

“骂得好，我就是浑蛋，你爱怎么着怎么着……”说完，沈建荣挂断了电话。

“喂，喂，沈建荣，沈建荣，你不能这样对我……”发现电话确已挂断，乐小颖就重拨，可是，电话中传出的是“对不起，对方已关机”的声音。

乐小颖放下电话，又抓起手机，按沈建荣的号码，里面仍是关机的声音；再拨，还是关机。

乐小颖无声的泪水顺着脸颊滚了下来，无力地坐了下去……

乐小颖怎么也没想到，沈建荣竟然如此一副无赖嘴脸，绝情而去，这不仅使她精神上大受打击，而且使她的身体，也备感痛苦。她决定将肚子中的孩子打掉……

等到进了手术室，几分钟后听到医生一声“好了”，泪水怎么也噙不住，夺眶而出……

10

乐小颖无力地躺在床上休息。

这时，外面传来大声的说话，犹如争吵，而且声音越来越近；接着，便传来敲门声。

"老板，我是戈戈。"

乐小颖努力地将声音调整到正常地问道："有事吗?"

"一位金卡顾客嫌我们做得不好，非得要你亲自做，我解释到现在，她都不听。"

乐小颖只好勉强应了一声："请她稍等，我马上过来。"

戈戈："哎。"

乐小颖只好下床，坐到桌前化妆……

望着顾客满意地离去的背影，乐小颖再也支撑不住，一手扶着剪椅，脸色发白，摇摇欲坠。

戈戈一见，忙上前扶住乐小颖："怎么了，老板?"

乐小颖想说什么，可是没力气说，只是指了一下房间。

戈戈扶着乐小颖走向房间。

可是，刚走了几步，乐小颖便晕了过去……

医院里，乐小颖靠在病床上。这时，病房门轻轻被推开了，探进来一颗脑袋——

"傅洋升!"乐小颖惊喜地叫了声。

傅洋升立即三步两步走过来，伸手扶住乐小颖："坐着，别动。"

乐小颖眼里噙着泪水。

傅洋升："刚才我问过值班医生了，说不碍事，只要休息休息就好了。你呀……"

乐小颖眼泪终于滚落了出来。

傅洋升："别，别难过，人生哪能不遇上一个两个坎儿的，跳过去，走过去，爬过去，只要过去了，就又平坦了……"

乐小颖点了点头。

傅洋升："我寻思着，过几天我正好有事路过你老家，这样，你出院后，我就带你一起回去一趟。我呢，办我的事，你呢，回家看看父母，还有，正好散散心，你看怎么样?"

乐小颖就用怀疑的眼光望着傅洋升。

傅洋升："本来你不病我也是这几天就要去的；这不，正好听说你病了，又正好我要从那路过，所以，就正好想起来我们一道喽。"

乐小颖凄然地笑了一下："你总是那么多'正好'……"

第十五章　梦想山河

傅洋升在无意中了解到乐小颖有个心愿，就是将门前通往乡政府的土路修成柏油路，于是，他主动找到村长，要求出资修路，并且，还为乐小颖家造了一幢和村长家一样的楼房……这一切，让乐小颖父母不解，也让乐小颖感到疑惑。

1

山河村，一辆红色出租车一直开到乐小颖家门前。

车停，从车上走下乐小颖和傅洋升。乐小颖说了句什么，然后回身从车尾厢中拿出带回来的大包小包。

乐小颖父亲正在门口劈柴火，一扭头，发现两个人从车上下来，开始没注意，但再一看，竟是乐小颖，不禁兴奋地叫了起来："小颖妈，你看谁回来了。"

母亲在屋里应了一声，跑出来一看，立即笑着叫了起来："啊，小颖！我的小颖！"

父亲一边从傅洋升手里接过东西，一边说："啊，咋就不打个电话呢，我好去车站接你。"

"不用接，我们打车的。"然后乐小颖指着傅洋升对父亲介绍道："这是傅洋升……"

父亲不知如何称呼好："傅……"

"叫我傅先生吧。"

"哦，傅先生，走，屋里坐。"父亲连忙根据傅洋升的要求，让着道。

傅洋升打量了一下乐小颖家的房子，又四周扫了一眼，在乐小颖父亲的邀请下，一行人高高兴兴地走进了屋……

堂屋里，父亲正陪着傅洋升说着话，喝着茶。厨房里，母亲与乐小颖在说着悄悄话。

母亲："小颖，你们是什么关系？"

乐小颖："什么什么关系啊?"

母亲："乐小颖，可不兴这样啊，不许伤风败俗啊；你看他年纪，有我们大呢。"

乐小颖："啊呀，妈，你想哪去啦!"

母亲望着乐小颖，然后说："那你不声不响地带着一个老男人回来，你说，这算怎么回事?"

乐小颖："他出差正好从这路过，就一道过来了，有什么呀。"

母亲又定定地望着乐小颖，似乎想从她脸上发现出什么来，问："真的没什么?"

乐小颖答："真的没什么!"

母亲说："没什么最好，我怕别人在背后嚼舌头。"

这时，堂屋里传来一片热闹之声，母亲望了一眼外面，说："你出去吧，恐怕邻居们来看你了。"

乐小颖："哎。"

外面，父亲与傅洋升正围桌说着话，这时，门口忽然热闹起来，一些村邻们一起拥了进来。

乐小颖正好从厨房出来，众邻一见，立即围了上来——

"啊，乐小颖，听说你在上海市发了大财啦。"

"乐小颖，什么时候回上海市呀，把我家小二子带上，跟你后面学习学习……"

"还有我家的丫桅子，小时候你还给过她梨吃呢。"

……

乐小颖一边笑着招呼，一边解释着自己并未发财。

村邻们笑说："乐小颖你就别瞒了，我们早听说了呢。"

乐小颖见解释不清，只好笑着。

这时，人群有一点小骚动。

乐小颖父亲一望，原来是在乡里工作的老桂。"啊，桂主任，您请坐。"

"啊，不坐，不坐。"老桂客气着，然后转向乐小颖。"啊，乐小颖吧，啊，几年不见，长成大姑娘了，再过几年，都认不得了。听说你在上海市干得很好，为家乡人民争光了呀!"

"你坐，桂主任。"父亲让着板凳。

"家乡多出几个你这样的年轻人，我们脸上也有光啊。"老桂边坐边说着转向傅洋升，“这位是？”

乐小颖：“是和我一块从上海市来的，他正好出差从我们这路过。”

老桂：“啊，上海来的稀客呀。”

傅洋升笑了一下，与老桂握手。没有说话。

老桂见傅洋升不愿说话，又转向乐小颖：“像你们这样在外为家乡争光的，我们乡政府也很感谢你们啊。”

“没呢，我没取得什么成绩呢，只是在给人打工。”乐小颖解释道。

“打工？啊，是呀，我们谁不都在给人打工，譬如你爸你妈，他们在给国家打工，譬如我，你桂叔，是在给人民打工——我们都在打工。你们说是吧？啊……”

大家就笑着应和。

这时，一个小伙子轻轻地拉了一下老桂。

老桂似才想起来地望着乐小颖：“哦，乐小颖啦，这是我侄，今年呢，才完成义务教育，你看，你走时，能不能把他给带上，挣钱不挣钱无所谓，主要是让他到外面去见见世面，识识广……”

大家就都和着。

“是呢，你看，我们从小就唱‘东方之珠，我的梦魂’，现在你乐小颖就在东方明珠那做事呢。”

“上海市多大啊，你要不带他们出去呀，他们的眼光啊，顶多从我们这边山顶望到那边山顶。”

“小颖姐，‘南宣路’离你住的地方远吗？我们语文课本上有这篇课文呢。”

“还有那什么……写得可美呢……”

嘈杂声中，傅洋升感慨地轻轻道：“啊，乡亲们真的很淳朴。”

父亲望了傅洋升一眼，“呵呵”地笑着。

乐小颖也轻声地说：“是呀，我真想将他们所有想出去的人全带出去，可是……”

傅洋升思索地蹙了一下眉……

热闹的人群后面，赵晓彤也挤在里边。她怀里抱着一个小孩，满是羡慕地盯着乐小颖看，并不时地擦着流出的泪……

这时，一妇女挤上前，拉着乐小颖道：“乐小颖，把我家二子带出去，我不要她挣钱，就要她能养得有你这么白嫩就成。”

有人就笑……

对老桂、村邻们的要求，乐小颖没办法，拒绝不是，不拒绝又不是。

好在，这时父亲轻咳了一声，替乐小颖解围："她在家还有几天才走呢，这样，明儿你们再合计合计……"

"不用明天合计了，我家的明敏这次无论如何，乐小颖，你得给我带着。"立即有人说。

"还有我家的小斐斐。"

"我家的秀秀也是……"

乐小颖无奈地望向傅洋升。

傅洋升轻声地道："你就应下吧。"

"应下？这么多！"

"隔壁那家不是要转让吗？回去接下来不就行了。"

乐小颖诧诧地望着傅洋升。

傅洋升朝她肯定地点了点头。

乐小颖："这？"

傅洋升微笑地再次示意她答应。

于是，乐小颖只好回过头，笑了笑道："好吧，我都带上。只要你们舍得……"

众邻们立即七嘴八舌地表着态——

"那有什么不舍得，到外面去是挣大钱，见世面，八辈子赶不上的好事儿呢。"

"电视上说，人家外国儿女长到十八岁不出去，做爹做妈的还要把他赶出去呢。"

"到了外面，他们才知道天有多大！"

……

2

清晨，第一缕阳光照进窗户时，傅洋升无比畅快地起了床。一直在外面等候着傅洋升的乐小颖端着洗脸水，正准备问候一声时，一旁的父亲问道："傅先生，咱乡下，昨夜住得惯吧？"

"住得惯，住得惯。"傅洋升忙道。

乐小颖边倒洗脸水边说："住不惯也只好惯，这里离城里有几十里路呢，住旅馆可不方便。”

“哪里都一样，不就一宿吗？横着睡是睡，竖着睡也是睡，无所谓的。”傅洋升说。

父亲笑着说：“这倒也是，傅先生人真随和……”

这时，母亲招呼乐小颖，准备吃早餐：“乐小颖，你来一下。”

乐小颖应了一声走进厨房。

父亲招呼傅洋升坐下来。

一会儿，乐小颖端着碗、拿着筷出来了。

一家人开始围桌而坐。

大家边吃边说着话。

母亲说：“乐小颖，你二姨那里，你什么时候过去看一下，她常念叨你。”

“小颖才回来，不能过两天再说？”父亲边说边看了傅洋升一眼。

傅洋升笑了一下，道：“乐小颖，你忙你的。该走的亲，你走；该办的事，你办，不用管我的。”

“这样，上午呢，我陪傅……”乐小颖本想说“傅洋升”的，可突然想起大家都称他“傅先生”，于是，望了一眼傅洋升，意味深长地笑了一下，改口道：“先生在村里转转，下午我再去二姨那。”

“你二姨那什么时间去都行，你先陪傅先生转转吧。”父亲说完，转对傅洋升说：“乡下没什么好转悠的，听电视上说，就是比城里空气好一些。”

……

村头，傅洋升与乐小颖两人边走，乐小颖边给傅洋升说着一些趣事。

“我小时候念书，要从这边走到那边去，然后穿过那边村子，才能到学校。”傅洋升顺着乐小颖的手势望着。“那时候，要经过前面那个村子，村子上有一条大黄狗，每当我们从那过，它总是要‘汪汪’地叫，吓得我们从来不敢一个人从那走……”

傅洋升望着前面村子一幢楼房有些走神。

“你在想什么？”乐小颖转着头忽闪着一双大眼睛望着傅洋升。

傅洋升：“那房子是私宅吗？”

“我也不太清楚，估计是吧；我离家这么些年了，都是才盖的呢。”

傅洋升不再追问，而是若有所思地收回目光……

乐小颖没注意，仍兴致勃勃地介绍着她小时候的事：“后来上初中时，去镇子上，十几里路呢，坑坑洼洼，拿现在新鲜词儿，叫下雨成‘湖州’，天晴成‘徽州’。嘻嘻，那时候就常常傻想，哪天我要是有钱了或是当大官了，一定要修一条像城里那样的柏油大马路，从村子里一直通到镇上……”

傅洋升望着乐小颖沉浸在小时候的梦想中的那种纯情，没有任何表情，不知他在想着什么。

乐小颖：“想想那时候真是天真……”

傅洋升笑了一下。

乐小颖：“不过，现在总算有一条马路了。”

傅洋升：“就是太颠，我们来时，差点儿要将我这把老骨头给颠散架了。”

乐小颖：“要是能改建成柏油的，那就好了……”

傅洋升：“等你当大官就建啊。”

乐小颖再次天真地笑了一下，用手捋了一下头发：“你说我能当大官吗?”

傅洋升：“不能当大官就挣大钱嘛。”

乐小颖：“像我这样打工，挣到哪辈子哦……”

傅洋升：“你是不是特想?”

乐小颖：“想什么呀?”

傅洋升：“想修这条路啊。”

“当然想！可是，这只不过是个心愿罢了，我哪有那么多钱。”说到这里，乐小颖忽然想了起来，问道：“哎，你昨晚说什么?”

傅洋升不知乐小颖问的是什么，望着她。

乐小颖：“回去把隔壁转让的店接下来?”

傅洋升：“是呀。”

乐小颖：“我可没有那么大的资金呢。”

傅洋升：“有我呀。”

乐小颖：“你出钱?”

傅洋升笑了一下。

乐小颖：“你为什么要这样做?”

傅洋升：“为了村上那些个孩子到上海市能有事做啊。”

乐小颖：“这个不是理由。”

傅洋升：“这个理由还不是！那你需要什么理由?”

乐小颖迷茫地望着傅洋升……

3

门前，乐小颖父亲仍在劈着柴火，傅洋升在一边看着，一边与父亲聊着，偶尔帮他捡一下。

傅洋升：“你这房子造了也有些年头了吧?”

父亲：“可不，前几年看上去还算行，这几年做房子的越来越多，样式也越来越新，就显落伍了。”

“想过要重做吗?”

“当然想过，你看，宅基地我都从乡里批好了……”

“那怎么不做? 是不是缺钱?”

“钱呢，是有一点不凑手，但也不全是……”说完，父亲狠劲地劈了一下，一根柴崩到了傅洋升身边，傅洋升伸手捡起来，扔到堆中。“乐小颖在上海市，给你添麻烦了。”

“哪里，我没帮过她什么，是她自己聪明，讨人喜!”

“这丫头，从小就这样，在村上长到十八岁，没有一个人说她‘不’的……”

傅洋升笑着看她父亲眉飞色舞地说着乐小颖……

而家里，一屋子的亲朋好友，聚在一起，你一言我一语地说着话。

乐小颖：“二姑，你坐这。”

二姑：“啊，我小颖越来越漂亮，上海市就是养人，你看我们乐小颖……”

小姨：“咯咯，乐小颖，你吃什么呢，把自己养得这么细皮嫩肉的。”

乐小颖：“我吃的呀，是……”

二姑：“乐小颖，别告诉你小姨，待会悄悄告诉我。”

小姨就与二姑掐在一块。

一家人都笑了起来。

笑声不时地吸引一两个村邻参与进来。

这时，赵晓彤抱着自己小孩也走进了乐小颖家。

乐小颖马上站起来，迎了上去：“晓彤!”

赵晓彤不好意思地往人后躲了躲。

乐小颖走过去，用手逗了一下赵晓彤的小孩，说：“你还好吧?”

“乡下人，有什么好不好，你不是也看到了；你现在过得真是好啊。”

“那年要不是你妈她们追到车站，我们就一起走了。”

赵晓彤低下了头，眼泪情不自禁地流了出来……

乐小颖将眼睛掉开，拉着赵晓彤，说：“坐一会儿。”然后从她身上接过孩子。

孩子认生，乐小颖一抱下来，马上就又扑进赵晓彤怀中。

“你看，你孩子都这么大了。”乐小颖说着，不知怎么，眼前就掠过一道影子——手术室里，乐小颖躺在手术床上……乐小颖泪水夺眶而出……

“你看你现在过得多好！”赵晓彤说过，望了一眼怀里的孩子，“这辈子我是没希望了，等我娃长大了，怎么我也要让他进城里去。”

乐小颖就说：“考大学，考到上海市去。”

其他人也和着：“对，考到上海，考到北京，考到美国……”

大家就又笑：“美国太远，赵晓彤要去一趟得要多少车费呀。”

这时，赵晓彤妈在外面远远地对门口的一位妇女问道：“我家晓彤在不在呀?”

“在里面呢。”妇女用手指了一下屋子。

另一位妇女：“晓彤妈，过来玩会吧。”

“不了，我还有事。”赵晓彤妈边说边讪讪地离去……

4

村中，傅洋升一个人闲逛着，时不时地有人从他身边走过，好奇地望一望他。

有小孩子从傅洋升身边过时，他总要忍不住地伸手去摸一卜他们的头……

不知不觉，傅洋升就走到了村马路边。

这时，正好一辆拖拉机从他身边开过，机身摇晃，突然掉进了一个坑中，熄了火。

司机是个小伙子，从车上下来，一边找石块往轮胎下垫，一边骂骂咧咧。

傅洋升好奇地蹲在车前，看着小伙子垫着：“这条路坏成这样，怎么不修一修呢?”

小伙子看了一眼傅洋升：“修，谁修?”

“政府啊。”

“政府，政府倒是每年都讲修，可是，修到今天还是路是路，修是修。”

“这怎么说呢？”

小伙子这时已垫好车了，拿过摇柄，边插进轮孔边说：“怎么说？你看看村长的房子就知道了。”

说着，小伙子发动了拖拉机，坐上去，道：“都修他们自己家了。”然后，一松刹，拖拉机驶走了。

傅洋升望着拖拉机走远，然后又掉回目光，望向那幢小楼……

傅洋升继续闲逛着。

看见前面有几个老年人坐在那说着话，就走了过去。

走近几位老人，傅洋升：“几位老人家在聊什么呢？”

老人一：“哟，是哪家的客啊？”

“路过的。”傅洋升掏出烟，递给几位。

几位老人有的接了，有的摇摇手，表示不会抽。

傅洋升一边伸过头从一位老人手中点着火，一边吐了一口烟道：“这条路能通县城吗？”

老人二：“不能，只通乡政府。乡政府那可有柏油马路通县城。”

傅洋升：“乡政府那有柏油马路，那这条路怎么不修成柏油路呀？”

老人们：“咳，别说，一说，整个村上的人都来火。”

傅洋升就要蹲下去，旁边一位老人递过一张小凳，让他坐。

傅洋升接过凳子，坐了下去：“这怎么说呢？”

老人一：“怎么说？每年乡里来人都说，要修要修。听说乡里也真的拨了钱下来，可是，到了底下，村长却说这是我们村民自己的路，上面拨的钱是有限的，得自己自筹一部分钱。自筹就自筹吧，自己的路，修了自己走，全要政府拿，也不合理，我们就筹。可是，钱花了，路也总算是修了，喏，就修成这个样。”

傅洋升：“就不能修得好一点？”

老人二：“修得好一点？修得好了，那每年村里的吃喝开支从哪来？”

傅洋升不解地问：“吃喝开支？”

老人三：“是呢，他们每年都找上面要钱，说是要修路，可钱拨下来，路却不见修。你说这钱不是用来吃喝了用哪了？”

傅洋升：“那你们就自己请施工队来修啊。”

老人四：“你是城里的吧。自己修？这可不是一个钱两个钱啊，谁能出得起?”

傅洋升:“那这条路从这里修到乡政府得多少钱?”

老人一:“少说也得要有七八十万元吧。”

傅洋升:“到底要多少?”

老人三:“至少恐怕也得要有七十五六万元。”

傅洋升:“算不算劳动力的工钱呢?”

老人二:“劳动力工钱当然不算,都是自己家大伙的事,谁还要工钱?这七十多万光是材料呢。”

老人四:“哪有那么多,估计有个七十一二万就差不多了。”

傅洋升:“哦——你们村长家在哪?”

老人四:“在那,就是那个最好的楼房那间。”

老人一:“先生怕是县上来的吧?”

“不是,我只是从这路过。”说完,傅洋升从身下抽出小凳,递还给老人,说:“多谢啦。”

然后,在几位老人狐疑的目光中,傅洋升开始向村长家方向走去……

村长家门口,傅洋升走了过来。

傅洋升:“请问,这是村长家吗?”

一位理着短发的中年男子正斜对着门口,在看电视。听见问话,应了声:“是,是的。”扭头一看,不认识,忙站了起来,走出来。

村长:“您是?”

傅洋升:“我找村长。”

村长:“我就是,请,请,请屋里坐。”

村长:“您怎么称呼?”

傅洋升:“你就叫我傅先生吧。”

村长:“哦,傅先生。”

村长一边给傅洋升倒水,一边问:“傅先生是从哪来啊?”

傅洋升:“路过。”

村长倒水的手停了一停,但接着还是将水放在了傅洋升面前:“请问,找我有什么事吗?”

傅洋升:“我想问一下村长,村上修一条到乡政府的路,得要多少钱?”

村长愣了一下,望了望傅洋升,没敢做声,只是掩饰性地道:“喝水,喝水。”

傅洋升:“你别误会,我不管你们以前是怎么回事,我也管不了;我只是想问一下，修一条这样的路，大约得多少钱？”

村长：“要说这条路呢，也还真的要修……”

傅洋升：“那咋还没修呢？”

村长：“穷啊，没钱。”

傅洋升：“那得要多少钱？”

村长：“起码得要八九十万元吧。”

傅洋升：“要这么多？”

村长：“我是毛算。”

傅洋升：“村里不是筹了一部分钱吗？”

村长狐疑地再次打量了一下傅洋升，讷讷地道：“那才筹了好一点啊。”

傅洋升：“不管好一点差一点，有多少？”

村长：“头十万吧。”

傅洋升：“在账上吗？”

村长：“当然在，这是大伙你一百我一百凑起来修路的钱，谁敢动？”

傅洋升：“你们这有修路工程队吗？”

村长：“有啊。”

傅洋升：“那好，你看这样成不成，明天辛苦村长你将工程队负责的，一定要是负责的，能说话算话的，带上公章，还有你们村里的会计，还有，在村上选几名——三五名村民代表，我建议代表年纪最好大一点的，有责任心的，明天上午到你这集中，大伙在一起议一议，修一条路到底要多少钱。”

村长愣愣地望着傅洋升。

傅洋升：“然后，除了大伙儿凑的，还差多少，我出。”

村长：“你出？”

傅洋升：“是的。就这么定，你看行不行？”

村长立马一脸的笑容：“行，行，没问题。我这就联系。”

傅洋升：“不过，请你不要宣扬这件事。”

刚刚绽开笑脸的村长又不解地收了笑，再次愣愣地望着傅洋升。

傅洋升笑了一下，站起来，与村长握了一下手：“我们就这样一言为定啊。明天上午九点吧，九点我过来。”

傅洋升说完，向外走去。

村长傻呵呵地望着傅洋升，木呆呆地说着“您走好，走好……”似乎还没有回过神来……

5

赵晓彤妈与赵晓彤正在家中谈心。

赵晓彤："当初要不是你和二婶追到车站把我拽回来，我现在不也像乐小颖一样……"

赵晓彤妈："像她一样？哼，你没听村上人背地里怎么说？"

赵晓彤："怎么说？"

赵晓彤妈："说她的钱，都是那个老头子的呢。你看那老头，脑门上的毛都脱了，看上去比乐小颖她爸都还要大，也不嫌丢人！"

赵晓彤："那是背后嫉妒人家乐小颖说的呗。"

赵晓彤妈："嫉妒？什么嫉妒，谁家一个大姑娘，好好地带回一个男人搁家里？"

赵晓彤不再做声。

赵晓彤妈："幸亏我那年把你给追了回来，要不然，你在外面要是这样，不把我脸给丢尽了……"

6

村长家，聚集着一屋子的人，见傅洋升准时来了，大家都一下静了下来。

"这是蔡队长，这是董会计，这是二壮子，这是……"村长给傅洋升一一介绍着。

介绍一个，傅洋升便与他们握一下手。

最后，村长才介绍傅洋升："这是傅洋升先生，大家就叫他傅先生吧。"

大家便在一片"傅先生"声中坐了下去。

村长清了清嗓子，望了一眼傅洋升，低声地征求了一下意见："我们开始？"

傅洋升点了下头。

村长："今天把大家请来呢，就一件事，请大家议一下，我们村这条路，要是修的话，得多少钱？"

代表一："村长，这次不是糊弄我们了吧？"

村长："不会。"

“都不知议过多少次了，你给个痛快话，今天要我们来，到底是什么事？”代表二说完，用怀疑的目光望了一眼傅洋升。

村长有点脸上挂不住：“小锁子，你这是说的什么话呢。”

代表三，也就是与傅洋升先前在村中说话的老人二，道：“村长，要说呢，修路是件好事，可是，年年喊修，年年上面也下来了人扛着机器量这量那，可是，这条路还是这条路……”

傅洋升想想轻咳了一声，人们全都望向他。

傅洋升：“蔡队长，是吧？”

蔡队长欠了欠身子。

傅洋升：“这条路如果修成柏油路，你算过要多少钱吗？”

蔡队长：“算是算过，可是，一次也没能兑现过。”

傅洋升：“我现在想了解一下，如果修这条路，到底要多少钱？”

蔡队长望了一眼村长。

代表一：“望什么望呢，蔡队长，有话就直说。”

蔡队长：“傅先生是县上来的？”

人群中有人答：“是跟乐小颖一阵回的上海市来的呢。”

村长：“你是上海市来的？”

蔡队长也有些愕然地望着傅洋升。

傅洋升：“甭问我是哪来的，你就照直说，这路要是修一下，得多少钱？最低要多少，最高要多少？”

有人和道：“对，就照直说，得要多少！”

蔡队长：“这条路呢，我们早两年就预算过，这两年虽然材料涨了一点，但涨死了撑不过一万元。”

二壮子：“你就给句痛快话，要多少？”

蔡队长：“七十二万元。”

傅洋升：“含不含劳动力在内？”

代表三：“劳动力我们自己出，看看能要多少？”

代表一：“对，力气我们出。”

蔡队长：“好。我也是乡里乡亲的，也走这条道，这样，少到底，也得要六十九万元。”

傅洋升：“村长，你看呢？”

村长：“蔡队长说多少，就多少吧。不过，蔡队长，我们都是大人大事的，说到哪就要做到哪啊。”

蔡队长：“那是当然，大小我也是一队之长，说话当然算话，就怕你们村里……”

傅洋升咳了一声，打断蔡队长的话，转向代表三：“你们大伙已筹集了一部分钱了，是吗？”

代表三：“是的，我们大伙年初就凑了。董会计——”

董会计就望村长。

村长：“你就跟大伙说说吧，当着上海市的傅先生面。”

董会计：“村长，傅先生，各位代表，我们根据村委的号召……”

二壮子：“别那么官腔官调了，傅先生又不是乡长。”

傅洋升：“是呀，董会计，你就告诉我大伙儿凑了多少钱？”

董会计翻了翻账本，道：“一共是十一万零二百。”

傅洋升：“这钱，在银行吗？”

董会计：“在。”

傅洋升：“能取出来吗？”

董会计又望了一眼村长，没做声。

代表三：“能不能拿出来？”

村长：“当然能拿出来，这个钱，谁也不敢动的。”

董会计：“能拿出来。”

傅洋升：“那好，蔡队长，你有规范的合同书吗？”

蔡队长：“有，当然有，我们可是正规注册的单位呢。”

傅洋升：“好，就按你说的，修这条路要六十九万元，大伙凑十一万元，剩下的五十八万元，我出。”

大伙一齐望向傅洋升。

“钱呢，全部单独划一个账户，请村民代表们管理，根据合同，工程到哪个阶段，付哪个阶段的钱，一分钱不会落你的，但有一点——”说到这，傅洋升望着蔡队长顿了一下，“一定要保证质量！”

蔡队长：“这个傅先生你放心，质量我一定保证，你看村长家这楼，就是我们做的，看这质量，八级地震也没问题。”

傅洋升：“好，这件事就这么定。村长，这里离银行有多远？”

村长：“在镇上。”

傅洋升：“去方便吗？”

二壮子：“方便，方便，开拖拉机去。”

傅洋升：“那好，村长，就请麻烦你叫两辆拖拉机，我们都去，董会计，你也就当着代表们的面，把钱划过来。”

“好。”董会计说完后，便望着村长。

蔡队长：“我去拿合同。”

傅洋升：“蔡队长，远吗？”

代表三：“都是一个村上的，就在前面。”

傅洋升：“哦，我们一道。我还有点事跟你说……”

村长：“那大家就准备一下，我们……傅先生，马上走吗？”

傅洋升点了下头。

村长：“马上上镇里。快点啊——”

大家兴高采烈……

7

傅洋升与蔡队长走在路上。

蔡队长：“傅先生，你真是个好人呢，这条路啊，喊修喊了有多少年了，一直没修成；这下好了……”

傅洋升却并没理蔡队长的奉承，突然问道：“蔡队长，像村长家那样的楼房，建一下得多少钱？”

蔡队长：“要实算呢，得十几二十万元，可我给他建。嘿嘿，就不说了吧。”

傅洋升笑了一下，道：“这样你看行不行——我给你十五万元，你替我盖一栋怎么样？”

蔡队长：“你盖？”

傅洋升：“不是，我是替别人盖。你先说够不够？”

蔡队长：“够，当然够。”

傅洋升：“好，你也一并带上合同，我给你划款。”

蔡队长好半天才反应过来：“好好，我这还是第一次遇上工程没做，就这么痛快地说要划款的。”

傅洋升：“还是那句话，你得一定要保证质量啊。”

蔡队长：“这个，你放心，你能为我们修路，就凭这，我糊弄天下任何人，也不会糊弄你傅先生！只是，你要给谁盖呢？”

傅洋升边走边与蔡队长说着，蔡队长不时地点着头……

前面便是蔡队长的家了，傅洋升打住了话：“那好，你快去吧，我就在这等你。”

蔡队长：“上家坐一会儿吧，到了，就是那。”

“不了，他们那边还等着呢，我就在这等你，正好上一下厕所。”

“好，好。”说完，蔡队长迈着很快的步子离去了。

8

马路上，两辆拖拉机“突突”地开着。

车上，傅洋升与村长、蔡队长、董会计、村民代表等坐在上面。

中国农业银行前，两辆拖拉机停住，人们一一从车上跳下来，虽然仍兴高采烈着，但脸上，却又紧绷着严肃。

走进银行，代表三担心地问傅洋升：“傅先生，你认识里面的人?”

傅洋升：“不认识啊。”

代表三：“不认识？不认识他们能给你钱?”

傅洋升笑了一下，从口袋里拿出一张银行卡，说：“钱在上面呢。”

代表三：“这里面有钱?”

傅洋升：“啊。”

代表二：“二大爷，你没见过吧?”

代表三：“活这么大，还没见过，这么大个纸片片，就是钱!”

这时，傅洋升走到窗口前，递上卡，说了数字，同时，董会计也在另一个窗口办理着有关手续。

手续办好后，傅洋升转向蔡队长：“这下你放心了吧?”

蔡队长：“放心，放心。”

代表三仍不放心，拿过银行清单，颠过来倒过去地看着……

二壮子就笑话他：“二大爷，赶明儿你回家也做一个纸片片来，里面也会有钱呢。”

大伙就笑。

一行人走出银行……

9

灯下，乐小颖母亲与乐小颖坐在桌前谈心。

母亲：“乐小颖，你告诉妈，你与这个傅先生……”

乐小颖：“我与他没什么，真的。”

母亲：“不怪村上有人说啊，就是妈也想不明白，她会对你那么好……”

乐小颖：“我也想不明白，他为什么会对我好？”

母亲：“你可不能瞒你妈呀，你们没事，妈就大声地对村上那些嚼舌根子的人说；要是你们……妈就人面前说话小声些。”

乐小颖：“妈，你没必要小声，我与他真的什么事也没有，你女儿绝对没有给你丢脸，有什么在人面前说话不能大声！”

母亲望着乐小颖良久，点了点头……

10

又是一个晴朗的天气，吃过早饭，傅洋升犹豫了一下，道：“乐小颖他爸，我打算今天就走了。”

父亲：“不多玩两天？”

傅洋升：“我还有事，得赶过去；在这玩了好几天了。”

乐小颖：“你怎么突然要走了呢？”

傅洋升：“不突然啊，说好我只是路过，顺便到你家来看看嘛。”

乐小颖：“那你也不能说走就走呀。”

傅洋升：“有事啊？”

父亲对乐小颖母亲：“那傅先生真的有事要走，就让他走吧，你赶紧着给傅先生备一点自家地里长的土特产让他带上。”

傅洋升：“别，什么也不用，我什么也不带。”

“随我妈吧。”乐小颖说，“妈，一样少一点，多了，傅先生带不动。”

母亲：“哎——”

村路上，乐小颖送傅洋升去车站，两人边走边说着话。

乐小颖：“跟你说啊，我说你是老板，可是，村上人都不信，偏说你是大款，气死我了，怎么解释他们都不信。”

傅洋升：“你不用解释的，本来你就是老板啊。”

乐小颖摇头：“我才不是老板呢。”

两人边说边向车站走去……

汽车开动，乐小颖与在车窗上探出手的傅洋升挥手告别……

当乐小颖从车站走回来，蔡队长正在与父亲说着什么，见乐小颖跨进门，父亲劈头叫了声：“乐小颖！”

乐小颖：“嗯？”

父亲：“傅先生到底是什么人？”

乐小颖：“爸，你怎么这样问啊？”

父亲：“他不仅捐款修了咱村的路，还花钱为我们家盖楼呢。”

乐小颖惊讶地一会望着父亲，一会儿又望着蔡队长。

蔡队长朝乐小颖点了点头……

乐小颖忙掏出手机，走到门口，向开处走了几步，拨通了傅洋升的手机：“喂，我是乐小颖，傅洋升，到底怎么回事啊？”

傅洋升问道：“什么怎么回事？”

乐小颖：“路！房子！”

傅洋升：“是的，是我与蔡队长签的合同……”

乐小颖：“你刚才在路上为什么不说？”

傅洋升：“有必要说吗？”

乐小颖握着电话欲说无语。

电话里传出一阵挂断的声音。

不知什么时候，乐小颖脸上挂上了一行泪珠……

11

远处大山，泛着一片黛色。

白云在山间淡淡地缭绕着……

第十六章　欢迎光临

“颖之魂”得到了壮大发展。对一些曾帮助过乐小颖的余波等小混混，乐小颖总是抱一份宽容与感恩的心。而这时，据说在外受了骗的沈建荣落魄地回到了上海；念着曾有旧情，乐小颖重新接纳了他。

1

“颖之魂”美发厅分店，门前鲜花摆满两旁，大红贺幅，从楼上飘落下来，一片喜庆、吉祥。

客人们进进出出，恭贺之声不绝于耳。

乐小颖笑逐颜开，不时地与客人打着招呼。

邝老师也来了。

一进来，邝老师便拱着手道：“乐小颖，恭喜恭喜呀，恭喜你头头（用手指了一下头，示意是指美发）是道、红红火火啊！”

“谢谢邝老师。”乐小颖连忙谢着。

这时，沈建荣的一个朋友，以前在酒店吃喝时经常作陪的一位所谓高干子弟余波走了进来：“啊，乐小颖，恭喜恭喜！”

乐小颖：“啊，谢谢。没想到，余公子会驾临本店，十分荣幸啊。”

余波：“哪里哪里。”

大家互相寒暄中，乐小颖眼前，闪现出前两天在“颖之魂”本店的情形来——

从老家山河回到上海市后，傅洋升立即着手买下了这家店面，稍作装潢，便交给乐小颖了，既没说是赠送，也没说是租赁，只是说交给乐小颖打理。

于是，乐小颖将原来的“颖之魂”作为“本店”，将这里，作为分店。

她在对员工们训话时说：

“我们两个店呢，各有侧重，这边本店，以做金卡业务为主，分店以烫染为主。这样，每位员工可以根据自身条件，选择自己所擅长的项目，使得自己更加专业一些。两边经济独立核算，每月根据实际情况，下达一定的指标，超出有奖，而且只要大家努力，奖励的部分会超过你们工资的两倍三倍也不定，具体方案，待会盛姐会跟两边店的主管说的。

“两个店的营业时间要统一，就餐时要像以前一样，轮流值班。这些都是具体工作了，我不多说了，由你们两个店的主管去安排吧。

“大家看看还有什么要说的，如果没有，我们就这样操作。希望我们通力合作，打造‘颖之魂’，使‘颖之魂’不仅在我们这个社区，还要在我们这个区，在这个上海市，在全国，乃至在世界上，能够有一席之地!”

本店，布置的风格以雅为主，给人一种宁静的感觉，让你进入这个店，不高雅也变得高雅起来，不脱俗也变得脱俗起来。

来宾们进进出出，显得彬彬有礼、举止高贵。

这时，美发协会的郝主任也来了。

“不错，真的不错。怪不得……”郝主任在乐小颖的陪同下，边走边兴致勃勃地说着，并对乐小颖还卖了一下小关子；见乐小颖望着自己，这才说：“怪不得附近的几家店，都跟我叫苦，说有了‘颖之魂’，他们的压力太大了。”

乐小颖笑道：“郝主任，别听他们说，我们做得还远远不够——”

“我没听他们说呀，这不，我在看嘛，啊。”郝主任也笑着道。

乐小颖只好笑着……

2

分店以暖色调为主，给人一种热情的感觉，让你进入这个店，就热血沸腾起来，使你下次不想来都不成。

办公室里，乐小颖刚放下电话，电话又响。

乐小颖伸手抓起来：“别说了，我不想听了。啊，傅洋升……没……没什么……傅洋升，你现在在哪里?”

通过深圳市一幢高层建筑透着灯光的一扇窗口，可以看到傅洋升此刻正躺在床上，窗外映进来的霓虹打在他脸上，显得一脸倦容。

傅洋升：“我现在在深圳。乐小颖，告诉我，到底发生了什么事?”

乐小颖：“傅洋升，真的没什么事……只是，刚才建荣打电话……对，他说他在南方做房地产如何如何，听得我起烦，将他电话给挂了……哦……我会的……哎，好，拜。”

听着乐小颖支支吾吾的话音，看着已经挂断了的手机，傅洋升沉思起来……

3

分店的生意比周边几家都要红火，店内大家各司其职，都在忙着。

贾晓菲正在为那个经常说“有困难找我”的“困难哥”按摩着。

贾晓菲：“困难哥，你真的是老板啊。”

困难哥：“首先得声明啊，这‘困难’，是追你小飞飞困难啊。”

贾晓菲手上一用劲，嗔道：“看你胡说。”

困难哥：“难不成我还骗你？不过，只是一个小老板。在上海市，没个上千万，别说你是老板……”

这时，门口又进来了一名顾客。

汪巧梅接待着，往座上引。

贾晓菲望了一眼，然后继续与困难哥说起来……

困难哥：“一个大猩猩一脚踩到了长臂猿的粪便上，长臂猿就替它擦呀擦，擦呀擦，便擦出了爱的火花。每当大猩猩抱着长臂猿亲热时，它便说‘咱们是缘分（猿粪）啊’……”

贾晓菲“咯咯”地笑了起来。

其他人朝她们看，贾晓菲这才收敛起声音，两人接着小声地说着、笑着……

而在乐小颖办公室里，盛姐正在汇报着收入情况，乐小颖不时地点头，同时伴以微笑。

盛姐：“乐小颖，这样下去，我们‘颖之魂’真的要在上海市里再开分店了。”

“盛姐，这段日子辛苦你了。”乐小颖笑道。

盛姐：“不辛苦，比我在原来单位还轻省，主要是干着心里舒坦。”

乐小颖与盛姐接着说了一些闲话，引得盛姐不时地笑……

正笑着，办公室的电话响了。

乐小颖：“喂，哪位？”

电话：“是我，沈建荣，乐小颖……别……别挂电话……”

乐小颖望着电话有些发愣，盛姐一见，忙告辞道：“我还有点事，先出去了啊。”说完，转身走了出去。

乐小颖握着话筒怔了半天，想想问了一句：“你现在在哪？”

沈建荣："我在广州啊。"

乐小颖："这个时候，打电话来有事？"

沈建荣："什么这个时候那个时候？没有，南方这边的夜生活都是早晨才结束，上午是睡觉的时间。再说，给你打电话就非得要有事吗？想你成不成！"

乐小颖暗了一下脸色，同时，眼前闪过以前的画面——

"什么孩（鞋）子袜子的？乐小颖，我可告诉你啊，这套甭和我沈建荣玩，啊，我沈建荣是什么人，能够着你的套！别听说我有两个亿就想怎么着了你……"

想到这，乐小颖一股怒气从心底里升了上来，对着话筒骂道："沈建荣，你混蛋。"

"骂得好，我就是混蛋，你爱怎么着怎么着……"沈建荣在电话中一副无赖地道。

乐小颖"啪"地扣上了电话……

电话刚扣上，放在包中的手机又响了，乐小颖伸手拿出来，一看，是个陌生号码。

"你好，我是乐小颖。啊，何小爽！"一听是何小爽的声音，乐小颖一下兴奋地叫了起来。

韩国街头，店铺林立，电话亭前，一句"乐小颖，是我"刚说出口，何小爽的眼泪便流了出来，她一边擦着眼泪，一边道："我想你，想我爸，想我妈，想我家……"

乐小颖笑了起来："何小爽，喂，出息一点好不好，你是在学习耶，又不是让你嫁到韩国；喂，告诉我，韩国男孩子帅吗。不是呀，我是说，如果帅，你给钓一个带回来。嘻嘻……"

何小爽擦了一下眼泪，不禁破涕为笑，但没按乐小颖的玩笑话题，而是说起自己的学习情况来："老师讲的内容非常前沿，这次来，真的是来得值！"

"你认为值就好。嗯，不要想家，家还不是家，放心，谁也不会去搬你的家，你爸你妈还等着你学成回来，在上海市给他们买房子搬来呢……咯咯……真的呀。好……"乐小颖开导着何小爽。

"好的……那就这样，国际长途，电话费可贵呢……"何小爽说了一会儿就想收线了，"那我挂啦。"

乐小颖："好，常联系啊……"

望着已挂断的手机，乐小颖愣了一会，想想摇摇头，不自禁地一边将手机放入包中，一边笑着……

4

余波走进了“颖之魂”美发厅，迎宾小姐礼貌地笑着招呼“欢迎光临”，余波挥了挥手，道：“下次换个词儿，来一百遍都是‘欢迎光临’。”

区青倩在里面回过头来：“哟，余哥来啦。”

“‘亲亲’（青倩），来——”余波坏坏地眨了一下眼睛。

区青倩就撇了一下嘴。

小茱：“余哥，又占人家便宜了……”

余波：“冤哪，我没有啊。”

小茱：“还没有，要‘亲’人家，还没有？”

余波大笑：“哈哈哈，那得要人家愿意呀。”

陈秀芹：“余哥，今天是做一下头还是按摩？”

余波：“做一下头吧，待会我有一个重要的谈判要参加。”

陈秀芹：“那您这边请——”

余波走向那边。

小茱望着他的背影，一脸的不屑……

几十分钟后，余波活动手臂，从椅子上下来，这时，手机响了，他边接听着手机，边向外走，路过吧台时，对里面的葛言华道：“照旧啊，记到荣哥的账上，一块儿总付。”说完，就走了出去……

前面余波刚走出去，后面乐小颖从楼上下来了，葛言华一见，立即对她道：“老板，那个余波，下回我们可要找他要现钱了，老是这样！”

“算了，不就按一次摩做一下头吗？人家以前帮过咱们，咱们不能忘了人家……”乐小颖轻叹了一声道。

听乐小颖如此一说，葛言华虽然不平，但也不知再说什么才好……

5

忙碌的一天过去了，乐小颖回到卧室，刚想休息一下，手机响了，一看，是沈建荣的，本不想接听，可若不接，座机、手机他会轮流着拨，弄得人烦不胜烦，于是，她一边倚靠到枕上，一边漫不经心地听着……

另一边的沈建荣大概感觉到了乐小颖的敷衍，不停地问道：“喂，喂……

乐小颖，在听吗?”

“我在听呢。你一会说你在海南，一会又说你在广州，沈建荣，你能不能说一句真话?!”乐小颖没好气地道。

沈建荣：“我这不是在出差嘛。”

乐小颖没有言语。

沈建荣：“这边的房产生意比北方好做多了，我每十天半月的就能签下一份大单，等我挣够五千万，我就回来，啊。”

乐小颖：“好呀，你沈建荣发财我沾光嘛。”

沈建荣：“什么叫沾光呀，全是你的。”

乐小颖轻蔑地笑了一下。

沈建荣：“喂，乐小颖，我今天在这边一顿饭就请了……你知道多少钱?”

乐小颖：“不知道。”

沈建荣：“我一顿就请了他们两万八。妈的，这帮家伙还真能吃，吃得我带出来的差旅费只剩下不到住一晚的酒店钱了；可明天还约了一帮大亨……”

乐小颖：“你应该节省一点的，那么铺张干吗?”

沈建荣：“做生意嘛，不铺张一点，怎么混？乐小颖，你能不能明天给我打个万儿八千的，要不然，我明天可真的要出糗了。”

乐小颖没有接话。

沈建荣：“喂，喂……”

乐小颖轻轻地叹息了一下：“我现在万儿八千一下拿不出，给你卡上汇五千吧。”

沈建荣：“五千也成啊，那就这么定了。想你啊……拜拜……”

话筒中传来沈建荣“吻”的声音。

乐小颖拿着已经挂断的话筒，发着愣……

6

分店里顾客不多，戈戈正在送一位客人：“您走好，欢迎下次再来。”

待顾客走出门后，汪巧梅这才问道：“戈戈，先前打电话找你的是谁呀?”

“怎么啦?”戈戈笑了一下。

汪巧梅：“那声音特瓷。”

“是吗？赶明儿有机会我介绍你们认识认识?”戈戈歪着头调皮地说。

贾晓菲："戈戈，介绍我认识吧。"

"一会儿你的那个困难哥不是要来接你走吗？"汪巧梅转向贾晓菲。

贾晓菲："哟，汪巧梅，你还真的动了心啦，别做梦了，没见人家戈戈那咬牙切齿的样。"

大家就笑。

戈戈："我才不呢……"

大家见戈戈那不自然的样子，就又一起笑了起来……

说笑声中，一辆车停在了门前。困难哥从里面出来，站在车门边。

贾晓菲见后，眼睛不由有些红了起来，与姐妹们开始告别；当走到乐小颖面前时，贾晓菲动情地道："乐小颖，谢谢你啊，这段时间我在这里过得非常开心。"

乐小颖："祝你开心永远啊。"

"谢谢！"贾晓菲转对汪巧梅，"有空找我玩啊。"

汪巧梅："贾晓菲，保重啊。"

贾晓菲走出门，困难哥替她拉开车门，待她上去后，又替她关上，然后绕过去，自己钻进驾驶座。

贾晓菲摇下车窗："再见。"

大家挥手，与贾晓菲告别。

小车很快便消失在车流中……

大家边往回走，边议论着——

"我看贾晓菲十之八九要上当，那个人，根本就不像老板。"

"不管怎么说，贾晓菲能有一个归宿，总比我们强。"

"哟，你是不是想嫁啦？"

……

汪巧梅："小颖姐，你说困难哥对她会真心吗？"

"但愿贾晓菲遇上个真心的吧。"乐小颖望了一眼汪巧梅，想笑一下，结果没笑出来。

7

邝老师正在剪着发。

余波一边接受着小茱的按摩，一边正在说着："在上海市，没有我余哥办不到的，我老爸与荣哥老爸，有他两人，才有上海市……”

小茱非常羡慕地问：“啊，我见到的最大的官就是我们乡长了，你老爸是什么官？”

余波：“什么官，说出来你可别吓着。”

区青倩：“余哥，说吧，我们小茱胆可大着呢。”

余波：“上海市长听过吗？”

小茱：“听过。”

余波：“荣哥老爸是副市长。”

小茱：“你老爸是正市长呀？”

余波：“不是正市长，也差不多。”

小茱：“那是什么官呀？”

一直在做着头的邝老师再也听不下去了，突然接腔道：“狗官。”

大家一起望向邝老师。

余波：“嘿，你这老头，说什么呢？”

邝老师：“你老爸是高干，是市长？你以为全上海市的人都是像小茱一样见过的最大官是乡长哪。”

余波就有些尴尬地道：“这……你……神经……”

邝老师：“你说谁呢，自己神经不正常，在这些小姑娘面前瞎掰！你还真的以为你是纨绔子弟呀。”

余波：“老先生，别说话不怕闪了舌头啊。”

邝老师：“你在这进进出出，我一直看在眼里，乐小颖是生意人，念叨着你们曾帮过她，你就以为你不得了了，真的就是市长公子哥了。”

这时余波按摩时间到了，他一边从椅上下来，一边道，“你知道我是谁吗，在这乱嚼……”

邝老师：“我知道你是个街头小混混。”

余波：“跟这种人……喊……你敢告诉我你是哪个单位的？”

邝老师：“鄙人姓邝，在前面学院当老师……”

余波：“当老师，我看你就不像个老师的样！”

邝老师：“哦，那好呀，你可以打我学院的电话查核，我呢，马上打市长热线，对你也查一查怎么样？”

余波：“不跟你这号人掰，我的时间可宝贵着呢，走啦……”

小茱：“拜。”

望着余波出去的身影，女孩们终于一起笑了起来。

区青倩：“邝老师，你真厉害！”

邝老师：“这帮小混混，越说越邪乎。”

这时，乐小颖正好从楼上下来，笑着招呼道：“哟，邝老师，谁越说越邪乎啦？”

邝老师：“你的那帮高干朋友啊。”

乐小颖不解地问：“高干朋友？”

陈秀芹：“刚才余哥在这。”

乐小颖：“哦……邝老师呀，没办法，我也知道他们这一帮……”

邝老师：“别怕，怕什么？有事找政府，找协会！政府是人民的政府，协会是主持公道的。能让这帮小混混翻了天！”

区青倩：“邝老师，说不定他们真的是高干子弟呢。”

邝老师：“怎么可能，高干子弟会像他们这样，一天到晚无所事事，油腔滑调地来逗你们这帮小姑娘寻开心？再说，就是他真的是，那又怎么着！何况，他压根儿就不是！你只要打一下市长热线电话，一切就都穿帮了。”

乐小颖笑着安慰邝老师：“是呢，邝老师不愧是老师！”

几个女孩就小声地议论起来……

这时，邝老师头剪好了，乐小颖对吧台里的小姐说：“今天邝老师的单，我替她埋了。”

“别，别，你邝老师可不像那帮小混混蹭这蹭那……”说完，邝老师忙一边掏钱一边走向吧台……

8

电话铃响。

“喂，你好，我是乐小颖。喂，请说话……”乐小颖伸手拿起听筒，眼睛却仍在看着盛姐送过来的报表。

过了半天，电话中传出沈建荣疲惫的声音：“乐小颖，我是建荣。”

“你怎么了，建荣？”乐小颖这才将眼睛离开了报表。

“我……一言难尽……”

“你现在在哪？”

“我现在……现在就在你楼下。”

乐小颖不禁有点吃惊："你回来了?!既然来了，就上来吧。"

"乐小颖，我觉着没脸见你……"

"上来吧，什么有脸没脸的，上来再说吧……难不成，还要我下去请你?"

"你还是下来，我们到对面的小饭馆里再说吧……我还没吃呢。"

乐小颖望着挂断的电话愣了半天，放下，然后起身匆匆地向外走去……

小饭馆里，沈建荣狼吞虎咽地吃着。

乐小颖静静地望着胡子拉碴的沈建荣，眼里不停地闪着复杂的光。看他吃得差不多了，这才开口问道："你不是在电话里左一个告诉我右一个告诉我房地产如何好做，如何每隔一段时间就可签一个订单吗？怎么一下又变得这么落魄!"

沈建荣咽在嘴里的饭便吞不下去了，半天才道："乐小颖，我……什么都没有了。"

"真的假的啊，你是不是在外面骗人被……"

"不是我骗人，是人骗我，我被他妈的别人给骗了……"说完，沈建荣眼里有泪闪动。

乐小颖："到底怎么回事?"

"一开始，是有订单，可是……"

"你不是说那个房产大王斥资三个亿给你吗?"

"什么大王，什么三个亿啊，他妈的全都是骗子！不仅他的什么三个亿我影子没见着，现在，连我的几千万也搭进去了，全成了泡影了，你说，乐小颖，我亏不亏呀，啊!"

食客便朝他们这边好奇地张望。

"冷静点，吃好了吗？吃好了上我那去说。"乐小颖望了一眼食客们，用手轻轻地拍了拍沈建荣的胳膊，然后示意服务员"埋单。"

沈建荣假装在口袋中掏，见乐小颖已付过，也就停了。

两人站起来，向门外走去……

两人一起走进乐小颖办公室。

沈建荣双手捧着头。

乐小颖坐在椅子上望着他。

沈建荣："当我知道我一无所有的时候，我真的不想回来，真的就想……但是，我想到了你，乐小颖，我想到了你。直到那一刻，我才知道，你已深入到了我的骨髓里。我有种从来没有过的那种强烈的愿望，就想尽快回来，回来见你，哪怕只见你一面！”

“建荣，”乐小颖恳切地道，“你跟我说实话，你跟我说的那些订单到底是怎么回事？”

“其实，那是骗子设好的套让我往里钻，当我签了那么多订单，回来后，那个骗子说根本兑不了现。结果，人家全都骂我是骗子。乐小颖，我真的不是骗子，我是被人给骗了呀，我是好人一个！”

“那你……原来的那些钱全赔了？”

“骗子跑了，单是我签的，我不赔，我就得坐牢。”

乐小颖怔怔地盯着他，没有言语。

“钱，钱算个什么东西？是狗屁！乐小颖，只有你，只有爱情，这才是真的！乐小颖，对不起，我走时伤了你的心。但从现在开始，你放心，我沈建荣一定好好对你，将一颗心掏给你。我们结婚吧，乐小颖，我们要白头偕老！”

乐小颖的眼泪不自觉流了下来。

9

街道上，乐小颖开着车，沈建荣坐在副驾驶位上。

沈建荣：“车是什么时候买的？”

乐小颖：“店子大了，有时出去办事，没个车，实在不方便，傅洋升便劝我买了一辆。”

沈建荣：“你真行，车开得这么好。”

乐小颖：“一开始可不行，在驾校学习那阵子，可没少挨师傅的吼。”

沈建荣敬佩地望着乐小颖……

车停在了沈建荣家老屋前，他们提着大包小包营养品一起走了进去。

老屋是座宽大的老宅子。

一进门，沈建荣便高声叫了声：“爸。”

“谁啊？”屋里传出一声沉闷的应声。

沈建荣：“是我，建荣。”

屋里声音：“哦，你还认得这个门啊？”

沈建荣没答理，边说着话，边引着乐小颖走进了门里。

屋里有些暗，刚一进来，有些不适应，看不清里面。

过了几秒钟，乐小颖这才看清，一张躺椅上，一位年迈的老人正坐在上面。

沈建荣走近去："爸，这是乐小颖，她看你来了。"

老人望了一眼乐小颖，指了一下凳子："你坐。"

乐小颖应了一声。

这时，小家政员从外面进来了："啊，荣叔回来啦。"

"啊，这段日子我爸还好吧？"

"爷爷好着呢。"小家政员边说边给乐小颖倒茶。

老人望了一眼乐小颖："孩子，老家是乡下的吧？"

乐小颖有些吃惊地望着老人，没想到老人有如此的洞察力。

老人磨开眼睛，似乎什么也没看地自言自语道："孩子，你的眼睛很漂亮，可是，眼睛是用来看人、看事、看物的，而不是用来当漂亮的……"

乐小颖忽闪着眼睛，不明白老人的话是什么意思，只是目不转睛地望着老人一张一合的那张嘴……

这时，沈建荣道："爸，不要每次我一回来，你就说个没完。我们走了，下回有空再回来看你。"转向乐小颖，"我们走吧。"

乐小颖望了老人一眼，站了起来。

老人："我的血管里继承的咱祖上血脉，怎么就一点也没能传上给你！造孽啊，到了我这一辈……"

乐小颖望着老人。

沈建荣伸手拉了一下乐小颖："走吧，老了，有些糊涂。"

"再见，伯父。"乐小颖随着沈建荣的一拉，边走边回身招手道别着。

老人没看乐小颖，只是仍在叽里咕噜地说着什么。

倒是小家政员，一直将他们送到了门外。

小家政员："再见。"

"再见。"乐小颖也摆了摆手。

走进车，乐小颖将车驶上街道，这才说话道："我怎么发现你们家老爷子说话有点怪怪的？"

"他呀，老古董。年轻时候还好一点，到老了，这看不惯，那瞧不起，成天就跟鲁迅小说中写的一样，说着'一代不如一代'。"

"不过，我觉着他挺有常识的。"

“这个倒是不假，小时候读过私塾。就是因为读过几天私塾，现在动不动就文乎上一番。”

“好像老爷子对你不咋地呀?”

“怎么说呢?本来我和我们家老爷子吧，还是挺合得来的，可是，我妈十年前去世后……后来，我由于工作忙嘛，就劝他再找个老伴。谁知，我这话一说，竟像是挖了他心肝似的，见着我就骂，逮着谁都数落我。”

乐小颖没有做声，眼睛望着前方开着车。

“所以呀，对女人爱得执著，从我们家老爷子身上，就不难看出我对你是真是假!”

乐小颖瞥了一眼沈建荣：“少贫，别以为我不晓得你是在糊弄我，让我开心。”

“老天作证，我沈建荣真的一点也没有糊弄乐小颖小姐。”

“算啦，算啦，糊弄也好不糊弄也罢，反正上了贼船了。”

“不对，我上了贼车才是呢。”

乐小颖就笑。

沈建荣： “这样，乐小颖，今晚我隆重地请你吃饭，咱们上建国饭店……啊……旁边的竹叶酒家，怎么样?”

“我还以为你真的要请我上建国饭店呢。

“上建国饭店是要预订的，今天，我们先上竹叶酒家，下回，下回我一定请你上建国饭店。”

“真的假的呀?”

“当然是真的，对任何人都可以说假，对乐小颖小姐，绝对不能!”

“那好，今晚我就先上竹叶酒家，看看沈先生请乐小颖小姐吃什么大餐!”

“好嘞，走——”

乐小颖他们的车汇入车流中，共同组成了城市街道上一条流动的风景……

竹叶酒店的包间里，桌上堆了满满一桌各种精致菜。沈建荣已经喝得有些不能自持了。

服务员不时地替他们换着碟。

沈建荣：“什么房产大王，什么万贯家私，他妈的统统扯淡！钱算什么，生不带来，死不带去，只有爱情，爱情！乐小颖，只有爱情，他妈的是真东西!”

乐小颖伸手拍拍他:“建荣,你喝多了。”

“谁喝多了,喝多了还能讲话?”沈建荣挥了挥手,“我他妈的在南方,吃了多少苦,乐小颖,你知道吗?他妈的王八蛋房产大王……”

沈建荣说着说着,就一头栽倒在了桌上。

乐小颖只好求助服务员:“能帮一下忙吗?”

服务员:“你们住在几楼?”

乐小颖愣了一下,看了看沈建荣醉得不省人事的样子,想想道:“我们还没开房呢。”

服务员:“哦,那这样,我替你去订一间,好吗?”

乐小颖:“那谢谢啊。”

乐小颖边说边从包里拿出五百元钞票递给服务员。

服务员出去。

乐小颖望着醉态中的沈建荣,深深地叹息了一声……

10

酒店房间中,乐小颖趴在沈建荣床边,望着他那原本锃亮现在似乎也变得有些憔悴的脑门,眼睛不由便缱绻上了一份柔情。

这时,沈建荣睁开了眼,他先看了看床的上方,然后翘了翘头,看了看房间,最后看向了乐小颖。

“你醒啦?”乐小颖问道。

沈建荣:“能给我倒点水喝吗?”

乐小颖起身倒水。

沈建荣一双眼睛深情地望着乐小颖。

乐小颖倒好水走过来,沈建荣却没有接水,而是接住了乐小颖的手。然后,轻轻地从她手中拿过杯子放在了床头柜上,顺势将乐小颖牵进了自己怀里。

乐小颖没有拒绝,轻轻地伏在了他的胸口……

第十七章　情为何物

当乐小颖准备与沈建荣结婚的消息一公布，立即遭到了人们的劝诫，傅洋升甚至将她邀至家中，很郑重地告诉她沈建荣是个骗子。可乐小颖却轻轻地说了声：“我全知道。”她的举动令所有的人都十分不解和无奈。

1

颖之魂美发厅里，顾客不多，几个女孩有一搭没一搭地说着闲话。

“老板不知是哪根神经短路了，要与荣哥结婚。”区青倩一边甩了一下毛巾上沾着的头发，一边说。

陈秀芹：“可不要在背后议论老板哦。不过，我也觉得，凭什么老板要嫁给他。老板要钱有钱，要貌有貌，要年轻有年轻，干吗要嫁个半老头。爱情这东西真是让人不明白。”

另一个女孩：“这有什么不明白的，沈老头肯定比老板更有钱呗。”

“他呀，我看就一张嘴，其实什么都没有；只会哄得老板团团转。”小茱不屑地撇了一下嘴。

又一女孩：“老板也真是眼睛有点问题，那荣叔，哪一点能让人有好感呐，见到他我就想吐；听到他说话，我就发晕。”

葛言华：“老板也许有老板的难言之隐呢。”

“什么难言之隐？”陈秀芹道。

“哦，你是说她……”区青倩轻轻地用手在肚子上比画了一下。

葛言华抿嘴笑。

小茱：“那算什么呀，去医院做掉不就行了。”

葛言华：“小茱哦，你这样哪个男孩子敢要你啊。”

小茱：“嘁，我还懒得要哪个男孩子呢。”

望着小茱那副表情，大家一起笑了起来。

而在分店，几个女孩也在那唧唧喳喳地议论着……

戈戈：“老板要与荣叔结婚？”

汪巧梅："反正大家都在这么说。"

戈戈："你没问她？"

汪巧梅："好几天都没看见她了。"

另一女孩："老板在忙着结婚呢。"

戈戈："你听谁说的？"

女孩："还能听谁说的，那边店里传出来的呗，说是老板亲口说的。"

"唉，老板也是，谁不好嫁，干吗非得要嫁个这样的半老头？凭什么呀……"戈戈说着转过头，"汪巧梅，看到她你劝劝她，你们是老乡，他那样的男人靠不住；在一起玩玩可以，真的要谈婚论嫁，犯不着。"

汪巧梅："我的话她也听不进的。"

这时，邝老师走进了"颖之魂"美发厅，四下望了望，然后邝老师问道："你们乐小颖老板上哪去了，知道吗？"

"邝老师，有事找老板啊？"区青倩笑着。

邝老师："听说她正在筹办婚事，要嫁给那个叫什么荣的，是吧？"

"是的。"

"我就是要找她谈谈这件事。"

区青倩与其他姐妹们互相望了一眼。

邝老师："那个什么荣的，跟那个余波是一路货，都是上海市里的混混，乐小颖怎么能够嫁给他？！不行，我得等到她，提醒提醒。"

"老板一早就出去了，也不知什么时候回来。"一边的小茱道。

邝老师："我就在这等，非等到她回来不可。"

2

酒店里，乐小颖正在与沈建荣及沈建荣的一帮朋友们在一起。这时，手机响了，她低头看了一眼号码，然后站起身，本想说声"对不起，我出去接个电话"，但见大家纷纷只顾劝着酒，没人注意她，顿了一下后，她拿着手机走向包间外面。

出了包间，乐小颖一边向卫生间方向走，一边接听着："啊，朴老师，对，我是乐小颖……啊，嗯……"

电话是韩国美发大师朴林尔打来的："刚才为你争取到一个去我们韩国的机会。我在首尔（汉城）的一个朋友开了一家达仔美发城，想请一个中国

美发师去为她的店剪彩，我推荐了你……”

“真的呀，什么时候？您去吗……哦……好……”乐小颖兴奋得停住了。

朴林尔：“出国手续，他们统一替你办，你只要准备一下自己的行李就行了。上次没能为你争取到去韩国学习的机会，这次总算补上了……”

“谢谢老师。嗯……我一定……好，拜——”乐小颖抑制不住激动的神情。

挂上电话，乐小颖转身向包间快步走去……

3

乐小颖办公室电话一直响着，停一下，然后又接着响。葛言华与区青倩对视了一眼，想想向楼上走去。

葛言华伸手抓起电话：“喂，你好。”

“怎么回事，到现在才接？”刚才拿起，电话里便蹦出一声责问。

葛言华：“对不起，老板不在……”

“哦，对不起，我以为是乐小颖呢。”一听不是乐小颖，里面声音顿了一下，然后道歉道。

葛言华：“老板出去了，您有什么事吗，我可不可以代为转告？”

“我是傅洋升啊……”

“傅洋升！”葛言华有些兴奋地叫道。

“你是？”

“我是葛言华啊，傅叔。你在哪里？”

“啊，葛言华呀，你好。我现在在深圳。葛言华，你们老板最近忙得很吗？”

“她在忙着结婚呢。”

“结婚？”

“你不知道啊？”

“跟谁结？我认识吗？”

“你认识，就是那个荣哥，沈建荣。”

“啊，是他……”

“喂，喂，傅叔，傅洋升……”见傅洋升“啊”过一声后半天没有吱声，葛言华不由叫道。

半晌，电话里才传出傅洋升的声音："他们什么时候举行婚礼?"

"老板没说，估计就在最近吧。"

"哦，好了，见到乐小颖，代我向她问好。"

"嗯……好，傅叔，拜。"葛言华拿着话筒愣怔了会，然后才轻轻地放下话筒。

4

日升日落。

此时，太阳正升挂在远方的屋脊上。

街道上车来车往。

前面一辆车上，乐小颖、沈建荣坐在里面，正向机场驰去……

空中，一架客机正在降落。

在机场出口处，傅洋升随着人流走了出来，然后坐上一辆出租车，很快便消失在了车流中……

车流中，乐小颖的车驶进了机场。

那句不知多少书中说过的"无巧不成书"，在这里再次上演——

当乐小颖与沈建荣拥抱后，向检票口走去时，傅洋升坐的车则即将驶近"颖之魂"；乐小颖通过检票，最后向沈建荣挥了一下手致意，然后转身向里面走去时，傅洋升的出租车停在了"颖之魂"门前；当一架飞机正在起飞，昂首冲向云空，傅洋升却正走向门口，迎宾小姐向他鞠躬招呼……

区青倩："傅叔!"

"啊，你好啊，区青倩。乐小颖呢?"

陈秀芹听到声音，从另一边跑了过来："傅叔。"

"你好。"然后傅洋升既像问区青倩又像是问陈秀芹："你们老板呢?"

陈秀芹："上机场去了。"

"上机场?"傅洋升不由睁大了眼睛。

区青倩："她到韩国去了。"

"去韩国?去韩国干什么?结婚?"傅洋升急切地问道。

陈秀芹："不是，她是去给一个叫达仔的美发城剪彩。"

"达仔……"傅洋升似乎轻呼了一口气，"谁给联系的你们知道吗?"

陈秀芹："听说是她老师。"

区青倩："是的，是她老师。"

傅洋升就有些发愣。

区青倩："傅叔，别光顾着说话，走，先上楼去休息一下。"

陈秀芹欲引着傅洋升："傅叔，先上去喝点水，然后我再给你按摩一下，看看我的手艺有没有进步。"

"那就不了，我正好回家去一下，好久没有回过家了……"傅洋升若有所失地笑了下说。

说完，傅洋升转身向外走。

区青倩和陈秀芹将他送到门口……

5

首尔机场，乐小颖随着人流走出机场出口。

异国风情的街市，让刚走出出口的乐小颖目不暇接。接下来的几天，乐小颖恍然若梦：与其他嘉宾和承办方一起共进晚餐；各种彩球、条幅五色缤纷；各位领导讲话，致辞；乐小颖微笑走到彩绸前，在众人的目光中，从礼仪小姐的托盘中拿起剪刀……

总算"正事"完了，乐小颖赶紧与何小爽联系——

"何小爽，你在哪里？啊，我呀，我现在正在……"乐小颖四处望了望，"马上到战争纪念馆了。对……好，我马上打车去，好，昌德宫见。"

一会儿，车便到了昌德宫广场前，乐小颖走下车，放眼四顾，寻找着何小爽。

这时，一辆车缓缓地向这边驶来，离老远，何小爽便从车窗中伸出手，大声地招呼着："乐小颖，乐小颖！"

"何小爽。"乐小颖一扭头，看见了何小爽。

车停，何小爽从车上跳下来，两人相拥，兴奋得又跳又蹦；何小爽激动得只顾喊着"乐小颖，乐小颖"，竟不知道说什么好，并且，满脸还挂着泪，引得行人不时地向她们张望。

乐小颖也是兴奋得热泪盈眶："何小爽，让我看看胖了瘦了……啊，苗条了，更秀气了……是韩国泡菜给泡的，还是糯米糕给糯的……"

"乐小颖，你越来越漂亮了，怪不得这大老远地把你给请来剪彩……"何小爽也打量起乐小颖。

乐小颖："呀，咱都别酸了，想让我们牙齿也出国啊。"

何小爽笑道："乐小颖，你怎么知道昌德宫?"

"首尔真大，多亏来前我看了地图，主要是为了找你。"

何小爽："我真的没想到，真的没想到我们会在这里见面！我真是太兴奋了……"

"我也是，真没想到，"乐小颖也兴奋地举起双手，转着圈道，"我们今天能站在韩国，站在首尔，站在这里……"

"走，我们找家餐馆去。你是吃中餐还是韩餐?"何小爽问。

乐小颖："我们找家中餐馆吧，有钱也是给咱中国菜赚。"

"对，我也好久没有吃中餐了。走，我们先吃饭，然后去明洞。"

"明洞离这多远啊?"

"管它多远，既然来了首尔，不到明洞，岂不遗憾？那里可是首尔的时髦大街呢。凡外国人来首尔，或者是购置新流行时装的年轻人，都希望去那里一睹风采。那里是最能体现首尔活力的地方……"

"那好吧，我们往那边走，看看有没有中餐馆?"乐小颖指了一下右边。

于是，两人一边兴奋地走着一边兴奋地说着，没走多远，便遇上了一家中餐馆。走进去，她们要了几样小菜，另外还要了几瓶清酒。

何小爽打开酒，给自己也给乐小颖倒了一杯，然后举起来，道："来，乐小颖，真是太高兴了，我们也学一学男生，干!"

"你也学会喝酒啦?"乐小颖笑着问道。

何小爽将杯往前送了一下："先干了再说。"

"好——咱干。"乐小颖伸手端起杯，与何小爽一口干了，然后才问道："在这边习惯了吧?"

"在这边什么都好，就是太想家了……"说着，何小爽眼圈儿就又红了。"我的一点生活费全用来打电话打了，几乎每隔两个星期我都要与我爸我妈通一次话。要不，就是……用来喝酒了。"

乐小颖："你就不怕喝醉?"

"不会，只喝一点，哪会醉。来——"说着，何小爽又端起了杯。

两人边喝着边谈着……

"乐小颖，告诉你啊，这次学习，我真的大有长进啊，现在，我能做十几种韩式发型……"何小爽说。

乐小颖："那你回去后，可得要教教我哦。"

“你？别踩我了，你要我教?!”何小爽笑道。

乐小颖：“我说的是真的啊。”

“什么‘蒸’的‘炒’的，来，喝酒——”何小爽举起杯。

两人又喝……乐小颖伸手拦了下：“何小爽，不能再喝了，再喝，要多了。”

“再来一瓶，就一瓶，怎么样？小姐，再来一瓶酒。”何小爽眼睛有些被酒精烧红了地盯着乐小颖，然后举手叫道。

“不要了，不要了，小爽，我们还要去明洞玩呢。”

何小爽就望了望乐小颖，想想示意了一下应声过来的服务小姐：“放这吧，我们自己来。”

小姐放下酒瓶，退到了门口……

几十分钟后，两人终于喝好吃好，在何小爽的引导下，俩人来到明洞。

走在明洞大街上，她们不仅不时地张望着，而且有时又为一个发型，悄悄地跟踪着别人，边跟踪还边议论着……

前面一个公交站台，何小爽望了一眼：“啊，累死我了。”

“是呀，跑了一天，真的很累。”乐小颖道，“那……我们回？”

“不。”何小爽抡了抡胳膊，“走，不玩白不玩……”

两人又嘻嘻哈哈地玩了起来……

很快，乐小颖在韩国的行程就要结束了，晚上，她倚在宾馆床上，给何小爽打着告别电话：“何小爽，明天你就不要来送我了，这两天你陪我玩，落下课了吧……对，我们这边统一行动的呢，你在这安心学习。好，我在上海市等你啊……咯咯咯……祝你永远开心。刚才不是祝你永远开心了吗，又哭什么啊……”

女学员宿舍里，何小爽一边擦着眼泪一边说：“没……没哭……代向陈秀芹问好，区青倩问好，葛言华问好，戈戈问好……”

“好，好，我统统向她们问好。好，就这样，拜拜……”乐小颖挂断手机，然后，开始躺下去睡觉……

第二天，碧空中，一架飞机正在穿行。

乐小颖从窗外收回目光，望着空姐的身影，不自禁地抿嘴笑了一下——这次韩国之行虽然短暂，但她却过得很快乐，尤其是与好友何小爽的异国相聚，别有一番滋味。

接下来回国后，还没等她从这种快乐的情绪中回过神来，就掉进了好友包括傅洋升对她婚姻的劝诫中……

6

沈建荣走进颖之魂美发厅，小茱朝他望了一下，然后又与旁边一位女孩说着话。见此情形，沈建荣立即唬下脸，对她们俩道：“还在说什么？对每位进店里的人都要笑脸相迎！你们懂不懂？”

女孩赶紧回了剪椅那边，小茱则“哦”了一声。

“不要‘哦’，要记着。”沈建荣又环顾了一下店里，对大家道：“没事时，不要两两三三三三两两地在一起磨叽，这柜上的工具不能整一整？洗发水什么的，不能理一理？这桌上，不能捡一捡？还有，这地上，不能扫一扫？没事啊……”

女孩们一个个都不言语。

说完，见大家都不再吱声，沈建荣朝楼上走去。

看着沈建荣的背影掩在了楼上，区青倩才小声地咕噜了一句：“就像他是老板似的。”

“老板不在家，他不是老板谁是？”其他女孩开始整着柜子或桌子等，只有陈秀芹小声地嘀咕了一声……

一声刚嘀咕完，沈建荣边接听着手机，边又从楼上下来了。

不一会儿，沈建荣带着一帮人，说说笑笑着又走回了店里。

沈建荣：“怎么样，我们‘颖之魂’，你看这名，多有学问！各位，可得要多多宣传宣传啊……”

一行人走进了店里。

“参观”之后，一行人开始向外走，这时，沈建荣从前台支出一沓钱，转身对吧台里的一个收银女孩大声地说道：“你们每天的账都得要向盛姐报一次，盛姐第三天要向我报告一次。听明白了吗？”

女孩“嗯”了一声。

沈建荣又向其他员工扫了一眼，这才走出去。

望着足球步迈得更�了的沈建荣背影，汪巧梅眨着一双鄙夷的眼睛看着，轻声地与边上的戈戈道：“看那轻骨头样儿……”

戈戈笑了一下，说：“可别让他听见了。”

“听见又能咋了，他又不是老板。”

“别忘了，他可是老板的老板哦。”

汪巧梅就不屑地撇了一下嘴……

7

乐小颖刚睡下，手机响了起来。伸手拿过手机，乐小颖看了一眼号码，然后看了一眼睡在一边的沈建荣，起身走了出去。

站在走廊里，乐小颖一手捂了话筒，小声地说着："傅洋升，不要说了。我知道，我又不是小孩子。嗯，是的——别，别……好，那就这样吧，明天见……"

沈建荣见乐小颖回到卧室，问道："谁的？"

"傅洋升。"乐小颖重新坐上床。

沈建荣："不用说，又是劝你不要嫁给我，是吧？"

乐小颖瞥了他一眼，没有做声。

沈建荣："你不用回答我是不是。只是，我不明白，这傅洋升为什么要对你这么好？世上没有无缘无故的恨，但也绝对没有无缘无故的爱。乐小颖，不是我说你，对这个傅洋升，你还是要注意一点，留点心……"

乐小颖若有所思地望着窗外不时闪过的车灯和霓虹灯……

一觉醒来，旭日东升。

乐小颖将店里的事安排了一下之后，准备去分店那边去看看，刚下楼梯，手机便响了——是傅洋升。

"傅洋升啊，真对不起，中午我过不去了啊，我马上有个应酬，推不掉……"

"乐小颖，我的意见你要考虑考虑啊，婚姻可不是儿戏，要慎重啊，好了，我不多说了。"傅洋升听出乐小颖是在敷衍他，想想叹息了一声。

乐小颖边说着边向门口走去："嗯，谢谢你的提醒啊……明天，明天我们再约好吗？好，再见。"

从门里走出来，迎面看到一个青年正在伸头张脑地往门里望，乐小颖不由就站住了脚，向他看去。

那青年一见乐小颖看他，马上不自然地笑了一下，然后轻声地叫了一声："乐小颖。"

乐小颖愣了一下，一时没有想起来这青年是谁。

"乐小颖，真的是你！我是张黎生啊。"青年再次笑了笑。

乐小颖："啊，张黎生！长这么帅了呀。"

"你要出门啊？"

“啊，正好要出去。你，有事吗?”

张黎生不好意思地笑了一下：“没，没事，只是想看看你。我考上大学了。”

“啊，恭喜你呀！哪个大学?”乐小颖由衷地祝贺他。

张黎生：“很远的，安徽大学。”

“啊，那你要离开上海?”

张黎生点了点头。

这时，沈建荣在车上按了一下喇叭。

乐小颖不好意思地看了一眼车，又看张黎生。

张黎生见状，忙道：“乐小颖，你……忙去吧，放假时，我会来看你的。”

“哎，代向凤姨问好，还有你爷爷……”乐小颖问道：“你爷爷好吗?”

张黎生咬了一下嘴唇，低了一下头：“爷爷两个月前去世了……”

“啊!”乐小颖有些愣愣地微张着嘴。

这时，沈建荣又按喇叭。

张黎生：“乐小颖你去吧……”

“那……好好学习啊。”乐小颖边转身走向车边说。

张黎生使劲地点了点头，望着乐小颖坐进车里。

乐小颖朝张黎生挥了挥手：“再见。”

“再见……”张黎生也挥了挥手。

8

一家饭店的过道里，乐小颖正在接听手机。

乐小颖：“柏燕，我告诉你啊……嗯，我知道，你都说过一百二十遍了……我告诉你啊……好好，我不说，听你说……但我觉得吧，他对我还算好，他什么都对我说了。祝福我吧，柏燕……”

包间里，杯满盘堆，沈建荣正在与众人相互劝着酒。

见乐小颖接完电话从外面推门进来，一男子站了起来，道：“来，我们既为乐老板接风洗尘，又为恭贺她与建荣即将百年好合，干!”

大家纷纷举杯：“干!”

乐小颖不好意思地笑了一下，在人们的目光中，端起了酒杯……

分店里，可能是夜深了的原因，几乎没有顾客。戈戈、汪巧梅等或坐或站，议论着乐小颖与沈建荣的婚事。

戈戈："我越来越看不惯他，怎么看怎么不像个好人。"

女孩："老板真的不知是看中了他哪一点。"

戈戈："汪巧梅，你们是老乡，你要劝一劝她！这么好的一朵鲜花，唉，插在了……"

几个女孩心领神会地笑。

汪巧梅："她回来我到现在都还没有空与她说过一句话呢。"

另一女孩："你去找她，是为她好，又不是害她。"

汪巧梅："我是想与她谈一次……"

女孩望着外面，突然"嘘"了一声："老板来了。"

一看，门外乐小颖正朝这边走来。

几个人就都望了一眼汪巧梅，然后散开。

乐小颖走了进来。

几个女孩："老板好。"

乐小颖笑着应了一声，然后问道："这些天还好吧？"

戈戈："还行。"

乐小颖："我这次去韩国见着了何小爽，她让我代她向你们问好呢。"

戈戈："啊，她在那……很好吧。"

乐小颖："很好，长得清秀了，只是仍然想家，动不动就打电话，一点钱全投到中韩'通信工程'上了。"

另一女孩："她有没有钓个韩国帅小子？"

乐小颖笑："这个，我倒没问；怎么，你想钓一个？我可以帮你给她打电话，让她给你介绍一个。"

女孩："好的她能给我？"

大家就都乐……

乐小颖到吧台上看了一会账，又看了看大家各柜上的工具摆放，转身开始往外走。

戈戈忙示意汪巧梅。

汪巧梅跟着乐小颖走向外面。

汪巧梅："乐小颖。"

乐小颖有些讶然地回过身："哦，汪巧梅，我给你带了个小纪念品，待会儿过去我拿给你，这里人多，不方便给……"

汪巧梅："谢谢你。乐小颖。"

乐小颖："嗯？还有事吗？"

汪巧梅："是的。"

两人向前走了走。

乐小颖："你说。"

汪巧梅："你真的要跟那个荣哥结婚？"

乐小颖就笑了一下："你也要劝我不要结，是吧？"

汪巧梅点了下头，说："我觉得……"

乐小颖笑着打断汪巧梅的话："你别说了，我知道你想说什么。其实，有许多事情你们并不了解。建荣呢，看上去有点吊儿郎当，其实他内心里也是很苦的……"

汪巧梅默默地听着乐小颖说着……

9

乐小颖正半躺在床上与何小爽通电话。

乐小颖说："刚才傅洋升又打电话来，约我非得要跟他见一面，劝我千万不要拿婚姻当儿戏。我又不是小孩，何小爽，你说是吧……嗯，是的，我也在想他为什么对我婚姻如此关心，可我又怀疑不出他的目的，甚至连动机都找不到……不过……真的，我对他的一些做法，真的是越来越不理解……嗯……他昨天还约建荣谈话呢，叫他不要跟我结婚……"

"你也别那样想，我感到傅叔是在关心你，他主要是看不惯荣哥的品行。嗯，不过，我觉得，别人看得惯看不惯是次要的，主要是你自己一定要想清楚……你还是去见一见他，听听他到底想与你说一些什么才好……我不劝你，也不鼓励你，你自己拿主意……"也半躺在韩国学员宿舍的何小爽安慰着乐小颖。

乐小颖笑了一下："你跟我耍滑头，既不得罪我也不得罪他。嘻嘻，不过，这事叫别人是没法拿主意，是吧……好，就这样。拜……"

挂断手机，乐小颖眼睛望着空洞的夜空，陷入了沉思……

第二天，傅洋升早早地在自己家楼下等，迎接着乐小颖。

见乐小颖车过来，便向前走了两步，迎上她："路上车堵吗？"

"还行。"乐小颖边说边率先向楼上走去。

上楼。进门。家里明显很久没人住了，桌子上面的东西整齐地摆放着，椅子也是规矩地靠紧桌子。

傅洋升拉开椅子，道："你坐一下，我给你沏茶去。"

乐小颖笑了一下："不用麻烦的。"

"不麻烦。"傅洋升说完，进了厨间。

乐小颖四顾房间。房间里的一切，仍与上次来时一样，只是，没有上次她与黄柏燕一同来时的那么有生气。

墙上镜框里原先的那张照片再次吸引了乐小颖，她走过去，仔细地看起来——照片上男的是傅洋升，一个女的，但年纪却明显不小了，估计不是他的妻子，中间一个小女孩……

这时，傅洋升拿着茶壶出来了："喝茶，乐小颖。"

乐小颖应了一声。

傅洋升给乐小颖斟上茶，没话找话地问："在韩国，玩了一些地方吗?"

"何小爽陪我玩了几个景点。"

"好玩吗?"

"一般吧，只是有些新鲜。"

"那是，毕竟是另一个国家嘛。哎，乐小颖……"

乐小颖望着傅洋升。

"你与建荣的事，真的不用再考虑了?"

"我知道，我结婚你们都不同意。"

"你结婚，我没不同意，我只是……"

"这个，傅洋升，你就不要再说了……"

傅洋升的眼神暗了一下，打住了要说的话。良久，他才讷讷地道："我没有别的意思，我只是希望你不要嫁给个穷人……"

"傅叔，你有没有想过我，我也是穷人呀。"

接下来，两人便陷入一种尴尬的沉默中……

半天，傅洋升叹息了一声，道："乐小颖，你真的要跟沈建荣结婚呢，傅洋升只有祝福你，只是，乐小颖，有一件事我要告诉你，其实，沈建荣压根儿就是一个骗子，这些天我一直在查他……"

乐小颖平淡地道："我知道。"

"你知道？你知道他结过几次婚，怎么骗你钱?"

乐小颖平静地点了点头。

傅洋升诧异地睁大了眼睛……

第十八章　福兮祸兮

沈建荣管外，乐小颖管内，何小爽管技术，一时间，“颖之魂”取得了前所未有的成功。可是，好景不长，沈建荣恶习又犯，使得“颖之魂”一下陷入了“万劫”之境。

1

傅洋升望着乐小颖问：“你知道他结过几次婚？还有什么房地产生意？”

“他全给我说了。”乐小颖点了点头。

于是，那次沈建荣从南方回来后与她坦白的一切，不由浮现在了乐小颖眼前。

听着乐小颖如此这般的叙述，傅洋升深情地望着她，半天没有出声。

“傅洋升，你说，我还能不嫁他吗？”乐小颖从叙述中缓过神来道。

傅洋升叹了一口气，想想道：“叫我说什么呢？我只有祝福你，乐小颖，祝建荣真的能变好，祝你从此真的能够幸福！”

“谢谢你，傅洋升！”

“你父母知道吗？”

“知道。”

这事，乐小颖真的是向她的父母郑重地说过。

那天她与沈建荣去定做婚纱回来后，就给家里打了电话，电话是母亲接的：“妈，我准备结婚。他你见过，就是上次你住院时，经常陪你的那个荣哥……”

“他呀，人呢，我看还能说得过去，只是年纪大了一点……”

“我知道……嗯……”

“妈没有别的意见，脚上的泡是自己走的，你自己觉得没有亏着就行。”

“好，好，你们保重身体啊……嗯……我挂了，哎，再见——”

傅洋升沉默了一会，问道：“你看，需要傅洋升帮什么忙吗？”

乐小颖用手捋了一下头发，笑了笑，道：“不需要帮什么的，只是我们结婚那天，请你去喝杯薄酒。”

“一定，一定去……”

“真的要去呀。”乐小颖听着傅洋升的话，望着他甜甜地笑着……

2

酒店门前，沈建荣与乐小颖各戴一朵红花，旁边有一牌匾，上面有“沈建荣先生、乐小颖小姐，百年好合，白头偕老”字样。对着来来往往的嘉宾，他们不时地鞠躬迎候。

婚礼上，沈建荣与乐小颖被众宾起哄着玩闹着……接着是新郎新娘敬酒，沈建荣与乐小颖来到乐小颖父母、傅洋升等坐着的酒席上敬酒。众人起立，说着祝福……

婚礼应该说很隆重，虽然有些匆忙。

从此，乐小颖步入了婚姻。

3

婚后的沈建荣俨然成了“颖之魂”的当家人，从日常管理到员工培训，他忙得不亦乐乎。

这天，刚从分店回到办公室的沈建荣，见乐小颖正在看着一本美发杂志，并不时地用一只手模仿着杂志上的指法，正想要说什么，桌上的电话响了起来。

沈建荣伸手拿起话筒，一听，便叫了起来，然后将听筒递给乐小颖。

乐小颖有些狐疑地接过来，一听，也立即叫了起来：“啊，何小爽，回来……哦，结束啦。什么时间到……，好。”

放下电话，乐小颖就往外面走，沈建荣立即跟上。乐小颖便回过头盯着他看，道：“我去接何小爽，你跟着干什么？”

“我……”沈建荣一时语塞。

“去去去，在家待着。”说完，乐小颖一边下楼一边叫道：“陈秀芹、戈戈……”

不一会儿，乐小颖、陈秀芹、戈戈等，手捧着鲜花，在机场出口，迎接上了何小爽……

何小爽的归来，“颖之魂”如虎添翼。沈建荣管外，乐小颖管内，何小爽管技术，一个全新的美发新秀“颖之魂”，在上海市脱颖而出，迅速“大张旗鼓”了起来……

4

这天乐小颖正要往外走，戈戈叫住了她：“老板。”

乐小颖回过头，用眼神询问着：“有什么事吗?”

“刚才，江昊天打电话来了——”

“江昊天？在哪打的?”乐小颖有些惊讶。

“他说他出来了，说他想见你一面，就在对面的那家小饭馆。”

“什么时候?”

“今晚……”

江昊天个子又长高了些，但很瘦，晚上，在饭馆里，与乐小颖面对面地坐着。

两人默然无语。

良久，乐小颖道：“才出来，有落脚的地方吗？如果一时找不到工作的话，就先在我那做，边做边找……”

“不了，谢谢你的好意，我已买好了去南方的车票，今晚就走。”说着，江昊天掏出车票让乐小颖看，然后接着小声地说：“我只是想来见见你……我会因为你而好好地干的。”

“不管在哪里干，都要保重身体，啊!”乐小颖轻声地叮咛道。

江昊天便有眼泪在眼眶里转：“谢谢你，乐小颖。希望你不要忘了我……”

乐小颖真诚地望着江昊天，轻轻地点了点头……

5

颖之魂美发厅沈建荣和何小爽风风火火地从外面进来。

两人径直上楼。

办公室里，沈建荣、何小爽、乐小颖三人坐在那，气氛充满着紧张又兴奋。

沈建荣：“刚才我与何小爽去看了一下，我觉得，我们应该将它们都盘下来。”

乐小颖望向何小爽。

“我觉得东区的那家，应该市口很好，那里正临东西两条街的结合部，对面还有一家大超市，我赞成盘下来。”何小爽肯定地道。

乐小颖点了下头。

何小爽接着道：“在菜京口的那一家，地理位置也是不错，只是那里的建筑有些陈旧，再加上道路正在维修，所以，店里显得有些人气不旺。”

“但那里离社区近，虽然不像我们这里的店一样，可它对面却是商业一条街，客流量非常大，我也想将它盘下来。”沈建荣说。

何小爽道：“也行，反正荣哥到哪，人气就旺到哪。”

乐小颖望向沈建荣。

沈建荣有些尴尬地笑了一下，道：“乐小颖你以为呢？”

“你认为行就行吧，反正我们店是要扩大。”乐小颖抿嘴笑了一下。

沈建荣立即道：“只要你点头，剩下来的事，你就甭烦神了，一切由我来办。”

“好啊，我们一定要把‘颖之魂’打造成上海市美发业的龙头。”何小爽兴奋地挥了一下手。

乐小颖：“哟，何小爽，在韩国受过训的就是不一样啊，嘻嘻……”

何小爽：“你不想啊？”

乐小颖：“怎么会不想！”

大家就一起笑……

于是，颖之魂连锁（东区）美发厅，颖之魂连锁（菜京口）美发厅很快便投入运营。

运营一开始，何小爽在晨训中对员工们进行的教育就是：“我们每个员工，时刻不要忘了自己‘颖之魂’的身份，无论是在内还是在外，你代表的，不仅仅是你个人，而且还代表着我们‘颖之魂’的形象，所以，一定要养成严谨的工作作风……我们为什么待遇比别的店高，就是因为我们是品牌经营……”

6

乐小颖办公室。乐小颖、沈建荣、盛姐三人正在开着例行的碰头会。

乐小颖：“盛姐，这一个月经营收入情况怎么样？”

盛姐：“如果平均来说的话，基本与上月持平；但割开来，老店这边比新店那边还略强一些。”

沈建荣：“估计下个月就会倒过来，因为这边才开业，许多顾客还在比较当中，客户源也还没有形成。”

盛姐：“我想，也是这样。”

乐小颖：“盛姐，每天在回款的时候，如果发现什么情况，请随时跟我联系。”

盛姐：“好的。”

沈建荣：“那你去吧。”

盛姐望了一眼乐小颖。

乐小颖笑着点了一下头。

盛姐离去。

见盛姐走了出去，乐小颖转过头问沈建荣道：“何小爽负责的菜京口那边做得怎么样？”

“技术上现在两边都没问题，问题是，在拓展业务上如何拓展，这是我们‘颖之魂’需要迫切解决的事……”沈建荣道。

乐小颖闪着一双眼睛望着他。

沈建荣看着乐小颖，接着滔滔不绝道：“我想，将东区打造成以染发为龙头，主要以青年男女为服务对象，做成只要一提起染发去哪里，人们脱口而出‘东区颖之魂’；而菜京口那边，则以女性为主要服务对象，充分发挥何小爽的技术作用……”

乐小颖十分佩服地望着沈建荣，听着他的分析和设想。

“我那边呢，”沈建荣喝了一口水，“将陈秀芹调过去，她多年按摩，有为男孩服务的经验……”

乐小颖点了点头，以示赞成。

7

街道上，车流如织，乐小颖与沈建荣坐在车上。

车缓缓地在一家名叫“怡莹”的美发店前停下。

乐小颖和沈建荣从车上下来，看了看“怡莹”美发店门上贴着的“转让”字条，然后两人先向两边打量了打量——两边开着各种小店，如超市、书吧、电脑医院等；又向对面望了望——对面同样开着各种小店。然后才走

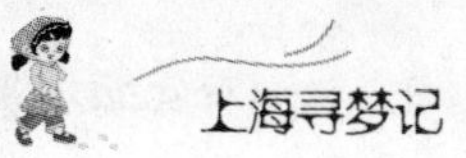

进店去。

“怡莹”美发店是以其老板的名字命名的，坐在乐小颖与沈建荣面前的怡莹是位看上去三十岁左右的女人，保养得很好，短发，快人快语。

怡莹：“你们真的想要，就按我的报价，再少两千。我确实做不过来，要回去，否则，我肯定不会转的。”

乐小颖望了一眼沈建荣，便想表态答应，沈建荣一见，则赶紧拦在她前面道：“三千，三千，你看你这，我们接下来，还要装修，还有，换了人，客户肯定也要流失一些，没有一年半年我们都回不来款呢。”

“老板真会还价，好吧，反正亏已经亏了，就三千吧。”怡莹笑了一下，干脆地应道。

沈建荣：“那好，莹姐做事豪爽，我做事更爽，喏，这是一千定金，明天我们办理正式手续，你看行不行?”

怡莹接过钱，趴在桌上打着收据，然后将收条递给沈建荣：“好，明天你们来吧。”

回到“颖之魂”，两人刚坐下，沈建荣便对“怡莹”开始了布局：“怡莹那边，是不是将戈戈抽过去，主要以烫发为主，打烫发品牌。”

“行，分店那边就让汪巧梅顶上。她的手艺现在不比戈戈差呢。然后，再将葛言华抽过去。”乐小颖一边看着桌上的一份资料一边说。

沈建荣：“这个店接下来后，我还想再接一家，专门做女子美容，包括美甲、美足……”

乐小颖从资料上抬起头来，略略蹙了一下眉头，道：“建荣，我们是不是步子迈得太快了?”

“别看快不快，应该看有没有收益。做生意还怕做大?”沈建荣道。

乐小颖笑了一下，想了想，说：“也行，让区青倩去打理，这边让小茱顶她。”

“这样挺好的，我管外部环境，你管内部技术。乐小颖，不要多久，我们就会成为上海的美发行业口碑……”沈建荣信心十足地憧憬道。

“看把你给美的……”

两人就都笑了起来。

很快，“颖之魂”连锁（美苑）美发厅便成立了，店前花篮及贺幅透出一派洋洋喜气。透过门口，时常可以看见沈建荣和乐小颖在里面走动忙碌的身影……

一天下来，两人均已疲惫不堪，走进乐小颖办公室，沈建荣说：“你一个人这样不行，管不过来，我看，把何小爽抽出来，你们两个管技术这一块。这样，如果有什么大的、特别的应酬，你就可以抽出身来；具体的业务这一块，就由她去顶。”

“我也这么想着，正打算与你说呢……”乐小颖笑了一下，一边捶着腰眼一边说。

“那就这样，今晚早点休息吧，明天还要迎接考察呢。”

“考察?”乐小颖说过之后，立即想了起来，“哦，对，对，你看，我差点给忘了。”

沈建荣就抱住了乐小颖，然后用他那锃亮的光头，顶了一下她的额，再次道：“早点睡吧。”

第二天，街道上两三辆车前后相接。沈建荣坐在其中一辆上，不时地与身边的人说着什么，将他们先引导到连锁（菜京口）美发厅，接着又将他们带到连锁（东区）美发厅，转过一圈后，这才将他们带到了连锁（怡莹）美发厅。

简单寒暄过后，乐小颖开始对沈建荣等一行介绍道：“我们最近进口了一套设备，专门做头发的再植……”

一中年男子望了一眼沈建荣的锃亮前额，然后不自禁地摸了一下自己“地方支援中央”的发型，道：“再植？什么意思？是不是头发没了还可以长出来?”

“不是长出来，而是通过我们的美发师做过之后，使你的假发能像原生态一样地长在你的头上……”乐小颖解释道。

另一男子插话道：“啊，这样啊，像葛大爷那样的也能长吗?”

乐小颖笑着说：“能啊，哪次您介绍他过来，我亲自给他做，保他满意，让他那句真理一样的葛氏名言‘聪明的脑袋不长毛’变成谬论。”

“哈哈哈……”一句话，说得大家都笑了起来。

8

电话突然响起来了，乐小颖伸手拿起话筒，一句“你好，请问”还没说出来，便立即一下站了起来：“啊，老师，法国巴黎……国际新人秀，嗯，我知道，嗯……”

放下电话，乐小颖朝在另一边正在画着表格的沈建荣说："建荣，刚才朴老师告诉我，法国巴黎国际新人秀大赛在下个月的八号举行，他已替我报了名。"

"那好啊，祝你旗开得胜，马到成功！让我们的'颖之魂'走出中国，走向世界……"沈建荣头也没抬地道。

乐小颖抑制不住地笑……

笑过之后，乐小颖掏出手机，拨打起何小爽的电话来。

在连锁（菜京口）美发厅的何不爽，正一边接手机一边向外走："乐小颖，这样，我再到'美苑'那边去看一下，然后就赶过去，行吗？好，就这样……"

乐小颖打给何小爽，并不仅仅是告诉她这个好消息，而是想与她一起从技术层面上探讨一下如何去应对这次美发大赛。

挂断手机，乐小颖开始翻找出各种美发杂志来，然后一边从中遴选出一些资料，一边等待着何小爽的到来。

何小爽从"美苑"那边检查了一圈之后，很快就来到了乐小颖的办公室。

一坐下，两人就一本杂志上的发型，对照着乐小颖的一个设计，便探讨了起来——

何小爽："这个发型好是好，但在视觉美感上，总好像少了一点什么。"

"我也有这种感觉——"乐小颖思考着道。

何小爽将草图左看右看，没有应。

"有了，何小爽！"乐小颖突然拍了一下手，从何小爽手中拿过草图，然后一边画着，一边道："在这里，在这散乱的发间，将一条金属项链嵌上去……"

何小爽："啊，绝了！我怎么就没想到！"

两人望着图纸互相对视了一眼后，突然一起乐了起来……

9

"荣哥——"

沈建荣从外面走进颖之魂美发厅，吧台小姐礼貌地招呼道。

"要叫沈总，听到了吗？说过几次了，下次再叫荣哥罚你可别叫屈……"沈建荣迈着很踟的足球步，边往楼上走边说。

对着沈建荣的背影，小姐躬了一下身道："是，沈总。"

沈建荣上楼……

这时，乐小颖办公桌上的电话响了起来，乐小颖伸手接："你好，我是乐小颖。啊，傅洋升，你在哪？哦……现在还好……嗯，我已经开了四个连锁店……"

"我不问你开店的事，沈建荣对你还好吗？"傅洋升在电话中问道。

"他……也还好，这些店，都是他打理的呢。"

"乐小颖，我知道你不爱听，但是我还是要说——经济上的事，你要防着他点……"

"傅洋升，你放心吧……嗯，我会的……"

"我现在唯一不放心的人就是你，你知道吗？"

"哦——谢谢你呀，傅叔……你在深圳那边还好吧……好，再见——"

乐小颖抓着已经成忙音的话筒微微愣了会，想想笑了一下，不经意地摇了摇头，这才将话筒放下。

刚放下，沈建荣推开门走了进来。

乐小颖："今天怎么这么早就回来了？"

沈建荣："刚才从'怡莹'那边过来，何小爽也在那——"

乐小颖望着他，等他继续说。

"何小爽越来越不像话了，什么事儿都想管。"沈建荣有些愤愤地道。

乐小颖眨了眨眼："她管什么了？"

"就说今天吧，我请了一帮人来店里参观，她竟当着我的朋友的面，说什么是做生意，不是办景点……你看看，这像什么……"

"不过，我觉得何小爽说得也在理，你的朋友也实在是太多了，我倒不是在乎他们吃点喝点，而是闹哄哄地在店里，时间长了，会影响生意的。"

沈建荣望了望乐小颖，没有做声，拿起桌上的杯，走到饮水机前，倒水……

10

连锁（东区）美发厅。晚上。沈建荣与一帮朋友正在办公室里赌着。满屋子烟雾。

何小爽推门走了进来："沈总，你们声音能小一些吗？"

“门关上，关上……”沈建荣忙一边将桌上的钱往下收着，一边叫道。

何小爽望着沈建荣收着的钱，道：“沈总，这样不好吧。”

沈建荣：“什么好不好？”

“这样会影响‘颖之魂’声誉的。”何小爽声音仍平静地道。

沈建荣见朋友们望着何小爽，又望向他，突然火了起来：“你干你的事，‘颖之魂’怎么着还轮不到你管！”

何小爽没想到沈建荣会说出这样的话来，气得一时在那半天没有说出话来……

第二天，何小爽来到乐小颖办公室，刚坐下，便直奔主题：“乐小颖，我看荣哥……”

“尝尝看，新鲜的。”乐小颖不知是有意还是无意地拿过一串葡萄递给何小爽道。

何小爽接过来，在手上捏着，想想还是又道：“荣哥越来越不像话了，竟然在店里与他的那帮朋友赌起博来。”

“何小爽，男人偶尔玩一玩乐一乐，随他们去，啊。”乐小颖似乎毫不介意地说，但眼睛一直没敢看何小爽。

何小爽一听，不由张大了嘴，愣在那……

乐小颖：“我过几天就要去法国了，家里这一大摊子呢，我希望你能够配合荣哥管好；你呢，主要负责技术这一块，其他的，就不管了，由他去打点。”

何小爽机械地点了一下头。

这时，沈建荣走了进来。

何小爽望了一眼乐小颖，然后与沈建荣客气地打了声招呼，走了出去。

望着何小爽的背影，沈建荣道：“怎么，来告我的状？”

乐小颖：“人家何小爽可没你这样，我们只是在谈工作上的事。”

“工作上的事？工作上的事能见我就走？”

乐小颖没有理他，而是将刚才拿给何小爽吃的葡萄筐伸到沈建荣面前：“新鲜的。”

“这是娘们吃的，哪个大老爷们吃这玩意儿。”

乐小颖收回筐，道：“你和何小爽要配合好……”

“我知道。何小爽，她算什么，没有我沈建荣，这些店能开得起来？没有我沈建荣，这店能这么太平？别以为跑到韩国转了一圈回来就有什么了不起了。会手艺又怎么着？没有店子给你，你上大街上抓人给做头啊……”

乐小颖：“建荣，你怎么能这样！”

沈建荣见乐小颖提高了声调，这才顿住，然后摆了摆手，道：“得，得，算我什么也没说。”然后问道：“你准备得怎么样了？”

“什么准备得怎么样？”

“去巴黎呀，发型设计有数了吗？”

“差不多了，我设计的那款‘黄山迎宾’，跟朴老师说了，他认为是很好的一款发型……”

沈建荣很显然并不是真的想听她说什么发型，乐小颖正在说着，他却已走到门口了：“今晚可能要回来得晚一些，有帮朋友要聚一下。”想想临迈出门时又回头补了一句：“你去吗？”

乐小颖：“我没兴趣。”

“那我去啦。”说完，沈建荣带上门走了。

乐小颖望着房门不由发起了愣……

11

“颖之魂”美发厅前，沈建荣坐在车里，何小爽送乐小颖出来。

何小爽：“你安心去吧，家里你就放心好了。”

乐小颖：“我刚才跟你说的话你可要记住了呀。”

何小爽：“我记着呢。”

乐小颖拉开车门，踏进去一只脚，想想又转回身：“何小爽……”

何小爽笑着望向她。

乐小颖张了张嘴，想想什么也没说，又坐进了车。

车启动。

乐小颖摇下车窗：“再见。”

何小爽等人说：“祝你获得成功，载誉归来！”

一女孩：“老板，别忘了替我买一瓶巴黎香水……”

大家都乐着笑了起来。

没想到，这一次离开，竟是乐小颖人生的一次重大转折——不是指她在法国巴黎美发新人秀上取得了辉煌的成功，而是她为之倾心呕血的“颖之魂”，在一夜之间，几乎陷人了万劫不复……

12

酒店里，沈建荣与一帮狐朋狗友正在猜拳行令，一个个已喝得满脸通红。

其中一个道："哈哈，建荣解放啦。"

"我沈建荣从来就没有过黑暗，哪来的什么解放？"沈建荣端着酒杯摇摇晃晃地站了起来，"干——"

"干。"大家纷纷一饮而尽……

酒足饭饱过后，照例地，赌博。

整个房间里烟雾缭绕。

已是后半夜了，沈建荣眼睛红红着，将身前一堆钱往前一推："全押上，这次再输，就不来了。"

赌友一："怎么，没钱了？"

赌友二："没钱？说谁没钱？荣哥是谁？四家连锁店，还外加一间本部的美发大亨，没钱？"

赌友一："那又不是他的。"

赌友二："不是他的，难不成是你的呀？"

赌友一："不是他夫人的吗？"

赌友二："笑话，他夫人的不就是他的吗？"

赌友三："你们还来不来呀？"

……

赌友三："哈，不好意思，我又赢了。"

沈建荣颓废地向后坐了坐。

赌友二："怎么，真的不来啦？"

赌友三："要不要我借点给你，玩玩嘛，这点小钱……"

沈建荣摆了下手："小茉。"

一直在外面值班的小茉从门口探进头："沈总。"

沈建荣："家里还有没有现金？"

小茉："都给你了，没有了。"

小茉见沈建荣不再吱声，就缩了回去。

赌友一："算了算了，不玩了，没钱还玩个什么劲？"

赌友二："怎么会呢，沈总会没钱?!"

沈建荣一直吸着烟沉默着，突然，他猛吸了一口，似乎下了大的决心似的，道："好，我就再陪你们玩一把，但这一次我们玩大点，现金呢，我手头上已没有了——这样，我用我这个店作抵押。"

赌友三："那怎么成，不玩了。"

沈建荣瞪着眼说："怎么了，以为我空口无凭，到时赖你的账不成?！小茱，小茱!"

小茱再次探进头来。

沈建荣："去，到我办公室去把公章拿来。"

小茱犹豫着："沈总，你要公章干什么?"

沈建荣："啰唆，让你拿你就拿，不关你事。"

小茱："沈总，不早了，我想休息了。"

沈建荣："休息也要给我拿来后再去休息。"

小茱只好缩回了头。

可是，等了半天，小茱却并没有进来。

沈建荣再喊小茱，小茱却不再回应。

赌友一："明天再玩吧。"

"别，你们谁也不许走，我这就回。"说完，沈建荣自己起身走了出去……

一会儿，沈建荣回来了，坐下后，"咚"的一声，将公章拍在了桌上："来，谁赢了，这个店就归谁，有种的，就来，别他妈的掉链子!"

几个赌友互相望了一眼。

赌友二："是真是假?"

沈建荣："怎么，不敢了?"

赌友二："好，我就陪你玩一把。"

其他两个赌友开始伸手理起牌来……

一把牌后，沈建荣满脸绽紫，呆呆地坐在那；几个赌友看了看他，赌友三说："要不，我们再来一把，如果你赢了，这个店仍归你；但如果你输了……"

"好，再来一把。"沈建荣抹了一下锃亮的光头，"我将'东区'那个店押上。"

可是，今晚的牌，却再也不像是牌，而是魔鬼，这一把，沈建荣又输了。

“还扳不扳?”赌友三直着眼睛望着沈建荣。

沈建荣眼睛里布满了血丝，红着眼睛，道：“扳！‘蔡京口’。”

“不行，你不能光嘴上说，连同前面两把，立个据吧。”赌友一建议道。

“对，对，别到时候你……空口无凭，还是立字为据吧。”其他几个赌友纷纷应道。

“立就立。”

沈建荣说完，在赌友二递过来的纸笺上，分别写下了三张凭证，并且还“郑重其事”地盖上了公章。

于是，再次开牌。

再次开牌的结果，令沈建荣坐在那，再也动弹不得了……

赌友二一把抓过刚打的字条，站起身，看也不看沈建荣，边往外走边道：“别忘了，明天兑现手续啊……”

赌友一和赌友三分别拍了拍沈建荣的肩膀，也跟着往外走。赌友三走出几步后，似突然想起来什么，又返回身，抓过沈建荣面前的公章，这才头也不回地走了出去。

刚才还吆三喝五的房间里，只剩下了沈建荣睁着一双血红的眼睛，呆呆地望着与他眼睛一样血红的电灯……

第十九章　颖之魂舞

“颖之魂”以乐小颖、何小爽和汪巧梅这“三驾马车”的精诚合作继续发展着，一时间，“颖之魂”成了炙手可热的“品牌”。

1

碧蓝的天空，渐渐被云雾所笼罩。接着，便是一片蒙蒙。再接着，地面的所有建筑，在一片蒙蒙中渐显了出来。

这时，广播响了：“各位乘客，再有二十分钟，本次航班即将降落在上海市机场，请乘客们做好准备……”

听到这，乐小颖从舷窗外收回目光，看了一眼包包，做好了下机的准备……

在机场，沈建荣倚在一辆小车上，看着一架架客机飞起或是降落，连乐小颖随着人流，走出出口，他似乎也没发觉。直到乐小颖快走到车前了，他这才一个愣怔，醒了过来似的，跳下车，迎上去，从她手里接过行李，引向车。

乐小颖在沈建荣的示意下，看到是辆出租车——不过，没有的哥——不由愣了一下，但还是很快坐了进去。

一路上，乐小颖没有多想，一边看着两边一闪而过的建筑，一边不时地与沈建荣说着她在法国的见闻以及她在大赛中凭借一款“黄山迎宾”造型获奖的兴奋。

可沈建荣，却将车开得“心不在焉”，前几天的情形，如鬼魅一般在他脑海中盘旋——

那是一个晴好的天气，赌友们“按时”来到了店前：“沈建荣，愿赌服输，这楼属于我的了，你打算什么时候搬?”

沈建荣吸着烟，没有吱声。

“先清点一下，手脚轻点，别将沈总的东西给弄坏了。”赌友二见沈建荣没有说话，转身对身后的几个“跟班”道。

沈建荣突然挥了一下手，制止道：“兄弟，你看这样好不好?”

赌友二睁大着眼睛瞪着：“怎么着?”

“这房子，你给我留着，不就是钱吗?好说，我在三天内，全给你凑齐……”

“那好，沈总，我给你三天时间，不过，丑话说在前头，三天后如果钱不齐，可就不能怪兄弟我不讲情啦。”说完，赌友二一挥手，领着几个“跟班”走了……

目送走赌友，沈建荣立即拨了几个电话，不一会儿，一辆车驶了过来。沈建荣对车上走下来的一位“大背头”什么也没说，用手一指乐小颖的车，道：“开个价。”

“就这车?”大背头用眼睛询问着。

沈建荣：“才买几个月呢，要不是突然遇上天灾人祸，谁押呀。”

“才买一天，到我眼里，也是旧车。”

“那是，那是——”

大背头想了一下，一面在一张单子上写着什么，一面说：“旧的不去，新的不来嘛，祝你再买一辆新车！”

沈建荣从对方手中接过单子，一声“谢谢”还没说完，大背头便已坐进去发动了车子……

可是，望着那单子上的数字，离他赌债，还不知要差多少，沈建荣想想，转过身，又向银行走去。

银行VIP（贵宾）座上，沈建荣高声大气地谈着贷款。

“沈总，我们有规定，只能贷出这么多；还望到时你沈总能及时还上啊。”银行工作人员一边递过账单，一边耐心地解释道。

沈建荣一边签字一边说：“一定，一定到时还上，信贷信贷，要讲究信誉嘛……”

第三天很快就到了，沈建荣将赌友们约到酒店。原打算大家坐下来，具体再谈谈。可是，令他没想到的是，一进来，赌友二就伸出了手：“钱呢？”

“坐，坐下再说。”沈建荣赔着笑，“坐下说。”

赌友二便坐了，然后从包中将沈建荣的公章及他写的欠条码放在自己面前，眼睛望着沈建荣。

沈建荣从怀中掏出一张支票。

赌友三接过沈建荣递过的支票，递给赌友二。赌友二便准备将公章以及沈建荣写的欠条推还给沈建荣，可一看支票上的数字，却立马停了手，沉了脸地道：“我说沈总，不会吧？就这么点？”

“兄弟，明天乐小颖就要回来了，你看，我这车也押了，能变卖的也卖了，银行也跑了……”沈建荣尴尬地笑着。

“你是说不想还了？”

沈建荣立即摇着手道：“哪里哪里，我只是想你再通融通融，放些日子；再说，我们毕竟还要在这条道上混的，是吧……”

赌友二直直地望着沈建荣。

“别忘了，”沈建荣说，“通融一下吧，我的人你又不是不了解，是吧，要不是明天……”

“我知道，别明天明天啦，明天不是尊夫人要回来吗？这样吧，店呢暂时还放在那，我再给你半个月时间。到时要是还还不上，可就别怪哥们不讲义气啦。”说完，赌友二一把抓过刚推到一半距离的欠条和公章气呼呼地站了起来……

这时，前边车慢了下来，沈建荣沉浸在那“鬼魅”的影子中，车差点撞了上去。

“建荣，小心。”乐小颖吓得一把拉了手刹，刹得车一跳，要不是沈建荣紧踩刹，非要将刹杆刹断不可。“你怎么啦，魂不守舍的？是不是这段时间太累?”

沈建荣望着前面的车，没有回头，也没说话。

可一回到“颖之魂”乐小颖的办公室，没等乐小颖倒上水喝一口，沈建荣就“扑通”一声跪在了地上，说话了——

“乐小颖，对不起，我对不起你……”

听完沈建荣的叙述，乐小颖什么也没说，默默地转过身，背对着他，心潮起伏着……

“我不是人，乐小颖!”沈建荣“痛苦”地用他那锃亮的光头叩着地板。

乐小颖没转过身，但将手机递了过来：“还不投案，争取宽大……”

沈建荣抬起头疑惑地望着乐小颖。

“我报案，性质可就不一样啊。”乐小颖将手机往前又递了递。

沈建荣跪直身，颤抖着接过手机……

2

派出所里，沈建荣与几个赌友耷拉着脑袋，坐在凳子上接受训问……

3

乐小颖正在办公室里听着盛姐的汇报，突然，下面传来一片闹哄哄的声音。

乐小颖抬头不解地望了一眼盛姐。

盛姐也不解地扭头朝外看去。

楼下，一个秃着顶的凶悍汉子，正在手舞足蹈地说着：“从今天起，这个店、这个房就是我占尚风的了。我占尚风虽然不是开美发厅的，但你们的声誉还不错，我决定继续开下去，你们……”他指着店里的员工，“愿意跟我占尚风干的，我欢迎，不愿意的，我欢送……”

乐小颖一听，忙往外走去，人还在楼梯口，便有些着急地问：“怎么回事啊?”

“喂，你是谁呀。”占尚风仰头望着乐小颖。

小茉："她是我们老板。"

"老板，是吧。我是占尚风，你们的店转让给我了，今天到期——"

乐小颖："什么？转让！我们没有啊。"

"没有？你看看，这可是白纸黑字！"占尚风拍了拍手上的一张纸条，"理直气壮"地道，"我八十万首付可都付过了啊。"

"这到底是怎么回事？"乐小颖这时已走到了占尚风面前，接过纸条看了看，果然，上面有她们颖之魂美发厅的印章。"占先生，是这样，这里面情况比较复杂，可能你这是份无效合约……"

"无效？开什么玩笑！我可不管什么复杂不复杂，我的手续可是齐全的啊。"占尚风秃顶上的青筋都要爆了。

乐小颖："占先生，你看我们是不是都冷静一下，看看如何处理这个问题……"

"冷静？我冷静不下来。"

"那这样，你看好不好？"乐小颖说，"我是这儿的法人代表，你应该知道我是才晓得这件事，容我半天，你下午来，下午来我一定给你个答复。"

占尚风见乐小颖说得如此"情真意切"，想想敛了刚才的暴怒，哼了一声，道："好，我占尚风也不是不讲理的人，下午就下午！"

乐小颖看着占尚风恨恨地离去的身影，心里不禁一阵阵发凉，拿出手机，拨通了傅洋升、邝老师的电话。

接到乐小颖的电话，不一会，傅洋升、邝老师便赶到了乐小颖的办公室。

听过乐小颖简单的介绍，傅洋升首先说道："显然，这个占尚风，从某种程度上来说，也是一个受害者。现在，只有通过司法途径才能解决……"

"对，他这是不合法的，就是无效合约，找社区领导，找政府……"邝老师附和着。

于是，乐小颖拿出手机，报了警……

4

派出所里，占尚风、傅洋升、乐小颖，还有警察、社区领导等围坐在一张方形桌前。

说着说着，占尚风便站了起来，从警察手中接过一张支票，非常动情地道："谢谢，要不是你们，我这八十万真的要打了水漂了，谢谢！"

"吃一堑，长一智，下回遇事脑中多一根法律的弦。"警察警示道。

占尚风："一定，一定。"

社区领导和邝老师等见占尚风那鞠躬的表情，一起笑了起来。

之后，大家便起身告辞，傅洋升、乐小颖、社区领导等边走边说："这下好了，将这个三角纠纷弄清了……"

原来，赌友二见沈建荣拿不出更多的钱，一转手，将一张欠条"折价"转卖给了占尚风。

"谢谢你们，真的要谢谢你们，要不然，我这几年的辛苦就全赔了……"乐小颖由衷地表达着谢意。

傅洋升望了一眼乐小颖，没有做声……

5

桌上摆放着乐小颖从巴黎得回的奖杯。

傅洋升、沈建荣，还有乐小颖，面对着桌子，坐在那，谁也没说话。

"乐小颖，我真的该下地狱——"也不知过了多久，沈建荣揪着自己的头发，低着头道。

傅洋升些许怜悯地望着沈建荣。

沈建荣抬头将奖杯看了一遍，然后又转过头来看着乐小颖；可当与乐小颖那面无表情的目光相接时，他又赶紧让开了。

"给你多长时间？"傅洋升叹了一声，问道。

沈建荣苦笑了一下："一会警车就会过来。"

傅洋升："在里面好好改造改造吧，你这个人啦……"

"害已又害人啊。"沈建荣接道。"乐小颖，我来时就想好了——我对不起你，我不配再做你的丈夫，我们……离婚吧。"

乐小颖仍面无表情地坐在那。

傅洋升多少有些意外地望着沈建荣。

沈建荣将一张离婚协议递给乐小颖。

乐小颖没接。

他放在桌上。

这时，楼下传来了警车的笛声。

傅洋升望向乐小颖。

乐小颖叹息了一声，凝重地一边伸过手，一边望着沈建荣已经签过字的离婚协议，拿起了笔。

沈建荣："签吧——"

乐小颖沉沉地握着笔，就是下不了手。

傅洋升望着乐小颖的眼睛，不禁涌上一团泪花来；泪花在傅洋升沧桑的脸上，很快便成了泪滴，流了出来。

良久，乐小颖似乎终于下了决心，飞快地在上面签了……

6

酒店里，美发协会郝主任端起一杯酒，热情洋溢地道："本来，这个酒会，应在早几天举行，只是由于协会一直忙于明年的工作计划……"说到这里，郝主任善意地望了一眼乐小颖，然后接着说，"所以，迟了一些时间，但这不影响我们向乐小颖在国际大赛中获奖的祝贺。我提议，为乐小颖的成功，为我们美发业争光，干杯！"

大家全体起立，一起举杯，干！

乐小颖激动得热泪盈眶，千言万语，只有两个字："谢谢！"

郝主任："另外，这几天，有几家宾馆和饭店的老总跟我们协会联系，想通过我们，请乐小颖与他们合作。不知乐小颖有没有这方面的意向。"

乐小颖望着郝主任，点了点头。

郝主任："那好，具体的呢，下一步我们再谈，今天是庆功酒，大家尽管尽兴……"

于是，大家纷纷举杯，有互敬的，有隔位敬的，气氛热烈。

乐小颖始终怀着感激的心情与各位微笑着敬着酒……

敬酒场景中，乐小颖的"事业"，如电影中的蒙太奇般一一闪现——

席卡上"舒美酒店与颖之魂合作签字仪式"前，乐小颖与男经理各自签署合作协议，然后起身交换，众人鼓掌。

酒店里，一位领导模样的男士举着酒杯："让我们为星缘饭店美发厅与颖之魂美发厅友好合作——干杯！"众人举杯。

一家豪华宾馆门前，挂满庆祝条幅，其中明显有"热烈祝贺亚东美发与颖之魂联营合作"、"颖之魂"字样。

乐小颖坐在出租车上，随着车流向前驶着。

车在连锁（怡莹）美发厅门前缓缓停住。

正在店内忙着指导一女孩给客人做美容的何小爽见乐小颖进来，便转过身离开，招呼乐小颖进办公室。

乐小颖边朝员工们微笑招呼，边随何小爽走了进去。

待坐下后，乐小颖笑了一下，道：“这段时间真的难为你了，我整天在外面应酬，里面的管理全亏你了。”

“哟，乐小颖，咱姐俩也客气上了?”何小爽大大咧咧地笑着。

“我不是客气，我是说真心话呢。”两人就笑。“总算还好，与三家谈妥了。”

何小爽：“这样也好，我们呢，借助他们大饭店大宾馆的排场发展；他们呢，借助我们的名，提高服务质量，这叫——双赢!”

“是的，不过……”

“不过什么啊?”

“一个问题解决了，新的问题又出现了。”何小爽望着乐小颖，等她继续说下去。“现在，我们迫切需要解决技术问题。”

何小爽一下没反应过来：“技术，有你，有我，还怕支撑不下来?”

乐小颖笑了一下，道：“可是，我们俩没有三头六臂啊，你看，这六个店需要打理，那边又要派出技术骨干，所以，现在最需要解决的是，技术人员。”

“这倒也是。”何小爽说着，笑了一下，“老板就是老板，我只顾想着我这一块了，没有通盘去考虑。”

乐小颖：“我准备将汪巧梅抽出来，专门负责培训那一块，这样，你管内部，我管外面，江巧梅管培训，有句什么话来着——三驾马车，我们三姐妹驾着这辆车，我不信，就不能打造一个中国品牌的‘颖之魂’……”

“哟，还中国品牌上了!”

“怎么了，我还要将我们‘颖之魂’打造成国际品牌呢。”

何小爽望着乐小颖那充满憧憬的表情，露出一脸率真的笑容……

7

分店楼上，乐小颖亲自给新招的一批员工培训，讲解发型设计……

学员们一个个睁着一双双渴望的眼睛，听着，看着，不知不觉，下课的时间到了。学员们一边下楼，一边说说笑笑。这时，门口走进来一个怯生生

的少妇——赵晓彤。

赵晓彤与那些学员擦身而过，她以为自己走错了地方，但望到剪椅，又确信没有。由于人多，服务小姐一时没有在意到她；于是，她走到吧台前："请问，乐小颖在这吗?"

"你好，请问?"吧台里的小姐马上回过头，热情地招呼她。

赵晓彤："我是她老乡。"

"哦，请稍等。"小姐说完拿起电话刚要拨，见乐小颖正从楼上下来，就又放下电话，"她下来了。"

赵晓彤扭头看到乐小颖，站在那，情不自禁地叫了一声："乐小颖。"

乐小颖一下没反应过来，望着赵晓彤。

赵晓彤再次轻呼道："乐小颖。"

"赵晓彤？你怎么来了！"乐小颖快步下来，走近赵晓彤，两人亲热地搂了一下。"走，到那边去。嗯，你的东西呢?"

赵晓彤："丢在你们那边店里了，我等不及，她们告诉我说你在这里，我就过来了。"

"哦，走。"

两人边走边说着话，走出分店……

回到自己的办公室，乐小颖给赵晓彤倒上水，然后坐在赵晓彤对面，问道："你出来了，孩子呢?"

"留给我妈了。"

"留给你妈？你妈同意你出来了?"

"自从你上次回去后，我妈就有些后悔了——她虽然在背后说你坏话，实际上，她那是在为自己找借口安慰呢。"

乐小颖没有吱声。

"乐小颖，你不恨我妈吧?"

乐小颖笑了一下，道："不恨，我恨她什么。"

赵晓彤："我的孩子渐渐大了，断奶之后，她总是说，是她当年阻止了我与你们一起出来，说要不然，现在也会像你和汪巧梅一样了，她说，她现在替我带孩子，是为她以前赎罪。我就出来了。"

"赎什么罪，她说得也太重了。"

"也是。其实我有时恨她，有时想想，不管怎么着，当初她还是为我好，哪个娘会存心害自己的女儿呢，也就原谅了她……"

乐小颖就笑。

“汪巧梅，我听说汪巧梅也在你这儿?”赵晓彤忽然想起来似的问道。

乐小颖：“是的，她有点事，待一会儿晚上我们一起去吃饭。汪巧梅现在可忙着呢。”

“真的羡慕你们!”赵晓彤无限深情地道……

小饭馆里，赵晓彤、乐小颖、汪巧梅三个人在一起边吃边聊着。

乐小颖：“汪巧梅，赵晓彤就交给你啦，正好这期学员才开班不久，你给她补补基础。”

汪巧梅：“没问题。”

赵晓彤：“那我今后叫你老师啦。”

三个人开心地笑着……

8

已经很晚了，但乐小颖办公室里，灯仍亮着。

在听过何小爽关于近期工作情况的汇报后，乐小颖突然想起来，问道：“明天的‘讲座’都准备好了吧?”

“都准备好了。你呢，你请的嘉宾都落实了吗?”

“没问题，他们都答应来，郝主任说到时她还要将区里的吴主席也请来呢。”

“领导来得越多越大越好啊。”

“怎么讲?”

“领导一来，电视台呀、报社呀、电台呀，就会跟着来，我们不是做了一回不花钱的广告!”

“是呢，就你诡!”

“你不诡!你请他们来‘讲’的哪门子‘座’?司马昭之心，尽人皆知啊。”

两人都笑了起来……

教室里布置得很喜气，还刷了标语。

学员们坐在下面，讲台位置已被布置成主席台，上面坐有协会、政府领导，当然，还有乐小颖、何小爽和汪巧梅。

何小爽开始进行业务培训，她指着一张照片：“你们看，这是我在韩国学习时一次比赛中照的，站在中间的是第一名，我是第十名。而那次比赛只设了六个奖项。但我还是要求她们跟我合了一个影。为什么？因为我第十名虽然没有拿到奖，但我们那一次参赛的包括首尔的一些知名美发店，一共有两百多人。两百多人，我得了第十名，难道还不值得骄傲吗?!”

教室里响起掌声……

掌声过后，郝主任开始讲话。

郝主任讲话结束，乐小颖站了起来：“下面，请区领导吴主席为我们讲话。这里要说明一句，吴主席非常忙，区里正在开会，听我汇报过我们这次活动后，他立即表示支持，抽空来给我们授课，大家欢迎！”

“今天很高兴和协会的郝主任一起来参加‘颖之魂’培训班的这个活动。关于美发技术本身，我是外行，所以不敢说我是来授课的，授课的是前面的专家何小爽同志，我只是来学习……”吴主席站了站，然后又坐下去道。“据有关资料显示，美容美发行业，在我国，将会是排在房地产、汽车之后的第三大行业，前景非常广阔……”

“最后，我还想提前透露一个消息，”吴主席看了一下表，“也不算提前吧，现在电台应该播出了。在我来之前，选举统计结果已经出来——乐小颖，被增补为我区的政协代表！”

大家一起鼓掌……

掌声中，乐小颖起立，与吴主席握手，并与大家一起鼓掌致意。

9

“‘美苑’那边对门的，有事没事，总有一两个人跑到我们这边来，说是向我们学习，其实，他们是想探听我们的虚实，进行竞争。”乐小颖望着站在办公桌对面的何小爽没吱声，听她继续说着，“怡莹这边更厉害了，我们没来之前，前面不远的两家，在那一带都是‘明星’店，可自从我们来之后，他们感到‘明星’的光彩正在暗下去，所以，更是千方百计地明里暗里与我们竞争。”

“竞争怕什么，竞争才有活力呢。”直听到这里，乐小颖才笑了一下。

何小爽：“我也是这么想的，我告诉姑娘们，首先要以服务质量服人……”

“是的，要以手艺征服人！何小爽，你还记得昕姐吗？”乐小颖不知怎么，就想到了当初昕姐的话来——“还记着昕姐的话么？记着，我们文化浅，又是外地人，想在上海市生存，没有别的途径，记着，只有手艺，只有用手艺服人。没有手艺，就会受人欺负，有手艺就能欺负人”……“她说的虽然不全对，但有一点却是不争的事实，‘只有手艺，只有用手艺服人’。”

何小爽：“记得，怎么会不记得？其实，那段日子，也是挺怀念的——那时候我们刚到上海市，对什么都新鲜，在歌厅唱歌，一唱就唱到后半夜，也难怪昕姐发火。”

“是呀，想想那段时间真的过得快乐！”乐小颖感慨道。

何小爽望着乐小颖试探地问道：“江昊天，那个江昊天后来……”

“你在韩国学习期间，他出来了，来见过我一次。”乐小颖明白何小爽想知道什么。

何小爽：“他怎么样？”

“他说他要到南方打工去，至于到南方后的具体情况，就不清楚了。”

何小爽“哦”了一声。

乐小颖：“不说以前的事了。何小爽，我听说，经常有别的店的人到我们店刺探‘军事情报’是吧？”

“是有这么回事。”

“告诉员工，别怕别人刺探，关键是我们要经得住别人刺探！”

“是的。我也是这样对店里的姑娘们说的，不管别人怎么来打探所谓的‘商业秘密’，我们一定要以真诚的服务和过硬的技术来赢得顾客，赢得认可，赢得市场……”

“对，何小爽，你说得太对了。回头对汪巧梅她们，我也要再强调强调，别以为现在这些大饭店大宾馆找我们联营了，就可高枕无忧了，其实，那是人家在逼我们呢，逼我们必须不能停滞不前，必须不断学习，必须不断提高呢。”

“我已经让几个连锁店都在开动脑筋，群策群力地想办法，在淡季如何巩固顾客，招徕生意。”

“辛苦你了，何小爽。”

“这是我应该做的工作呀。”

乐小颖笑了一下，突然转了话题：“何小爽，我想贷点款——”

“账上不是有钱吗？”何小爽有些讶然。

“我想再买部车，老这样打的来去，既不方便，也有损我们‘颖之魂’形象。”

“那也够了呀。”

乐小颖不动声色地道：“我还想买房子。”

“哦——那也还不至于要贷款呀，你要买多大的房啊？”

“不是我一个人买，我还想替你和汪巧梅一人再买一套。”

何小爽一时没有反应过来：“乐小颖，真的呀？”

乐小颖：“当然是真的。”

何小爽兴奋地笑了起来……

何小爽嘴中所说的“明星”店里，几个男孩、女孩正在坐的坐、站的站，不时望一眼对面的连锁（怡莹）美发厅，却怎么也笑不起来。

一女孩：“真没想到，我们打出降价广告，她们竟打出涨价广告。”

一男孩：“这就叫技高一筹。”

女孩望着男孩。

男孩：“你想，她广告怎么说，在原来价格的基础上，只要再添二十八元，就可获三个月的免费保养。就是说，一个月花二十八块钱，即可享受三个月的服务。而我们，降只降一次，顾客一算，还是到那边划得来。”

女孩：“怪不得，她们涨价后，顾客不仅没少，反而还增多了呢。”

另一男孩：“再这样下去，我们这边的金卡用户，全要被她们吸引过去了。”

男孩三：“不仅我们，我师妹上午还在告诉我，她们是连锁店，这一招，是‘连锁反应’。师妹店的老板气得整天拿她们出气，她说，老板再要骂她，她打算从‘投诚’到‘颖之魂’去了。”

女孩：“哎，你不会也有这心思吧？”

男孩三：“别瞎说啊，这玩笑可开不得，要是给老板听了，那我可就完了。”

几个人便都笑了起来，笑过之后却又不免有些唉声叹气……

10

乐小颖开着新车在“颖之魂”美发厅前缓缓停下来。

小茱等跑到门口来看新车。

乐小颖从车上走下来，小茱跑到车前用手摸着倒镜，对着里面照着，道：“老板，在这镜子里看我，我都变漂亮了啊。”

引得其他女孩一片的哄笑。

“只要你努力，你也会很快就能买这样的车。”乐小颖鼓励道。

一女孩：“我要是有这样的车，我一天到晚都不出来。”

大家就又笑了起来。

乐小颖：“陈秀芹她们都来了吗？”

有人答：“在上面呢。”

于是，乐小颖便在大家的簇拥下，向店里走去。

也许是听到下面的闹声，戈戈、陈秀芹、汪巧梅等从楼上下来，见乐小颖她们正进来，就停住了脚步，等着乐小颖上来。

乐小颖边与其他女孩说着话，边向楼上走去。

其他女孩就都羡慕而神往地望着楼上的人。

戈戈她们见乐小颖上来，便又转回身……

“‘颖之魂’能有今天，全依赖在座的各位，我乐小颖十二万分地感谢。这次，我给两位高级主管各买了一套房子，这是对她们贡献的奖励；只要‘颖之魂’继续发展，下回就会轮到你们了……”办公室里，乐小颖说完之后，何小爽讲，何小爽讲后，汪巧梅说，最后，乐小颖道：“刚才何小爽和汪巧梅两位高级主管讲得非常好。请大家无论如何，一定要在服务质量上动脑筋，那些只顾眼前利益不想长远的想法，一定要摒弃……今后，凡是有建设性的建议被店里采纳的，我们一定给予奖励，请你们各店回去，将这个规定传达下去，让大家都知道；同时，我们也要严格制度，没有规矩，不成方圆。凡对那些没有经过正式公布的商业策略，有谁泄露出去，处理一定不能手软。上次‘东区’那边做得很对，我们没有正式宣布提价，虽然她是无意说出去的，那也不行，她后来找了我，我也是那么说的，说是你们主管跟我汇报过了，并跟她说清了道理，她也就没再说什么了。这个工作，一定要做，做到家，要让大家认识到后果的严重……”

乐小颖：“下面，大家看看还有什么要说的？”

于是，大家开始议论起来……

在大家觉得再也没有新的内容需要说明或是补充后，乐小颖才道：“好，刚才大家的建议非常好，等我与两位高级主管商议后，再宣布具体操作步骤。还是那句话，没有正式宣布之前，对我们的任何行动，请大家在任何场合和地方都不要泄露……”

11

颖之魂（菜京口）美发厅里，一女孩突然指着电视，叫道：“看，电视上有老板。”

电视上，乐小颖正在接受记者采访。

乐小颖：“‘颖之魂’决定，从即日起，免费为劳模、残疾军人以及从事基础教育工作的特级老师上门服务，我们的电话是……”

当天晚报一到，便在“明星”店里引起了“热议”，一男孩拿着报纸，道：“嘿，这‘颖之魂’真的是牛，成了品牌店了。”

“我还没看完呢。”另一女孩伸头去看那报纸，男孩忙伸手挡道。

女孩就伸手去抢：“‘颖之魂’老板是女的，你看什么看。”

男孩：“我怎么不能看，听说那老板还是单身。”

另一女孩：“喂，大工，怕不是你大白天梦见自己长翅膀了吧？”

男孩：“什么意思？”

女孩：“想吃天鹅肉呀。”

几个人便都笑了起来……

晚上，何小爽、汪巧梅、乐小颖三个人聚在办公室，乐小颖首先道：“全国美容美发大赛下个季度举行，我们‘颖之魂’要把握住这个契机，要求各店先自己举行一个初赛，然后将胜出的选手再组织起来，进行‘颖之魂’比赛，选中前六名，参加全国大赛。”

“我建议将这胜出的六名选手组织到社区、街道等场所进行街头现场免费服务，借以提高我们品牌的知名度，同时也展示我们的实力……”何小爽建议道。

接着汪巧梅也说了自己的意见，最后，乐小颖决定，第二天就公布下去，让大家做好准备……

第二天，“明星”店里的几个小伙子不无苦涩地用羡慕的目光看着斜对面的颖之魂（怡莹）美发厅挤着正在咨询台前的人群，以及美若天仙的选手，由衷地赞叹道：“她们真是能干！”

第二十章　思绪飞扬

患了癌症的傅洋升见了率“颖之魂”参加全国美容美发大赛博了好评的乐小颖后，道出了他这一生的痛苦遭遇，包括他的出生、成长和家庭的罹难经历，以及他为什么一直帮助乐小颖和不让乐小颖叫他“叔”的原因。

1

几辆车停在颖之魂美发厅门前，车上打有“热烈祝贺全国美容美发大赛隆重举行”、“颖之魂”等字样。

乐小颖与参赛选手们从门里出来。

陈秀芹看了一眼“彩车”，对何小爽道：“啊，我们是不是有些太张场了呀?”

“要的就是这张扬!”何小爽兴奋地说，“回来的条幅带了吗?”

车上有人答：“带着呢。”

于是，大家各自上车，乐小颖的车领头，后面车跟着，一辆一辆，宛如一条游动的蛟龙，引来一路目光……

2

全国美容美发赛现场。

广播声，说话声，气氛热烈。

公告栏前，乐小颖等看着比赛场次和时间，然后依次走向选手座，边走何小爽边侧过脸道：“乐小颖，一开场就是你的呀。”

“这样也好，一开场就让人们记住‘颖之魂’。”乐小颖充满信心地道，“我一定给大家来个好头彩!”

戈戈：“我排在最后。”

“好啊，这叫有头有尾。”何小爽接上就来。

女孩们被何小爽给逗乐了。

这时，广播通知参赛选手做好准备，大赛马上开始。

随着广播播出的参赛选手号码，乐小颖起身向后台走去……

乐小颖走上前台，向观众及评委鞠躬。

台下响起一片热烈的掌声。

比赛开始，乐小颖面带微笑，从容自若，梳、理、修、飞、挑、盘，每一个动作娴熟而有韵律，看上去不像是在比赛，而是在表演一个魔术。

随着场下响起一片又一片的喝彩声，评委们一个个露着惊讶的表情看着乐小颖操作，尤其是几个外国专家评委，交头接耳地不时边说着边点头。

选手席中，选手们一个个聚精会神地盯着乐小颖。

观众席上，有一对外国夫妇，张着嘴叫着站了起来。

整个现场气氛热烈但不嘈杂。

喝彩声中，有时明显听到有“乐小颖”“颖之魂”的语词。

规定时间到，乐小颖操作完毕。

乐小颖微笑地牵着模特儿起身向前，鞠躬致意。

全场掌声经久不息……

乐小颖从后台走出，向选手席走来，当经过评委席时，一外国评委竟探过身来，乐小颖以为他要与她握手，便伸出了手，谁知他竟张开双臂，要与她拥抱。乐小颖愣了一下，只一下，马上含笑地迎了上去……

场上的目光再次聚焦。

乐小颖挥手致意。

掌声雷动。

一路与选手们打着招呼，或握手或拥抱，要不是下一场比赛开始了，这“热烈”还不知要持续多久……

乐小颖终于坐了下来，开始观看台上的比赛。

这时，手机响了起来。

“你好，”乐小颖一接听，叫了起来，“喂，啊，漂亮姐?”

漂亮姐：“我正在看电视上的直播，真的是美极了！祝贺你，乐小颖!”

“谢谢，漂亮姐，你现在在哪啊？在上海市。好……”

“我们的店才刚起步，有时间一定请你来我们店指导指导……嘻嘻，不是客气，有机会，我也加入你‘颖之魂’呢……”

“啊，好呀……我们好久没见了，找个机会……对，对……好，拜。”

尽管现场气氛让乐小颖与漂亮姐的对话显得有些断断续续，但乐小颖听到漂亮姐也在上海市发展，做的也是美容美发业，而且还说要加入“颖之魂”，她由衷地高兴着。

“刚才漂亮姐来的电话。”收起手机，乐小颖对何小爽道。

何小爽：“漂亮姐？她在哪？”

“她回了上海市呢，现在也开了家美发厅……”乐小颖刚说这么一句，手机又响了。“喂，哎，我是乐小颖。”

这下，手机中传来的是傅洋升的声音：“乐小颖，祝贺你，我刚才听了广播中的现场直播——你的技艺非常神奇……”

乐小颖：“谢谢你，傅洋升。”

“看到你有今天的成就，乐小颖，傅洋升真的感到很欣慰——我准备走了，也值得走了；祝福你，乐小颖，我的亲人……”傅洋升声音居然越来越小，而且还透着无限悲伤。

乐小颖：“喂，傅洋升，你什么意思，我听不明白……喂……喂……”

电话断了。

何小爽望着愣愣的乐小颖。

乐小颖怔了一会儿，想想边起身边与何小爽道：“我有急事，出去一下。”

“你没事吧？”何小爽不放心地追问着。

“没事。”

“要多长时间？”

“说不准，有事打我手机。”

“哎。”

乐小颖向外走去。

何小爽心神不宁地望着乐小颖的背影……

3

乐小颖锁着眉驾着车，在车流中飞驰，耳边响着傅洋升刚才在电话中的声音：“看到你有今天的成就，乐小颖，傅洋升真的感到很欣慰——我准备走了，也值得走了；祝福你，乐小颖，我的亲人……”

前面红灯，乐小颖着急地摁了下喇叭……

推开傅洋升的门，乐小颖一下顿住了——傅洋升很瘦，颓然地坐在一张躺椅上，旁边桌上有一小收音机；两眼无目的地望着窗外。

家里似乎刚被“抄”过，有些凌乱。

也许乐小颖的突然出现，傅洋升感到非常意外，从窗外收回眼睛，竟与乐小颖一样，半天说不出话。

“傅……”

“你……你不是在比赛吗？”

“你没什么事吧？”

傅洋升用力地坐了起来：“没事，没事，我这不是好好的吗？”

“那这是……”乐小颖疑惑地望望傅洋升，又将目光转向整个房子，见凌乱状，疑惑地问道。

傅洋升勉强笑了一下，说：“卖了。”

“卖了，你是说，这房子……卖了？”乐小颖一时没有反应过来。

傅洋升点了点头。

“为什么？”

“因为我要走了。”

“要走？去哪？”

“去我该去的地方。”

“该去的地方？哪儿？”

“梦游的天堂。”乐小颖在傅洋升的示意下，坐在他旁边的一张凳子上。

乐小颖：“你到底怎么了，今天说话怎么这么怪怪的，叫人听不明白。”

“乐小颖，你愿意听听我和我家的故事吗？”

乐小颖下意识地将眼睛转向墙上，想去找原来放在那个位置的照片。

“别找了，我将它烧了，因为，我也很快就要被烧了……”

乐小颖更加不解地望着傅洋升。

“我出生在一首歌里唱的那个黄土高坡上，但我从来就不知道我的爹娘是谁，我是我养父母带大的。我养父母说，他们那天赶早有事，不想在路边听到我的哭声，于是，就给抱了回来……”傅洋升絮絮叨叨地开始叙述起他的经历来——

黄土高坡。某地。一对中年夫妇正在往前走着，忽然侧面沟坎边的草丛中传来一阵婴儿的啼哭声。

夫妇停住脚，互相对视了一眼，然后，女的迟疑地动了动脚，最后，走了过去，男的也跟了过去。

一个婴儿正在一个破黄大衣做的襁褓中哭着。但当妇女出现在他面前时，他似乎知道来了人，一下停了，只是用一双眼睛骨碌碌地望着眼前的两人。

男人看了一眼，然后拉了一下女的："走吧。"

女的犹豫了一下，但还是转了身。

可是，就在女的一转身，那婴儿又哭了起来。

女的走不动了，对着男的说："他爹，这孩子……"

"走吧，家里有三个小子了，可不能再添一张嘴。"

"你看，可怜呢，一见我们走，他就哭。"

"他爹妈都不可怜他，我们可怜啥呀。"

女的想想就又要迈步。可是，她的脚刚动，那婴儿就又哭了起来。

女的再也不走了，转身回头，弯腰抱起了那个婴儿。

婴儿脸上挂着泪，但见到女的，还是咧着小嘴，笑了。

"他爹，你看，这孩子见我笑了呢。"女的将婴儿递给男的看。

男的头一伸，婴儿立即又乖巧地笑了起来。

"唉，一切都是命呐……"男的深深地叹息了一声，然后伸手掖了一下婴儿的黄大衣襁褓……

傅洋升望着眼睛一眨不眨听着他叙述的乐小颖，道："那个婴儿就是我。养父母为了我，吃了不少的苦。他们本来有三个孩子了，可是，为了养我，在那年饿饭时，硬是活活饿死了俩。那时我都有记忆了，那两个哥哥临死时，还拉着我的手，说：'妈说，我们有爹娘，你没有……'那意思是，他们有爹娘，可以饿死，我没有，不能死——这是我娘给他们的最朴素的教育！所以，从那时起，我就发誓，长大后，我一定好好地孝敬我爹娘。"

乐小颖不自禁地点了点头。

"我也没辜负我爹娘的心血，五年前，我在深圳，终于有了一片自己的天地——开了一家小公司，不说锦衣玉食，最起码温饱不愁了。于是，我就将他们接到了深圳……"傅洋升继续叙述着——

深圳。世界之窗。傅洋升与养父母，还有侄女倩倩一起游玩……锦绣中华。傅洋与养父母和侄女有说有笑……香密湖水上乐园，侄女可爱地戏水以及养父母开心的笑声……

公园里，傅洋升、母亲，还有侄女倩倩，站在一起，父亲正在笨手笨脚地给他们照着相。

傅洋升："对，就按一下那个钮。"

父亲对好了，想想又放下看看，指着按钮道："就这吧？"

傅洋升："是的，就那。"

闪光灯一闪。画面定格。这张照片正是原先挂在墙上的那张……

"那几天，是我一生中最快乐的日子，也是我养父母一生中笑得最多的日子。可是……"傅洋升再次深深地陷入了回忆中。"当我要为父母在深圳买幢房子让他们定居下来，甚至我用小倩倩可以在这里工作为由，他们却始终没有点一下头，他们说能来这里玩这么一趟，就是死，眼睛也闭得铁紧了。后来我才知道，那个时候，他们就有了预感了啊——我就问，那块黄土地就那么值得让你们惦记？他们就变了脸，说：'你就是我们在那块黄土地上捡的，你说值不值得惦记！'我说不上来，我只好由着他们，让他们回去。"

傅洋升重重地叹息了一声，然后接着道："他们去深圳时是坐火车去的，回去，我为他们买了飞机票，我要让他们一辈子没有实现过的梦，在这一次南方之行中全都实现。有一年我回去的时候，他们问我是怎么回的，我说坐火车也行，坐飞机也行。他们就露着惊讶的表情，说：'单知道火车能坐人，那飞机也能让你坐？'那时，正好天空飞过一架飞机，爹就望着飞机道——当时，他还打了一个很响的喷嚏。'我要是哪天也能坐一回，嘿嘿……'他没说下去……那次他没说这次说的'就是死了眼也闭得铁紧'的话……"

乐小颖安慰着道："你也不要太在意，那话只是他们的习惯口语呢，我们老家也这么说。"

"我多么希望那只是他们的习惯口语啊——可是，后来的事实，却证明，他们说的却是一种乩语……"傅洋升脸上开始现出一种痛苦。

乐小颖伸手轻轻地拍了拍傅洋升扶在椅上的手。

傅洋升动了动手，意思是他没关系。

良久，傅洋升才继续说道："那天他们走时是晚上的飞机，我开车送他们。一路上，他们只是看着窗外的繁华丽景，几乎没有说什么话。我记不起来了，好像直到快要到机场时，一架飞机正在起飞，母亲说了一声：'飞机原来这么大呀。'父亲没有做声，只是一直目送着飞机飞入天空……

"终于到了他们登机的时间，我送他们去安检门，快到时，忽然，父亲转身抱了我一下——这是我成年以后，父亲从来没有过的举动，虽然很短，但我感到了他的眼里闪动着的泪花；妈妈没有抱我，她只是不停地抹着泪。

当时我就有种不祥的预感，我们分分离离过也不知多少回了，可每回，他们顶多说几句‘在外要多个心眼，听收音机上说，现在外面歹人不少’之类的话，唯有这回，怎么都流出了泪!

“我站在机场外边，看着时间，看着那架载着我的苦命的父母还有我的如花似玉般的侄女的飞机，开始起飞……

“五秒，十秒，十五秒……飞机已经飞上了空中，飞上了看上去有些朦胧的天……可是，就在我一眨眼之间，突然一团耀眼的火花在我眼前炸开……接着一个仿佛巨大的黑洞，一下将我给吸了进去。我的父母，我的可爱的侄女，他们的生命，就化作了那灿烂的火花……”

傅洋升沉痛地闭上了眼。

乐小颖眼里泪花盈盈。

良久，傅洋升睁开眼，轻轻地说道：“你知道，为什么我一直不让你叫我‘叔’吗？为什么我每次见到你都那么兴奋而激动吗？为什么我要无偿地资助你的事业吗？因为，除了你的善良、淳朴，还因为你太像我那个唯一的侄女小倩倩啊……那天得知爹妈要回，她就一直缠着我，说她不想回，她要留在深圳，留在那里找工作，将来也要开公司。可是，我却以爹妈没人照顾为由，硬是没有答应。她是那么乖顺，就像她的爸爸我的二哥一样。我二哥要是活着的话……唉，说这活没用，他毕竟没有活着呀。”

乐小颖抹了一下眼睛，试探地问道：“他们……”

“说起来，他们也是被我给害死的。”傅洋升扶在椅子上的手不自觉地拍了拍。“那年我回家，见他们仍在用柴草烧锅弄饭，我就与当地的液化气供应商联系，让他们定期给送气过来。出事那天，二哥和倩倩都在我爹妈这边屋子里，二嫂一个人在家做着饭，可当她打开阀门，却突然‘呼’地一下，阀口燃起了火。随着二嫂的一声惊叫，二哥一个蹿，就蹿回了他那边的屋，可是，二哥刚蹿进去，就传出一声‘轰’的闷响，接着，二哥两间小屋，便坍了下去。当人们七手八脚地将他们从土中扒出来，却早已是血肉模糊，死去多时了……”

沉默。

一片沉默。

半天，傅洋升才道：“那天要是我答应倩倩留下来，我至少……至少还有一个亲人呐……可是，我没有！是我亲手将她推上了天堂之路……是的，他们会进天堂！现在，他们正在那等着我……”

“别这样，你……”乐小颖眼泪再次滑落。

傅洋升却仍沉浸在自己的叙述中，显然有些语无伦次了：“现在，你知道我一直不让你叫我叔的原因了吧。因为，每次听见你叫我，就仿佛我的倩倩在叫我，而想到倩倩，我的心便被剜了一样的痛……不过，现在，你可以叫我了……”

“傅叔……”乐小颖扑进傅洋升的怀中。

傅洋升拍着扑在他怀里的乐小颖，幽幽地道：“没有多少日子了，就让你叫上几天吧……”

“不，傅叔，我要永远叫你叔……”乐小颖从傅洋升怀中抬起头，坚定地道。

傅洋升一边将乐小颖扶离开自己，一边说：“别安慰我，我说的是真话。自从剩下我一个人之后，每当想起我的爹妈为我付出的……我就心如刀绞……就这样，也许是忧思成疾，也许是命该如此——我患上了癌症。”

乐小颖再次诧异地望着傅洋升。

傅洋升现在却很平静，继续道：“医院判了我最多还有三年。三年时间，不短了，足够我安排我生命中的一些事情了——我要将我的积蓄用来做一些善事，当然，也顺便将祖国各地游玩游玩。虽然我从北跑到了南，知道中国的大，但是，还有不知多少地方我没有到过……呵呵，现在好啦，事也做了，玩了玩了，钱也花得差不多了，生命也就要结束了……不过……”

乐小颖抬起一双泪眼望着傅洋升，等待着他“不过”后面的话——

傅洋升：“想想这几年东奔西跑，觉得做得最有意义和价值的一件事就是，我认识了你——那天在火车上当时我还没有想起来，我只在意我的包，我的那个瓶，只是觉得有一个影子一直在我大脑中闪着；可当我回到家，一静下来，那个影子也就是你的形象与我侄女倩倩的形象，就重叠在了一起，于是，我开始到处找你。皇夫不负苦心人，我居然在偌大的上海找到了你，还有机会帮助了你。如果要说是投资的话，对你的投资，是最大的，得到的回报，也是最大的，甚至是无价的，是我生命中最光彩的一笔……”

乐小颖再次伏进傅洋升怀里，泣不成声……

傅洋升轻轻推起乐小颖：“别这样，乐小颖，你这样，叔心里会不好受的。来——”

乐小颖不明白傅洋升要做什么，一边擦着泪，一边望着傅洋升。

“来，去把那个拿过来。”乐小颖顺着傅洋升手指的方向望去，只见桌子上放着一个用绸缎包着的一个盒子。

在傅洋升的示意下，乐小颖疑惑地拿了过来。

傅洋升一边解着绸缎，一边说："现在一切我都卖了，房主明天就要来收房了，我一生中收藏的古董珠宝，捐的捐卖的卖，也完了，但我将这个留了下来——"

这时，傅洋升解开了绸缎。

盒子里是两个瓶。

傅洋升："还认识这瓶吗?"

乐小颖点了点头，眼前，幻化出在火车上那一幕：车厢内，傅洋升几乎是扑上去，在一堆废纸、脏饭盒中，将那个小包抢在手里，手微微颤抖，打开只看了一眼，就又赶快合上，生怕被别人看见，"找到了！找到了"……

"我什么都没有了，这两个瓶，就留给你做个纪念吧——"傅洋升说着，将盒子递给乐小颖。

乐小颖本能地伸手去接，但刚要接到手，却又似烫了一下，猛地缩了回来，道："不，傅叔，这……太贵重了，我不能要……"

傅洋升看着乐小颖那副诚惶诚恐的样子，笑了一下："拿着吧，这玩意儿不值什么钱。"

乐小颖正要说什么，突然，手机响了，她看了一眼傅洋升。

"接吧。"傅洋升笑了一下。

乐小颖："喂，你好，我是……啊，柏燕，黄柏燕，你现在在哪?"

"我在美国啊，乐小颖，祝贺你啊，我刚才看了电视直播……"黄柏燕在手机中祝贺道。

"谢谢你，柏燕……嗯——好，一定，有机会我一定去……拜……"简单地说了几句后，乐小颖赶紧挂了，然后对傅洋升解释道："是黄柏燕，她邀我适当的时候去美国……"

傅洋升努力地笑了一下，没有做声。

乐小颖目光又回到那两个瓶子上："傅叔，你骗我，你刚才说的，我不相信；不值钱，在火车上你能那么宝贝来着?"

"当时我也以为它是稀罕宝物呢，可是，上次在电视台《家有藏宝》节目现场，我请专家鉴定过，原来，是个假文物，赝品，不值钱。"于是，那天的鉴定场景，便出现在了傅洋升的眼前——

灯光下，主持人从傅洋升手里小心翼翼地拿过瓶递给专家："请问，这个瓶，可以估到什么价?”

专家将瓶在手里仔细鉴别着，然后抬起头转向傅洋升：“请问，这是你祖传的还是你收藏的?”

“收藏的。”傅洋升道。

专家就不经意地笑了一下：“您多少钱收藏的?”

傅洋升笑了一下没有回答。

专家：“哦，对不起，我只是想说——这个瓶，您如花的价过高，就不合算了，因为它是一个赝品，不值钱……”

“真的是赝品?”乐小颖狐疑地在傅洋升鼓励的目光中，接了过来。“这么沉，里面装的是什么?”

“里面装的，是我上次回到我养父母见到我时的那个沟坎上捧回的一抔黄土……”

“一抔黄土!”

“是的，我们每个人，都是一抔黄土……”

乐小颖情不自禁地将瓶贴上自己的脸，喃喃地道：“我们每个人，都是一抔黄土——”

突然，乐小颖的手机又响了起来。

“你好，我是乐小颖啊，何小爽……”

“比赛已经全部结束了，颁奖晚会晚上八点十分举行……”

“哦，我们‘颖之魂’总体成绩怎么样?”

“现在还不清楚，但估计应该还不错……”何小爽在手机中说，“现在大家都看好你拿大奖。”

“是吗?其他人呢?”

“现在不好说。晚会你参加吧?”

乐小颖望了一眼傅洋升：“我尽量参加。”

“不是尽量，是一定，要不然，谁替你上台去领奖杯啊……”何小爽哪知这边的情形，半开玩笑半认真地道。

乐小颖就笑了一下，想想道：“好，我去。”

“比赛结束了?”见乐小颖挂断了手机，傅洋升问道。

乐小颖点了下头。

“晚上颁奖?”

乐小颖又点了下头。

“好，好。晚上我也去……看你领奖！”

“真的？傅叔！”乐小颖一下睁大了眼睛。

“你傅叔什么时候骗过你！”

乐小颖笑了一下，然后道：“只是，还不知道我能不能获奖呢。”

“不管能不能，去看一看，也是一种幸福啊……”

乐小颖使劲地点了点头……

4

颁奖晚会现场。灯光闪烁。这时，随着一阵音乐，颁奖司仪开始说话：“各位女士，各位先生，各位来宾，晚上好。全国美容美发大赛颁奖晚会即将开始，现在，请允许我向大家介绍出席今天晚会的各位领导和嘉宾……

乐小颖与傅洋升坐在观众席中，旁边是“颖之魂”的其他选手。

司仪：“下面请美容美发协会叶主任宣布全国美容美发大赛颁奖晚会正式开始。请……”

“我宣布——全国美容美发大赛颁奖晚会，现在开始……”叶主任容光焕发地宣布道。

全场鼓掌。

掌声中，音乐旋律响起。

当旋律一响时，乐小颖正在拍的手便猛地一顿，因为，这旋律她太熟悉了……

随着歌声，从台后走出了小歌手月下萧何，他唱的，正是那首《命运让我在远方成长》——

离开家乡，告别亲人，坐上火车去远方，啊—咿—哟，我们都一样。为了生活，为了梦想，奔波在人生旅途上，啊—咿—哟，我们都一样。车轮滚滚，思绪飞扬，远方有我梦想的姑娘。啊—咿—哟，我们都一样……

歌声中，全场观众随着节拍有节奏地拍着手。

歌声中，傅洋升情绪异常兴奋。

歌声中，乐小颖泪流满面……